华音流韶

HUAYIN LIUSHAO

⑧

# 梵花坠影

典藏版

步非烟 作品

青岛出版社
QINGDAO PUBLISHING HOUSE

图书在版编目（C I P）数据

梵花坠影 : 典藏版 / 步非烟著. -- 青岛 : 青岛出版社, 2019.6

ISBN 978-7-5552-4398-4

Ⅰ. ①梵… Ⅱ. ①步… Ⅲ. ①长篇小说－中国－当代 Ⅳ. ①I247.5

中国版本图书馆CIP数据核字(2016)第186027号

**书　　名**　梵花坠影 : 典藏版
**著　　者**　步非烟
**出版发行**　青岛出版社
**社　　址**　青岛市海尔路182号（266061）
**本社网址**　http://www.qdpub.com
**邮购电话**　010-85787680-8015　13335059110
　　　　　　0532-85814750（传真）　0532-68068026
**责任编辑**　郭东明
**责任校对**　张玉霞
**特约编辑**　崔　悦　吴梦婷
**装帧设计**　苏　涛　李红艳
**印　　刷**　三河市良远印务有限公司
**出版日期**　2019年6月第1版　　2019年6月第1次印刷
**开　　本**　16开（700mm×980mm）
**印　　张**　22
**字　　数**　258千字
**书　　号**　ISBN 978-7-5552-4398-4
**定　　价**　39.80元

编校印装质量、盗版监督服务电话　4006532017　0532-68068638
建议陈列类别：畅销·古代言情

# 目录

# 楔子

风，沉闷地鼓动着，卷起七尺多高的巨浪，拍打在玄界滩的岩石上。巨浪在它们身上炸开，轰鸣声像是暴雨中的雷霆，撼动着这片海域。大海，这个躁动了千万年的巨人，似乎随时会将这片海滩吞没，将其拉入海底。

沉沉的夜色盘踞在海面上，那是比海浪更加险恶的威严，似乎在警告着陆地上渺小的人类，不要窥探海神的领域。

玄界滩漆黑的岩石向陆上伸延，形成连绵起伏的低矮丘陵群，像是向着大海跪拜的先民像。大海是永恒的王者，从没有任何人真正征服过它。

它想用喧嚣与暴躁证明，1553 年，仍是一个海神的时代。

然而，一阵阵隐约的喧哗打破了夜的沉寂，随着海风吹越过漆黑的岩石，攀爬上丘陵顶端，便会发现，海神的时代已在慢慢终结。

无数的灯火照亮了夜。

丘陵背后，本是一片荒原，但现在，广阔而平坦的道路纵横交织着，将荒原分割成整齐的区域。古树被伐倒，在整齐的吆喝声中，被迅速分解，加工成建筑所需要的原材料。远处的石山在轰炸声中慢慢瓦解，运送石料的车队组成一串灯火的长龙，从山脚一直绵延到海边。黏土被掘起，制成砖坯，在大大小小的火窑中烧干。而当这些原材料聚集到一起时，一座座壮丽的宫殿便拔地而起。

这是一座恢宏的城池,虽然只初具规模,但它的伟大与壮丽,已征服了所有见到它的人。

最初完成的建筑，是建在玄界滩最高处的天守阁。它有七层高，从阁顶上甚至能看到长崎的一岐岛。围绕着天守阁的，是三百多处富丽的府邸，分散在城中各处。而在这些府邸周围，除了诸侯与家臣们共同居住的宅邸外，无数商店、旅馆、歌舞伎町、汤浴池等鳞次栉比，正在迅速从蓝图变为现实。

灯火的映照下，数万壮丁在昼夜不息地劳作，为这座城池挥洒着血与火凝结的汗水。提供饮食的小商贩们，挑着担子在各种工地上穿梭，不时夹杂着工头们的喝骂声。化着浓妆的歌舞伎在简陋的房子里唱着和歌，为这些连骨髓里都注满疲倦的人带来一丝欢乐。

一个月后，关白丰臣秀吉与各位大名即将莅临这里，那时，他们必须为他奉上一座完整的城池。这座城，也将在那时拥有自己的名字：名护屋。

为此，他们只能辛苦一些，再辛苦一些。

耀眼的灯火将半边天空照得通亮，连沉默在威严中的大海，似乎都有些惊恐。

海神时代，也许真的要终结了。

城市的核心处，是一座又一座巨大的造船厂。

四周荒原上伐的古树，小些的才被用作建筑，大些的全被运到这些船厂里，一艘艘巨大的舰船，便从这些船厂中不断驶出。

船体巨大且牢固的安宅船，长八丈多，可运送百余名士兵。两舷的橹竟多达八十挺，比陆上的宫殿还要巨大。沿着海岸，每一里，就有两三艘这种大船。

与安宅船相比船型较小的关船，装备四十挺至八十挺橹，使之可以迅速进退。那是安宅船的护卫，有上百艘之多。

比关船还要小的，是小早，橹数少于四十挺，轻捷方便，拥有着关船、安宅船所没有的灵活性。小早仿佛蚂蚁一般布满海面，向海内侧延伸一百多丈，都是这种船高高扬起的白帆。

海面上浪涛汹涌，不断有巨大的船只从远处驶来。那是日出之国的大名们，奉关白丰臣秀吉的命令所建造的巨舟。其中，以志摩的海贼大名九鬼嘉隆的“日本丸”和在广岛下水的毛利秀元的“大宅船”最为巨大。

“日本丸”全长约十丈，宽三丈，深一丈余，推测载重量约为一千五百石。

“大宅船”据说可运载米谷五千石。

这两艘巨舟驶入名护屋的时候，所有劳工全停了下来，发出惊叹声。他们从未见过如此巨大的船只。这两艘船，就像是王者，俯瞰着绵延布满海岸线的安宅船、关船、小早。劳工们兴奋地呼喊着，他们坚信，有了这么大的船，就算是大海，也一定能够征服。

而这一切，全被天守阁上的一双眼睛收入瞳中。

慢慢地，他脸上露出了一丝微笑。

只有他，才知道这座城池的使命。从他在这片蓝图上画出第一笔时就已注定，名护屋，会是一座战争之城。它的存在，便是为了源源不断地制造出这些船。

海上的风不断吹来，海水在信风的驱动下，会形成海流。名护屋的位置，就是海流的上游。而下游……

他拿起一个黄铜做的千里眼，向西北望去。茫茫的海面上，只有沉沉的夜色，什么都看不到，但他仿佛看到了绵延不尽的平原、宽广的河流、堆满积雪的长白山。从这座山越过去，便是富饶而美丽的黑土地。

那里，是他无尽征途的终点。

他的嘴角浮起一丝微笑，双手撑在天守阁的栏杆上。风从海上狂放吹来，他忍不住将金冠取了下来，长发立即卷入风中，被吹得凌乱。

风，给了他信心。他知道，一个大时代即将到来。那绝不是海神的时代，而是他的时代。

这，是神王许给他的诺言。

低矮的檐角遮住了日光，只留下一些碎裂的幡影。神佛的慈眉善目凝固在木石之上，更显出这座寺院的寂静。

严岛寺并不大，却是日出之国最出名的寺庙之一。出征前的大名们，都喜欢在寺里奉一炷香，祈祷八幡大菩萨给他们胜利的恩赐。

今天的严岛寺庙更是拥挤。日出之国领地在三十万石以上的大名，全都集中在这里。他们之中，不乏声名赫赫者。

德川家康

佐竹义宣

毛利辉元

蒲生氏乡

伊达政宗

前田利家

上杉景胜

岛津义弘

小早川隆景

他们手下的武士几乎可以称得上是人山人海，将严岛寺社挤得水泄不通，但没有一丝一毫的喧哗声。站在佛堂上，只能听见悠悠的钟磬声传来，和在微微冉动的松涛中。

他们席地而坐，双手撑在膝盖上，身子微微前倾，急迫地盯着佛像。

或许，他们所看的，并不是菩萨，而是佛像前的那个人。那人身穿一件宽大的袍子，上面镶嵌着精致的金边。他恭谨地捧着一炷香，点燃了，放到佛像前的香炉里，跪倒在蒲团上，虔诚至极地膜拜了三次。

然后，他站起身来，抬起目光，与佛像对视。

那时，所有的大名与武士仿佛都感觉到，佛像在与他交流着什么。

他伸出手，修长的手指指向他手下的武士加藤清正："在佛像前投一贯钱看看。如果钱全部是正面朝上的，则攻取朝鲜的胜利就在掌中。"

虎一般威武的加藤清正朗声答应了，从怀中取出一串永乐通宝来，匍匐走到那人身边，将钱币撒到了神前。

周围的大名与武士们全发出了惊讶的声音。

"这是怎么回事，全部是正面啊！"

那人微微一笑，向佛像虔诚躬身："那就表明，佛准许了我们向朝鲜出兵。我们此去，必能取得一场前所未有的胜利！"

说着，他将手向上一举。

加藤清正跑到门口，从怀中掏出一枚火炮点燃，猛地向空中扔去。火炮在空中轰鸣，划破了寺庙的寂静。

鼓声随之轰然炸响，宛如海涛般卷过整座名护屋。

停泊在海岸线旁的战船上，全擎起了巨大的太鼓。士兵们身上绘满了花花绿绿的神佛之像，猛力地敲击着鼓面。他们从寺庙一直冲到了海边，登上大船，拔出鞘中的武器，用力地击打着船舷。

狂躁的呼喊声沸腾了整座城池。那些劳作着的苦工也全停了下来，加入欢呼之中。

慢慢地，鼓声与呼喊声变得整齐划一起来，统一成最原始但有力的吆喝声："喝！喝！喝！喝！喝！喝！"

这短促的节奏仿佛能激发出人心底深处的狂躁。他们用尽全部的力量敲击着船舷与太鼓，手中没有敲击器的人就用力将手挥向空中，宣泄着自己的激昂。

这激昂席卷了所有人，却只有一人例外。

他踏着宽大的木屐，身上披着的镶着金边的宽大衣衫随风招展着，站立在八幡大菩萨面前。此时，只有菩萨的微笑与他的仪态是寂静的。

他亦微笑着，因为他知道，这支狂躁的军队，即将随着信风卷起的海流向北方而去，征服那片陌生的大陆。

他，已然点燃了他们心中的野望之火。

正如神王已将他的野望之火点燃。

"龙月，帮我抓住这只蝴蝶哦！

"龙月，不要踩了那朵花。

"龙月，你可真没有用，这么久了还没有抓住它。"

阳光透过绿油油的树荫，照着一个小小院落。院子里种满了各种各样的花，此时正在盛开。

蝴蝶翩翩飞舞在花丛中。一名年轻女子身着淡绿色的轻衫，站在花旁，轻轻跺着脚，满面娇嗔。

花丛中，一位少年正手持一支长杆，长杆上绑着轻纱做的网兜，捕捉着蝴蝶。网兜到了蝴蝶身边，便不经意地滑开了。每每这时，年轻女子脸上的娇嗔便多了一分。

"龙月，你不要再捉了！"

少年的身形顿止。

"哼，我看你就是不想让我高兴，连捉个蝴蝶都推三阻四的。"

少年见了女子脸上的娇嗔，不由得一窒。

他多么想告诉她，只要她能高兴，他宁愿为她粉身碎骨。

他不想捉这些蝴蝶，是因为他不想看着它们，像她那样被关起来，关在用华美的轻纱做成的网笼里。

但他什么都不能说，因为他是个哑巴。

女子见他呆呆的样子，扑哧一笑，拉着他坐在树荫下。淡淡的绿荫裹着阳光照了下来，就仿佛是她身上穿着的衫子。

女子幽幽叹了口气："大人已经很久没来清香筑了。我这些天才见过他一次。听说倭兵要打过来了，大人整天忙着防守……"

她的脸上有一丝幽怨。她并不关心倭兵，也不关心日出之国跟朝鲜的胜负。她关心的，只不过是大人来不来清香筑。少年看着她淡然的脸，心中忽然一痛。

女子忽然笑了起来："龙月，听说倭兵很凶残，他们打过来，你会不会保护我？"

少年一呆，猛力地点起头来。

女子笑了："龙月，你连只蝴蝶都捉不住，怎么保护我？倭兵要是打过来，你就逃吧，逃得越远越好。"

少年盯着她，很想问，那你呢？但他问不出来。因为他是个哑巴。

他也知道，他的问话不会得到回答。因为，她是釜山城检使郑拨的宠妾爱香，而他，不过是郑拨派过来守卫她的侍从龙月。

他曾希望，这样宁静的生活永远继续下去。每天在这所淡淡的绿色清香筑中，陪着爱香种花、捕蝶。永远，永远。他只想每天看着这抹淡绿色的影子，不必管潮起潮落，沧海桑田。

但这毕竟只是个小小侍从的理想而已，注定了会被忽略。

第二天，从城外传来音信，城外绝影岛上，发现了倭兵的踪迹。据当时正在捕鱼的渔民说，快天黑时，远处驶来无数船只，黑压压的几乎将海面全遮住了。这些渔民从未见过这么多船，而且每只船上都站满了手握火炮的士兵。他们吓得仓皇逃窜，急忙将消息报告到了釜山城。

龙月开始担心起来，因为爱香脸上的愁容越来越深。

郑拨大人，从此就再也没有出现在清香筑。爱香的话题，再也离不开战争。

"龙月，你说倭兵到底有多可怕？

"龙月，听说倭兵有几十万人。几十万人有多少啊？咱们釜山城才几万人呢。

"龙月，你说大人能守住这座城吗？"

她忧心忡忡的，连眉毛都被压弯了。

她并不冀望龙月能够回答。因为龙月是个又呆又哑的人，连只蝴蝶都抓不住。他在军旅考评中，每次都是垫底，所以大人才将他派来守卫自己。他呀，就是个又笨又傻的人。她说给他听，只不过是想说出来而已。

龙月看着她蹙起的眉毛，心里很难过。他知道自己又呆又哑又笨又傻，什么都做不了，只能偷偷地去打探一下郑拨大人的消息，好让爱香放心。

他走出清香筑，却立即呆住了。

这，还是他所熟悉的釜山城吗？

大半的房屋已经倾倒，满城都是伤残的士兵跟百姓。呻吟声此起彼伏，城里唯一的郎中正提着他那个巨大的药盒，忙里忙外地救助。但满城的伤员，他又救得了几人？

猛地，天空中出现了几条火龙，从城外的山顶直蹿至城里，发出轰隆的巨响。有一条火龙砸在了民房上，顿时发出一阵天崩地裂的响声。那幢民房被炸得砖石横飞，有几个人躲闪不及，被砸得头破血流，哭喊了起来。

这分明不是战争，而是末日般的大灾变。

龙月不由得心慌起来，不由自主地跟着人群，向城头拥去。

一登上城头，他的头立即晕了。城下黑压压的都是倭兵，往日安静的釜山浦，已被密密麻麻的战船铺满，各色帆柱让这片海域变成了一片光秃秃的森林。

海滩上，武士们身着铠甲，金属反射着阳光。兵卒们则戴着颜色鲜艳的斗笠，胸和背都穿着华丽的护具。城附近的山头早就被他们占领，火炮被搬过去后，立即装填弹药，向城里猛轰。一条条火龙就从山头昂首飞舞，惊天动地地落在城里。

猛烈的爆炸声让整座城都摇晃起来。龙月的脸都白了。他好不容易才稳住身形，只见釜山检使的旗帜，正在城头飘扬。

战士：“大人，走吧！这座城守不住了！”

战士：“大人，去求援兵吧！我们会为大人争取时间的！”

战旗下，郑拨脸色有些苍白。连日的奋战几乎让他的精力消耗殆尽，他尽力睁开的眼睛中写满了疲倦。

“我死也是此城之鬼，弃城而逃者斩！”

他发出这声嘶吼，身子已摇摇欲坠。这时，他看到了龙月。龙月正躲在人群后面，畏畏缩缩地躲闪着炮火。

他对龙月招了招手。

龙月急忙走上前来。

郑拨看着他，低声道：“我誓与此城共存亡。你，赶紧带着爱香夫人逃走吧。清香筑的厢房里还有些银两，别忘了带上。”

龙月心中涌起一阵酸楚。他看着郑拨。

郑拨向他笑了笑：“可惜你是个哑巴，什么都不会说。快去！”

他拔出腰间的宝刀，对着龙月用力一挥。龙月吃了一惊，急忙向清香筑跑去。

从城外落进来的炮火，仿佛追赶着他一般。一直到跑进了清香筑，他的心神才定下来。

这座坐落在城中最偏僻幽静之处的院落，恰好躲避了战火的滋扰，仍然有着绿色的宁静。

他冲进厢房，收拾起银两，然后冲到院子里，拉着爱香就跑。

爱香正坐在台阶上，托着腮，看着花丛中飞舞的蝴蝶。她的眉毛，弯弯地蹙起。

龙月拉她的时候，她一动不动，只是静静地看着他。

龙月感到一阵荒凉。

爱香：“龙月，大人想让你带我走吗？”

龙月轻轻点了点头。

爱香：“他，为什么不肯亲自来带我走？”

龙月不知道该怎么表达。他想指手画脚，但这一刻，他是那么憎恶自己的又呆又哑又笨又傻，因为他无法表达自己想说的话。

爱香静静地看着他，忽然站了起来，跟着他向外走去。龙月心中一喜，也向外跑去。

但爱香所去的方向，并不是城外，而是城头。龙月大惊，想阻止爱香，却不知道该怎么阻止。他心急如焚地跟着她，来到城头的时候，黑压压的倭兵已逼近城头。拼死防守的士兵在枪林弹雨的扫射中倒在地上。倭军队正如履平地般越过十八尺高的城墙。

守城的士兵无法抵挡，节节败退。

只有郑拨大人的旗帜，仍然立在城头。郑拨大人奋战时的呼喝声，也仍如号角般激荡在城头。

爱香提起裙角，向郑拨跑了过去。

龙月吃惊地看着她，不明白她为何要跑进熊熊的战火中。她就像是一只蝴蝶，扑向焚香的铜炉。

她脸上仍带着淡淡的微笑，而这座城池，在她轻快的脚步声中分崩离析。

郑拨呼喝着想要阻止她，但猛烈的炮火在他放弃防御的瞬间贯穿了他的身躯。长刀折断，他奋力地想撑起身子，却摔倒在地，就此一动不动。鲜血像是从身子里爆炸而出，将天空染红。

爱香跪倒在他身前，将他的尸体抱起。

那一刻，泪水从她脸上滑落，滑过依旧静静微笑的嘴唇。而后，她抓起了郑拨手中的断刀。

龙月惊恐地看着这一幕，奋力地向爱香冲去。

但……他只能眼睁睁地看着那截断刀在爱香的身体中埋葬。爱香的笑容在那一刻寂静，连焚城的炮火都无法轰穿。

只有最后一句话传入他的心。

“龙月，跑吧！”

但他什么都听不见。他只想跑过去，跑到爱香身边。他沙哑地嘶喊着，这一刻，他是那么憎恶自己，为什么不能说出话，为什么不能说出话。

再不说，她就永远听不见了。

一缕痛楚从腰间传来，那是一柄武士刀，贯穿了他的血肉。龙月低头，看着这柄寒光在他的身体里肆虐，心头突然涌起了一阵愤怒。他猛地抬起头来。

攻打釜山城的，都是在战国时代身经百战的武士。但此刻，他们心头都闪过了一阵惊恐。这个少年，眼神就像是恶鬼一般。

他们眼睁睁地看着他奋力一拔，将腰间嵌的武士刀拔出，带着腥风血雨，砍向自己。那柄武士刀仿佛用恶魔的诅咒铸成的，在战火中历练成怨毒的锋刃，无论怎么都挡不住。

几十人倒在这柄刀下。鲜血就像是河流一般从龙月的身体里淌出，但他就像不是血肉之躯一般，只疯狂地舞动着刀，砍死更多的人。

连这些杀人如麻的武士，都不敢靠近他，远远地用弓箭、火炮攻击他。

终于，龙月再也无法舞动手中的刀。武士们立即冲上去，几十柄刀同时插在了他身上。龙月发出一声惨号，刀当啷落在地上。

他并没有反抗，而是艰难地挪动着脚步，向前走去。

每个人都被他身上散发出的惨烈气势震慑住，眼睁睁地看着他一步一步前行。

这个人，早就该死去。受了这么重的伤，任谁都该死了几十遍。

他缓缓地跪下去，跪倒在旌旗前。旌旗下面，是两个相拥着的人。他伸出手，似乎想将他们分开，但在触及女子的瞬间，却顿住了。他伸出袖子，似乎想为女子拭去战火的血污，恢复她身上淡淡的绿色，他的力气，却在这一刻急速消失。

两行血泪，从他的眼睛里流了下来。

只因为是个哑巴，所以他不能说一句“我爱你”。

你肯让我，葬在你身边吗？永远守护着你。

“龙月，帮我抓住这只蝴蝶哦！

“龙月，不要踩了那朵花。

“龙月，你可真没有用，这么久了还没有抓住它。”

少年耳边，仿佛又出现了这样甜软的呼唤，他嘴角浮起一丝微笑，伸出的手，猛然顿住。

于时，釜山城陷落。

于时，朝鲜战争开始[①]。

于时，神王失位引发的灾劫，终于以最残酷的模样，展现在世人面前。

---

① 此处设定日本侵朝战争发生于1553年，与历史上发生的真实年代有差距。《华音流韶》本来是半架空的世界，请勿一一对应。

第一章

# 天上人间总玉京

一泓细泉自山顶潺湲流下，如白色的丝带萦绕着山体，却在山腰处迸发而成飞瀑，冲袭而下。葱郁的古树宛如巧手点缀一般，镶嵌在飞瀑两边，在水汽氤氲下，宛如一幅妙相天成的水墨画。

这样的山水，本是世外桃源，此刻却添加了一份皇家贵气。

瀑布下赫然搭建了一座巨大的祭台，祭台上描绘着五爪金龙。青烟袅袅，金龙宛如在云雾中沉浮。一人盘膝坐在祭台之上，星冠羽服，正在打坐。他手中拿着一柄拂尘，上面刻着四个字：飞玄真君。

这是当朝嘉靖皇帝给自己加封的道号，全称是“灵霄上清统雷元阳妙一飞玄真君”。此人面色淡金，体胖身虚，却正是嘉靖皇帝。

嘉靖旁边站着一个人，也是星冠羽服，乃当朝国师吴清风。

皇帝出巡，是何等大事，往往要千人相随，万人相伴。但这座山上，只有这两个人，再也见不到第三个。

沉香散成的袅袅青烟，织入了夜色中。嘉靖已经静坐了三个时辰。他终于忍不住叹了口气，问：“国师，这座山上真的有神仙吗？”

吴清风摇动手中的拂尘，肃然道：“当真会有。否则，臣岂敢让陛下到此处祭天？”

嘉靖道：“那，仙人真的肯帮我们？”

这句话让吴清风沉默了一下，也悠然叹道：“亿万苍生将要遭受大劫，大明江山危在旦夕，我们只能诚心祭天，祈求仙人的慈悲。所以臣才要皇上御驾亲至，孤身露宿山顶，以诚意感动仙人。”

嘉靖哦了一声，却并不相信。他笃信仙道，在位几十年来无时无刻不寻访仙迹，骗人的把戏见了不少，仙人却一个都没有见到。这座山虽然不错，但若说仙人会在此处出现，他并不怎么相信。

他相信的，是吴清风的那句话——大明江山危在旦夕。

他什么都可以不相信，只有这句话，他不能不信。

他更相信的是，似乎除了祈求仙人，他这个皇帝，也没有别的可以做的了。

月上中天。

一片琼华，照耀寰宇。月色如银，将周天全笼在了淡淡的忧郁中。

闲云度月，仙人何处？

嘉靖有些不耐烦，两腿酸软，忍不住就想站起来。突然，吴清风轻嘘了一声：“皇上，请噤声，仙人已经到了。”

嘉靖急忙抬头，就见一个淡淡的人影出现在御宿山顶上。

金黄色的明月仿佛一只硕大的圆盘，悬在他身后。那人青衫猎猎临风，一如站在月殿中的神祇，俯瞰着尘寰。他背对着山下站立，凝望着苍宇。一刹那间，嘉靖仿佛有种被逼视着的错觉。他的五脏六腑都变得透明起来，被那人看了个遍。

他一阵惊讶，却又一阵欢喜。莫非真的是仙人来到了？

他忍不住站了起来，错觉再度出现。

那人的身影本远在天边，此时却忽然清晰起来。他缓缓转身，一双眸子冷冷地注视着嘉靖。

嘉靖忍不住惊呼一声。

这人的双眸是如此深沉，仿佛蕴含了整个幽冥。仅仅凝视一眼，就让人忍不住心悸。

吴清风刚要说什么，气劲倏然爆发，月光猛然沉重起来，轻云似乎化为万钧巨石，凌空压于他身上。

这绝不是幻觉，因为吴清风分明感觉到自己的骨骼被压得咯咯作响。他心头闪过一阵惊恐，瞳孔已不受控制地放大。

这根本不是仙人，而是魔，是将屠尽世间一切生灵的魔王！

但他并不想杀他们，凌厉气劲在他们身上只停留了一瞬息，便倏然退却。风轻月冷，仿佛什么都没有发生过，只有山中花受了杀气催动，纷落如雨。

吴清风却仿佛受了漫长的酷刑，委顿在地，大口大口地喘着气。

漫天花雨中，那人轻轻拂袖，在山顶一块巨石上坐了下来。他的姿态极为随意，甚至带着几分闲散。但恍惚之间，嘉靖帝仿佛觉得此处化为金銮宝殿，自己是朝班中等待朝拜的臣子。

而他，是君临天下的帝王。

花影纷乱中，只听那人淡淡道：“御宿山中不留客，请回吧。”

嘉靖一阵眩晕，那人的声音仿佛在他的头顶打开了一个缺口，将这道命令直接灌入其中。这一刻他几乎忘了自己九五至尊的身份，竟忍不住转身向山下走去。

一声鹤鸣在山中响起，吴清风身子凌空而起，一口鲜血喷出。

鲜血聚成一只血鹤，在空中猛然炸开。刺鼻的血腥气让嘉靖心神忍不住一窒，动作停了下来。吴清风一把拉住他，脸色几乎已苍白如纸。

“阁主！”

阁主？

嘉靖一惊，忍不住转身，抬头。

普天之下，只有一个人配称这个名号。

华音阁主，卓王孙。

他怎么会出现在这里？国师不是在这里祭天，等候仙人吗？

嘉靖心中充满了困惑。

金黄满月中，那个人缓缓走上前来。

只是那么一瞬间，嘉靖皇帝已经看清，此人的确是卓王孙。

他对这个人印象极深，虽只见过一面，但早已深印心底。

京师城下，以三句“天下”之言，令吴越王一败涂地；俺答汗十万大军，瓦解在他一人之前[①]。

当时情景，嘉靖怎能忘却？他忍不住脱口而出：“你，你是卓王孙！”

卓王孙淡淡一笑，并不回答。

嘉靖帝心中的困惑却丝毫不减。

他们等待的不是仙人吗，怎么等来的是卓王孙？

为什么国师一面口吐鲜血，却又一面面露欣喜？难道——

这刹那，嘉靖帝心中生出一线明悟。

难道卓王孙就是他们要等的仙人？

卓王孙的微笑迅速归为冰冷，整座山都变得寒冷起来。嘉靖不禁裹紧了道袍。

突然，又是一声清鹤之鸣响起，血光再现，吴清风缓缓踏上一步，襟前的血色更浓，脸色却更白。

卓王孙淡淡道：“你应该知道，再用一次元命之音，你就要死。”

---

① 事详《华音流韶·彼岸天都》。

吴清风一字一顿道："在下只求阁主看一件东西。只要阁主看一眼，在下就算死在这里，也绝没有半分遗憾。"

鲜血与苍白映衬着他脸上的决绝，就连卓王孙也不禁有一丝动容。

"好。"

吴清风脚步一阵踉跄，向祭台一旁走去。

那里，放着一乘小轿。轿上的帘子闭得紧紧的，连一丝风都不透，仿佛轿中是另一个隔绝的世界。看着这乘轿子，吴清风嘴角浮现一丝微笑。似乎他早就料定，这乘轿子里的东西一定能打动卓王孙。

他的手缓缓攀上轿子，猛地将轿帘拉开。

咚——轻轻一声响，是弓鞋敲在轿底的声音。一只雪白的衣袖从轿中伸了出来，扶在轿杆上，接着，是笼鞋浅着的一只鸦头袜，以及被弓鞋撑起的裙角。裙与鞋都是雪白的，慢慢地，一个娇小的身影探了出来。

卓王孙忍不住失声惊呼。

人影一闪，吴清风被凌空提了起来。他骇然低头，就被卓王孙的目光深深吸引。

那仿佛是上古神魔的毁灭之瞳，虽然宁静沉着，却充满了杀戮的残酷。

只看了一眼，吴清风的心就开始颤抖起来。他几乎忍不住狂呼出口，但作为国师的尊严让他死命地咬住了嘴唇。鲜血从口腔中溢了出来，他能感觉到，自己全身都在颤抖，无法停止。

卓王孙的力量像是天上的巨龙一般缠绕着他，慢慢沁入他的皮肤，束缚他的筋骨，禁锢他的轮回。他像是被绑在火刑柱上的囚犯，闻到了自己皮肉的焦灼味。

一字一顿地，卓王孙问道："她，是谁？"

吴清风感到每个字都像是一柄匕首插入自己心口，吞噬着最后一丝理智。他忍不住狂呼起来："她叫嫚儿，她不是小鸾！她不是小鸾！"

卓王孙猝然放手。

吴清风摔倒在地上，大口大口地喘着气。他有种死里逃生的感觉。卓王孙的目光，却已盯在了嫚儿身上。

他的眸中，没有了漆黑，还原成普通的眸色。

他看到的，却是小鸾。

他从未想过世间竟会有两个人长得这么像。

怯生生地站在他面前的嫚儿，跟六年前他见到的小鸾几乎一模一样。甚至连仰望着他的神情，都是那么相似，宛若圣手临摹的一幅画。

见到她，卓王孙不禁一阵恍惚。

仿佛是小鸾拈着花，重又站在了他面前。

他仿佛从未失去她，只不过是清晨的露珠迷蒙了他的眼睛，让他看不到她。

他几乎忍不住跨上一步，将她揽在怀里。他所有的失落，都将被填满；所有的痛苦，都将不复存在。

这一步，他已几乎跨出。

月色之下，她就像是夜月的精灵，等着一个守护的拥抱。

吴清风盯着卓王孙。卓王孙的每一个神情都落在他眼里。慢慢地，他露出了一丝笑容。

猛虎，已渐渐入了他的牢笼。无论虎多么危险，只要找到正确的饵，就必定能够降伏。没有什么比驯服一头爪牙尖利的猛虎更令他感到满足的了。

他忘却了身上的伤，满怀得意地站了起来："大明朝人口约有七千万，年龄十六岁的少女大约一百二十万。三个月内，各地官员按照图谱选出三千六百七十二名形似者送往京城，再由见过小鸾的人选出十名，由我亲自甄选，最后的结果就是嫚儿。这个计划，本是吴越王制订的，用以暗杀阁主。但在下与皇上商量，阁主乃天人，岂是一个女子所能伤的？闻说阁主痛失所爱，今将嫚儿送与阁主，略慰寂寥。"

说着，吴清风脸上的微笑更盛。

能在全国范围内选出一名如此形似神似之人，看似简单，但其中所蕴含的艰难，绝非常人所能想象。如果不是以帝王之尊号令天下，恐怕绝不可能完成。

也难怪吴清风得意。步小鸾逝世，卓王孙心中伤痛，天下人共知。此时有个几乎一模一样的嫚儿来到面前，卓王孙绝不可能拒绝。

谁又会拒绝？

他笃信，卓王孙一定会答应他的条件。

嫚儿宛如透明的面容隐在月光里，在月下看来，她几乎就是小鸾。世上再也找不出更相像的两个人了，正如无法找出另一颗同样伤痛的心。

月光也照在卓王孙的脸上。这张脸似是忽然变成了普通人，不再那么冰冷，不再那么高高在上。他有了七情六欲，全刻在脸上，不停地变幻着。

那是只有小鸾才能带给他的感情。

她于他，已经超过了一切女子对于男子的意义，妻子、妹妹、女儿、情人，孺慕、依恋、爱惜、骄纵都不足以形容。她是他心中唯一的空缺，是冰冷石座上的神祇，俯瞰人间时所流的一滴眼泪；是隐藏在他神性中唯一的柔软，是毁灭与残酷的命运中唯余的温存；给他痛苦，却又无法割舍。如果失去她，他的心便会冰冷，他将与这个世界渐行渐远。

她像是一面镜子，照出了他的七情六欲。

嫚儿似乎也感受到了他的心情，脸上露出一丝笑容，向他走去。虽然只是短短的一瞥，她也已意识到，他便是她的终点。只有在他的身边，她的生命才有意义。

她的生命，必须他来点燃。

就仿佛六年前，小鸾见到他的第一面，将花交到他的手中。

那时，他曾感受到一线温暖。

嫚儿的手，也向他伸来，恍惚中，仿佛是一束光。

突然，一声娇呼，她的身子委顿在地上。她就像是一朵饱受摧残的花朵，甚至容不得一丝惊喜。

这一幕，亦与六年前一模一样。卓王孙眼中泛起一丝痛苦之色。

生命的画卷，竟如此残忍，将已翻覆过的篇章再一次打开，从头展示斑驳的血痕。

吴清风悠悠道："造化，总是这么神奇。我们寻到嫚儿时，发现她身上也有种古怪的病，只要一天不吃这种药，她立即就会死去。这种药用奇方异术制成，只有皇家才能够供给。或者，还有华音阁。"

说着，他拿出一个小小的琉璃瓶，递到卓王孙面前。

月光将嫚儿的痛苦照得那么清晰。

只要他接过琉璃瓶，给她药丸，他就会救活另一个小鸾。

一个同样孱弱、透明、稚弱、伤感的小鸾。

就如六年前一样。

卓王孙的眼中，泛起了一阵轻微的波澜。

月色，将嫚儿的面容照成迷蒙的痛楚，那么近，又那么远。失去的，还会再次获得吗？

她还能再被他拥在怀里，溶在生命里，成为唯一的依赖，用琉璃一般的眼眸看着他吗？

她还会永无所求，只是单纯地依恋着他，单纯地欢喜，单纯地忧伤吗？

是的，只要接过这个琉璃瓶，送给她，他就能再一次拥有这一切。他不用疑惑，唯一要做的，就是感谢上苍再次给了他机会。

卓王孙接过琉璃瓶，轻轻叹息。

"不，小鸾已经死了。"

嫚儿猛然一窒，惊恐地看着卓王孙。她能感受到他的心，不相信他不肯救她！

那又有谁不肯呢？

卓王孙脸上的表情却渐渐冰封。他的七情六欲就像是那位已死去的少女，被装进棺木，钉上长钉，深深埋葬于黑暗的渊薮。

从此，唯有青灯孤柏相伴，再不会有任何生机。

嫚儿的痛苦让她说不出话，她挣扎着，从地上支撑起身体，向卓王孙爬去。她想靠近他，让他看清楚这张脸。她知道这张脸属于他最喜欢的女子，他无法拒绝这张脸，尤其是她痛苦的时候。她只恨月光是如此朦胧，不能将她的痛楚细微地刻画出来。

但，她只感受到了失望。当她终于抓住卓王孙的衣角时，她看清了他的眼睛。

那是一双只余下宁静的眼睛，漆黑而深沉。那双眼睛看着她的时候，仿佛只是看到了一朵即将凋零的花、一片即将飘逝的叶、一丛即将融化的雪。

方才他眸子中闪烁着的那点柔软，已经装进了棺木，深深埋葬，一如小鸾，也一如未来的她。她无论怎么痛哭，也只能眼睁睁地看着黑暗将一切吞没。

她不死心，仍想做最后一次尝试。

他是她的终点。她要依恋在他身边，受他呵护，为他所爱。她不能这样死去。

她用尽了所有力气，吐出了一口气："哥哥……"

卓王孙眼神骤然一震。

那声呼唤是如此熟悉，如此亲切，让人禁不住动容。那是小鸾对他的呼唤。

卓王孙忍不住向她伸出手。

但这一声呼唤，用尽了嫚儿的生命。在他的手触及她之前，她的生命之花已经零落。

卓王孙的手僵在半空中。仿佛经历了一千年、一万年，嫚儿的身体方才倒下，在冰冷的地上委顿。他亲眼看着她死去，就像是又看着小鸾在他面前死去一次。

他所经历过的痛苦，又一次在他眼前上演，如此狰狞，却不再疑惑。

六年前，他错了第一次，绝不会再错第二次。

慢慢地，卓王孙收回了手。

嫚儿静静地躺在地上，嘴角的微笑令她看上去就像是睡着了一般，什么痛苦都不能再伤害她了。

卓王孙慢慢转身，微微仰起头，看着月色，就像是承受着这道光的洗礼，洗净尘土，青衫磊落。

慢慢地，他走到巨石前坐了下来，就像是坐在冰冷的王座上。

吴清风与嘉靖一步步后退，眼睛里写满了惊恐。

他们无论如何都料想不到，卓王孙竟真的见死不救。他曾经为小鸾做的一切，在江湖上广为流传。他们绝对想不到，他竟会让另一个小鸾死在自己面前。

就算明知道是假的，也没有人能够如此残忍。

这世间，再没有什么东西能够触摸到他的心了吗？

他们一步步后退，感受到死亡的气息冰冷地将自己包围。吴清风忽然后悔，自己为什么定出这么拙劣的计策，到御宿山来祭天！

卓王孙轻轻张开手，一朵桃花被山风惊动，旋落在他掌心里。他凝视着那朵花，久久不语。

吴清风与嘉靖继续一步一步地后退。

卓王孙身上散发出的冰冷气息让他们从心底感到恐惧。这个人的心已不可捉摸，他们的生命像是他手中的那朵落花，危在旦夕。

忽然，卓王孙笑了笑，猝然合掌，让那朵落花在手中化为一点嫣红的泪。

冰冷刹那瓦解。

“帝王之尊，稀世之礼。不知两位所求何事？”

吴清风心中狂喜，似乎又看到了事成的希望。

“阁主请看。”他匆忙走到那座祭台之上，只见祭坛上面搭着的匾额上，赫然写着三个大字：御书房。

他朗声道：“此次祭天，动用了十万人力，将整座御书房从京师大内移了过来，化成这座祭台，只是为了让阁主看一件东西。”

他走到匾额之下，手抬起来。

御书房的门楣也是用整株紫檀木雕就的，上面写着四个字：必亡外族。

字迹用黄纱笼着，显见皇室对这四个字极为重视。吴清风小心翼翼地将黄纱揭了下来，用手指一寸寸拂去字迹上的尘埃。

卓王孙皱了皱眉头，吴清风大费周折，甚至冒着生命危险，就是为了让自己看这四个字？

吴清风道：“大明开国，有一个人的功劳最高，就是青田先生刘伯温。太祖龙兴，得青田先生之助最大。传说青田先生有鬼神莫测之能，但可惜的是辅佐太祖取得江山之后，就挂冠而去，从此不知所终。”

他叹了口气，道：“世人都说先生已成仙而去，但我知道青田先生与当年的华音阁主是好朋友，很可能便是隐入了华音阁中。青田先生极为擅长奇门遁甲，想必入阁之后，必定会对阁中的四天圣阵做些改动。极有可能，此阵的阵图便经过先生重新绘制，所以威力才如此巨大。阁主想必对先生的笔迹极为熟悉，一眼便能看出这究竟是不是先生的亲笔。”

卓王孙道：“不错，青田先生是入了华音阁。”

他不回答吴清风的问题，但既然没有否认，那么就是认可了此乃青田先生的亲笔。

吴清风道：“青田先生挂冠之前，不忍一手辅佐的大明江山崩坏，于是窥探天机，留下了这四个字。历代皇上都对其极为看重。我大明最大的敌人乃鞑靼，正是外族，是以开国至今，数次对鞑靼用兵。天幸我大明，在本朝终于有了结果。俺答汗来降，大明再也不用担心北方之族了。”

卓王孙淡淡道："如此，岂不甚好？"

吴清风深深叹了口气，道："可惜一波才平，一波又起。"

说着，他走到祭桌旁。祭桌上摆着的除了供品，就是一摞摞奏章。他取了最上面的一本，道："阁主请看。"

奏章打开，只见上面第一行用朱笔圈着一行大字：朝鲜藩王急请宗主大明派兵驰援，倭军突袭朝鲜，攻陷平壤。十万火急。

吴清风见卓王孙不语，道："奏章中说日出之国聚集了十万大军，侵入朝鲜，不到半个月，就从釜山打到了平壤，朝鲜军队不堪一击，全国陷落，就在顷刻之间。"

说着，他拿过一张地图，手指在朝鲜的部分滑过，脸上的皱纹都深深堆起："只怕倭军狼子野心，图谋的不是朝鲜，而是我大明的万里江山。他们的目的，是攻占朝鲜作为跳板，北进而入辽东，南下而占中原。

"我大明历经战乱，特别是吴越王之乱，军备几乎全部瓦解。日出之国刚经过战国时代，军备精良，战斗经验丰富，一旦开战，胜负难料。拖延下去，国库空虚，灾祸丛生……或许青田先生预示的亡国之祸，就因此战而起！"

卓王孙淡淡道："如此，国师不去备战，来此处祭天何为？"

吴清风道："能救得天下的，就只有一人！那就是华音阁主卓王孙！"

他猛然仰起头，带着焦灼的渴望："东海倭寇之战，别人都以为是杨盟主率领中原武人取得的胜利，但据我所知，若不是阁主一路破坏其根本重地，吸引了倭寇的注意，杨盟主只怕绝不可能取胜。更是因为阁主，幽冥岛才会陆沉，彻底攻陷倭寇老巢。可以说，这场胜利，阁主的功劳最大。杨盟主虽然也立下了汗马功劳，但比起阁主来，就算不得什么了。何况，华音阁历经千年经营，阁中藏着多么强大的力量，想必也只有阁主才知道。若是阁主肯倾全力对抗日出之国，必能赢得朝鲜战争的胜利，保大明社稷与黎民百姓的平安。贫道谨以天下生灵涂炭之大难，恭请阁主出山，平定朝鲜之乱。"

说着，他深深鞠躬。

卓王孙凝视着他，目光缓缓扫过嘉靖、祭坛，乃至委顿在地上的嫚儿。他眼神平静，似乎看到的，不过是芸芸众生织成的蝼蚁之图。

一封封奏章摆在他面前，被夜风吹拂翻卷着。奏章中的文字，在他的目中流过。那是百余座城池州县的陷落，千万人的死亡。

镜中神王的谶语，于斯浮现。

——你是万千亿恒河沙数无量世界的神王，你执掌着无量世界亿万生灵的命运，而你的命运，也必须按照既定的仪轨前行。如若违反，将有大灾劫发生。

——你必须回归，因为你已完成了神王契约，灭之力已经开启。若不回归，这个世界，会渐渐受它影响，终将毁灭。

这，就是大灾劫。

只要他不回归神王之位，这一切，就必定会发生。

微风会成为暴风、狂风，直至席卷一切的飓风。他在意的人，将会在这场飓风中死去；他所存在的痕迹，将会彻底被抹杀。

华音阁宏伟的殿宇，将会倾覆破败，只剩废墟。虚生白月宫、东部苍天青阳宫、西部均天少昊宫，南部炎天离火宫、北部玄天元冥宫，终将坍塌成灰。甚至，这个世界都将会迎来大杀伐、大征战，兵灾战火会焚烧寰宇，天下苍生都会在一场场残酷的战斗中化为白骨。

谁也无法幸免。

这一切都是他引起的，是他在岗仁波齐峰顶，选择放弃破坏神格、留恋人间的代价。

幽冥岛上，他本已做好了面对一切的准备。只是，没想到这一切来得如此快、如此猛烈，一开始，就以两国之战、千万百姓的牺牲，雷霆万钧之势，降临他面前。

这是神意在逼他，逼他接受命运——成为破坏神王。

他可以认输，接受命运做好的安排，坐上那荣宠无比的神王之位，唯一的代价，是让“卓王孙”这个名字，宛如没存在过：所有见过他的人，化为白骨。这样可以保全世界不至于崩坏。

让相思、秋璇、琴言、韩青主……都消失吗？

众生与见过自己的人，似乎是一个太难的选择。

然而，还有一条路，就是在不屈从神王的前提下，靠他自己的力量，弥平这场战争。

但这可行吗？这场战争里，他的对手是日出之国强大的军队，也是破坏之神的神格，是他不愿回归的本相。

他可以击败任何强大的敌人，重劫、俺答汗、帝迦，但他击不败自己。

所以，这是必输的战争。

他又如何去打一场必败的战争？

慢慢地，卓王孙嘴角浮起一丝微笑。

“好。我答应你。”

吴清风一震，他没想到卓王孙竟会答应。

“但我有三个条件。”

吴清风眉头一紧。卓王孙提出的要求，绝不那么容易满足。但他随即释然。既然有条件，就证明卓王孙说的，绝不是戏言。

他行礼道："阁主请讲。"

"第一个条件，绝对的权力。从战争开始直到结束，所有赴朝将士必须完全听命于我。全军行动进退，只由我一人指挥，绝不可有人违抗。而中原朝廷，上至九五至尊，下至文武百官，亦不可有丝毫干涉。"

吴清风松了口气。这个条件好满足。自古将在外君令有所不受，既然要卓王孙出征，当然要号令三军。他躬身道："我请皇上赐尚方宝剑、虎符令旗，天下之人，莫不听从。"

卓王孙点了点头。

"第二个条件，我要杨盟主做兵马大元帅，统率正道武林豪杰，随我出征朝鲜。在此期间，他亦要绝对听我节制。"

吴清风一惊。他没想到，卓王孙竟然提这样的要求。正道与华音阁几乎是水火之势，彼此不能相容。要想让正道豪杰受华音阁的率领，这几乎是不可能的事情。他深深皱着眉，思索着，良久，方才道："贫道必尽全力说服杨盟主。"

卓王孙淡淡地笑了笑："不用了。我会亲自去找他。"

那时，朝鲜将是他的战场。

两位神王的契约已经实现，但他和杨逸之的战争，没有结束。也许，在这场大灾劫中，才会有最后的结果。

缓缓地，他说出了又一句话：

"第三，我要天下缟素。"

吴清风大吃一惊。

天下缟素？为谁？

卓王孙冰霜般的目光中，闪过一丝悲痛。

吴清风霍然明白。天下缟素，为的是那个与嫚儿极像的人。那是卓王孙心中唯一的痛，他们今天，又把这痛揭开了。

那一日，他亏欠了她一个葬礼。于是他要万千众生同声哀哭，为一人辞世致哀；他要茫茫世界，化为皓白，为一人之伤痛陪葬。

这才是他真正想要交换的条件。

强如卓王孙，也不能让天下人为他的伤痛缟素。那只有帝王的威严，才能做到，亦是皇帝在天平上唯一的筹码。

但大明对礼法看得极重，尤其是当朝文官，个个都宁折不弯。天下缟素，只有在最重要的几位皇室宗亲驾崩时才能颁令天下，否则，当朝官员便会死谏，宁死也不能让这样的乱命颁下去。

卓王孙盯着他，冷冷道：“我说的天下，是全天下。”

全天下？吴清风的心更沉。那并不仅仅是大明，还有蒙古、朝鲜、日出之国。朝鲜乃藩国，向来顺从明朝旨意，不必考虑。但蒙古乃宗亲之国，日出之国更是敌国，令这两国亦缟素，那几乎是不可能之事，哪怕皇帝驾崩，也未必能做到。

但显然，他们若不答应，卓王孙绝不可能出兵朝鲜。

吴清风在心底权衡、思量着。忽然间，他想到了一个人，这个人的身份虽然未必如帝王尊崇，却恰好阴错阳差，成为诸多因缘交会的枢纽。如果有恰当的时机、恰当的安排，此人之死，的确有可能让四个国家同时为之缟素。

刹那间，吴清风心底有了一个近乎残忍的决定。这个决定，让他那张鹤发童颜的脸也灰败起来——那是他不能放弃的坚持。但放弃它，又是唯一能令天下缟素的可能，再没有别的办法。

一方面是天下苍生之涂炭，一方面是一人之牺牲，究竟该选择谁？

或许，他根本不必犹豫。

吴清风抱拳，向着卓王孙艰难地道：“阁主，我答应你。”

一句话说完，他的声音变得苍老无比。

卓王孙注视着他。这时，他看到的，不是权威显赫的国师，而只不过是个垂垂老者。却也正是这个老人的憔悴与痛苦，让这些条件得到了保障。

他淡淡一笑：“但愿如此。”

他举起祭桌上的酒杯，杯中的酒与月光相互映照着，就像是夜色中荡漾的海。

上面浮着的，是众生之血。

第二章

# 自是河山战鼓频

卓王孙走进来的时候，杨逸之正坐在桃花树下。

桃花落在白衣上，如杜鹃泣血，浅深留痕。

杨逸之面前放着一卷棋谱，一盘残棋，手中拈着几颗棋子，正在沉吟。桃花被微风吹起，在他身边旋舞，他整个人仿佛都被照得透明，与周围的青山、碧水、花树、落红融为一体，再不分彼此。

白云为衣，清风为佩。

卓王孙在他面前缓缓坐下。

两人中间，隔着一桌残棋。

杨逸之挑了挑眉，想要招呼卓王孙。但卓王孙的身形一动不动，他凝视着那局棋，拈起一枚黑子，放在了天元的位置上。

本来陷入僵局的黑棋，立即仿佛一条巨龙首尾相连，迸发出活力，昂首奋进，似是要撑破棋局一般。

卓王孙抬起头来，悠然望着杨逸之。杨逸之的目光却落在棋局上。

黑白棋子搅在了一起。混战的，是苍生，还是情缘？

他知道，当卓王孙坐下来时，这局棋已经开始，他亦无法逃避。

杨逸之拈起一枚白子，下在了左下角。这枚棋，温和柔顺，没有半点杀气。棋子下后，下方的白子就像是连成了一片水域，龙虽奋迅，却无法飞越这片大海。

卓王孙又拈起一子，下了下去。桃花纷飞，两人静默不语，寂静手谈。

棋局渐渐丰满起来，两人落棋的速度也越来越慢。

左上右下，局势已基本明朗，卓王孙与杨逸之各占一边，功力悉敌。右上几乎还没落子，左下却杀得惨烈。无论谁只要落错一个子，就会完全陷入被动。

卓王孙手持一子，正要落下。突然间，微风吹起一瓣桃花，飘过他的眼帘。他心中起了一阵惆怅，停棋不下。

桃花缓缓飘落，正落在棋盘之上。

卓王孙不禁动容，沉吟着，慢慢地将棋子放了回去。杨逸之等候良久，不见他落子，不禁诧异道：“卓兄，怎不落子？”

卓王孙一笑：“我已经落了。”

他手指伸出：“就是这瓣桃花。”

淡红色的花瓣浮在青色的石枰上，孱弱得就像是一抹胭脂。杨逸之亦不禁动容。

若这就是卓王孙的落子，那么左下之局，卓王孙将完全陷入被动。

这枚棋子，将卓王孙的局势完全打乱。

杨逸之道：“桃花怎能算棋？”说着，他伸袖想要拂去这瓣桃花。太容易的胜利，他宁可不要。

卓王孙淡淡道：“若它是我想要的呢？”

杨逸之一怔。

卓王孙忽然抬起目光，凝视着他，眸子仿佛大海般深沉。

那一刻，杨逸之忽然明白了他的意思。

这棋局，是他与卓王孙的天下。他们争夺的，是万里河山，是芸芸众生，抑或不过是一瓣嫣红。

两人寸步不让。

那是一位王者笑傲踞坐在王座上，冷冷对着自己的敌人。

杨逸之的目光缓缓滑落，落在棋枰上。他胸中忽然泛起一阵难耐的火热。

既然如此，他又何必让？

他沉着地落下一子，斜倚在桃花之侧。莹白的棋子与嫣红的桃花映衬在一起，夺目凄艳。像是陪伴，又像是决绝的争衅，将那条黑龙与桃花隔成了两截。

卓王孙将一枚黑子放在右上处。杨逸之微微一怔。这枚子看上去毫无用处，右上几乎是空的，一枚棋子做得了什么呢？卓王孙又为何要在毫不相干之处落子呢？

杨逸之几乎忍不住要在桃花的另一边再下一子，这样，就仿佛手臂一样，将桃花完全抱住，卓王孙将再也不能与他争夺。

但就在下子的那一瞬间，他猛然一凛，看出了卓王孙的用意。

右上的那一子，虽然看似不经意，却隐然有吞并天下之意。若是杨逸之再在桃花旁落一子，卓王孙将取得先手，只要在右上再落一子，就可以将左上、右下连成一片，不但将杨逸之在右下的优势吞并，还将席卷整个棋局，取得决定性的胜利。

若他再执着于桃花，将输得一败涂地。

幸好此时他已看出卓王孙的布局，便可在右上与卓王孙一争高下。但如此一来，他就再也没有时间落下在桃花旁的那一子了。

这对于杨逸之来讲，是那么艰难。

他几乎忍不住就要落下那一子。胜负、天下，真的就那么重要吗？

若是全局皆输，暂时的拥抱又有什么意义？

然而若是顾全大局，就连暂时的拥抱都将不能有，一辈子，都将只能远远地望着，与她擦肩而过。这样的痛苦，就连全盘的胜利都不能匹敌。

杨逸之伸出的手指，忍不住微微颤抖起来。

终于，他将手放下。

面对那片桃花，他做不出选择，宁可弃子认输。

卓王孙凝视着他，慢慢地笑了："跟我去朝鲜。"

杨逸之一怔："为什么？"

卓王孙笑了笑，推开棋枰，从容起身。

"因为，没有你我的地方，就不是天下。"

而后，他转身走入了阳光中。

风，突然吹了起来，那瓣桃花从棋枰上飘起，正落在杨逸之的手心。

不看到这么大片的金达莱花，就不知道已经来到朝鲜。

山水都是一样的，这个异国并没有太多特点，长久以来早就被中央帝国同化，无论穿着、饮食、建筑、风俗，都带着明显的中央帝国的烙痕。如果是从辽东地区过来，这种感受会更加明显，甚至不会意识到已经过了鸭绿江，进入朝鲜很长一段路了。

如果不是金达莱花。

漫山遍野红艳艳的金达莱花，是这个国家的象征。初春的时候，遍地都被这种卑微而普通的花染红。鸟群飞过，牛马走过，人群践踏过，它们依旧灿烂、炽烈。这时，就没有人再觉得它们普通。

宛如这个国家备受欺凌的历史。

相思骑着胭脂马，走在队伍的中间。队伍被明显分成了三部分。

左边，是武林正道群豪，少林、武当、峨眉、崆峒、铁剑等门派的弟子几乎全部出征。

他们在南海倭寇之役[1]中早就已经共同作战过了，相互之间的配合都很默契，军纪也很严明，组成一个个罗汉阵与真武剑阵，整齐有序地行走着。一面绘着飞虎的黑旗猎猎挥舞在军前，象征着他们的军号——飞虎军。他们的盔甲全是黑色的，看上去威风凛凛。

右边，是华音阁的弟子。他们的队伍就相对松散一些。队伍之中有几百辆大车，每辆车上都高高地堆了几十个大箱子，全用铁锁锁着，不知道箱子里装的是什么。他们的队伍虽然松散，但隐然有着某种规律，前后连贯在一起，轮流着警戒、休息，互相照应。他们身上的蓝甲上装饰着潜龙的图案，与飞虎军形成了鲜明的对比。

这两支队伍，虽然没有冲突，但暗地里仿佛有着涌动的暗潮，谁也不服气谁，相互之间较着劲。卓王孙与杨逸之骑着两匹骏马，走在两支队伍的前面。他们虽然一直在讨论军情，但相思总觉得他们越来越生分了。

或许，这一切都是因为她，相思轻轻叹息了一声。

两支队伍后面，是明朝派出的正规军。经过吴越王之乱后，明朝军力大衰，这次派出的援兵仅有两万余人，由大将李如松率领，跟随在卓王孙、杨逸之之后。这支军队，身披红甲，上面装饰着朱雀的羽毛——朱雀军。

他们走过开满金达莱花的田野，突然，队伍停止了。

相思纵马向前，就见道路旁边跪着一群人。他们有老有小，手中都托着篮子，身上披着花红，满脸期待地望着大队人马。

一名八十多岁的老者缓缓跪行了出来，将手中的篮子举到了卓王孙的马前。

“小人朴老头，率领朴家镇的百姓，恭迎大明天兵前来剿灭倭贼。请天兵稍歇洗尘。”

他手中的篮子里，是家常做的面点、酒肉，都用红笔点了红点，篮子上还结了一朵大红花。他仰望的脸上，充满了希冀与欢喜。

相思鼻子一酸，仿佛从这个老人身上看到了荒城的百姓[2]。她完全能理解这位老人为什么如此欢喜。

如果当初荒城的百姓能够见到这样一支救援的军队，会怎样？相思的心轻轻抽搐了一下。

荒城的百姓没有等到援军，但朝鲜的百姓等到了。她该为朝鲜的百姓欢喜才是。这次出征，是她最高兴的事。曾经无数次，在地心之城的牢狱中，在草原之王的营帐里，她都幻想，如果这位青衣的王者能够统兵前来，那么，她的苦难与他们的苦难都将瞬间瓦解。

于今，她终于追随他来拯救世间的苦难。虽然一路上他都没有望她一眼，只顾着听斥

---

① 事详《华音流韶·雪嫁衣》。武林人士曾在杨逸之带领下剿灭南海倭寇。

② 事详《华音流韶·风月连城》。相思曾率领荒城的百姓，抵抗蒙古侵略。

候们汇报消息、侦察地形、研究军情，她仍感到非常幸福。

因为她知道，她曾经祈盼的，都化为现实。她还苛求什么呢？

卓王孙淡淡道："不必了。"

朴老头跪倒磕头："大人请歇息吃饭吧。小人探听到，倭贼有一支军队正向朴家镇而来。天兵们吃饱了饭，好去作战。"

卓王孙淡淡道："不必了。"

朴老头看了看卓王孙身上的锦衣，又看了看篮子里粗劣的饮食，像是明白了什么，哦了一声，站了起来。

"小人这就前头带路。"

他颤巍巍地拄着拐杖，向前行去。

卓王孙的马匹，并没有随他前行。朴老头走了两步，感到有些不对，吃惊地回头，就听卓王孙道："众将听令，全速前进，直指……"

朴老头心中一喜，卓王孙随后所说的两个字却一瞬间击垮了他的意志。

"平壤！"

朴老头大吃一惊，一声怪叫，扑倒在卓王孙的马前。

"大人！您不是来解救朝鲜的吗？倭贼正要攻陷朴家镇啊！您务必救一救此镇！求求您了！"

卓王孙淡淡道："我是来救朝鲜的，不是救一个镇的。"

他纵马从朴老头身边经过。朴老头跪着的身形，已经僵住。

突然，一人道："站住！"

卓王孙眉峰皱了皱，就见红影一闪，相思骑着胭脂马挡在了他面前。这个女子脸上写满了惊讶，问道："为什么不救他们？"

她的喜怒哀乐，都是这么简单，什么都挂在脸上，什么都不隐藏。

卓王孙凝视着她，的确，他看到的是相思，是什么时候都这么善良的相思。

相思绝不会允许面前有任何苦难而放任不管。

他也知道，朱雀军与飞虎军中有很多人，也在等着他的回答。

他问道："朴家镇有多少人？"

朴老头："三千……三千多人。"

"平壤城呢？"

朴老头哑口无言。对于一个生活在边陲野镇上的老者来讲，平壤太遥远。但卓王孙等着一个答案。韩青主驱马向前，禀道："整个朝鲜约有三百二十万人，其中近四成的人生活在汉城、平壤两座都城之中。汉城稍大，约有七十万人，平壤稍小，约有六十万人。"

卓王孙："平壤如何？"

韩青主："我们出发之前，派了先锋部队急行军前往平壤。参将戴朝瓣、游击史儒等人率领骑兵三千余人，飞骑而行。出发前与他们约好每日互通消息，但自十日前，就再也没收到过他们的音信，估计……估计已经全军覆没了。"

每个听到这话的人，心中都是一惊。那预示着，这个国家的第二大都城，十有八九已沦陷在倭贼的铁蹄之下。如果不赶紧驰援，城中的百姓就会迅速死去。

六十万对三千人，该怎么选择，结果不言而喻。

朴老头颤抖着身子，缓缓让开了道路。他已接受他的命运。的确，他的命运与这个国家比较起来，是微不足道的。

相思咬着嘴唇。

她知道，自己不能勉强卓王孙去救朴家镇。

但至少，她可以去。

这场战争，缺少了她，不会影响什么。但她或许可以带领着朴家镇的百姓躲过倭贼的追杀，就像曾经的荒城一样。

她驱马走到朴老头身边，道："老丈，你带我去，我帮你守住镇子！"

朴老头仰头，脸上是迷惘的惊喜。

这个女子脸上透出的坚毅，让他感到莫名信任，仿佛只要有她在，他的镇子就一定能够得救。他忍不住答应："好！"

卓王孙道："不可以。"

相思骤然回头："为什么不可以？你们继续前往平壤，只有我一个人去，有什么关系呢？我一个人又影响不了什么！"

卓王孙转身，他对着的，是杨逸之。

"杨盟主。"

杨逸之像是突然从迷梦中惊醒，他刚才似是一直沉沦在对往事的回忆中，下意识地回了一声。卓王孙："若是她失败了，你会不会去救援？"

杨逸之看了相思一眼。

会不会？他一定会。

就算整个世界沦入炼狱，他也会化为一方净土，擎着这朵莲花静静地开放。

卓王孙一字一顿地问："你若去救，会带多少人马？"

多少人马？多少人马都不够。

杨逸之像是又陷入沉思中。荒城中曾经发生的一切，迅速在他脑中闪现。如果当初他有几千兵马，她还会受苦吗？

不会。

所以，这次他将尽最大的可能守护她，不会让她再受半点委屈。

其实，答案并不需要他说出。飞虎军、朱雀军、朴家镇的人，都知道了答案。

如果相思执意要去，那么这支军队将分裂。随着救援的增多，军队也会分裂得更多，最终，将成为一盘散沙，失去战斗力。

这支军队的人并不多，而倭贼，传说有五十万人。

分散的明军，会在一瞬间被消灭。

朴家镇的百姓，慢慢地分开，让出一条道路来。

潜龙军、飞虎军、朱雀军，从他们中间走过，看着他们绝望的眼神，所有的士兵都感受到了心底的痛楚。但他们知道，他们必须忍受这种痛楚，因为，这就是战争。他们应该感激，他们的统帅做出了正确的选择。

他们踏着金达莱花，走向了他们的战场。

相思跟随在队伍的最后面。直到很久很久之后，她回过头来，都能看到那些百姓站在田野里，向她遥遥张望。他们的脸在丝丝细雨中模糊了，模糊在金达莱花淡红的颜色中。

这让相思感到一阵悲怆。

但她只能驱马前行。

第三章

# 斗茶客话千山雨

军队驻扎在一座小小的寺院里。这是座早就废弃的寺院，只有大殿跟有限的几个房间还残留着，其他的都已倒塌。佛像的头已被敲去，法身上的金漆早已剥落，又被岁月烧灼成斑斓的褴褛。

雨一直下着，只稍小了些。寺院里铺着的石阶还没有完全倒塌，比起野地里，还不算太泥泞。士兵们暂时在此停歇，准备过完这一夜，继续前行。

风吹着殿外的古树，一如多年前的暮鼓晨钟。

月写意率领华音阁的弟子，将大殿稍微遮蔽了一下，挡住了仿佛永不停歇的雨丝，又将佛像搬了出去，大殿终于有了些样子。

火头军们支起行军大锅，将食物倒进去，点起了火。不一会子，香气就飘了出来，在潮湿的寺庙中蔓延。每个人的脸上都露出了笑容。他们支起一座座帐篷，准备饱餐一顿，好好睡上一觉，为明天的急行军做好准备。

相思坐在窗前，看着外面的雨丝，不由得想到了朴家镇的那些人。他们躲过倭兵的追杀了吗？回到自己的家园了吗？虽然这样的可能性很小，但相思忍不住还是往好的方向幻想，同时，她对自己的妥协感到一丝憎恶。

卓王孙站在大殿上，丝毫没有要坐下来的意思。正道各派长老坐在四周，再外围是李如松与三位副总兵杨元、李如柏、张世爵等人。

每个人都不说话，似乎都让雨丝黏住了思绪。

夜渐渐沉了下去，浓密的夜色将雨丝裹住了，连灯光都像是浸在水里，漂着胭脂一样的红。

相思觉得这沉静是如此难耐，不由得站起身来，走了出去。

忽然，一个声音从院子里传了进来：“如此雨夜，有客远来，怎能不饮一杯茶？”

众位长老与总兵都是一惊。他们扎营在这座寺庙里，自然安排了很多巡逻之人，不但有军营中的斥候，还有少林、武当中的弟子，可以说万无一失。怎么让别人走进院子里还没有发觉？若此人是敌人，他们岂不早就遭到了攻击？

卓王孙眉峰一皱，道："寒气袭人，饮茶很好，只是客居并无此物。"

那人笑道："可巧我带来了。"

殿门被轻轻推开，两个人走了进来。

当先一人相貌极为怪异，赤眉红瞳，脸庞极为瘦削，长发飘飘，并不带伞具，但发上竟连一点雨滴都没有。他头上戴了一顶极高的丝冠，身上白衣如雪，却极为繁复，宽大的袍袖几乎垂到了地上。

无论是谁，裹在如此大的衣服中，必定会显得极为滑稽。但没有任何人觉得此人滑稽。不但不滑稽，还威严无比，宛如御临日出之国的八百万神明。

另一个人垂手立在他身后，手中提了个硕大的竹篮。被这人的锋芒挡住，几乎没有人注意到他。

当先那人笑了笑，拱手道："卓先生好。"他又转身道，"昙宏大师、清商道长……"

竟是每一个人都招呼到了，连几位总兵他都没有漏过。众人对望一眼，脸上都有些惊异之色。

此人相貌奇异，一看就不是中原人氏，更不可能认识这些人。他怎会知道每个人的名字？

显然，他对这些人早已了解，却没有人认识他。如果他是敌人的话……众人已经不敢想下去了，心态复杂地回了个礼。

那人走到卓王孙面前，盘膝坐了下去。他坐的样子很奇特，双腿紧并，跪坐在地上，下半身全部没在宽大的衣服中，样子怪异至极。

殿中之人都是一惊。这样的跪坐姿势，当世只有倭人采用。难道这两个人竟是倭人？他们远征朝鲜，就是为了剿平倭兵。这两人竟敢孤身入千万敌军中，如此胆气当真了得。

他们所来又是为何？

地上已经扫干净了，卓王孙缓缓坐了下来。

当先之人笑道："听说卓先生龙凤之姿，天日之表，仆甚为仰慕。今日前来，想向先生讨教一下茶道。"

这无疑是表明了身份，因为茶虽起源于中国，但中国文人向来崇尚自然，原不拘于此小节，是以茶并未称之道。只有日出之国贵族沉溺茶道，渐渐发展出一套奇异而独特的礼仪。众人听说他要讨教茶道，不由得都皱起了眉。

如果他要讨教武功，不论刀剑拳掌，众人都相信卓王孙必胜。但这般偏僻小道，可就难说了，万一落败，便挫伤了大军士气。

此人进门先呼出了每个人的姓名，而众人对他一无所知，已然输了一招。若是茶道上再输一招，那简直可称得上一败涂地。两军对垒，首先讲究的就是士气。士气一滞，胜败则不可言。

众人都望着卓王孙，只盼望着他不要答应。

卓王孙淡淡一笑："请。"

众人心中一紧。当先那人眸中露出一丝讶意，似是没有料到卓王孙会答应。他沉吟了一下，轻轻摆了摆手。

随行的第二个人跪在旁边，将竹篮中的东西一件件取出来，摆在两人中间。

不过是些茶壶茶碗、竹筷竹勺。槌形花瓶放在薄板上，花瓶里插着一枝菊花。瘦长的木架挑起一幅墨笔的字画，这几件东西一摆，就宛若建起了一座小小的茶室，清新淡雅，竟让恼人的雨也变得如飞蓬细丝，悠远有韵。

虽满腹担心，殿中之人也不自觉受其影响，放松下来。

随行之人拿出一个小小的四寸泥炉，放进去几块略带绿意的木炭，架起了一个形制古雅的霰釜，然后打开竹篮中一个黑色、上写"雪"字的陶壶，将水倾入釜中。不一会子，水面上就浮起一层细微的水沫。

他脸上露出一丝笑容，拿出了一个瓷做的茶罐，摆开两个茶碗，开始点茶。

他的行动并不快，恬静自然，宛如奇异的舞蹈，令人赏心悦目。他的笑容随着动作悠然变幻着，似是卧鉴山气，坐赏云容。袍袖拂动，淡淡的茶香传了出来，在沉闷的雨季中令人精神一振。

卓王孙伸手将茶罐拿过来，品鉴着茶罐上经过岁月长时间雕琢的花纹。只有经过这漫长的抚摸、擦拭之后，才能将它们本身的匠气涤去，显出自然的美来。

"初花之御肩冲，乃唐时的古物，传言为稀世之珍，果然名不虚传。"

他抬头，视线勾勒着那幅墨迹的笔峰：

"虚堂禅师的墨迹，在日出之国都很难见到。禅心已融到纸墨中，令人一见便感寂静，与宗易公素尚静寂的茶道真是相得益彰，什么评价都是多余的了。"

随行之人正将铁釜里的沸水冲到茶碗中，闻言不禁手抖了一下，水泼洒出了一些，脸上露出惊讶之容。

当先那人哈哈笑道："宗易，卓先生既然认出了虚堂墨迹、初花肩冲，自然知道当世拥有此两项宝物的，便只有号称日出之国茶道第一的千宗易了。不必惊讶。"

这位毫不起眼、宛如仆从的随行之人，竟然是日出之国的茶道宗师，地位尊崇无比的千宗易。

一旁，千宗易躬身行礼："卓先生真是好眼力。"

卓王孙微微笑道："应说秀吉公好福气，能得千宗易大师忠心追随。"

当先那人怔了怔，目光陡然锐利起来，隔着茶汤中升起的蒙蒙水汽，逼视卓王孙。但这锋芒也只显露了一瞬，随即就完全消失，那人笑道："卓先生眼力当真了得。不错，在下就是平秀吉。"

卓王孙笑道："应说是关白大人。"

平秀吉一笑道："无非虚名罢了。"

殿中之人都是大吃一惊。关白，这两个字在中原听来平平无奇，但在日出之国，那可是一人之下、万人之上的官职，相当于明朝的宰相。日出之国现今的关白更是一代枭雄，先后击败了明智光秀、前田利家、德川家康等人，统一了长期处于战乱割据中的日出之国。其国虽有天皇，但形同虚设，关白挟天子而令诸侯，便是国内实际的统治者。莫非就是这位平秀吉？

他是此次侵略朝鲜的主谋。他若被擒，只怕倭军立即就会瓦解。但他竟然只携一人来到敌军阵中，拜会天下无敌的卓王孙。他，究竟想做什么？

两人面色淡淡的，看不出究竟。旁边的千宗易道："请品茶。"

平秀吉拿起一杯茶："此碗亦是珍品，名唤尼子天目，茶是宗易公最擅长的浓茶。"

说着，他举起茶杯，分三口将茶喝完，平举茶杯，微笑看着卓王孙。

殿中之人不由得都倒抽一口凉气。

平秀吉的动作看起来平平无奇，但一举、一饮、一品、一放，无不若合符节，虽简单，其中却似隐含奥妙的禅意，与千宗易的点茶之道遥相呼应，便如插在旁边的那枝瘦菊，古拙奇丽，赏心悦目，显然便是在日出之国流行了几百年的茶道。

但中原之人，对这种"道"毫无所知。就算是无所不知的卓王孙，也绝不可能涉猎这等异国之道。

这杯茶，却又如何饮得？

众人的心渐渐沉了下去。

只要动作中有丝毫不符合规矩，必然遭到对方这两位茶道大家的耻笑。众人已经明白平秀吉前来献茶的用意。他就是想用日出之国独有的茶道，先挫明军的士气。

这无疑就是他此来的第二招。

所有人的目光都盯在卓王孙身上，看他如何饮这杯茶。

他的确不懂日出之国茶道。平秀吉方才的几个动作，看似简单，但无不经过多年浸淫，其中不乏细微精妙之处，却不是短短一眼所能学来的。卓王孙虽不谙茶道，但也知道平秀吉既然先饮此茶，那就表明第二杯茶，绝不能按照第一杯茶的方法饮。纵然他将平秀吉的手法学得一般无二，也必定会贻笑大方。

茶香逆人而来，微苦的气息，似是雨中隐秀的群山。

这杯茶，堪称天下之最。

卓王孙淡淡一笑："因何饮茶？"

平秀吉肃然而坐："正要请教。"

卓王孙："为了涤俗。"

平秀吉点头："不错。"

卓王孙："此处俗气太多，不宜饮茶。掌琴。"

身后一人柔声答应，只见一位女子踏着碎步走上前来。她微低着头，看上去柔婉宁静，淡翠色的衫子揽在雨中，就像是洇湿的一幅名画。她也席地而坐，膝上放了一张琴。琴才拿出，平秀吉不由得脱口道："好琴。"

那琴形式古雅至极，上面并没有雕刻花纹，静得就像是鸭绿江中的水波。但女子纤指才一拂，清脆悦耳的声音便流淌而出，所有人的精神都不禁一振。

平秀吉赞叹："传闻琴言姑娘的天风环佩乃世间第一名琴，今日一见，果然名不虚传。"

那女子正是华音阁中的新月妃琴言，闻平秀吉之言，不由得盈盈一笑，举指轻拢慢捻，琴音如泉，淙淙而出。

平秀吉脸上露出惊艳之容。

卓王孙："且慢。"

他从怀中拿出一个玉盒，道："你可认得此物？"

那个玉盒用的玉极为精良，温润清婉。琴言定睛一看，不由得失声惊呼，几乎将膝上的琴打翻。她望着卓王孙，两只秋月般的眸子中写满了惊惶与恐惧。

卓王孙淡淡道："我初入朝鲜时，遇到了一位故人，与他连对三掌，从他身上取下了此物。据说此物乃皇室旧物，珍贵至极。你若是能将曲子弹好，我就将此物赏给你如何？"

说着，他将玉盒拧开。盒中盛了几片沉香，卓王孙随手拈起，放在火炉旁，片刻之后，一缕淡淡的青烟从香上升起，才一入鼻，立觉心旷神怡。

名茶、名琴、名香，这座废弃的寺院，顿如开了一场优昙法会，曼妙无边。

琴言却面容惨变，几乎忍不住要开口问卓王孙什么。卓王孙淡淡的笑容却像是一座山，令她的话滞在喉中。

终于，她重新坐下，理着琴弦。这张琴她已弹了十五年，熟悉到不能再熟悉，此时却连丝弦都无法理顺。

一滴泪水落在琴弦上，琴言低着头，藏在散发下的那一抹娇靥，却已泪痕阑干。

连对三掌，天下绝无人能从卓王孙手下生还。何况，他最心爱的宝贝也被夺去了。那是他被迫离开京师时，所带出的唯一一件珍物，爱如性命，从不肯离身。

他，死了吗？

铮，铮铮——缭乱不成音，一二或如泣。

琴音起得很低沉，如山涧中剥离了花枝的落蕊，在风中寂寞地沉浮。断续滴落的泪水，滴在琴身上，轻微的敲击声，却和这一阕琴音融和得极为贴切，化成断肠之音。

殿中之人几乎连呼吸都忘记了，生怕这最细微的声音，都会惊散琴声。

恍惚之间，他们仿佛想起了如花的青春、曾经辜负的红颜，刹那间，已是泪流满面。

一曲消歇，满目凄凉。

只有淡淡的沉香与苦涩的茶香，盈盈镂刻在雨气中。

琴言的手按在弦上，心已死。

平秀吉的目光中也透出一丝茫然，这一曲的哀伤凄婉，显然远远超出了他的预料。沉湎茶道之人，自然于曲韵上颇为精通。琴声之妙，当然是越精通之人感受便越是强烈。

但他随即目光一肃，望向卓王孙。

这位绝代枭雄，虽然被琴声之美折服，却不忘此次前来的目的。

他一定要看卓王孙怎么喝这杯茶。

卓王孙也望向他。

刹那间，平秀吉的心像是浸到了冰水中，感受到一股无法想象的透彻寒意。他曾身经百战，杀人如麻，但卓王孙的目光中所蕴含的杀机，竟连他这样的枭雄都忍不住震惊！

卓王孙一字字道："这杯茶，不配我喝。

"只有天下独一无二的茶，才配我喝！"

平秀吉完全被卓王孙眸中的杀意所吸引，忍不住道："什么样的茶，才是独一无二？"

卓王孙："就是这样！"

一道惊虹倏然耀眼而出，平秀吉眼前的景象猛然崩溃。卓王孙青色的衣袖如流云一般掠过他眼前，他却仿佛定住了，不能言，不能动，甚至不能思考，只能困惑而木然地看着他伸过手，一把扼住了千宗易的咽喉。

平秀吉甚至能听到血从千宗易的脖子里喷出来的声音，就像是风声。

一束凄艳迸发的烟火，凝固在空中，无尽绚烂。

千宗易的惊惧、众人的惊呼、平秀吉的惊骇，都那么平静，仿佛是圣手临摹的一幅画。

漫天血尘中，卓王孙拈起那杯茶。

"这，便是天下独一无二的茶。从此，天下再没有人能沏出这样的茶。"

他说罢将茶一饮而尽。

平秀吉用尽全身力气，发出一声惊呼，踉跄后退！

这不是茶道，是修罗道！

他的后背重重地撞在门柱上，剧烈的疼痛让他猛然清醒了过来。

一张惊讶的脸出现在他的视线中，他忍不住出手抓住他："宗易！"

千宗易跪倒在他身前："主上，您怎么了？"

平秀吉的身形猛然滞住。片刻之后，他一点一点放松，脸上重新浮现笑容。卓王孙仍然从容淡笑着："你，看到了什么？"

茶碗被轻轻放在地上，褪却的，是最后一缕优雅。

平秀吉完全冷静下来，袍袖分拂，重新坐下。

他伸出手，长长的手指捻起一丝在火炉边上烧落的香尘，放到鼻尖轻轻闻了闻："卓先生认得虚堂墨迹、初花肩冲，平秀吉却不认得断魂香。在下甘拜下风。"

说着，他向卓王孙跪地行礼。

殿上众人又是一惊。传言断魂香乃西域传来的异香，香气直入脑臆，令人生出极为奇异的幻觉，乃来自另一个大陆的奇珍。

平秀吉方才惊惶后退，到底见到了什么幻象？

平秀吉拜完，叹息："日出之国崇尚惨烈悲怆之美，先生以带泪之琴、凝血之音饮茶，虽非茶道，却是茶道亦不能及的至高境界。在下心悦诚服。"

他站起身来，却仍然维持着敬拜的姿势。

"敬请先生，于平壤一战。"

卓王孙微笑不动，目送平秀吉走出了寺院。

众人都是疑窦丛生。

平秀吉为何就甘拜下风了，卓王孙又为什么会放过他？

趁着他士气受挫之时，将他擒住，擒贼先擒王，平壤一战，不是有利多了吗？

但卓王孙不说，谁也不敢问。

第四章

# 高阁登临雨后天

青草润湿的山头上，平秀吉与千宗易回头望着寺院。

寺院在三军的驻扎下，显得有些凌乱，但寺院正中的神殿，透露出不动如山的沉静。

平秀吉长叹一声：“卓王孙，果然不愧为天下第一的豪杰。”

“天下豪杰，无不在我掌握，只有他，我看不透。”

千宗易脸上也露出困惑之色，显然，他也想不到卓王孙竟会这么轻易地放他们走。虽然他们此次夜探敌营，有着十足的把握全身而退，却绝没有料想到，敌人竟根本没有出手的意思。

虽未出手，但卓王孙的气度、风范，已令他们折服。但这也无疑激起了平秀吉好战的热血。

经历了战国时代悲凉的岁月后，这位枭雄面对任何险恶之境，都从未服输过。他的赤眉红瞳中流露出炽烈的战意，在山岗上逆风飞扬。

平壤之战，必将是一场前所未有的——血战。

苍光山向大同江延伸着，在山峰的另一角，交汇着另一条古老的河流——普同江。牡丹台坐落在苍光山延伸的丘陵上，是这里最负盛名的古迹。七星门、普同门、含逑门、正阳门、长庆门、大同门将这座城市约束为三角形。与苍光山一起，瑞气山、锦绣山、牡丹峰点缀着大同江、普同江秀丽的景色。南面广阔的平原，又保证了这里的富庶。自檀君时代起，这里就是朝鲜最重要的城市之一。

这就是平壤，一座美丽、古老、富足、安详的城市。

而今，当卓王孙率着大明将士攀上牡丹峰，俯瞰平壤城时，却只感受到这座城市的破败、荒凉。这座城市已失去生机，不再有千年古都的堂皇气象。

城中的道路上，到处可以见到穿梭的敌军。名胜古迹已被拆除得七零八落，房屋、城墙已不顾半分美观，被改造成最实用、最耐受冲击的形式。

平壤城本号称柳京，城中到处是低垂的柳树，特别是大同江、普同江两岸，柳荫如织，朝鲜诗人郑知常曾写下“紫陌春风细雨过，轻尘不动柳丝斜”的诗句。而今，合抱粗的柳树已几乎被砍伐殆尽，留下的是一株株三四寸高的树桩。无数座铁炉、火炉冒着滚滚的浓烟，昼夜不停地打造着兵器、铠甲、炮弹、器械。

这座城市，已成为一座巨大的战争机器，随时会孤注一掷，重创敌人。

而城中的朝鲜百姓，全衣衫褴褛，在倭军的皮鞭下艰苦劳作着，他们不断死去，化成城墙下堆积如山的骸骨。

这座城，已陷落，唯余下泪之白、血之红。

卓王孙与杨逸之以及各位大将、长老俯瞰着平壤城，皆皱眉不语。

这座城已完全化成一座战争之城，没有半点冗余，每一分、每一寸，都为战争而设。攻下这样一座城，绝不是件容易的事情。

日出之国能在三个月内就几乎占领朝鲜全境，朝鲜官兵竟几乎没有还手之力，倭军强悍的战斗力，浓缩在这座城中，给每个观看的人以切身的震撼。

突然，山峰下传来一阵嘈杂的声音。有人大喊道：“不要阻拦我，我是来报告军情的！”

喧哗之中，只见一人冲上了峰顶，见到卓王孙纳头就拜：“小人申泣见过大人。”

只见他蓬头垢面，身上穿了一件破棉袄，背上背着一个破背篓，满面泥灰，背篓中装的是几件破衣服，还有个破锅，样子要多狼狈有多狼狈。

卓王孙道：“请起。”

申泣站了起来，腿一软，差点摔倒在地。旁边的总兵们看着，都笑了起来。

申泣道：“大人们不要见小人这个样子就嘲笑，小人也曾是有头有脸的人物，官拜巡察使，曾与倭贼大战过十余场。小人于今这么狼狈，是为了从倭贼的包围中逃脱，来投奔大人啊。”

卓王孙问：“你都打过什么仗？”

说起往日的雄风，申泣精神立即抖擞起来：“小人寒窗十年，熟读兵书。生平最擅长的就是骑兵战。当年女真族肆虐朝鲜北方，凶悍至极，杀官作乱，几十位有名的将领都奈何不得他们。小人率领三千骑兵，乘夜突袭，将他们斩杀过半。女真人逃跑，但哪快得过骑兵？被我追上去，几乎斩尽杀绝。小人也由于战功而拜巡察使。

“倭贼刚犯我时，一夜而占釜山。朝中多少将领都不敢出战，小人亲请王命，前去抗击。小人探听到倭贼以步兵为主，步兵哪里敌得过骑兵？于是小人在弹琴台旁布置了一万骑兵，分为三队，准备跟倭贼酣战一场，扬我朝鲜国威。弹琴台地方开阔，适合骑兵冲锋，且背对大江，退无可退，正是背水一战的绝佳之地。”

骑兵速度快，可以装备比较长大的兵刃，奔跑起来冲击力极大，的确不是步兵所能够抗衡的。申泣布置骑兵来对抗倭贼步兵，的确是很好的战术。当年项羽以背水一战之战术大败秦军，流芳百世，也是极为经典的策略。那么，这一战的结果如何？众总兵都竖起了耳朵听他说下去。

申泣长长叹了口气：“哪知天不佑我啊！小人千算万算，就是没算到弹琴台旁全是稻田，泥泞至极。骑兵根本无法行动。第一波骑兵冲锋之后，就全陷在泥田里，动都动不了。被倭贼砍瓜切菜般杀了个干净。第二波、第三波骑兵想要逃，但背对大江，逃也没处逃，只能硬着头皮冲锋。小人奋力血战，方杀出一条血路，逃了出来。可怜我手下那一万子弟兵，全为国捐躯了啊！”

说着，他号啕大哭起来。

众人听得又是惊，又是笑。此事实在太过离奇。怎么有人布下这样的战术，却不实地考察？这与纸上谈兵有什么差别？

申泣哭了一会儿，继续道：“小人逃到汉城，见到我王宣祖，禀告了败退理由。承蒙宣祖不弃，继续命我率军守城。但城中几乎已没有可用之兵，于是我就募集了几千人，拉到城外训练，哪知正在训练之时，倭兵就杀了过来。我军急忙逃跑，逃进城里还没来得及关门，倭兵就杀到了。汉城……汉城就这么陷落了。”

众人忍不住哈哈大笑起来。申泣怒道：“你们笑什么？我可是熟读兵书的！”

卓王孙淡淡道：“以你之见，要攻打平壤的话，该用什么战术？”

申泣本说得兴高采烈的，闻听此言，脸色霎时苍白：“攻打平壤？”

卓王孙点了点头。申泣哀号起来：“绝不能攻打平壤！

“您知道吗？镇守平壤的是加藤清正，号称是日出之虎的加藤清正！他不是人啊，是虎啊，老爷！平壤城内足足有守兵三万，都是凶悍狞恶之徒，我们怎么可能打得过？怎么可能？

“倭兵都是地狱中的恶鬼！十个朝鲜兵都打不过一个倭兵！要想攻打平壤城，至少要三十万军队才行！大人万万不可不听啊！”

卓王孙笑了笑：“你累了，且下去休息吧。”

几个士兵上来，领着申泣下去更衣休息。申泣一面走一面还扭过头来对卓王孙道：“大人千万要听小人的，小人熟读兵书，是不会看错的！”

卓王孙环顾众人一眼："你们怎么看？"

李如松笑道："大人过虑了。申泣此人虽说熟读兵书，但不过是纸上谈兵，于用兵之道可以说是一窍不通。朝鲜将领若都是这样的废物，无怪乎会被倭兵打得一败涂地。如此看来，不是日出之国太强，而是朝鲜太弱。但我大明则不同，诸位将领都是千锤百炼出来的精英，身经百战，计谋精熟。从申泣的叙述来看，倭兵也不过是一味勇猛而已，并没有什么谋略。我军作战，只要智勇结合，倭兵算得了什么？"

他此言一出，众总兵纷纷附和。

昙宏大师抚着胡须笑道："当日南海之上，传言倭寇多么剽悍，但还不是被我们全部剿灭？贼性是好则聚，坏则散，只要一开始将他们的气焰压下去，他们自然就气馁了。不用我们打，自己就会瓦解。"

正道群豪点头称是。镇海城外，南海飞云岛、暮雪岛之战，倭寇传说多么凶悍，还不是被他们打得一败涂地？倭寇将领们的指挥更是乱七八糟，根本没有计谋可言。哪里会是天朝各路文官武将的对手？

牡丹峰上阵阵欢声笑语，众人初见平壤城时感受到的震撼，已经被对倭贼的蔑视取代。大家摩拳擦掌，准备大战一场，彻底将倭贼剿灭。

杨逸之无声地叹了口气。

这件事绝不可能这么简单。诚然朝鲜官兵无能，但倭兵能在这么短的时间内占领朝鲜全境，战斗力绝不可小觑。这些倭兵都刚经过日出之国的战国时代，每个人都是身经百战的勇士。而大明官兵刚遭吴越王之乱，仓促募集而成，根本没有经过系统的训练。若是再这么轻敌，恐怕必要遭遇大败。

只看平壤城里的防御这么严密，就知道这座城绝不可能会轻易被攻破。

他忍不住道："申泣虽然屡败，但毕竟曾剿灭女真，也有些真本事。朝鲜也不乏死战抗倭的将领。倭兵犹能这么快攻陷全国，战斗力之强，不得不防。而且倭兵擅长火枪，都是由红毛国制造的，火力极强。近战威力巨大，我军装备的火铳远远不能及。万不可掉以轻心。"

李如松笑道："盟主多虑了。红毛火枪就算厉害，它还是要发一枪装一次弹药。两军对垒，能够让他发几枪？只要我军冲锋到近处，火枪就施展不开了，那时，倭兵岂不任由我宰杀？末将请将队伍分为两支，一支由末将率领，攻七星门；一支由李如柏率领，攻大同门。兵分两路，杀倭贼个措手不及。请大人下令！"

其余的总兵也都豪情万丈，跪倒在地："请大人下令！"

杨逸之深深担忧。骄兵必败，这个道理已被验证无数次，但总有人不明白，必须用鲜血才能证明。

他轻轻摇了摇头，欲言又止。

卓王孙：“好，我将朱雀军分为两队，各一万五千人。军中所有的马匹全归你支配，这样便可装备三万骑兵，明日一早，你便可率领大军，突袭平壤。”

李如松、李如柏洪声答应。

卓王孙笑道：“出兵不可无赏。这便是我的奖赏，你需好好记住了。”

说着，他袍袖轻拂，帅帐旁边的大石上，猛然一阵哧哧声响，竟被他用指力凌空刻下了一个大字：贝。

字下面，是一行小字：四千零七百。

卓王孙道：“杨盟主，你的奖赏是什么？”

杨逸之沉吟着，长身而起。

帅帐另一边的大石上，也出现了一个大字：文。

字下面，也有一行数字：五千零两百。

李如松、李如柏对望了一眼，有些莫名其妙。但卓王孙跟杨逸之不解释，他们也不敢问。既然是奖赏，古代以贝为钱，那么“贝，四千零七百”就是赏金四千零七百两喽，那么“文，五千零两百”呢？是不是杨盟主两袖清风，没什么钱，所以等他们获胜之后，就写一篇五千零两百字的文章来赞颂他们？一定是这样的。

两人这么一想，立即又雄心万丈，高昂着头下山去。

第一缕曙光照在牡丹峰上。青翠的山峰，像是美人头上的一支玉簪，直插碧天。连绵的雨虽然停了，阴云仍密密地遮着天空，令人心生烦闷之感。

迷蒙的曙光将平壤城裹住，这座城似是还没有醒来。偶尔闪烁的刀剑的锋芒，让人感觉到山雨欲来的压抑。

城中最高的万景台上，摆了两个小小的蒲团。一人峨冠博带，踞坐中间，面前摆着一个小小的铁釜，釜中茶汤正熟。千宗易跪坐在另一个蒲团上，恭谨而宁静地点着茶。

甲光向日金鳞开。杀气弥野，大战前夕的紧迫感压着每个人的心，那人竟丝毫不在意，举着手中的茶碗悠然一笑，正是废寺之中，拜会卓王孙的平秀吉。

卓王孙亦含笑点头。

他站着的地方，却是平壤城正南方的七星门。

一面巨大的战鼓摆在阵前，战鼓鲜红，韩青主手里握着牛筋缠成的鼓槌，肃然立在鼓前。

卓王孙抬头遥望远方，他身上的青衣却像是一片云，一片飞扬的云。

第一缕阳光射下来的时候，卓王孙的衣袖轻轻抬起，斜指战鼓。韩青主的双手立即扬起，鼓槌轰炸在战鼓之上。

闷沉的鼓声，猛然响了起来。

鼓声撕破了清晨的宁静。太过巨大的铜鼓经过韩青主真气的轰击，仿佛是九天落下的雷霆，连整座平壤城都震动起来。

而与他相隔三里外的大同门，杨逸之身旁的清商道长也敲响了另一面铜鼓。

一东一南，两面战鼓仿佛两匹咆哮的上古巨兽，对着平壤城发出了一阵猛嘶。

缓缓地，无数顶盔贯甲、手握锋利雪亮兵刃的士兵，从牡丹峰后转出，在李如松与李如柏的带领下，兵分两路，越过卓王孙、杨逸之，向着城池进发。他们踏着激昂的鼓声，要将自己的热血洒在这座城头上，成就千秋不朽的传说。

一面、两面、三面……越来越多的鼓跟着响起，声音越来越大。更大的，是三万士兵齐步行进的踏步声。这单调的声音催生出炙热的战意，每个人都感觉到喉咙一阵阵撕裂的疼痛，不由得攥紧了手中的兵刃。

在即将到来的时刻中，他们或者杀死敌人，或者被敌人杀死。但无论如何，他们的生命都将轰轰烈烈地燃烧。

轰轰烈烈生，或者轰轰烈烈死。

黑压压的军队逼近了城门，猛然，同时停住。

李如松骑马立在队伍的正前方。他是大将，本不应该冲在队伍的最前方，然而对倭军的轻视，让他亲自披挂上阵，决定用一场干净利落的胜利揭开朝鲜战争的序幕。

倭军能够这么迅速地攻占几乎整个朝鲜，那只不过是因为朝鲜人太无能而已。我大明乃上国天兵，蕞尔小国岂能抵挡？

然而，当时这个蕞尔小国，竟然有四千万人。而大明这个泱泱大国，也不过才六千七百万人而已。两国之间国力的差别，绝不像大部分人想象的那么悬殊。

但大部分人固执而简单地相信，上国天兵一到，倭兵必定会瓦解。

李如松抬起了手，准备用一个潇洒的姿势发起冲锋的号令。

城门，就在这一刻骤然打开。

一匹马，像是狂风一样卷了出来。马上骑士大喝道："加藤清正，前来领教！"

狂风大作，黝黑的铁枪被他舞成一团黑气，轰然向李如松怒砸而下！李如松大吃一惊，本能地两只手臂往上一抬，耳听咔一声响，他手中的两柄精钢大刀被砸得粉碎。胯下的战马一声悲嘶，竟被这一枪砸得跪倒在地上！

李如松："开战！开战！"

但他的喊叫声完全被狂风吞没。漆黑的风，漆黑的骑士，漆黑的马，加藤清正就像是漆黑的猛虎，一头撞进了明军阵营中。顿时，火星四溅，无论什么沾到他，都被击得粉碎！

他身后，权右卫门、小早川隆景两员猛将手中的长枪宛如两条蟒蛇，狠噬明军！

李如松接过一把大刀，怒吼一声，向阵前冲了去。

一阵猛烈的火光猛然在他眼前闪现。他身边的士兵立即倒下了一片。

红毛火枪！

李如松神色一凛。但他瞬间就清醒过来，狂吼道："上！不能让他们有开枪的时间！上！"

骑兵的威力，在这一刻发挥了出来。中央帝国的骄傲让明朝官兵们没有那么容易被打垮，他们齐声咆哮，展开了冲锋。

火枪的距离，一瞬间被超越。悍勇的日出之虎加藤清正，也湮没在了滚滚的骑兵铁流中。

但倭兵对火枪的熟悉，超出了李如松的想象。他们有条不紊地开火，填药，上弹，再开火，流畅得就像是呼吸一样。红毛火枪的威力，也远远不是中原火铳所能匹敌的，竟能够轻易地穿透明朝士兵身披的钢甲。冲到阵前的骑兵们在成片地死亡，但他们成功地逼近了对手。

李如松挥舞着大刀，第一个冲入倭军阵中。他感到自己像是冲入了一片黏稠的血海。刀切入人体的声音、骨头碎裂的声音、惨叫噎在喉咙里的声音，混杂在火枪的轰鸣中，让他的大脑渐渐变得空洞一片，只剩下一个坚定的意志：冲锋、杀！

明军人数虽多，但训练有素，非常有规律地发挥了机动能力，各自完成任务。有人架梯子，有人运送伤员，有人负责防守，有人专注于进攻。不管是攻击的时候，还是受到攻击的时候，他们都维持着既定的阵形，坚守着自己的岗位。

这在战斗的初期，令明军取得了极大的优势。倭军队的阵形迅速被四面八方拥入的明军截断。但他们并没有恐慌，一面挥舞着刀枪与明军展开肉搏战，一面采取将明军引入己方枪炮的射程之内的战略。这让他们缓慢地扭转着战争的局面。

李如松骇然发现，当自己的士兵体力已几乎透支时，倭军仍然像疯虎一样冲刺、拼杀着。他心中感到一阵恐惧，他所与之战斗的，仿佛不是人，而是鬼，是恶魔，是为战斗而生的杀戮机器。

他的士兵，也几乎在同一时刻涌起了这样的想法。

这几乎让他们的斗志在一瞬间瓦解。他们仿佛是在与地狱中攀爬上来的恶鬼作战，永远无法杀死对方，永远无法取得胜利。这念头让李如松手中的大刀变得那么沉重，几乎无法举起。

而倭兵仍在发动一次又一次疯虎般的攻击。

常年战乱积累下的经验，让他们能在很短的时间内就修补好被砸烂的城墙。他们的阵形被一次又一次地冲散了，但他们极高的单兵作战能力使他们即使在落单的情况下，也能有效地作战。他们手中的火枪，即使在近战之中，也能有效地发挥威力，将敌人轰得血肉横飞。

不知什么时候，明朝的士兵开始败退。

他们不再相信，自己能攻下这座城。他们不再相信，自己能战胜这群恶鬼。

骑兵的优势，在这一刻再度发挥出来，他们掉转马头，疯狂地向后奔去。杀红了眼的倭兵狂喊着，疯狂地追赶着他们。

沉闷的鼓声，依旧轰炸着这座城池，但明军心中，再也没有了胜利的信念。

退！

李如松的马狂奔过卓王孙身边。几乎在同一时刻，李如柏也退到了杨逸之身边。青衣与白衣，顿时被战场上的尘烟染满。

卓王孙缓缓抬起头来。

如血的残阳照进他的眼睛里，让他感到了鲜血的暖意。他身子一错，宛如一只苍鹰般飞了起来。

“权右卫门！”

一声厉啸怒发，卓王孙身子如电，掠过苍茫长空！

权右卫门正杀红了眼睛，手中长枪像是出水的巨蛟一般，不断吞噬着敌兵的血肉，这一声厉啸才起，他不由得一凛，仿佛林中的鸟雀，被龙蛇盯上了一样。

他不由得抬头。

长空中没有一丝阳光，他眼前一片黑暗。

这让他感到一阵迷惘，本能地将长枪向上一举。一股雷霆轰然自空中劈下，他手中的长枪断成了一截又一截。

他一声狂吼，身子倒纵而出，血光瞬间在他眼前炸开。他胯下的战马化成一团热血，迸溅在他脸上。

他的惊骇并没有持续太久，因为一双冰冷的眸子，已将他锁住。青衣凛冽，就像是北海道冬天的海风，让他冷彻透骨。

他死了，甚至不知道死亡是怎么来临的。

周围的人忍不住狂喊道："开火！开火！"

倭兵一齐蹲下身子，手中的火枪喷出无数火舌，向着卓王孙轰击。卓王孙的身影却在刹那间消失。

"小早川隆景！"

厉啸声宛如死神的追索，在倭军上空响起。

倭军阵中，一名满面黝黑的大汉手握一柄大铁锤，厉喝道："杀……"

但，他只说出这一个字，整个人便刹那间粉碎。

卓王孙静静地站在那里，负手而立，就像是从来没有动过一样，淡淡道："还有谁？"

呼啦啦一声响，倭兵退下去十几丈远，竟没有人敢靠近他半步！

这个人，绝不是人，他是魔，是魔中之魔！他所说的话，是魔咒，只要喊出谁的名字，谁就必须得死！

卓王孙冷冷一笑。

倭兵追击的速度远超他想象，骑兵在仓促下并不能奔驰太快，有些倭兵已经抢进明军阵营中，与明军纠缠在一起，无法逃脱。

白衣一闪，李如柏被凌空提了起来。身影倏飞两丈，落在另一匹马上。杨逸之淡淡的声音传了过来："弃马。"

李如柏猛然惊醒，大喝道："后面的士兵，放弃马匹！掉转马头！"

这帮明兵本就是骑兵，虽然训练时间并不长，但骑术已相当了得，闻令齐声答应。前面的士兵伸出手，与后面的士兵握在一起，一用力，后面的士兵腾空而起，落在前马上，跟着一鞭子将后马抽得掉头奔去。

刹那间，几十匹马悲嘶着向后奔去，追赶的倭兵的阵形立即被打乱。明军抓住这片刻的机会，与追兵的距离拉开了几十丈。但倭兵的反应也极快，一群骑兵立即从城中冲出，加入追赶的行列。

李如柏大惊，连忙喝骂着下命令，更多的马匹被放弃，向倭兵冲去。这稍稍打乱了倭兵骑兵的阵脚，但李如柏知道，即使如此，他也无法逃脱，因为马匹驮着两个人，绝对跑不快，倭兵早晚会追上来。

他们的斗志已完全瓦解，一旦被追上，必将全军覆灭。

怎么办?

骑兵冲过山崖，向牡丹峰后奔去。

白衣突然一闪。

杨逸之凌空跃起，白衣就像是一枚利箭，直射苍天！一声清越的啸声就像鹤鸣般在九天震响。

追赶的倭兵忍不住都抬起头来张望。

日光倏然一暗，跟着，轰然炸开!

九天上的白色是那么耀眼，几乎让他们的眼睛都花了。日光凝聚在一起，倏然射出，牡丹峰一阵猛烈摇晃!

悬在山顶的巨石一阵剧烈晃动，猛然向山下滚了下来!

倭兵吓得脸色苍白，大喊道：“退！退！”

他们纷纷掉转马头，疯狂地向城中奔去。巨石形成的黑影霎时将他们覆盖，一连串骨肉碎裂的声音像爆竹一样传来，大地上留下一道触目惊心的血痕。

白衣如雪，杨逸之眉头微皱，凝视着掌心逐渐淡去的光芒，脸上满是悲悯。

再没有一个倭兵敢追赶。再没有。

彼时，平秀吉饮完最后一杯茶，肃然而去。

第五章

# 江山传箭旌旗色

牡丹峰上一片沉寂，没有人敢说一句话。

硝烟仍在平壤城外弥漫。李如松端坐在长椅上，尽量维持着坐姿端正，但他自己知道，自己已经没有任何再战的信心。他只能坐着，默默地坐着。

卓王孙的目光转到了他身上。

“你的队伍，还剩多少人？”

李如松怔了怔，没想到卓王孙会这么问，摇了摇头。

卓王孙：“去查，立即。”他转向李如柏，“你也是。”

李如松、李如柏莫名其妙，但军令不可违抗，他们走下峰顶，开始去点查队伍的数量。这至少有一个好处，让他们暂时忘记了战争的恐惧。当他们再登上峰顶的时候，脸色多少恢复得正常了些。

李如松：“一万零七十人。”

李如柏：“九千八百四十人。”

卓王孙对着杨逸之一笑，道：“看来还是盟主估计得比较准确。我终究是过于自信了。”

杨逸之却没有笑容，轻轻叹息：“并非阁主之错，此乃天意。”

李如松、李如柏听得一头雾水，不知道两人说的是什么。卓王孙的目光却落在了帅帐旁边的那两块大石上。

贝，四千零七百。

文，五千零两百。

李如松猛然间醒悟过来。他们两支队伍，一支损失了四千九百三十人，一支损失了五千一百六十人，其数目与石上刻的数字相近。难道，这石上刻的，竟然是战前卓王孙与杨逸之估计的战死人数吗？

那么，“贝”与“文”又是什么意思呢？

李如松看了看左边的大石与右边的大石，倏然之间，他明白了。

“贝”与“文”合起来，就是个“败”字。原来开战之前，卓王孙与杨逸之就料到了他们必然会失败。可惜，当时他们太过于自信，太过于轻敌。杨逸之警告他们的话，他们一个字都没有听进去。

申洊瞪着他们，脸上一副“你们现在相信了吧”的表情。

李如松跟李如柏却连争辩的心思都没有了。他们的军队，正甲胄不整地躺在山下，急迫地想要返回明朝。他们要告诉每一个见到的人：绝不能跟倭兵交战！

卓王孙的目光再度凝聚在李如松脸上。

“现在，你有什么计划？”

李如松一怔。计划？他们要跟倭兵再战？

旁边的申洊用尽全力跳了起来：“我不想再打了！我要回去！我们打不过他们的！”

卓王孙淡淡道：“谁说打不过？”

李如松想笑，但笑不出来。

谁说的？还用谁说吗？他们今天一败涂地，信心已经完全瓦解。他敢保证，如果他再带着他的士兵去攻打平壤城，士兵们一定会在开战前溃逃。

他们不仅仅遭受了一场完败，更可怕的是，连再战一次的勇气都没有了。

卓王孙站了起来，向着平壤城张开双手。夕阳将他的影子无限拉大，他仿佛拥抱住了整座城池，声音深深地揳入了在场每一个人的灵魂。

“这座城，必将在五日内陷落！”

他倏然转身，目光炽烈地烧灼着李如松：“只要你有死的觉悟！”

李如松感到一阵眩晕。卓王孙身上，仿佛有一种力量喷薄而出，如日光一样，照耀并感染了他。

不知怎的，他竟然丝毫不质疑卓王孙的话。似乎只要他说这座城五日内陷落，它就必定能在五日内陷落。也许，是华音阁主天下无敌的威名，给了他信心。但不管怎样，他看到了胜利的希望。他愿意跟在这个人身后，相信他，服从他，取得功勋，洗刷耻辱。

他心底的热血开始沸腾，恐惧、疲惫仿佛在一瞬间消失。荣誉与尊严在他心中激烈地搏跳着，他忍不住长啸一声，猛然将腰间的长刀拔出，用力地插在山石上。

他跪倒在这个人面前，紧紧地咬住牙齿，一直咬出血来。

那一刻，他不再惶恐。他相信，他一定能胜利。

一声声长啸传来，他感受到他的同僚们正在将一把把钢刀用力地戳下去，热血汩汩沸腾。

他们，没有一个人再害怕。他们，有了死的觉悟。

卓王孙慢慢收回手，脸上浮现一丝微笑。

平壤之战，进入第二日。

加藤清正坐在大厅上喘息。

激烈的战争已经过去一天，他的疲劳还没有恢复。只要他一闭上眼睛，仿佛就看到那个凌空的影子，以及那惊天一剑。

尤其让他害怕的，是那一剑之后的眼神。那眼神是如此森冷，就算如今只是想到，他都忍不住打了个寒噤。

这让他无法闭眼，无法休息。

小早川隆景是他的好朋友，他们从小就一起学武，一起征战。他们武艺不分伯仲，一起为关白大人立下了汗马功劳。而今，小早川隆景已化成一团血污，而他，完全没有为好友复仇的念头。他只是庆幸，当初那人喊出的名字不是他。

他重重地喘息着，感受着战争带来的疲乏与恐惧。他的双眼里全是血丝，但体内的血仿佛已被抽干。

倭兵绝不是恶鬼，也不是虎，他们也是人，也会疲劳，也会害怕。

突然，厅外传来一阵喧哗。

加藤清正猛然站了起来，抢出门外。他看到一团团火从天上降了下来，就像是天破了流下来的天火。剧烈的爆炸声让这座城变得孱弱，迅速破败着。无数残肢带着惨叫声在天上飞舞，就像是世界末日来临。

他们的城池，正遭炮轰！

加藤清正一凛，本能地拿起了长枪。他要厮杀，却发觉并没有人攻打这座城。敌人正躲得远远的，躲在火枪的射程范围之外，用炮猛轰。

但，他们的炮怎么能轰这么远呢？

加藤清正急忙登上城楼。他明白了。

几十座黝黑的大炮架在牡丹峰上，居高临下，喷发着猛烈的火舌。借助牡丹峰的高度，这些大炮的射程高达几百丈，整座平壤城都在它们的射程之内。

加藤清正咬着牙，鲜血从唇边溅出。

他，一定要攻下这座山！

李如松的脸上，终于露出了笑容。

他对卓王孙的安排感到心悦诚服。的确，他太轻敌了，忘记了骑兵在攻城战中并不占优。不能奔跑的骑兵，几乎等于是静止的靶子。

倭兵的火枪虽然厉害，但明朝也有自己的法宝，那就是威名远震的红衣大炮。经过华音阁能工巧匠改造，弹头发出后，爆炸成一团烈火，威力极大，再坚固的城墙都能轻易被撕裂，而且能成片地杀死敌人。有了它们，城墙不再是有效的防御，而是牢笼，城中的士兵不过是被牢笼约束住的靶子。

李如松实在想不通，自己为什么在昨日一战中不使用大炮。

远远地，他看着平壤城的大门打开了。倭兵发出一阵激烈的号叫声，冒着炮火向牡丹峰发起冲锋。他们凶残的表情在烈日下是那么狰狞。看着他们，李如松不由得想起了昨日的激战，但奇怪的是，他不再恐惧，反而感受到体内沸腾的热血。

是时候洗刷耻辱了！

他握紧了手中的双刀。

倭兵很快通过了平壤平原，向牡丹峰攀爬。这是座低缓的山坡，他们预料着并不会遇到太强的阻碍。他们的任务，就是登上山坡，将明朝人的头全部砍掉。

他们坚信，昨日一战，明朝人的胆已经被吓破了。明朝人会像朝鲜人那样，见到他们的脸就溃逃。

加藤清正站在城楼上，脸上浮起了一丝微笑。

李如松勒住了马。

一道白色身影立在他身前，白衣白马，看上去就像是一束阳光。

倭兵的面容越来越清晰，清晰得就像是一抹剧烈的疼痛。

他牢记着白衣男子方才说过的话：不要理会别人，冲锋。他俯下身子，双腿夹紧了马腹，准备好冲锋。他身上的重甲压迫着呼吸，不断让他心中的紧张感升级，他感到自己就快爆炸了。旁边同僚们粗重的喘息声就像是闷雷在他耳边轰炸。

终于，他看到那白马闪电般飞了出去。他嘶吼着狂喊：“冲！”

一千匹骏马驮着他们向山下奔去。

刹那间，急骤的马蹄声敲响整座山。一丈、两丈、三丈……几十丈的距离过去后，马匹的脚力完全展开，每匹马都像是一枚出膛的炮弹。

倭兵不由得停下脚步，吃惊地看着他们。他们的脸一晃而过，李如松感到自己就像是一支长矛，挤进了一团荆棘中。

咔嚓咔嚓，骨头碎裂的声音在风暴中发出沉闷的节奏，山风冲击在脸上，几乎让李如松窒息。这种窒息竟有种畅快的感觉，他忍不住笑了起来。

一匹匹马，像一记记重拳，从山顶轰击进日军的阵营。经过牡丹峰的缓坡加速后，骑兵的优势淋漓尽致地发挥了出来。倭兵匆忙地发射火枪，但骑兵速度实在太快，他们的攻击几乎没有任何用处。他们绝望地发现，骑兵切入他们中间，造成了大批践踏、冲撞与死亡。

白衣在血污中猎猎飘扬着，率领着这支军队风一般卷过倭军，向斜刺里冲去。跟着，又像是风一般刮了回来，不断冲刷着早就失去斗志的倭军。人像是割稻草一样一茬又一茬地死去，但他们连退后的可能都没有。

退后，他们就只能进城，承受炮火的轰击。

加藤清正一拳砸在城墙上，口中的钢牙几乎咬碎！

他的部下正在遭受屠杀，他却无能为力，只能眼睁睁地看着冲出城的倭兵被屠杀，而这座城，也一点一点地崩坏。

他血红着双眼，嘶喊道："退！退到内城去！"

内城，距离牡丹峰遥远了许多，红衣大炮的威力虽大，也无法突破这么远的距离，轰击到内城的城墙。

平壤城几乎只剩下一具残骸，外城一片狼藉，根本看不出在一天前还是座繁华的都城。幸好，内城的城墙要高大许多，也更加坚固。这是他们最后的防线，如果让明军突破这道防线，平壤就会陷落。

倭兵抓紧最后一点时间，修筑着防御工事。这一夜是个不眠夜，当黎明来临时，倭兵终于可以喘一口气了，因为他们已将内城修筑得极为坚固，也做好了誓死一战的准备。

只要明军的炮火轰不到城墙上，单是明军骑兵，他们并不害怕。近距离作战，他们相信他们可以遏制明军的任何攻击。

而且，他们的援军一定正在快速赶来。只要他们坚持住，援军一到，内外夹击，明军必然会一败涂地。

这信念激发出了他们顽强的血性，他们唱着战歌，不知疲倦地为这座城做着战争的准备。

卓王孙坐在牡丹峰顶，看着残阳。

残阳如血，隐在重重阴云之中，明天似乎又会有雨到来。这个国家的雨实在太多了，唯一值得欣喜的是，也许雨水会冲刷掉满地的血腥。

从这个角度看到的平壤城，与废墟并无差别。

但在卓王孙眼中，这座城绝不可被低估。他相信，李如松也绝不会再犯轻敌之错。

"李总兵，你有什么打算？"

李如松躬身："大人，卑职以为，正可乘胜追击，一鼓作气，将内城也攻下来。红衣大炮威力如此巨大，内城虽然坚固，也未必撑得了多久。只要轰破城墙，骑兵冲进去，内城很快就可被攻陷。"

卓王孙笑了笑："大炮要想轰到内城城墙，就必须挪下牡丹峰。而失去牡丹峰的高度，就必须挪近到离城墙二十丈的地方。而倭寇火枪的射击距离是十丈，倭寇只要稍作冲锋，就能逼近大炮。你的骑兵，如何在这么短的距离下保证大炮的安全？"

李如松一窒，哑口无言。他忘记了，大炮之所以能轰这么远，倭兵无法攻击到，是因为架在牡丹峰这么高的地方。离了牡丹峰，大炮只架在平地上，距离城墙就太近，倭兵用火枪就可以轻易地攻击到。而且失去了距离的保障，骑兵又几乎发挥不出什么威力来。

那该怎么办？

卓王孙："就算攻破城墙，骑兵冲进去，必将面临巷战，那是火枪最能发挥威力的地方。不知道阁下的骑兵能不能同样发挥威力？"

李如松又是一窒。巷战是骑兵最害怕的战斗方式，无法冲锋，无法提高速度，还要面临来自四面八方的攻击。骑兵的优势几乎被完全瓦解。

该怎么办？难道现在他们就无计可施了吗？打了一场大胜仗，却只能眼睁睁地看着内城？

卓王孙悠悠道："何况两万多倭兵被困在内城中，他们是困兽，若是强行攻击，我们必将遭到殊死反抗。"

这一点，身经百战的李如松当然清楚。但这是否意味着放弃平壤城？

那先前的两场战争不就白打了？那么多士兵，不就白死了？

卓王孙收回目光，转投于那位白衣男子身上："杨盟主，说说你的计策。"

杨逸之沉吟着道："倭贼之所以坚守内城，并没有弃城而逃，是因为他们相信一定会有援兵到来。从汉城到平壤，共七日的路程。每一日左右的路程处，就建有一座栅垒，驻扎军队。所以，最迟一日，栅垒之内的倭兵就会得到消息，前来救援。消息会不断传到下面的栅垒中，最终传入汉城，援兵也会源源不断地前来。"

李如松吃了一惊："这样说来，我们若不撤退，时间越长，对我们越不利？"

杨逸之点了点头。

李如松张嘴要说什么，但看了卓王孙一眼，终于没有说出。

卓王孙微笑："杨盟主这样说，想必已有对策？"

杨逸之点了点头："平壤之兵最大的希望，就是栅垒乃至汉城的援兵。如果援兵不到来呢？他们的军心必定慌乱。军心一旦慌乱，战斗力就会锐减，而同时……"

他打开地图，在平壤外城处画了个圆圈："平壤城中的粮草多储备在外城中，内城只有很少的一部分，最多够两万人吃一天。我们只要趁着夜色，将外城中的粮草全都炸掉，不出一天，内城中的倭军的恐慌就会达到极点。没有援军，没有粮草，他们必然会弃城而逃。我们此时发动攻击，必可全歼敌人。"

卓王孙点点头："如此说来，最重要的就是令栅垒乃至汉城不要派出援兵了。如何做到？"

杨逸之微微笑了笑："只要将这些栅垒都攻占下来就可以了。在下愿领一支令箭，夤夜前往。"

卓王孙微笑着注视着他。杨逸之白衣落落，神情中并没有夸耀的自信，却没有人怀疑他的话。

李如松胸中的热血又开始沸腾起来。

他再度看到了胜利的希望。

第三日，跟第二日并没有分别，只是天气更加阴沉了。

内城中的倭兵眼巴巴地看着南方。他们在估算时间，援兵到来的时间。随着日影一点点地移动，他们的期盼越来越炽烈。

奇怪的是，明军也没有任何动静，牡丹峰上一片平静。

突然，轰隆隆几声巨响传来，倭兵惊骇地发现，外城中的几座粮仓，全燃起了大火。他们这才意识到，内城中并没有存储太多粮草。他们本能地想要出城抢粮，但随即意识到这必将遭受明军炮火与骑兵的猛击。他们只能眼睁睁地看着粮仓被烧成灰烬，勉强安慰着彼此：援兵就快到了，就算失去这些粮仓也没有什么。

援兵就快到了！

黎明的第一束光线照临大地时，平秀吉身着峨冠博带，坐在内城最高的将台上，他面前有一枝菊花、一杯茶。

似乎如此残忍的战争，与他绝不相干。他的淡然，让每个日出之国的士兵心中都兴起了希望。

卓王孙也端坐在牡丹峰上，与平秀吉遥遥相望。

这场战争，更像是他们弈的一盘棋局，虽然伏尸百万，却无足轻重，不如悠悠一杯茶。

倭兵焦躁地摩擦着手中的火枪，盼望着明军突然骚乱起来。那是援军到来的信号，然后，他们就可以从内城杀出去，杀他个痛快淋漓。

但是，明军的队形仍然那么整齐，黑洞洞的铁炮周围，仍然堆积着那么多弹药。

时间悄然滑过去，黎明过后，又快变成了正午。

突然，明军的队伍后面真的传来一阵骚动。倭军以为久盼的援军到了，赶紧握紧火枪，站了起来。

突然，明军的队伍分开，露出一只马标。

那是一面旌旗，四周镶着金灿灿的边。马标的形状是一只凶猛的老虎，昂首咆哮，上面镶嵌着七宝。但它的华丽，只能凭借想象，因为此时的马标已经破败不堪，上面染满了血污。

李如松擎着它，马飞驰着绕着平壤内城跑了一圈。然后，他将马标掷在了地上。

所有的倭兵都看到了，忍不住喃喃呼喊："那是立花统虎大人的马标啊！"

立花统虎，是小西行长手下的名将，镇守的正是平壤到汉城的第一座栅垒。马标是大名的象征，倭军将马标看得比性命还要重要。丢失了马标，也就丢失了大名的尊严，马标的所有人往往要切腹谢罪。而今，镇守第一栅垒的立花统虎的马标却染满血污被执在明朝大将手中，这其中的含意，让每一位倭兵都不由得放下了手中的火枪。

"援军，已不可能到来了吗？"

这让他们的恐惧变得很无力。他们倚在城墙上，倒在房屋旁，感到一阵虚脱。

阴沉的天气，压得人喘不过气来。

将台之上，裹在白色宽袍里的平秀吉，在最后一缕暮色中，举杯向着卓王孙遥祝一杯茶，敬他已取得一步先手。

第四日。

天才一亮，倭兵都焦急地爬起来，向城下张望。才望了一眼，他们就忍不住叫了起来。

漆黑的大炮群前，泥土里，昨日李如松掷下的马标旁躺着另一只马标。那也是镶着金边的马标，上面用金线装饰着琉璃绘着的一只鹰，却一样破败血污，几乎被泥土沾满。

所有的倭兵都认得，那是镇守第二座栅垒的森忠政的马标。就在夜色之中，明军显然出动大军，拔除了第二座栅垒。

他们失望地盘坐在地上，甚至失去了站起来的勇气。

"援军……真的不会来了呢。"

他们抬头。将台之上，平秀吉的脸色仍那么平静，面前摆着的那杯茶仍泛着淡淡的香气，与旁边的枯菊搭配成一幅绝妙的图画。

但士兵们已不再相信，他们还能够百战百胜。

他们中的绝大多数人，已经整整一天没有吃饭，有的人甚至染上了可怕的疾病。

困守在这座狭小而闭塞的内城中，他们所等待的结局也许只有一个。

死亡。

勇气渐渐瓦解。只有将台之上与牡丹峰上两军主帅的身形，仍是那么淡然。似乎人间的一切苦难，都不能让他们有丝毫改变。

第五日，所有的倭兵醒来后的第一件事，就是扑到城墙上，向下张望。他们发现，已经有很多人扑过去了，但没有一个人发出声音。

城下的泥土中，掷下的马标已变成了三个。

他们好像早就认为这理所当然，并没有惊呼，只是沉默地接受。

这座城，已经是死城了。

若是三天前，他们还有勇气冲出城去，跟明军拼个你死我活。但现在，他们只能坐下来哀叹。

“就算八幡大菩萨，也救不了我们了啊！”

他们仰望的目光，正好能看到将台上那个淡然寂静的身影。他面前仍然摆着那杯茶，他的面容，也没有丝毫改变。

难道，他们的生死本就没有被这个人放在心上吗？

那这场战争，为的又是什么呢？

他们的恐慌，终化成一声哀叹。

倭兵的表情，一丝都没有被李如松遗漏。

他们的计划早就制订好了，充满了必胜的信心。

当第五日的夜晚来临时，他暗暗给部下打气：“振作起来！倭兵快撑不住了！我们一定要抓紧这最后的机会，将他们一网打尽！

“南方少布置一些人，埋伏三千士兵在大同江畔，听我的号令，随时出击。北方多设置一些旌旗，找几百个嗓门大的人，晚上多喊一喊，让他们误以为我们的主力驻扎在那里。其他的人全部撤走。东西两侧的，时刻做好战斗的准备！

“早早就造好饭，今晚就是决战的时刻！”

夜，黑了下来。

倭兵密切地注视着明军的动静。

他们看到明军造好饭的时候，感觉到饥饿之火几乎要将自己燃尽，但他们只有忍耐。慢慢地，他们发现，南侧的明军在撤退。

他们肯定是想趁着夜色去袭击第四座栅垒，然后好将马标掷在泥土里，瓦解我们的斗志。这一次，不能让他们如愿了。

倭兵们握紧了手中的火枪。

每个人都意识到，这或许是他们最后的机会。粮草早已耗尽，他们已经饿了快三天了，再饿下去，他们绝对无法抵挡明军的一次冲锋。

只有今天晚上，是最后的机会。他们悄悄地跟在明军背后，在明军偷袭栅垒的时候，他们突然拥出来，里应外合，打明军个措手不及，不但能解救自己，也可以解救栅垒。再不济，也能突围出去。

让我们吃一顿饱饭吧！

这个简单的愿望，激发了他们最后一丝悍然。

夜，完全黑了下来。

如果说河流是大地的血液，那此时的大同江看来就像一道巨大而哀伤的创口。

倭兵悄悄地越过城墙，明军没有发现。

他们或许可以偷袭明军，但明军迅速就能反应过来。正面对战，他们只会像鼹鼠一样被击溃。所以，他们很有默契地贯彻了最初的作战方针，远远地跟着偷袭栅垒的明军，准备在明军发起攻击的时候下手。这样，便可以与栅垒的守军内外夹击，抓住最好的战机。

明军全骑着高头大马，行动像是闪电一般。倭兵竭尽全力地奔跑，才能够跟上他们。也许，只有这样的速度，他们才能够将几天的路程在几个时辰内走完，达到偷袭栅垒的目的吧！

才过了半个时辰，倭兵已经精疲力竭。三日未能饮食的疲乏，一下子全涌出来了。他们再也无法贯彻作战方针，拼命地跑到大同江边，疯狂地喝着水。

就算是用水填饱肚子也行。

他们感到自已软弱得像是一根稻草就能压倒。

就在这时，猛然一声炮响。

前行的明军骑兵，忽然掉头过来，向倭兵发起了闪电般的冲锋。

本只有芦苇丛的大同江畔，突然漫山遍野都是人。早就埋伏好的明军养精蓄锐，一个个像是恶虎般冲出来，展开了有效而残忍的杀戮。

而背后，黑压压的大军正踏着整齐而严谨的步伐，像是山岳般压过来。

挣扎着在大同江边饮水的倭兵，此时却连作战的阵形都无法维持。

这是一场单纯的杀戮。

炮火将夜空照亮，火枪的光芒，却凌乱而暗淡。

倭兵单兵作战的优势，几乎已完全不存在。饥饿、疲乏、恐惧、绝望将他们完全压垮，他们就像是捆好的稻草一般，被成片地斩倒。

鲜血将大同江染红，形成一道真实的创口。

只不过一个时辰，两万倭兵就全军覆没。当黎明的光芒再度照耀这片大地时，李如松一步一步，向牡丹峰走去。

他手中捧着的，是没有丝毫血污的、加藤清正的马标。

第六章

# 故国惝恍梦里天

明军进入内城的时候，受到了百姓的欢迎。只是，这欢迎有些虚弱，因为留在平壤中的朝鲜人已经饿得几乎站不起来了。

六个月前，这座城市还有六十万人，但现在，只剩下不到十万。整整五十万人，死在这场可怕的战争中。

李如松策马走进这座城市时，不知道自己该喜悦还是悲伤。

他们能够攻下这座都市，自然是值得欣喜的，但若攻下的是这样一座城市，欣喜又有什么价值呢?

外城几乎全是废墟，内城经过战争之后，也几乎没有任何留存，剩余的这十万人，只剩下生命而已。平壤陷落，汉城迟早会得到消息的。三十万倭军必将全部北上，持续地对这座城进行冲击。他们能坚持多久?

李如松叹了口气。

内城有一座小小的行宫，据说是从檀君时代就遗留下来的，古朴，狭小。倭军占领内城后，将这里当作议事厅。战火几乎将内城夷为平地，只有这里还基本完整。士兵们将全部凳椅集中起来，仍没有多少。

但已足够所用，甚至还大有富余。

因为，坐着的人只有一个。

卓王孙。

当他坐着时，别的人全站着。当他不说话时，议事厅里是绝对的肃穆。

没有强逼，没有命令，没有尚方宝剑，也没有华音阁主的威严，众人是发自心底地敬佩，真正将卓王孙奉为领袖。也许，从这一刻起，他们才真正决定遵从卓王孙的号令。卓王孙也才真正成为这支军队的最高领导者。

正道长老、大明将领……

他们忘不掉刚到朝鲜时，他们曾是多么意气风发。他们固执地认为，不论朝鲜形势差到什么程度，天兵一到，日出之国必会瓦解。但平壤城攻城一战，他们大败，同时被摧毁的，还有他们的士气。他们甚至想退回国内，再也不跟倭兵交战。但卓王孙的几次指挥，让他们反败为胜，攻下平壤城，几乎全歼倭兵。

曾经不可战胜的倭兵，反而被打出了心理阴影。

巨大的落差，确定了卓王孙在他们心中的地位。他们再度生起了信心，只要在卓王孙的带领下，无论倭兵有多可怕，他们都能取得胜利。

卓王孙道："李总兵，这场胜利中，你功劳甚大。说说你的看法。"

李如松面有得色："倭贼虽然单兵作战能力甚强，但的确没有什么智谋，竟然连自己的马标的真伪都分不清楚。那些马标，只有第一天的是真的，乃杨盟主率领一千骑兵，夤夜突袭取回的，其余都是我偷偷请人绘制的。可笑倭寇都分不清楚，果然上了当！"

说着，他哈哈大笑起来。

卓王孙凝视着他，慢慢道："你真以为那些马标是假的？"

李如松："当然了！"

卓王孙笑了笑："那么，为什么倭贼的援军始终没有来？"

李如松一窒。

卓王孙："杨盟主率领的军队，一直到今天才回来，他们这些天干什么去了？汉城的军队，为什么一直没有行动？"

李如松呆住了。他太过专注平壤战事，根本没有注意到杨逸之这几天都不在。

卓王孙淡淡道："若是用你做的那些赝品，这一战早就败了。"

"用兵之道，虽然计谋很重要，但计谋绝不仅仅是欺骗。你要牢记才是。"

李如松满脸冷汗，说不出话来。

一名士兵走了进来，禀道："启禀大人，大同江上出现无数战舰，杨盟主急请大人前往。"

卓王孙皱了皱眉，率领众人出了议事厅。

大同江面上，果然出现无数的船只，几乎将江面全部占满。李如松叫道："大人！一定是倭兵的援军到了！赶紧用炮轰他们！"

卓王孙还未说话，申泣叫了起来："什么倭国援军，你没见到他们挂的旗子都是朝鲜旗吗？他们是全罗左水使李舜臣的部队！他们一定是听到大人得胜的消息，前来投奔的！"

卓王孙问道："李舜臣是谁？"

申泣立即摇头晃脑起来："李舜臣这人可厉害了！倭贼犯我，可以说是百战百胜，只有在海上，每战皆败，就是因为李舜臣这个人。此人当真是熟读兵书，有勇有谋。凭借一支也不算很大的水军，打得倭贼闻风丧胆，连倭国水军头目九鬼嘉隆都对他又恨又怕。他可以说是朝鲜的民族英雄啊！”

卓王孙点了点头。就见那些战船沿着江岸一字排开，一员大将率领着部下走下来，来到卓王孙面前，倒头跪拜：“全罗左水使李舜臣，率部参见大人！”

卓王孙：“起来吧。”

李舜臣又磕了个头，站起来挥手道：“将送与大人的礼品献上来！”

船上士兵轰然答应，一艘巨大的战船被拖曳着缓缓向岸边行了过来。申泣才看一眼，忍不住失声道：“日本丸！”

李如松哈哈大笑：“你们真是被倭军吓破了胆，造艘船也叫个倭贼的名字！”

申泣怒道：“你知道什么！日本丸是倭国水军头目大海寇九鬼嘉隆造的船，传说是日出之国最大的战船，被李水师击败俘获来的！我熟读兵书，你有什么资格嘲笑我们？”

李如松一惊。这艘战船有几十丈长，惊人至极。上面光铁炮就有三十多尊。当真有横行四海之气概。相比之下，李舜臣的战舰小得多。这人能够战胜倭贼，俘获这么大的战舰，看来的确有些本领，不可小视。

李如松现已知道单凭自己，绝对赢不了倭贼，所有有才能之士他都想倾心接纳。因此，对于申泣的指责倒也并不反感。

李舜臣：“末将以及全部水军，愿听从大人指挥，共抗倭贼！”

卓王孙点了点头：“来得正好。李舜臣，我的军纪十分严明，向来容不得半点违抗。”

李舜臣：“大人何出此言？大人才至朝鲜不到半月，便攻下了平壤，全歼敌军。大人乃朝鲜的救命恩人，末将追随大人，自然唯命是从，绝不敢有半点违背。”

卓王孙：“很好。那我便免了你全罗左水使之职，所有战船，全部收缴。”

此言一出，所有人都大吃一惊。

李舜臣更是惊得几乎呆住了，良久没有缓过神来。他想要说什么，终于还是按捺住了，躬身道：“听从大人安排。”

卓王孙挥了挥手：“抬上来。”

韩青主率领一群华音阁弟子，抬着一堆大箱子来到了江边。他们将箱子打开，一阵馥郁的香气传了出来——那些箱子里面竟然全是鲜花。

海棠花。

这个时节，海棠本已结束花期，但这些海棠显然是珍异之种，不但逆时盛开，而且格外娇艳，重重叠叠，就像天上的云霞一般。海棠都是整株植在箱子里，大部分极为高大，粗壮茂密，显然是生长了极长的年头。

箱子一个又一个地打开，大同江畔顿时像是聚满了绛红的香云。五百多株海棠，令这座破败的都市立即变成了众香国。

众人这才想起，华音阁此来朝鲜，运来无数极大的木箱。从江浙到朝鲜，何止千里万里，这些沉重的木箱一路被华音阁弟子精心维护，没有半点损伤。

所有人不禁有些迷惑。他们本以为，箱子里装的就算不是华音阁克敌制胜的法宝，至少也是珍贵的战略物资，但如今……

难道这些木箱之中，装的就是这些花木吗？卓王孙耗费无数人力物力，将花木完好无损地运到朝鲜来，究竟是为了什么？

卓王孙亲自从箱中捧出一株海棠，轻轻放在战船上。

“杨盟主，我命你为水军统帅……”

众人都哦了一声，明白为何卓王孙要免除李舜臣的职务了，原来是要杨逸之取代李舜臣啊。就连没有经历平壤之战的李舜臣也听闻了杨逸之在此战中的卓绝表现，如果取代自己的是这个人，他也感到服气，甚至有些兴奋：在杨逸之的领导下，全罗水军必定能够打赢更多战役！

但卓王孙接下来的话，将他们的欣喜打入了冰窟中。

“率领舰队，将这些花送去给幽冥岛主[①]。”

刹那间，所有的人的微笑全部滞住。

卓王孙淡淡道：“所有水师，不准下船，立即出海。”

微笑变为惊愕。

身经百战的雄师、朝鲜唯一同倭贼作战能胜的部队，竟然要去海上送花？而且，送花的人是刚立下汗马功劳的杨逸之？朝鲜战场缺了杨逸之，会如何？没有人能想象。但他们知道，如果没有杨逸之，平壤城绝对不会这么快攻下来。

卓王孙目光悠远地望着海上。

青色的雨丝将天地连成一片，在海上形成薄薄的雾气，什么都看不见。大海仿佛成为长天的一部分，浸染所有的忧愁与思念。

刘郎已恨蓬山远，更隔蓬山一万重。

海的尽头，是海市，是蜃楼，还是一桩心事，一段不可追回的少年情怀。

遥远的海上，可真有所谓的仙子？

她在那没有人至的海岛上，独坐风中，细数岁月，她可寂寞？

---

① 这里的幽冥岛主指秋璇。《华音流韶·雪嫁衣》末尾，秋璇选择独自留在幽冥岛上，在海岛上遍植海棠。海棠，曾是她在华音阁中种下的十里繁花，亦是她的象征。

海上送花，是她最喜欢的海棠，一开就是十里艳红，就像是她的裙裾，或者，可以陪伴她，映红她的笑靥。

一株株花被搬上了战船，小心翼翼地捆绑着，抵御海上的风浪。这些花木将战船上的铁炮覆盖了，从此，这些船不再是杀敌的利器，而只能做青鸟的使者。

李舜臣的剑眉不停地抖动着。没人知道，他究竟费了多少心血才组建起这么一支船队；也没有人知道，他究竟付出多少努力，才让这支船队在倭贼的围剿下存活，赢得一场又一场胜利。

这支船队对于他意味着什么，没有人知道。

没有了这支船队，他还有什么意义？他还是不是李舜臣？他多年来立下的报国志向，又用什么来完成？他又用什么来抗击倭兵？

每一艘船都被鲜花装满，他的心宛如被狠狠刺了一刀。

当所有的船被绛红点缀之后慢慢驶出港口，他终于忍不住冲了出去：“不！”

他站在战船前，站在卓王孙面前，胸膛几乎被愤怒填满：“万万不可！”

所有的人都惊呆了。他们从未见过有人敢当面反对卓王孙。就算是武林正道群豪，心底里跟卓王孙势不两立，但慑于他的威严，也从来不敢直撄其锋。

李舜臣跪倒在卓王孙面前：“大人！朝鲜战场离不开这支水师啊！它是唯一能击败倭贼的朝鲜队伍，是战胜敌人的利器！大人率队从陆上攻击，末将从海上攻击，兵分两路，互为奥援，胜利唾手可得。大人若是觉得海上力量不重要，那就错了。倭贼极度依赖海上补给，只要卡住海上航线，倭贼必然人心惶惶。大人，这支舰队太重要了，绝不可以用来做这样没有意义的事情！”

所有的人都脸上失色。从没有人敢当面指责卓王孙！

卓王孙冷冷盯着李舜臣。

李舜臣直直地与他对视，脸上大义凛然。就算卓王孙将他杀了，他也没有任何怨言。他只希望卓王孙能够收回成命，不要辜负这样一支优秀的水师。

“没有意义的事？”

卓王孙的眼神里有一丝讥嘲之意。他抬头望着天空，雨丝落进他的眼睛里，清凉到有一丝刺痛感。

“那只是你们不曾看透而已。”

缓缓地，他从腰间抽出了一柄剑。

“认识它吗？”

李舜臣的目光一接触到这柄剑，立即变得肃然起来。这柄剑吞金镶珠，富丽堂皇。

“此乃大明天子所赐尚方宝剑。”

卓王孙颔首："你遵其号令吗？"

李舜臣垂首："末将乃朝鲜之臣，朝鲜乃大明属国。宗主之命，末将自然遵从。"

卓王孙："革你之职，押往大牢，命你在牢中思过。"

李舜臣满脸惊怒："末将犯了什么罪？"

卓王孙淡淡道："给他些书，让他好好读读，去些身上的匪气。"

韩青主朗声答应，将李舜臣绑起带了下去。李舜臣大喝着，想要反抗，但韩青主的武功极高，他一介武夫，怎能抵挡？立即就被打翻了拖了下去。

杨柳青青，战舰尽变花船。杨逸之白衣飘飘，站在船头，望着卓王孙。

他心中也充满了困惑，因为他也觉得卓王孙此举实在不妥当。

但他没有问。卓王孙不说，他就不问。

他知道，卓王孙如此做，一定有其道理。

幽冥岛上，他与秋璇最后离别时，杨逸之亦在场。卓王孙要再去幽冥岛，其实并不出杨逸之的意料。那座海岛，恐怕会永远成为卓王孙心中的伤痛。

如果可能，他愿意为卓王孙再去岛上，带回一点消息。

也许那时，他的心就会宁帖，就会率领他们打赢这场战争。

杨逸之相信，如果还有人能赢得这场战争，这个人一定是卓王孙。

烟雨茫茫中，战舰编队缓缓驶出了平壤城。

一片破败的平壤城中，唯一的春意也被带走。

江岸上一片寂静，没有人再说话。

卓王孙一直望着舰队，直到它们全部没入薄雾中。而后，他淡淡道："申泣。"

申泣吃了一惊，急忙跪倒："小人在。"

卓王孙："国不可一日无君。听闻朝鲜王宣祖正在宁边避难，应当迎来平壤，共襄大举。你通报敌军军情有功，现官复原职，带领一千人马，去迎接宣祖。"

申泣听了，高兴得屁滚尿流。这乃天大的肥差，宣祖复位后，必感激他今日雪中送炭之情，日后飞黄腾达，不可限量。他惊喜交加，跪倒磕头谢恩，奔走如飞地去了。

众人面面相觑。李舜臣功劳如此大，被打入牢狱；申泣一看就是不学无术之辈，却得重用。这……

每个人都觉得心里很乱，不知道该说什么好。

卓王孙："李如松。"

李如松急忙向前行礼。

卓王孙："平壤之战中，你立下了大功。下面的仗该怎么打，你有什么建议？"

李如松："末将认为，平壤绝不可守。倭寇号称三十万人，保守估计，至少也有二十万。平壤之战中死了三万，当还有十七八万之多，而我军只有两万多。十八万对两万，胜败可想而知。所以，我军要是驻守平壤，定会一败涂地。"

众位总兵长老都点头称是。

的确，平壤已如此破败，守是不可能守住的。

那么，又该如何呢？

李如松沉思道："守不行，则只有攻。眼下之计，只有尽量发挥骑兵的机动性，兵分两路，一路佯攻汉城，拖住汉城的守兵。另一路急攻全国各道散乱的倭兵。由于倭兵主力大部分集中在汉城内，各道都是小股，容易歼灭。等歼灭之后，再与汉城之兵决战，方有一线胜机。"

卓王孙点了点头。

不得不说，经过平壤之战后，李如松的思虑成熟了很多。这几乎可以说是明军唯一取胜的方法。

游击战，是以少击多最有效的方法。如果由飞虎军去佯攻汉城，凭借正道群豪高超的武艺，全身撤退绰绰有余。这个计策，还是有极大胜算的。

卓王孙随手掣出一幅图卷，交给李如松。

"李如松听命，命你一个月内，将平壤城按图重建。"

李如松一愕。他说了这么多，核心就是不能困守平壤，为何还要建设平壤呢？他满腹不解，接过图卷，打了开来。

那是一本长长的卷轴，只见烟雨浩渺，丹楼如霞，密密麻麻的亭台楼阁，堆积成三秋桂子，十里荷花。

诸位长老不由得惊呼起来。

那，赫然便是华音阁。

第七章

# 铁马新林休战鼓

李如松虽然心怀不满，做起事来却并不含糊。才过了七日，整座平壤城外城就完全被清扫干净。城中的十万百姓与两万士兵全被动员起来，日夜不休地劳作着。大同江畔的树木被成片地伐掉，尸体被掩埋，废墟被处理，高下不平的地方全被填了起来。这座城市，完全从战争的创伤中解脱，获得了新生。

但李如松的心越来越紧张。汉城中的敌军迟早会得到消息，他们绝不会容忍平壤落在明军手中，一定会出动大军，重新攻打平壤。那是李如松最不想见到的。

他悄悄派出探马，打探汉城的消息。

他的担心并不是多余的，就在平壤城陷落的第三天，消息已传到了汉城。汉城守将小西行长大惊狂怒，点齐城中一半的人马，向平壤攻过来。

一半，就是八万之多。

现在的平壤，几乎没有任何防御能力，如何能抵御这样的大军？

李如松紧张得睡不着觉，想找卓王孙商量一下，但卓王孙不想见他的时候，他根本见不到卓王孙。

他日夜受着煎熬。到了第七日，探马回报，八万倭兵已经抵达最后一座栅垒。再有不到一天的时间，他们就会攻到平壤城。

而平壤城现在刚刚整理好，正是一马平川，一点阻挡都没有，正适合大军进攻。

李如松心急如焚，催促着士兵，恨不得一天就将平壤城修好。

天渐渐黑了，韩青主找到李如松，颁下卓王孙的命令：“今晚，任何人不准出城。”

李如松当然不想出城。出城随时可能遇到倭贼，他为什么要出城？但就算是不出城，明日倭贼打过来，还不一样是死？

他唉声叹气，甚至都没有发觉，韩青主率着众多华音阁弟子，拉着无数辆大车，出城而去。

第二天一清早，李如松就睁着布满血丝的双眼，登上内城城楼，向外眺望。

他几乎摔下了城楼。

漫山遍野的旌旗，飘荡在大同江江畔。倭贼们凶狠的面容就在他眼前。他用力撑住了城墙，方勉强维持着站立的姿势。

完了。

全完了。

朝鲜战争就此结束了。

他眼含热泪，哽咽着感受到死亡手握长刀，呼啸着飞临这座城池。

他身边忽然传来一阵笑声。

李如松转身，就见韩青主坐在太师椅上，正悠闲地品着茶。这家伙居然还能笑出来？李如松大怒，几乎忍不住想扑上去揍他一顿。

韩青主："李大人，你不觉得倭贼这样子好笑吗？"

李如松不觉得好笑——快死的人看什么都不觉得好笑。

韩青主伸出了手指。

李如松顺着他的手指看去，忽然感到一丝怪异。那些倭寇虽然凶猛狠恶，但好像狠了这么久，也并没有靠近平壤城。

为什么？

李如松忽然发现，大同江上的烟雾似乎浓了些。雾中似乎有些他不熟悉的东西在闪动，他仔细看时，却什么都没有。这种诡异的现象也弥漫在花丛中、树林里，环绕着平壤城，似乎一切都还是原样，又似乎一切都不同了。

他更加震惊地发现，强行想向平壤城突袭的倭贼，在成片地死去。每多靠近一步，死的人就越多。这团笼罩着江岸的雾气，似乎有着神秘而诡异的力量，悄无声息地吞噬着靠近者的血肉。

李如松惊喜交加，忍不住擦了擦眼睛。他终于回忆起韩青主昨晚的行为，意识到一座稳固的防御工事，早已矗立在平壤的周围。

韩青主悠然道："现在你觉得好笑了吗？"

周围站立的正道长老们一点都不觉得好笑。他们脸上混杂着恐惧、惊惶与畏惧。

这团雾气，他们都很熟悉。

他们熟悉，却从来不敢靠近，因为他们知道这团雾气有多可怕。曾经千百年来，这团雾气以秘魔一样的力量，震慑着武林中的每一个人。

昙宏大师长长叹了口气："四天圣阵。"

这团可怕的雾气，守御着平壤城外城的，竟然是防守了华音阁近千年的四天圣阵。李如松并不太了解这个阵法的威力，但武林正道知道，有了这座阵的守护，就算倭贼再多来一倍的人，也绝不可能突破。

平壤城固若金汤。

果然，夕阳落下去的时候，倭贼终于明白他们不可能突破这座阵，慢慢收拾兵马，败退回汉城，留下满地尸体。

李如松长长出了口气。

平壤城已可以守了。他有些明白，卓王孙为什么没听从他进攻的计策。如果有一座城池做根据地，以后的仗就好打了。如果这座城是不会被攻陷的，那这场战争已经立于不败之地。

显然，那些巨大的箱子里，不仅仅装着海棠花。这座上古奇阵也早被分解，装在其中运到了朝鲜。

那些箱子里还装了些什么？

这个问题很快就有了答案。

正当李如松面对空空的土地发呆，不知道该拿什么来建设这座城时，无数只箱子被运到了他面前。

箱子一只只打开，他想要的、希望要的、渴望要的，甚至没想到要的，全在里面。

李如松惊喜交集，急忙敦促部下加紧建设起来。

又过了十日，这座城已初具规模。

士兵们跟百姓们脸上都洋溢着笑容，因为他们看到了胜利的曙光。他们看着这座城，感受到它的强大、富庶，想象着自己生活在这座城中的未来，由衷地喜悦起来。平坦而广阔的道路纵横交错，三横三竖，将整座城连通分割成整齐的方块。房舍、商铺，鳞次栉比，一座一座拔地而起。红砖碧瓦穿杂在精致的园林、宏大的建筑中，这座城市以极具盛唐气象的风貌，感染着每一个见到的人。

正道群豪的脸色却极为难看，因为这座城正一点一点地变成他们心中的梦魇——华音阁。

显然，那些剩余的箱子中装着的，是被拆碎的华音阁。卓王孙此次征倭，带来的不仅仅是四天圣阵，还有整座华音阁。

他们想不到，卓王孙竟为这次战争，做了这么大的牺牲。

他们忍不住问自己，我又为这场战争做了什么？

他们虽然很想为天下伸张正义，但少林寺会拆了木人巷、武当派会挖倒真武堂吗？绝对不可能。

那还争什么？

群豪都有些汗颜，再也说不出话来。

陆陆续续地，朝鲜的官员、百姓们听说了平壤的胜利，都来投奔。平壤城的几个城门处留下了出入四天圣阵的道路，由华音阁弟子亲自把守。他们仔细地盘查着，放那些百姓进入。不时有倭国的奸细被盘查出来，就地格杀。

这些百姓，立即投入平壤城的建设中。这座城，以更快的速度成长起来。

朝鲜各地起义的义军，也闻信前来投奔。其中最出名的有两路，一路是狼筅将军元豪，一路是红衣将军郭再佑。

这两位本都是普通的朝鲜百姓，倭贼杀来之时，为了保卫家园，组织了义军起来反抗。元豪身高体壮，手使一根狼筅，重达二十八斤。他勇猛善战，但极有心机，擅长将敌人诱入火枪不能发挥威力的地方，然后率众冲杀进去。屡获胜利。

郭再佑本是庆尚道玄风的地方官，倭贼打过来时，他在宅邸的大樟树上悬鼓，击鼓召集全村百姓，组成义军，对抗倭贼。他身披红袍，作战时冲在最前面，高呼：“红衣将军在此！”杀得倭贼溃不成军。他擅长打心理战，用投毒、夜袭等计策让倭贼人心惶惶，如惊弓之鸟。

卓王孙对这两人也是极为赏识，在议事厅上询问着他们作战的近况。元豪几乎不懂汉语，郭再佑做过几年县吏，汉语倒是说得流利，恭恭敬敬地回答着卓王孙的问题。大家都很奇怪，郭再佑为何每次都冲在前面，历经几十战却没有受过重伤。

郭再佑也说不出原因来，只好笑道：“也许是因为我身上的红袍乃先祖当年朝贡明朝时得到的赏赐，有些神奇也说不定。”

卓王孙笑道：“如此，我就再赐你一件红袍。”

“清商道长，请你日后与弟子跟随郭将军，保护郭将军的安全。”

清商吃了一惊，他堂堂掌门，地位尊隆，只有少林方丈差可比拟。朝鲜乃小国，郭再佑不过是个草莽之徒，怎配他去保护？这不是让他做郭再佑的侍从吗？

清商道长怒气勃发，刚想要发作。卓王孙淡淡道：“月写意，你来保护元将军，如何？”

月写意盈盈笑着走了出来：“愿遵阁主之命！”

说着，月写意站到了元豪身边：“你这狼筅真的很重吗？让我看看。”

元豪愣头愣脑地看着她，语言不通，不知道她说些什么。月写意指着他背上背着的兵刃，又指了指自己。元豪方恍然大悟，摘下狼筅递给了月写意。月写意一把接过来，随手挥舞了一下：“也不是很重嘛。我看你啊，未必有什么本事。”说着，她轻声娇笑起来。

元豪搔了搔头，不明白她说什么，也跟着傻笑起来。

清商道长的怒气，倒发作不起来了。

天下皆知，华音阁主卓王孙最是护短，绝不容任何人伤害阁中弟子。月写意在阁中地位虽不高，却是阁主的亲信，连她都可以作为朝鲜将领的侍卫，自己为什么不行呢？清商道长豪气顿生，走到郭再佑面前：“你会什么剑法？”

郭再佑摇了摇头。

清商道长再问：“你会什么掌法？”

郭再佑再摇了摇头。

“你到底会什么？”

郭再佑想了想：“我会笔法。”

清商道长大喜：“什么笔？判官笔？分水峨眉刺？”

郭再佑摇了摇头：“都不是。我会写柳体的隶书。”

清商道长怔了怔，喃喃道：“这人居然能到现在不死，真是个奇迹……”

日子一天一天过去，平壤城再度展现出它的壮丽。

废墟一般的城体已被完全修复。三角形的城墙沿着大同江、牡丹峰延伸着，由清一色的青色巨石垒成，高大而威严。城墙内，隐隐显露出一排排雕梁画栋的建筑。整齐的道路隐在凄迷的烟雨中，层叠相映，一望无垠，似乎此处并非异国平壤，而是江南水乡。

大同江在城内弯曲，聚成一座极大的湖泊，似乎便是华音阁中的莫支湖。湖边矗着一座七层小楼，从楼上望去，丹楼如霞，却是虚生白月宫、东天青阳宫、西天太昊宫、南天离火宫、玄天元冥宫。花树披拂，宫与宫之间被星罗棋布的道路联通在一起。

正道群雄本散居于内城之中，此时，尽被安置在东天青阳宫中。两万明兵驻扎在西天太昊宫中。原来这些士兵豪杰可以随意走动，而今，他们渐渐感到了约束。宫与宫之间的道路错综复杂，仿佛迷宫一般，只要他们稍不注意，就会迷失方向，不知不觉地被引到城外。而城外，大同江被重新挖掘引导，呈八卦状环绕着平壤城。错综复杂的水道令地形变成了一座迷阵，阵中的森林、山石、树木、泉流之间，隐藏着天下最可怕的阵法——四天圣阵。一旦有人误入其中，后果只有一个——死。

他们修建这座城池，就像是在修建自己的坟墓。

卓王孙以无上的谋略，渐渐掌控了这场战争的节奏。每个身在平壤城中的人，都隐约感到了不安。那不安不是来自被困城外的敌人，而是这位深不可测的华音阁主。

天微微放晴了一段时间，又阴了下去。大同江的江水被暗淡的太阳蒸起一团团烟雨，将平壤城笼罩在其中。整座城市就仿佛突然消失一般，成为江面上的一座海市蜃楼。

突然，遥远的江岸上传来一阵阵鼓噪声。

正在加固城墙的士兵们忍不住停下了劳作，探首向前张望。李如松命令几个士兵前去看看，不多时，士兵回来了，还没等开口便痛哭起来。

原来，平壤城外来了几千难民。明兵攻下平壤城之后，消息传到了汉城，汉城守将震怒，不敢前来攻打平壤，就将火气撒到了附近的城镇上。这些城镇遭受到了开战以来最猛烈的袭击，这些人无家可归，只好一路逃往北方。听说平壤已经被夺回，就想逃难进城。哪知，守城的华音阁弟子收到卓王孙的命令，不放任何一个人进来。

李如松听了，大吃一惊。

如果连难民都不接纳，那我们解放平壤还有什么意义？我们还称得上是正义之师吗？

他急匆匆地撇下士兵，火速赶往城内面见卓王孙，想要谏劝其放百姓入城！

华音阁弟子听说他要去虚生白月宫晋见阁主，就直截了当地回绝了：“只可能阁主召见你，不可能你晋见阁主。”

“为什么？”

“因为阁主在思考天下大事。”

李如松差点气昏了。但他也不敢放肆，只能忍气吞声，向两位弟子解释着，希望能唤醒两人心中的正义感。但两人淡淡的回答，瓦解了他的解释。

什么是正义？阁主就是正义。

他怒也不是，恼也不是，进也不是，退也不是。

幸好，这时韩青主匆匆自虚生白月宫中走了出来，见了李如松道：“你来得正好，阁主正要召见你！”

李如松大喜，急忙跟着韩青主走进宫中。

卓王孙正站在窗前看着大同江的烟雾。李如松正要开口，卓王孙打断他：“宣祖到了吗？”

李如松摇了摇头。申浤去了半个多月，还是没有探察到宣祖的下落。

“你即刻带领一队人马前去接应，路上不许有任何耽搁！”

李如松呆住了。

“那些……那些百姓呢？”

卓王孙淡淡道：“将他们赶走。”

李如松身子一软，几乎坐倒在地上。他不知道自己是如何走出虚生白月宫的，只感到一阵阵的虚弱。

第一次，他看不到这场战争的方向了。

韩青主遥遥注视着李如松的背影，忍不住一声叹息。

的确，这场战争已经没有了方向，因为引领着他们作战的那个人，已经变了。

卓王孙，这个他们无比信任的人，已悄悄地有了变化，让他们也感觉陌生起来。

一个疑惑，浮在他的脑海中。

他们已经习惯了，在这样的情况下有个人站出来，为黎民请命。这个人，绝不会为卓王孙的威严屈服。当所有人都沉默时，她还会闪耀出水红色的光芒。她的慈柔，总是在最艰难的时候让人想起。

相思去哪里了呢？

如果她还在城中，一定会第一个找到卓王孙，誓死规劝。在行军的路上，她不就做过一次吗？

现在，没有一个人敢反抗卓王孙的命令，那只能有一个解释：

相思已不在城中了。

兵荒马乱的，她能够去哪里？

第八章

# 旌旗冲雪冷梅花

相思究竟去了哪里？

朴家镇。

卓王孙说出“这座城，必将在五日内陷落”的时候，相思悄悄盗了一匹马，向后方奔去。因为她知道，这句话已经决定了平壤城的命运。她不必再为这座城担心，可以放心地为朴家镇做些什么。

临行前回首时老人那平静而凄怆的眼睛，一直像烈火一样烙印在相思的心底，没有片刻安宁。她对自己失望透顶。怎么能这么轻易就放弃呢？以前的她，一定会奋不顾身地冲上去保护他们，哪怕连自己也沦入苦难的炼狱。但现在呢？她为什么仅仅因为几句话就退缩？

就因为那是他所说的吗？

自责与懊悔让她一刻都不能平静，所以当看到平壤之战已经如计划进行时，她就打定主意，要偷偷赶到朴家镇去。

细雨迷蒙中，她焦急地打着马，向那个荒僻的村落奔去，一任冰冷的雨滴打湿她水红的衣衫。

她只祈祷着能见到一个充满生机的镇子。

但，她的祈祷，并没有让神明听见。

她见到的，是连绵的烈火，以及烈火下的焦土。

这个镇子，已被焚烧成一片废墟，什么都没有留下，远远地，尚能看到倭兵离去的身影。相思感到一阵愤怒，忍不住想追上前去，将他们通通杀掉。

一阵沙哑而苍老的呻吟声令她停住了脚步。她翻身下马，只见土墙背后，斜倚着一位白发苍苍的老者。

那正是她在路上遇到的朴老头。

相思急忙赶过去，将他扶了起来。只看了一眼，她就几乎呕出来。

朴老头浑身是血，一条手臂被齐根斩断，泡在泥泞里，一双眼睛竟被剜了去，只留下两个狰狞的血洞。鲜血不住地从血洞里流下来，将他的全身染红。

纵然世上最好的医生，也无法再救活他，这些残忍的畜生只不过是留他慢慢死去。

漫长的凌迟。

朴老头几乎已完全丧失神志，却仍然鼓起最后一分力气，颤抖着伸出手，像是在寻找什么。

"杀！杀光你们！"

他的手触到了相思的手，他像是突然激动起来，一把握住相思，流着血的双眼猛地凑到相思面前，撕裂般吼叫着："杀光你们！"

他的手竭力想扼住相思，但全身的创口瞬间破裂，他的身体就像一株被折断的枯枝，摔倒在地上。鲜血从他身下流出，在泥水中蜿蜒成一道小溪。

大雨倾盆，终于落了下来。

相思跪在地上，一把一把捧起泥土，却无法遮住这张满是血泪的脸。

她知道，这都是她造成的。如果她那时候没有转身离开，就可以拯救他们，就像曾经拯救过的那些人一样。

她憎恶自己竟那么容易被说服。

一把把的泥土，掩盖的仿佛是心底的烙痕，一道道写满内疚，永远无法埋葬。

烈火渐渐焚烧过来，无差别地吞噬着大地上的一切，烟尘滚滚，卷过村庄、树林，相思的几缕散发融化在火光中，肌肤也被烤得通红。

冲天的火焰中，只有她纤细而哀伤的影子。

她猛然站起身，伸手撕下一截衣带，束住凌乱的发。

她不再掩埋，任由尸体被烈火吞噬。因为她已有了决断，有更重要的事，等着她去做；有更多的人，等着她去拯救。

她的双眸中迸出决绝的勇气。这一刻，她又恢复成当年荒城中的莲花天女，将带领那群衣衫褴褛的人，守城护池。

只是这一次，她决定独自作战。

她不忍心再让别人牺牲。如果牺牲，就让她一个人承担吧。她愿用一个人的牺牲，换来整个朝鲜的和平。

她仰起头，快步向南方走去。这一次，她绝不容任何人阻拦。

南方便是汉城。

平壤城的修建终于完成。

这里，俨然已成了一座壮丽的帝都。辉煌的城楼，笔直的街道，整齐的房舍，秀美的景色，一切宛如天宫。

东天青阳宫是居住区，飞虎军、潜龙军、朱雀军以及十几万百姓全住在这里，绰绰有余。西天太昊宫是训练场所，弓、步、骑、炮，全有单独的训练场，可以容纳十万士兵同时训练。南天离火宫是兵器铸造之处，这里日夜升腾着火红的火光，许多李如松从来没见过的战争机械不断从这里造出，分发给不同的部队。玄天元冥宫中有什么？没有人知道。因为从没人进去过。

这座城市，整齐而有序地运作着，几百名华音阁弟子维持着整座城的运转，竟然绰绰有余。群豪与百姓欣喜地看到，他们终于有了一座壮丽而强大的都市，平壤城足可作为与倭贼作战的根据地，源源不断地为前线提供补给。

朝鲜战争，终于有了胜利的基石。

但同时，他们心中隐隐有一丝不安。

这座城，是那么陌生。他们虽然身处其中，却绝没有拥有这座城市——不是他们拥有这座城市，而是这座城市拥有他们。他们不过是这座城的奴隶，终有一天会被这座城吸干所有生机。

这种不安，日益增加。

当他们远望恢宏的虚生白月宫时，当他们日渐见不到卓王孙时，当他们见到的只是一道又一道的命令时，他们感到迷惘。他们不知道卓王孙想什么、要什么，这场战争，究竟会走向何处。卓王孙的命令，有些让他们膺服，带领他们取得一场又一场胜利，但有些，又让他们深感困惑，甚至荒谬。

正道长老们暗地里叹了口气。他们并不信任卓王孙，从骨子里将卓王孙当成敌人。虽然平壤之战大胜，但卓王孙毕竟是卓王孙。

他们期盼着，杨逸之能早日从海上归来。

那是他们唯一能对抗这种不安的筹码。

当宣祖走在平壤宽广而美丽的街道上时，他心中充满了惊喜。

刚从颠沛流离的边陲小镇上被迎回来，生命每时每刻还受着威胁，却来到了如此强大而平静的都城，这剧烈的落差让他一时无法适应。

他战战兢兢地向前走着，无法相信平壤竟然有如此巨大的改变。就算是在战前，平壤也绝没有如此壮丽的景象。

这样的城市，只有在大明的京师才能见到吧。

他心里充满了欣喜，但又有一丝恐惧。因为他知道，这样的城市，绝不可能属于他。这，虽然是他的国家，这座城市却超出了他作为一国之君的想象。

那是世人无法仰望的繁华，只会给僭越者带来不幸。

宣祖皱着眉，却不敢说出来，这让他的步伐有一点犹豫。但他知道，他不能退缩。倭兵在最近几个月中疯狂反扑，咸镜等八道最后的反抗势力也被一一瓦解。天下之大，几乎已没有他的容身之所。一想到被倭贼逮到后的下场，宣祖就不寒而栗。

而今，唯一能庇护他的地方，就是这座都市。

他振奋起精神，大步向前走去。

远远的，高大的台阶上站着一个人。雨水将他的面容隔断，让人无法看清楚，但一看到这个人，宣祖心中就不由得生起一阵恐惧。

仿佛被吸引着，他径直向那个人走去。

他攀爬着巨大的石阶，有些气喘吁吁。雨水让石阶变得湿滑，他生恐自己会摔下去，摔得粉身碎骨。全身都已经湿透，他狼狈得就像一只奋力想爬到荷叶上的蛙。身为王者的尊严，让他勉强克制住手脚并用的冲动。

他克制不住地想：就像是在向那个人跪拜。

雨水像是层帘幕，遮住了这座城市与这个人。在茫茫的水雾中，这个人仿佛与这座城市合为一体，他身后便是那不可仰望的天穹。

终于，宣祖爬到了石阶的尽头，忍不住长吁一口气。卓王孙缓缓抬起左手，做了个“请”的姿势。宣祖这才看清，他身边有一张巨大、华丽的王座，雕龙画凤，上面张开了同样华丽的辇盖，所有风雨都被挡在外面。王座看上去那么舒适，仿佛一躺在上面，他又会成为那个醉生梦死的王，什么都不用担心。

那正是他最渴望、最需要的。

而卓王孙的邀请，又是那么不容拒绝。

宣祖忍不住快步走上去，坐在王座上。王座舒适的触感传来，他全身的疲乏与紧张仿佛都消失，他忍不住发出一声轻轻的哦，放松身体，靠在椅背上，顿时，绮丽的梦扑面而来。

但他迅速睁开了眼睛，下意识地就要从椅子上站起来。自己坐着，卓王孙站着，竟会让他感到局促不安，仿佛这个王座本该属于他，而不是他这个天生的朝鲜国王。

这种荒诞的思想竟然盘踞在他的脑海里，挥之不去。这加深了宣祖的恐惧。

卓王孙含笑递过来一个黄色的卷轴：“王，请宣读战令。”

宣祖下意识地接过来，打开读了起来。这时候他才发现自己的声音已经扭曲变样：“令飞虎军即刻出征汉城。”

他完全不明白这是什么意思，但奇怪的是，当他读完后，忽然感到一阵奇异的解脱感。他不再恐惧了，感到这张王座是属于他的了。

只要跟随着这个人，他让自己做什么自己就做什么，他让自己读什么自己就读什么，自己所有绮丽的梦想，都将不再是梦幻。

他会安全，得到王该得到的一切。

他笑了，终于放下心来。

由中原最精锐的力量组成的飞虎军终于要出动了。

平壤之战那么艰苦，飞虎军却连一个人都没有参战。没有人知道为什么，同样，也没有人知道这次飞虎军为什么要出动。

战争的目标更是让人触目惊心：汉城。

这么快就迎来决战了吗？

能战胜汉城中将近二十万的倭贼吗？

每个人心中都有些忐忑不安。但他们并没有怀疑，因为他们相信，卓王孙一定会像平壤之战一样，率领着他们获得另一场胜利。

他们心中，充满着必胜的信心！

明军发动了一场闪电战。

一日之内，踏着暴雨，明军三千飞虎军组成的骑兵走完了应该七天才能走完的路程，兵临汉城城下。

路上的六座栅垒，没有一座能够支撑住一个时辰。飞虎军如风如火，从天而降，栅垒顷刻灰飞烟灭。

当飞虎军的铁炮轰击着汉城的城墙时，汉城的守兵还在吃惊，他们完全不知道飞虎军是如何来到这里的——他们的行军速度竟然快过了日出之国的探马！

守兵匆忙地关紧城门，加强防御，调集人马，向飞虎军发动了攻击。

但飞虎军撤军了，消失得干干净净。日出之国派出了无数探马，没有任何一个能打探到飞虎军的半点消息。

汉城的守将小西行长急忙派出大将宗义智率领七万大军前去追击明军。大雨之中，倭军就像无头苍蝇一般，焦躁而忙乱地在汉城周围搜索着。

但一点收获都没有。

要不是远远地仍能看到炮火在城中燃烧，没人会相信汉城这座倭军的根本重地，刚刚受过攻击。这让他们感到一丝恐惧，他们的敌人仿佛是隐形的，躲在他们看不到的暗处，窥探着他们。只要他们稍有放松，就会施加致命一击。

然而，他们又有足够的自信心。率领他们的是日出之国名将宗义智，而他们是身经百战的战国士兵，没有任何敌人能够打败他们。明军虽然能攻下平壤，但不过是靠炮火的威力而已。近身作战，是他们的天下。只要让他们找到敌人，他们一定会全歼对方！

自入朝鲜以来从未遭遇过大型失败的倭国武士们，盲目地相信着自己。

入夜，大雨更猛。

他们终于发现明军的踪迹，是在距汉城十五里外的碧蹄馆。他们趁着雨的掩护悄悄地围了上来。

七万人围三千人，实在是太轻易了。

碧蹄馆被围了个风雨不透。

夜色中的碧蹄馆寂静无声。明军好像完全没有觉察到他们的行动，倭兵异常兴奋。只要缩短包围距离，明军的骑兵就发挥不出威力，火炮就更没有用武之地了。加上人数优势，他们的胜仗，就像是探囊取物一样简单！

这里，是他们的火枪最能够发挥威力的地方。

他们开始肆无忌惮起来，快速地向馆内收缩着包围。当他们看到明军并没有睡觉，而是衣装整齐地等着他们时，并没有太惊讶，因为他们已有了必胜的信心。而当他们看到明军的大炮已经准备妥当时，也没有害怕，因为他们距离明军只不过七八丈而已。对这么近的距离而言，大炮就是一尊体形笨重的废物！

他们呼喝着，抽出火枪，准备开始一场痛快淋漓的屠杀。

当明军点燃大炮时，他们还在嘲笑明军的头脑冥顽不灵。但随着一声惊天动地的大响，猛烈的炮火从明军的炮筒里喷出来，令他们震惊的是，炮火并非像火球一样冲天而起，而是离膛就炸开，迎面向他们轰了过来。骨头碎裂的脆音和肌肉撕扯的闷响声瞬间响起，他们还没意识到发生了什么事，这一炮已在他们的队伍中硬生生地撕开一道十丈宽的口子，足足有三百多人化成残肢碎片，随着迸溅的鲜血落了一地。

这可怕的场景让所有的倭兵瞬间窒息，他们完全失去了战斗的勇气，惨叫着向后退去。

宗义智大怒，呼喝道："怕什么！他们只有三千人！给我冲上去！将这些炮夺过来！"

倭兵的头脑稍稍清醒了，主将严酷的军令开始在他们脑海中复苏，他们知道，如果后退，等待他们的将是比死更凄惨的命运。他们的凶悍之气渐渐被唤起。

怕什么！只要冲过去，近战的话没有人赢得了日出武士的！

他们惨烈地号叫着，击响了火枪，顿时，碧蹄馆里像是燃起无数烟火一般，被火枪的光芒照亮，随即，剧烈的火炮声轰然炸响。

大雨倏然变成了鲜红色。

付出惨重的代价后，倭军终于突破炮火的轰击，逼到了明军跟前。他们还没来得及欣喜，刀光已随着雨水冲天而下。倭兵的火枪并没有发挥他们想象中的近战威力，因为这些刀光实在太强，相互交织在一起，就像是无数道死亡之网，瞬间就将倭兵分割、网住。血光在纷落的雨帘中晕染开去，看不清方向。

宗义智跟随着倭兵冲了进去。他忽然想起远在日出之国的妻子，樱花一样的嘴唇让他无比思念。

然后，他就看到了自己的胸口，然后是膝盖、双脚。随即他才意识到，他的头落在了地上。

鲜血喷溅，倭兵的信念也在一瞬间被瓦解。他们最自豪的近战能力，这一次却在近战中被摧毁。如果他们是战争之鬼，那么敌军就是战争之魔！如果再近战下去，他们将全部被歼灭！

他们的统帅也死在战斗中了！

倭兵的斗志完全被击溃，不知是谁先开始的，他们成群结队地往外拥去。奇怪的是，明军并没有追赶。他们欣喜地奔出去几十丈，突然，马蹄声震天而来。

平原上长驱直入的骑兵，显示出了追击、屠戮的可怕威力，慌忙逃窜的倭兵根本没有躲闪的机会。

无数把刀铰碎了雨丝，四散奔逃的倭国武士们还没意识到发生了什么事，他们的尸首已倒在地上，鲜血将碧蹄馆的杏花染红。

撕杀一直持续到黎明。

此战，史称碧蹄馆之役。

此战中明军用于近战的火炮、火龙箭、飞廉箭、一窝蜂、百虎齐奔，给倭兵留下了难以磨灭的印象。更可怕的是，飞虎军的强悍近战能力，几乎令倭兵的斗志瓦解。他们可是由正道武林组成的队伍，个个都是高手，倭兵纵然百炼成钢，又哪里是他们的对手。

此战，明军伤亡不过两百人，倭军却高达三万多。参战的明军只有三千多，而倭军高达七万多人。

此战令倭军再也不敢小看明军。飞虎军撤退的时候，汉城所有大门紧闭，竟然没有一个倭兵敢出来追击。

如果倭军不是太相信自己的近战能力，就不会这么轻视明军。如果不是进军朝鲜没遇到过抵抗、太过顺利，也不会在遭到屠杀时这么快地瓦解。如果他们能像战国时代那样作战，三万日军至少能让这三千人损失大半。

以一当十并不是那么容易的事情。

过分自信轻敌，终于酿成一场惨败。

这场惨败，却是卓王孙的大捷。他一直不让飞虎军出战，给倭兵造成明军战斗力孱弱的假象，再以全部由武林高手组成的飞虎军出战，辅以几乎达到当时科技顶点的精巧火炮，轻易给敌军造成了毁灭性的打击，将出奇制胜发挥到淋漓尽致。

此战，日出之国阵亡将领如下：

小野成幸 十时连久 池边永晟 安东幸贞

小川成重 安东常久 久野重胜 横山景义

桂五左卫门 内海鬼之丞 伽罗间弥兵卫 手岛狼之助

汤浅新右卫门 吉田太左卫门 波罗间乡左卫门

第九章

# 松窗映火茗芽热

相思的计策很简单。

这一次出征朝鲜，几乎华音阁内最重要的战略物资都被装进箱子运了过来，当然也包括阁中藏着的那些古玩珍奇。相思拿走了其中的几件。

在废寺中，平秀吉用日出之国茶道迎战卓王孙，显示了精湛的茶道技艺。相思相信，只有真正沉溺茶道之人，才能够达到如此水准。

相思拿走的，是唐代茶圣陆羽的一只茶罐、一只茶壶、两个杯子，和一只水瓯。

爱者必耽。沉溺于茶道之人，对于陆羽的器物，必定无法拒绝。日出之国茶道虽然发展出了与中原茶艺绝不相同的风格，但毕竟发源于唐朝。沉溺茶道的日出之国茶人，必然对号称茶圣的陆羽之遗物向往至极。

平秀吉，必然无法拒绝这一套由陆羽亲手制作的茶具。

相思相信，像平秀吉那样的人，必定从看到这套茶具的第一眼起，就能判断出此乃陆羽真品。那么，对于自称传承了陆羽茶艺的自己，必然极愿一见。

他必定会召见自己，让自己用这些茶叶、茶具、茶水，制一杯如茶圣亲临的清茶。

茶，是三两金子一两的雨前茶，整个大明国，每年出产不过二十斤。

水，是扬子江中水眼里的水，只有酷爱茶道之人，才知道此水眼所在。据说，此乃天下最佳之水，用此水泡出来的茶，就像是仙人顶上的落花。

也只有最耽于茶道之人，才能看出此茶、此水的妙处。日出之国虽然盛行茶道，却未必有如此茶、如此水。

茶，是茶。

水，是水。

无论怎么检验，茶跟水都绝没有半分破绽，清新、纯粹、无毒。

只有相思才知道，水中混合着极为细微的水晶珠。这些水晶珠透明、柔软，哪怕最锐利的目光，都不可能将它们从水中分辨出来。它们是如此通透，几乎就跟水滴一模一样。

而一旦将水煮沸，水晶珠就会破裂，里面的毒就会渗入水中。尤其佳妙的是，这种毒有种淡淡的松柏味，让茶香深沉，悠远，就算不嗜茶之人，都忍不住想喝一杯。

又何况是沉溺茶道之人？

这样的下毒手法，堪称天衣无缝。

她要用毒，杀死日出之国的统帅平秀吉。统帅一死，日出之国群龙无首，自然会瓦解。朝鲜之战，也就会终止。

这是她解救朝鲜百姓的办法。

相思站在汉城城外，茶具已经被送了进去。

她又思量了一遍自己的计策，仍然觉得天衣无缝。唯一的缺陷，就是这种毒入口就会发作。因而她必然会被捉住，为平秀吉殉葬。

这又有什么呢？相思淡淡一笑。她此次前来，本就是想用自己的命，换朝鲜百姓的安宁。

但她生恐平秀吉会让别人先尝茶，因此，她还是准备了一枚解药。她将这枚解药藏在衣袖中，平秀吉若是让别人先品尝，她还有机会在他喝下毒茶之后，解救那位无辜之人。

她心肠总是那么软，不忍心伤害任何一个人。

哪怕是敌人。

如她所想，相思得到了召见。陆羽茶具、三两金子一两的茶、扬子江水眼的水、陆羽亲传的茶艺，任何爱茶之人都不能抵挡。

相思走进汉城皇宫的时候，并没有想到宫殿中竟有这么多人。几乎所有大名都到齐了，每个人都穿上最隆重的服装，神情严肃地坐在矮几后面，看着她缓缓走来。

相思进献的茶具，静静地摆放在大殿的正中央。相思发现，这些茶具已经经过最仔细的检验。她不动声色，走到茶具面前，缓缓跪坐下去。

大殿正中间的位子上，却没有人。

位子后面，是一幕沉沉的珠帘，似乎可以看到帘后峨冠博带的影子。

相思深深吸了口气。

迎着灯光，她隐约可以见到茶瓯里有极淡的彩光传出，那是那些水晶珠折射出的虹彩。这表明，她的计谋并没有被发现。

旁边已烧起松柏制成的上佳木炭。相思挽起袖子，舀起一瓢水。

大名们不时地发出惊叹。

陆羽亲传的茶艺果然天下无双，与之相较，日出之国最著名的茶首都显得无比粗劣。

相思的心忽然痛了一下。

这套茶具，她第一次见到是两年前，在秋璇那里。

她去的时候，那个人正慵懒地蜷在海棠花树下，看着陆羽《茶经》的真迹。

那时，天空正下着蒙蒙春雨，海棠零落，也如一帘春雨。

相思看到，花雨中的秋璇缓缓支颐，对自己一笑。

那一刻，烟雨如梦，她身上的红裙竟比满园海棠还要耀眼。

相思也知道，绝没有人能看破自己下毒的手法，因为这是从那个人手中学来的。她泡出的茶，堪称天下无双，带着淡淡的远山味道。相思虽然只学了十之七八，但蒙骗这些日出之国大名，足够了。

而今，窗外细雨依旧，离那片海棠花园却已是万里之遥。

而那个海棠花下的人，更是远在天涯。

如此想来，却令人万分惆怅。

终于，一杯茶好了。

淡淡的碧色中，透出悠远的松柏香气。至清的茶浮动在古拙的杯子中，仿佛消融的一瓣曙天。

所有的大名脸上都露出了殷殷的期盼，跪直了身子。

他们目送着这杯茶，被歌姬用描金的漆盘托着，送入了珠帘后面。

那个峨冠博带的人，似乎也沉醉于这杯茶的清绝中，良久不语。

相思静静地收拾着茶具。她知道，自己绝不能露出半分急躁，那只会让自己功亏一篑。

虽然大名们都有些失神，但相思知道，在暗处一定有很多警戒的眼神，正全神贯注地盯着自己。

她从容地等待着，就像任何一个等待封赏的献宝者。

珠帘后面猛然传来一声打翻茶碗的声音。

所有的大名脸上都露出惊愕的表情。

相思顾不得再掩饰，身形一掠而起，已将帘子掀开。她一定要亲眼看着平秀吉死去！从这一刻起，她要击退任何想闯进来的人，任何人都不能救平秀吉，他只能死！

但她的手，在掠开帘子的刹那滞住了。

帘子后面，是峨冠博带，但峨冠博带中坐拥的，不是那个赤眼火瞳之人，而是个孩子。

一个十三四岁的孩子，正痛苦地用手扼住自己的脖子，水晶之毒极为凌厉，这孩子的生命正在急速失去。

他看到相思，伸出手去，想要说什么，却一个字都说不出来，猛然瘫倒在地。

奇异的是，相思看到他时，竟有一丝熟悉。她来不及想这份熟悉来自哪里——她只知道，自己杀错了人。

平秀吉，绝不可能是个孩子。

她急忙掏出那枚解药，喂在孩子口中。

几柄太刀架在了她的脖子上，守卫的武士终于出动，将她擒住。

相思并没有反抗，呆呆地任由这些人将她架了出去。

她知道，自己还是太过天真。这么简单的计谋，怎么可能杀掉日出之国的关白。

她只希望这个孩子能够平安无事。

良久，珠帘后的抽搐终于平息，峨冠博带的影子慢慢坐了起来。

相思长长出了口气，那个无辜的孩子平安了。那么，就算她被千刀万剐也没有关系。

珠帘慢慢被挑起，峨冠博带的人缓缓走了出来。他的嘴角仍然残留着松柏的味道，但相思的身形再度僵住。

讥嘲的目光，出现在那个人的脸上，他一字一顿道："你，想，杀，我？"

那张脸上，赫然是赤眼火瞳，满脸飞扬傲岸之气。

那绝不是孩子，而是王者。

相思惊讶得说不出话来。

她分明看到珠帘后是个孩子，那稚嫩的目光绝不会有错。珠帘后面就是墙壁，连一只苍蝇都藏不下。但那个峨冠博带的影子站起来后，就变成了赤眼火瞳的王者。

这怎么可能？难道他是神话里的妖魔，会七十二变不成？

平秀吉看着她，重复道："你想杀我。"

周围的大名都笑了起来，似乎这是件极其好笑而滑稽的事情。一位大名大声道："秀吉公是杀不死的！"

相思的眉头皱了起来。她并不认为这件事好笑。任何人都是会死的，就算强如卓王孙、杨逸之，如果中了真正的剧毒，或者心脏被刺穿，都会死。平秀吉再强，都不可能强过这两个人。

那么，这些人为什么说他是不死的呢？

这绝不会是为了嘲讽她而讲的笑话。这只可能有一个解释，那就是平秀吉练成了某种奇特的武功，让他有了近乎“不死”的能力。

日出之国的忍术千变万化，诡异莫测，传说是八百万神明在人间留下的奇术。如果其中有什么中原武林所无法想象的，也并不奇怪。

相思又一次兴起了这样的念头：果然，想通过暗杀来结束这场战争，是多么幼稚的想法啊。

此刻，她并没有为自己的安危担心，她只是伤心，最终也没有为那些可怜的百姓做些什么。

平秀吉静静地看着她：“把她带到天守阁。”

天守阁。

汉城被攻占之后，立即按照日出之国的军事需求进行了重建。这座城，已成为太阁大人的荣耀，被逐渐修建成日出之国中最壮丽的城池。

天守阁位于城的中央。

武士押着相思登上天守阁的时候，相思虽然满腹心事，却也不由得心惊。这是她第一次在华音阁之外见到这么严密的布置。天守阁分为七层，每一层都布满了守兵、机关、毒物、阵法。即使是守兵，没有命令也绝不能随意走动，只能固守在自己的那一层，僭越一步的结果就是死亡。这不但让守御变得无懈可击，而且杜绝了这些守兵互相串通而造反。相思虽然只是随着平秀吉走上去，只是短短地看了一眼，但所看到的守御之可怕，仍让她感到触目惊心。

这座天守阁，几乎是不可被攻陷的。

登上天守阁最高的那一层，整座汉城都在眼下。这座城市中发生的每一件事，都无所遁形。在这里所做出的决策，必定非常适合这座城市；而在这里所定下的防御战略，必定让攻打的敌人头痛无比。

因为，这里，可统御全局。

相思静静地倚在栏杆旁，忧愁地想着心事。她面对的这个敌人太强大了，让她油然生起一种无力感。

平秀吉站在另一边的栏杆边，俯瞰着整座城市，淡淡道：“我不会杀你。”

这句话倒有些出乎相思的意料，她不禁哦了一声。

平秀吉："你不想知道为什么吗？"

相思的确想知道，但她也知道决定权并不在自己手中，所以，她只能等着。

平秀吉缓缓转过身子。

相思忍不住又失声惊叫起来。

眼前的平秀吉，峨冠博带簇拥着一张还带着稚气的脸，拥有这张脸的人，绝不会超过十三岁。那是在珠帘之后，喝下她的毒茶的那个少年。

相思清晰地记着，他们踏入天守阁第七层时，平秀吉还是赤眼火瞳之貌，昂藏七尺，身躯虽瘦削却威严雄伟，与眼前这个俊美、瘦小的少年绝不一样，连身高都差了很多。

这个人绝不可能是平秀吉，他怎会出现在天守阁上，穿着与平秀吉一样的衣服，站在她面前？

那少年淡淡道："我就是平秀吉。"

相思震惊得说不出话来，迟疑道："那……方才那个……"

少年："那亦是我。"

他望向远处，眉峰中忽然有了一丝傲岸。这丝傲岸让相思立即觉得熟悉起来。他的形体、相貌、气质、风度都跟那个赤眼火瞳之人完全不同，这丝傲岸却一模一样。接下来的那句话，让相思更确认了这一点：

"我化身千亿，不败不灭。"

相思霍然明白："你是说，你的相貌、身形可以随意改变，想变成什么就变成什么？"

那少年缓缓点头。

相思说不出话来。这的确太诡异，已经超出了人类的想象。相思见过平秀吉两次。她对自己的眼力很有信心，毕竟她修的是暗器，如果眼力不好，根本无法发挥出暗器的威力。她也见识过魔教的易容术，虽然可以改变相貌，但绝不可能像平秀吉这样，完全变成另一个人。

何况，连身高都可以变，这不可能是武功，只能是法术。

相思禁不住后退一步，盯着平秀吉，这样的能力实在太可怕了！

平秀吉看着她的反应，缓缓地展颜微笑："我不会杀你。"

"难道，你还没认出我来吗？"

他清秀白皙，眉目细长，笑容中带着强烈的蛊惑之意，相思虽在惊惧之中，也忍不住仔细地看了他一眼。

她忽然失声道："是……是你！"

她认出他来了。她先前没认出来，只是因为她太执着于杀死平秀吉一事。

他就是他们乘着大威天朝号出海时，救上来的日出之国少年。后来那少年不知所终，相思还牵挂过一段时间[①]。

没想到那个孱弱、瘦小的日出之国少年，竟然是日出之国最有权力的人。

平秀吉缓缓跪坐下来，跪在她面前。

"你于我有恩，天下人都可死，只有你不能。"

相思脑海中闪过一丝灵光，她忍不住也跪坐下来："你想报我的恩？"

平秀吉点了点头。

"那你能不能从朝鲜撤军？"

平秀吉微微侧头，凝视着她，细长的眉轻轻挑起。

"你为什么要我撤军？"

相思："因为很多朝鲜百姓在死去！只要日出之国一日不退兵，朝鲜百姓的痛苦就一日不会终结！"

平秀吉笑了："朝鲜百姓在死去？你知道朝鲜有多少人吗？"

相思摇了摇头。

"朝鲜全国人口，加起来不到六百万。你知道日出之国有多少人吗？"

相思再度摇了摇头。

"四千多万，是朝鲜的七倍还要多。"

他的声音缓慢而柔和，像是在饮一杯清澈的苦茶："如果我从朝鲜撤兵，渴望获得军功的日出之国武士们立即就会叛乱，日出之国就会重新分裂成无数国家。战争将会绵延不绝，死去的人数会是朝鲜的七倍以上。"

他缓缓站起来，冷冷注视着相思。这一刻，他不再是个孩子，而是王者。

"你愿意看到七倍的人死去吗？"

相思窒住。

她最不想做这样的选择，却一次次面临这样的选择。那些王者、贵族，总能够凌驾于别人的命运之上，像调动棋子一样，安排着别人的人生，进退生杀，予取予夺，从来不会有分毫犹豫。为什么他们总是不肯换一个视角，从那些棋子的角度看一眼？

也许他们从来没有做过棋子，他们从来没想过，那些棋子也有感情，也有痛苦。

---

① 事详《华音流韶·海之妖》。

但这些痛苦，深深烙在相思身上。荒城的百姓所饥的、渴的、病的、痛的，朝鲜百姓所忧的、愁的、悲的、伤的，都是她的饥渴病痛和忧愁悲伤。

因为，她知道自己成不了弈棋之人，永远只会是一颗棋子。

她深深埋下头。

“我……我很傻是吗？

“六百万与四千万，一与七，这样的选择很简单，但每次我都选不对。我很傻是吗？

“但你们这些高高在上的大人，每次都逼迫别人选择，心底却早有定论。你们看得很清楚，做得很对，你们每次的权衡都有不可辩驳的理由。但你们有没有想过，就算只是七分之一，也是生命！如果每个人都做最正确的选择，那，因那些不正确的选择所牺牲掉的人，谁来救？

“我没有那么理智、冷静，也没有那样统揽全局的眼光。我知道我很傻，但如果所有的人都选择了那个正确的选择，就让我选择错误的好了。

“因为，只有像我这么傻的人才会选择那些被放弃的人、被放弃的生命。”

她目光中满是痛苦，缓缓站了起来。

站在这座城市最高的地方，站在强大的王者前，她的痛苦宛如一杯茶，沉淀了万千繁华，静静地陈列在桌上，通透而深远，苦涩而真实，让这位王者竟不能正面凝视。

所有的人都选择正确的，谁来选择错误的？那些被放弃的，就真的是卑微、错误的吗？

又有谁来选择它？

六百万与四千万，所有的人都会选择四千万，那么，谁来选择六百万？

这不是数字，而是六百万活生生的人，六百万即将死去的鲜活生命。只有这个女子，才会那么简单地说：我很傻，所以，我来选择错误的。

她真的很傻，傻到愿意舍弃生命，冒险闯入汉城，履行这个送死的任务。

是傻，也是信念，是尊重每一个人、每一条性命的信念。

仅仅是一位女子的信念，简单到幼稚，执着到可笑。但就是这种信念，让平秀吉有种炫目的感觉。

时光仿佛在这一瞬逆转，他想起了当初大威天朝号上，阴暗的船舱被窗外的斜阳照亮，她清丽的脸上满是怒容，无所畏惧地挡在自己面前。

是的，她的确很傻。如果她不是这样傻，当初也不会救他。这些年过去了，他早已不是当年那个任人欺侮的少年，而是叱咤风云、坐拥天下的王者。数年的征战杀伐，他的心早就在硝烟与鲜血中被锻造得宛如铁石，但生命中总有那一些点滴的记忆，仿佛极细的雨丝，渗过了顽石，在心底处沉淀起薄薄的一层潮湿。

这个女子的话，竟仿佛穿透了一切坚硬，在这层薄薄的水面上激起道道涟漪。

那一刻，他心底忽然也涌起一种冲动，竟忍不住第一次想收回遥望天下的目光，不去管苍生与世界，仅仅去谛视它，看清它的光芒。

哪怕仅在这一刻。

他缓缓地重新跪坐下来：“有一个办法可以两全。四千万不会死去，六百万也不会死去。

“我的部将中有一个人，叫德川家康。他能力超群，无论野战还是治理国家都堪与我匹敌。只要我不在，他立即就会取代我。之后，他会将所有战争的罪责推在我头上，而后同明朝达成和解，从朝鲜撤军。他会让日出之国进入一个崭新的时代，一个没有对外战争也能够发展下去的时代。

“这个两全的办法，就是杀死我。

“这个世界上能够杀死我的人，只有一个，那就是你。

“你对我有恩，我绝不会伤害你。如果你跟随在我身边，总有一天你会找到杀死我的机会。而只要我一死，这场战争就会终结，你就会既救四千万，又救六百万。

“你会留下来吗？”他仰起头，微笑着问道。

那一刻，天守阁的阳光透过窗棂照在他宽大的衣袍上。他是一个十三岁的孩子，带着稚气而魅惑的笑意，静静注视着她。

相思留了下来。

这的确是两全的办法，至少相思没有想出更好的办法来。无论如何，她为朝鲜百姓做的努力并没有白费，在杀死平秀吉这件事上，她向前迈进了一步：留在了平秀吉身边。

她当然也知道这个任务极为艰难。平秀吉已经知道她要杀死他，就一定会全力防范。她能不能找到机会都不一定，更不用说成功了。

这还令她又增添一项心事。

平秀吉那可怕的化身能力。

如果哪天平秀吉化成卓王孙或杨逸之的样子，甚至宣祖的样子，会带来什么后果？相思简直连想都不敢想。她必须得想个办法，将这个情报告知明军，令他们尽早防范。因为他们所面对的敌人，绝不是常人。

那是魔。

化身千亿，不败不灭。

## 第十章

# 路从蓬岛三山远

当飞虎军列着整齐的阵形走入平壤城的时候，整座城都在欢腾。

所有的人都用鲜花和笑容欢迎着这支凯旋的队伍，包括明军、陆续归来的朝鲜文武百官，以及朝鲜百姓。

飞虎军的铠甲闪耀着锐利的光芒，这场胜利一扫进入朝鲜后的阴霾，令他们仿佛又回到了东海作战的时代。这支豪雄之师不住挥舞着手中的兵器，响应着人群的欢呼。他们相信，就算汉城中真的有十八万倭军，他们也能将之全部歼灭！

他们骑在高头骏马上，身后是几十辆生铁铸就的战车，上面架着巨大的铁炮跟火箭车。佛朗机火炮几乎是当时最先进的火器，一次可发射五百多枚子弹，迎面十丈宽全部被它的火力覆盖。火箭车分为火龙箭、飞廉箭、一窝蜂、百虎齐奔，分别可以一次发射十六支、二十五支、五十支、一百支燃烧的火箭。火箭上浇着火油，有的甚至装载着火药，一射出去就引发一大片烈火，裂地生威。

这些武器帮助着他们在两日前的雨夜，于碧蹄馆大破倭军，打得倭军闻风丧胆。此时，它们已经成为明军军威的一部分。

每个人心中都沸腾着热血，他们也相信，就算倭兵再多、再凶悍，他们也一定能夺下汉城，将倭兵通通赶出去！

卓王孙负手俯视着这支骁勇的队伍。

难得地，他的脸上也露出了笑容。城中的欢呼声响彻云霄，感染着每一个人。

宝盖下的宣祖几乎已热泪盈眶。他颤抖着身子，几次要站起来，向着这支队伍挥手，但他的脚在发软，无论如何都站不起来。

如果他还有敌国的财富，他一定毫不犹豫地将这些财富全部赏赐给这些人。如果他还有高官厚禄，他一定全封给他们，让他们痛痛快快欢呼一次。

但现在的他，不过是个亡国之君。他还有什么？

宣祖瘫坐在宝座上，眼睛忍不住一阵潮湿。他曾多么盼望这么一场胜利，但当这场胜利真的到来之时，又恍如梦幻，让人不敢相信。

他身后的文武百官，忍不住流下泪来。

于此，重见衣冠鼎盛。

李如松停下马，缓步走上台阶。

宣祖努力坐直了身子，摆出王的威严，身子却在不停地颤抖。李如松手上捧着一摞马标，宣示着这场大战中他们斩获的敌将数目。虽然宣祖早就知道这场战役的结果，但亲眼见到这一幕时，仍紧张得全身发抖。

终于，李如松跪倒在宣祖面前，朗声道：“征倭先锋李如松，献俘于王！”

他身后的飞虎军发出一阵嘹亮的呼喊，一齐将长枪举到了空中。他们每个人的马上，都绑了一串血肉模糊的人头，那是他们辉煌的战果。

宣祖激动得热泪盈眶，几乎就要站起来，大声赞美他们的功勋，但在最后一刻，他忍住了，谄媚地斜着抬起头，看着旁边站立着的人。

这个人，才是这座城真正的主人。这场战役的胜利真正属于的，是这个人，而不是他。他一定要小心，不能做任何让这个人不愉快的事情。

朝阳的光辉中，卓王孙的目光是那么悠远，仿佛遥不可测的青天。他脸上并无惊喜之容，显然，这场战役的胜利，早在他的意料之中。他安排好了一切细节，推演了敌军所有的可能行动，只等待一场胜利。

或许，这才是真正的运筹帷幄，决胜千里之外吧。

李如松的敬奉，不知什么时候已转了方向，朝向卓王孙。

所有士兵举起的长枪，似乎也是在向卓王孙宣告忠诚与荣耀。

此时，他们恭谨地拜服在卓王孙脚下，接受他的领导。虽然他曾飞扬跋扈，做过一些他们不能理解的事情，但他是王者，王者所做的一切，本就不是寻常百姓所能理解的。他们深信，这位王者能领导他们走向一场又一场胜利。

李如松：“末将恳请大帅授我为先锋，攻入汉城，枭敌魁平秀吉之首！”

所有的士兵全部下马，轰然跪倒，齐声道：“攻入汉城，枭敌之首！”

所有人都仰望着卓王孙，热血沸腾，等着他回答。这座充满鲜花与荣耀的都城，在这一刻屏息以待，等着皇者宣布一场更大的胜利。

卓王孙淡淡道：“收兵。”

所有人惊愕无比，卓王孙脸上没有任何喜色。这场战争，竟似没有让他感到一点快乐。

他究竟要的是什么？

满城百姓都困惑地望着他。这一刻，他们彻底相信他是位王者，因为只有王者，才会有与普通人截然相反的七情六欲。

卓王孙转身，正要离去。

突然，一阵马蹄声打破了平壤城的寂静，卓王孙的目光猛然锐利起来。一骑白马从城外奔驰而来，所有的守兵都纷纷让开，神秘而妖异的四天圣阵，竟似也不能阻挡这个人。

只有一个人有这样的特权，那就是杨逸之。

卓王孙脸上竟似也有了一丝微笑，他忍不住走下三级石阶。

一袭白影纵身自马背上跃起，白云一般停在了石阶的尽头。

果然是杨逸之。

他向着卓王孙抱拳："阁主果然深谋远虑。在下率领海军前往南海，正遇上前去参拜南海观音的梅北兼国的使臣，他们本是受不了平秀吉的苛政，去祈求南海观音庇护的，却失去了观音的踪迹，转而祈求我军的援助。他们趁夜领着我军进入日出军港，重创其舰队。梅北兼国也正式宣布起义，组织南方四国共同反抗平秀吉。倭兵后方陷入一片混乱，海上补给必定会出现极大的问题。"

城中一阵欢声雷动。原来他们的确误解了卓王孙。海上送花，只不过是个幌子，卓王孙真正的意图是联合盟军，攻入敌军的大后方啊！这实在是招很妙的计策，连自己人都瞒过了。

应当瞒！他们小民知道什么？只会泄密而已！只要有胜利，他们就满足了。

但卓王孙的脸色依旧一片阴沉，他等欢呼声稍微小些，才一字一顿道：

"幽冥岛上，风物如何？"

他问的是风物，其实是那个独居幽冥岛上的人。

杨逸之叹了口气。

"不知道。

"幽冥岛像从海上消失了一样，梅北兼国寻找观音时没有找到，我也没有找到。"

卓王孙一言不发，冷冷看着他。

杨逸之犹豫了片刻，才继续道："幽冥岛本是人间通往幽冥的入口，有着诸多诡谲神奇之处……若岛主不想让它再现人世，天下就再没有人能够找到。"

所有人的呼吸在刹那间全部停止，因为卓王孙的脸色阴沉得那么可怕，就像是这个国家的天气，令人窒息。

他们方才还在欢呼，享受着胜利的喜悦，但现在，他们只想回到家中，拿起被子蒙住自己的头，好好睡上一觉，连思考都终止。

卓王孙的声音，就像是阴云中郁怒的雷霆。

“你，没，有，找，到，幽，冥，岛？”

一瞬间，所有人都因恐惧而颤抖，宣祖将身子挤在王座上，竭力让自己化成王座的一部分。他毫不怀疑，只要卓王孙转过头来看自己一眼，自己马上就会死去！

黑云压城，所有人的目光都集聚在杨逸之身上。他那身白衣，在漫天阴霾下显得那么耀眼。他是唯一可以承载魔王怒气的人，若他不在，这股怒气将如雷霆一般轰击在每个人身上。

众人可怜巴巴地看着他。

杨逸之叹了口气。他没想到卓王孙会如此盛怒。

幽冥岛并没有太多的意义。卓王孙是为了那个幽冥岛上的人。

卓王孙，真的那么在乎那个人吗？不惜让海军乘风千里，奔波海上，只为送那人一船鲜花。

如今却没有她的消息。就像仙岛上的仙子，在阳光照破雾气的刹那，就会随着云烟一起消失，没有人能再看到。也许，只是她不想再见到别人，于是让这座岛从这个世界上彻底消失。

她本就有通天的本领。

只是，她连卓王孙也不愿见吗？

杨逸之惆怅叹息，点了点头。

从今往后，幽冥岛便只是一个传说，天涯海角，仙踪杳然。

啪的一声轻响，王座的椅背在卓王孙手下碎裂，金玉碎屑四散。

那一刻，每个人都在战栗。没有人怀疑，卓王孙的怒气会在下一瞬间爆发，将整座城池卷入其中。

魔王之怒，伏尸百万，血流成河。

恐惧如阴云一般，迅速笼罩整座城池。然而这万钧重压，都集中在杨逸之一人身上。两人久久对视着，不发一言。

卓王孙：“起来！”

宣祖触电一般弹了起来，闪到一旁。他下意识地想要跪下，但偷偷看了卓王孙一眼，遏制住了自己的冲动。

卓王孙在王座上缓缓坐下，支颐看着杨逸之。他的目光冰冷得就像是一柄剑，要贯穿杨逸之的灵魂。

杨逸之也不怀疑，他立即就会对自己出手。

而这一刻，他竟然没有能招架住的信心。

卓王孙一字一顿地缓缓道："我命你为护卫，护送沈唯敬前去汉城议和！"

宣祖吃惊地张大了嘴巴，良久合不起来。杨逸之也扬起了眉峰。

议和？为什么要议和？他们不是刚打了大胜仗吗？他们不是打得倭兵没有还手之力吗？为什么忽然要议和呢？他们不是期待着将倭兵赶出朝鲜，还这片土地以和平吗？

议和能做到吗？

他们困惑地望着杨逸之，希望他能为他们找出答案。没有人敢仰望卓王孙，没有人敢在这个时候问他一个字，更不用说触怒他。

杨逸之缓缓抬手，向卓王孙施了一礼："遵命。"

这让百姓们更加困惑。

看来议和已成了定局。那么，他们的庆祝还要不要了？

他们困惑地举着手中的彩旗、花鼓，不知道该做什么。他们茫然地看着周围的人，看到的，却是别人同样茫然的双眼。

卓王孙在王座上坐着，俯视着芸芸众生。

大同江水雾弥漫，卓王孙的身形隐于其中，他似乎离这个尘世越来越远了，远到他心中想什么、目中看什么，都没人能猜到。

远到，他似乎已不在凡尘中。

每个人心中，都生出一阵不安。

虽然他们已重建了强大的平壤城，还取得了一场以前想都不敢想的大胜利。他们甚至已看到了将倭兵赶出朝鲜的希望。这些荣耀，本都应该归于这个坐在王座上的人。他们心悦诚服，愿意用跪拜来回报他。

但他以一系列怪异至极的举措，让他们感到惶惑。

囚禁了功臣李舜臣，让庞大的舰队去海上送花，把宣祖当成傀儡，大捷之后却要议和。

他不在乎海上舰队如何重创倭兵，他在乎的，只是那些花没有送到他想送的人手中。

难道朝鲜这么多黎民百姓，比不过那些花吗？

他不想打赢这场战争吗？这场战争，对他究竟意味着什么？

他究竟想要什么？

没有人能理解。

正道长老、大明将士、朝鲜百姓，于这一刻，都感到一阵不安。

沈唯敬。

杨逸之有些吃惊地看着眼前这个人。

这是个身材矮小、干瘦的人，脸上总是露着谄媚的笑容，身子半弯着，只能仰着头看人，这更增加了他的卑微感。他身上穿着一件华丽的丝绸长衫，但无论怎么看都显得有些滑稽，尤其是两颗金黄色的大门板牙，以及手中那支长长的烟枪。

他战战兢兢地站在杨逸之面前，恭谨地弯腰行着礼，眼睛却偷偷瞄着杨逸之。只要杨逸之稍微露出一丝不满意，他就会立即跪下去似的。但他眼神飘忽不定，杨逸之望向他的时候，他像是受到了极大的惊吓，慌忙收回目光，身子簌簌发抖。

这就是卓王孙派去谈判的使者，身系朝鲜民族福祉的沈唯敬？

他看上去就像是个标准的市井刁民，鸡鸣狗盗无不精通，却就是不会干正事。

怎么会选这样一个人？

杨逸之忍不住想转过身去，找卓王孙问个明白。

杨逸之沉吟着，沈唯敬却已经在簌簌发抖。

他天性惧怕每一个人，胆小，不敢忤逆任何人，在强者环伺中寻求着自己生存的一丝罅隙。他的确是个卑微而猥琐的人，甚至不敢杀死一只鸡。但现在，他隐约意识到，这是天降的富贵，如果他把握住了，将飞黄腾达、光宗耀祖。杀了他的头他也要出使。

只是，这个看上去温文尔雅的白衣人，忽然让他感到遍体冰冷。他立即拿出自己所有的卑微谄媚，企图感化杨逸之。

杨逸之也立即感受到这一点，笑了笑。

他怎么跟这样的人计较起来了。

上马后，他做了个“请”的姿势，这次出使，他决定让沈唯敬全盘负责。

他决心仔细看看，卓王孙的目的究竟是什么。

第十一章

# 新传使者出皇都

马步缓慢，足足走了七天，才望到汉城的城墙。

一路上沈唯敬口沫横飞，不断吹嘘着自己曾与多少日出之国高官谈笑风生，他有多么了解日出之国的风土人情，是个多么厉害的日出之国通。

他只花了一个时辰就摸清杨逸之的脾气，知道他无论如何都不会生气，也不会伤害自己，就开始放肆起来。他的大烟袋开始喷吐黑烟，干瘦的面孔隐藏在黑烟中，不时突然伸出来，冲着杨逸之一阵狂吹海侃。

走了七天，杨逸之已将他的英雄事迹听了十七八遍，每一遍都不相同。

换上任何一个人，都会叫沈唯敬闭上嘴十七八遍，杨逸之却依旧温和地笑着。所以，当走到汉城时，沈唯敬已趾高气扬，真的认为自己是个英雄了。

汉城的守卫早就得知他们到来的消息，城门大开，列队迎接他们。

苍茫的号角声响起，驱散了晨雾。踏着日光，一队队顶盔贯甲的士兵，悄无声息地站在道路两旁。他们的战甲与兵刃迎着太阳闪烁出凄寒的光芒，面容严肃，身上散发着无形的杀气。

晨雾不断退去，显出道路上连绵不绝的身影，每一步都有两位士兵对面而立，甲胄森严，旌旗飘扬，遥遥看到汉城的城头上也都列满了士兵。

此地离汉城还有五里，显而易见，这五里的路上，列满了士兵。

沈唯敬的吹嘘戛然而止，他脸色苍白，那始终闪烁不定的目光开始四下游移，寻找可能逃走的方向。他望向杨逸之，见杨逸之仍然平静，心里稍微安定了，驱马离杨逸之更近了一些：“杨……杨盟主，好多人啊。”

杨逸之：“沈公乃倭国好友，与诸大名交情匪浅，他们自然要郑重接待，说不定还会将沈公留下来，不放回去了呢。”

沈唯敬吓得脸都白了：“杨……杨盟主不要开玩笑……”

杨逸之有心再吓他两句，但见他实在怕得厉害，也就算了。不过，就算他不吓，沈唯敬也已经破了胆。他哪里像是在骑马，简直就是在坐船，不但是坐船，而且还晕船。身子前仰后合，似乎随时会掉下来，或者呕吐。

五里路，走了一个多时辰，沈唯敬就像是在十八层地狱中转了一圈，身子早被汗水浸透。等终于走进汉城的城门时，恐惧已将他打垮，使他变得麻木了，以至于当看到真正列队相迎的军阵时，他也没表现出特别害怕的样子来。

招待大明使节的场所，选在龙山驿，这是个巨大的军营。小西行长率领三十位大名盘膝坐在正中的大帐里，两边三万多士兵排着整齐的队伍，气象森严。

牦牛做的号角呜呜地吹响，山风从峰顶吹下，卷得旌旗猎猎作响。三万人的军营，没有半点别的声息，却仿佛站在随时会喷发的火山之上。

当沈唯敬走过这些杀气腾腾的武士时，他的双腿抖得几乎站不起来。杨逸之叹了口气，袍袖轻拂，托着他的身体，让他不至于摔倒。

终于走到大帐内，沈唯敬抖抖索索地勉强站直了身体。他看着满屋的大名严峻的脸色，忽然意识到自己是多么愚蠢，竟然会来这么危险的地方。这些人可都是杀人不眨眼的恶魔啊！

他忍不住想转身跑出去。

此时，加藤清正缓缓站了起来："恭迎大明使节。"

帐外三万人同时将手中的长矛往地上重重一顿，厉声道："恭迎大明使节！"

三万人的呼喊声连成了一片，整齐有力，炸雷般轰响在沈唯敬耳边。沈唯敬吓得惨叫一声，一屁股坐在了地上。

众日出之国大名一怔，都哈哈大笑起来。杨逸之刚想说什么，忽然想起卓王孙的安排，于是住口不语。

大名们列出这么多士兵，就是想羞辱大明使节的。见沈唯敬如此畏缩，竟然吓得坐倒在地上，觉得大明朝自吹文物鼎盛，却也不过如此。

他们脸上全露出了笑容，显然是觉得大明使节太好对付，这场谈判必然可以捞足油水。于是一个个都含笑而立，拱手请两位上坐。

沈唯敬战战兢兢地坐了下来。他也知道自己方才太过失态，颤声道："路滑……路滑……"

坐下来之后，加藤清正道："请沈先生过目。"

几名顶盔贯甲的士兵送上来日出之国拟好的和谈条约，放在沈唯敬面前。

条约很简单，只有如下几条：

其一，两军即日起休战。倭军撤出汉城，明朝军队撤出朝鲜。

其二，割让大同江以东地区给日出之国。

其三，将朝鲜王子临海君作为人质送往日出之国，日、朝永世和好。

沈唯敬看到这三个条件，不由得倒吸了一口冷气，混沌的脑袋清醒过来。他双手按在几案上，一个字一个字地读着，试图明白每个字的意思，却始终无法专心思考。

良久，他抬起头来，满脸都是谄媚的笑容：“这个……条款嘛……是可以商量的……”

加藤清正厉声道：“有什么商量不商量的？这个条款已经很优待了！”

他拔出刀来，厉声道：“如果不是日出之国约束军队，朝鲜早就灭亡了！日出之国的大恩大德，难道你们还不感激吗？”

他虎吼一声，作势要向沈唯敬劈过来。沈唯敬惨叫一声，用力往后一仰，扑通一声，连人带椅子摔倒在地上。

加藤清正连同三十位大名一齐哈哈大笑，突然，叮的一声响，加藤清正手中的太刀断成了两截。

加藤清正一惊，只听杨逸之淡淡道：“听说日出之国武士将刀当作性命，素来信奉刀在人在，刀亡人亡。你的刀何在？”

加藤清正怔了怔，倏然自腰间拔出另一把刀来。

叮，杨逸之连动都没有动，这把刀再度断成两截。

杨逸之冷冷看着他：“你，为何不剖腹？”

这帮日出之国大名肆无忌惮地羞辱沈唯敬，让他感到一丝恼怒。他本是清风明月之人，但此时也准备出手，让这些人知道一点敬畏。

否则，这场谈判必定不会有什么好结果。

加藤清正呆呆地注视着手中的两把刀，忽然将刀一丢，身子猛扑了上去。

刀，是日出之国武士的性命，刀断，武士就是受到了巨大的屈辱。这份屈辱，必须用血来洗清，不是敌人的血，就是自己的血！

杨逸之悠悠叹了口气。

加藤清正猛虎般的身子忽然横飞出去，安安稳稳地落在自己的座位上。仿佛他从来没有动过一般。叮叮两声响，一长一短两柄断刀落在几案上，杨逸之的声音淡淡地传来：“武士道的精神，究竟在哪里？”

加藤清正发出一声虎啸！

杨逸之负手而立，月光般的身形丝毫不为所动。

三十位大名一齐站了起来，目中闪动着怒火。

还没有任何人敢如此羞辱日出之国武士！

杨逸之脸色淡淡的，三万士兵的呼喝、三十位大名的愤怒，都如松风一般，不能令他有丝毫动容。

加藤清正厉声道：“不准你侮辱武士道！”

他反手用力将两把断刀拔在手中，转身对小西行长道："请帮我断首！"

小西行长一字一顿道："我帮你报仇！"

说罢他接过了加藤清正手中的长刀。

加藤清正发出一声凄厉的呼喊，猛然将短刀向自己的小腹刺去。

突然，一个声音淡淡地传了过来："虎之助。"

加藤清正猛然住手。虎之助是他的乳名，自从他成为日出之国第一猛将之后，就再也没有人敢这样称呼他。除了一个人，也只有一个人。

这个人的一句话，就可以让他做任何事情。

断刀已经刺入肌肤一寸，但加藤清正立即停止了动作。

一个人缓缓走了过来，将他手中的断刀接过。

"虎之助，这并不是你的刀。你是日出之国第一大将，你的刀，怎么能这么卑小呢？你的刀，是日出之国三十万军队啊！

"谁若是将你的这把刀折断了，你再剖腹也不迟。"

说着，他转身面对着杨逸之。

他身上穿着一件极为雍容、宽大的白衣，就像是雪一样。他面对杨逸之的时候，就像是一团雪向着一束月光。

他面容清俊，亦像是雪，又像是一瓣刚刚颤落的白梅。他的眉目细长，就如卧在雪中的远山，透着慵懒与清灵，淡淡的眼神中却藏着樱花般的绚烂与悲怆。

他，就像是上古时候的一句诗，古远而悠扬。

他是谁？

杨逸之凝视着他，缓缓道："关白大人？"

那人一笑："我方才正与天灵寺的禅师谈禅，禅师心血来潮，说虎之助有难，于是化风前来，得见杨盟主一面。

"虎之助，过来拜见杨盟主。他可是天下无敌的人！依我看，伊贺谷的宗风长老，也接不过他一招。"

这句话说完，在座的三十位日出之国大名不由得都是一惊。伊贺谷宗风长老统领日出之国所有忍者，号称日出之国第一高手，大名们都以列其门下为荣。如果连宗风长老都接不住杨逸之一招，那虎之助败在他手下，不但不是耻辱，还可以称得上是光荣。

他们绝不会怀疑这个人的话，因为这个人绝不会妄言。如果他说宗风长老接不住杨逸之一招，那宗风长老就绝接不住一招。

因为，这是他们的主公。

因为，他是太阁，是日出之国实际的统治者，是第一次统一日出之国全境，终结了战国时代的绝代枭雄——平秀吉。

加藤清正眼中充满了疑惑，他不是不相信平秀吉的话，只是觉得杨逸之这么年轻，武功再高也不至于到这种程度。但他仍然跪倒在杨逸之面前，恭谨道：“参见杨盟主大人。”

日出之国武士最崇尚强者，杨逸之方才表现出的武功几近神魔，加藤清正由衷地敬佩。杨逸之将他扶了起来，却没有说什么。

杨逸之心中充满了疑惑。他并不是没有见过平秀吉，在废寺之中，他就见过了。那个赤眼火瞳、飞扬跋扈的枭雄，给他留下了深刻的印象。但此时他所见到的人，有着古越清雅的相貌，极似传说中平安时代的阴阳师安倍晴明。

他绝不可能跟那个赤眼火瞳之人是同一个人，但恰恰他们有着同样的气质，无论怎么看，都应该是同一个人。

这究竟是怎么回事?

这个疑问占据着他的脑海，让他甚至没怎么注意加藤清正的跪拜。

平秀吉笑了：“能见天下英雄，是何等幸事。今日暂且搁置公事，吾与佳客共叙一杯。”

沈唯敬此时也从地上爬了起来，灰头土脸地抱着那张表书，露出一贯的谄媚笑容：“我一定会将这些条款带回去，跟我们大人好好商量下，给太阁大人一个满意的回复。”

这倒是实话。他实在是迫不及待地想逃回去，一刻都不愿意多待了。

平秀吉再度笑了：“沈公一定要留下来，因为我新得了一位奇人，一定要让两位见识一下才好。”

说到这里，他眼中露出愉悦的光芒，仿佛一位好客的主人，迫不及待地将最好的东西拿出来与客人同赏。

沈唯敬与杨逸之被迎进了一座茶室。

刚一踏入，沈唯敬就发出一声公鸡被踩住嗓子的尖叫。这是赞叹，因为他从未想到，竟然有如此辉煌的茶室。

一座恢宏的宫殿矗立在汉城的正中央，殿后就是七层的天守阁。这座宫殿虽然规模小了些，但要论精雅奇绝，比起紫禁城也不遑多让。

然而宫殿只不过是那座茶室的外衣，茶室建筑在这座宫殿的正中央，宫殿的华丽与这座茶室比较起来，立即黯然失色。

这座茶室，竟然全部是用黄金铸造的。

整块黄金打磨成砖状，一块一块地契合在一起，垒砌了这座茶室的雏形，雕梁画栋，都用黄金打就。单茶室正中间的那根大梁，合抱粗细，三丈多长，就要耗费千斤黄金。

但这些不过是世俗的富贵而已。跟墙壁上所挂的装饰比起来，黄金的价值也许并不能算什么。这些装饰极为古雅、简朴，但杨逸之看得出，每一件都有千年之久远。这些装饰，每一件都价值连城。这座由黄金打造的茶室，也不过是供奉它们的法座。

平秀吉微笑揖客，走了进去。

两人眼前陡然一片闪亮。茶室内的空间竟似无比广大、耀眼，就像是突然踏入星空一般。沈唯敬错愕地揉着自己的眼睛，良久方醒悟。这座茶室的四壁上，全挂满了整块水晶。水晶相互映照，层层反射，造成了无穷浩宇的错觉。

沈唯敬惊喜地走了几步，四壁的水晶镜上立即映出他的影像，仿佛同时有千千万万个沈唯敬向他走来。这种景象是如此奇特，沈唯敬错愕地张大了嘴巴，良久说不出话来。

东海龙宫中，也不过如此。

沈唯敬浑浑噩噩地坐下来，心脏扑通扑通跳个不停。与如此宏大而珍稀的景象比较起来，真正用于饮茶的器具，虽然珍贵，却不那么震撼了。

黄金的屏风上贴的是绘着精细菊花纹的红色细纱，套廊的三尺竹缘用细葛制成，竹缘上放置了三个坐垫。一束鲜花插在芜菁花器里，花瓣上还带着露珠。台子是黄金的，上面架子的黄金台上放着天目茶碗，旁边，黄金的枣碗置于黄金的四方盆中。

下面架子上放着黄金茶炉、茶锅、柄勺台、水盖、水罐、盖台、黄金的井户茶碗，茶勺也是黄金的。

只有圆筒竹刷和茶巾是寻常之物，炭斗是黄金的葫瓢。

茶是松花茶壶之花，一名女子正静静跪坐在榻榻米中间，见到众人进来，女子缓缓回头。

她身上的水红跟着一起转了过来，在水晶镜中流转成万千繁华。

杨逸之全身一震。他的震惊，绝不下于沈唯敬。

那赫然竟是相思。

## 第十二章

# 茶经水传平生事

相思显然也看到了他，面容也是一动。但她随即平静了下来，在吉屋宗无的帮助下，开始点茶。

悠淡的茶香，渐渐充满整个黄金茶屋。

平秀吉显然很满意他们的诧异。

这座黄金茶屋倾注了他所有的心血，乃他御临日出之国之大成。他缓缓步于榻榻米中间，在座垫上坐了下来。

“这座茶室如何？”

沈唯敬忙不迭地用尽所有的夸张之辞形容出他的震撼。平秀吉一笑：“其实，黄金茶室并不珍贵，这位相思姑娘才是真正珍贵至极，因为她竟然通晓茶圣陆羽的点茶之道。凡我茶道中人，不可不尝。”

说着，平秀吉长揖请两位贵客坐下，向相思做了个跪请的姿势。

相思长袖宛如一朵莲花，在水汽中飘举着，轻轻拂过各种茶具，洒下通透的水珠。她的神色极为专注，腮边的嫣红映着水晶镜的光芒，让满屋金色也变得柔和起来。

杨逸之深深吸了一口气，缓缓跪坐在她面前，心渐渐定了下来。

他终于又见到了她。

就算千军万马，他依然可以杀出去，不令她伤到一根头发。

他淡淡地笑了，笑着向平秀吉拱手：“多谢太阁大人赐茶。”

月白精光一闪，风月之剑的精气，已在他手心聚满！

他不知道平秀吉用什么方法挟持了相思，所以他要先抓住平秀吉，再救相思，逼迫平秀吉说出破解的方法，然后杀出汉城。

就算日出之国最精锐的忍者部队风、林、火、山全聚结在此，他也有信心全身而退！

因他又见到了她。

突然，一个淡淡的声音道：“这位公子，能否请你擎起茶碗？”

杨逸之抬头，只见相思秀眉微颦，手中托着一只青色茶壶。

她看着他，仿佛认识他，又仿佛不认识他。

杨逸之缓缓抬起茶碗。平秀吉拊掌："第一碗茶，正应该献给贵客才是。"

相思缓缓压低茶壶，一缕清茶倾入杨逸之的杯中。杨逸之凝视着她，却发现她的目光，正专注地看着茶水。

他亦忍不住，专注向茶水。

那缕茶水细细地在茶碗中轻轻晃动着。杨逸之感觉到相思的目光抬起来看了他一眼，跟着，低下来继续看着茶水，仿佛其中有什么深意。

杨逸之微一凝思，忽然发现相思手中晃动的茶水，似乎正在写什么字。

他忍不住注意起来。那赫然是十一个字。

"化身千亿，不败不灭。

"平秀吉。"

杨逸之一惊，霍然想起了方才大帐中的事。他忍不住抬起头来，错愕地望向相思。

相思缓缓点了点头。

水流缓缓移动，写出了几个字："今晚，子时。"

杨逸之再度一惊。

他已经明白，为什么他今日见到的平秀吉与一开始见到的并不相同。显然，平秀吉已经修成一种极为奇特的忍术，可以改变形体、相貌，化成另一个完全不同的人。

他亦明白了为什么平秀吉闯入废寺中时，没有人能够发觉。

那么，另外四个字是什么意思?

是相思约自己相见吗？在哪里相见?

他困惑地抬头看着相思，却见到相思眉眼中的那一丝隐忧。他忽然明白了相思的意思。相思看着的，是他。

今晚，子时，是平秀吉化身千亿的时候，化身的，将是他。

如果"他"在今晚子时出现在平壤城外，会怎样？没有人会阻拦，"他"会长驱直入，无论守兵还是四天圣阵都不会阻挡"他"。

之后的结果，将不堪设想。

杨逸之缓缓收回手，迟疑着。

他无法舍弃她，从来不能。但他知道，他必须一刻不停地赶回平壤，将这个消息告知城中的守兵。

他看着相思，缓缓饮下了这杯茶。

相思已明白他心中所想，露出了温婉一笑。

他暗下决心，此事完后，他一定会立即赶回来，浴血将她救出，和当年七进七出，杀破连营一样！

平秀吉凝望着他的眼神：“茶如何？”

杨逸之：“好茶。

“但愿，今生能再饮一杯如此好茶。”

一骑白马如飒踏流星，向平壤城狂奔而去。

杨逸之心中隐隐有一丝不安。自从他看到相思在茶碗中写下的字之后，不安就一直在他心中滋长，似乎若他不连夜赶回平壤，就会有可怕的事情发生，甚至顾不得先救出她。

平秀吉奇特的忍术令任何防御都变得脆弱无比，就算平壤有四天圣阵及华音阁的守护，也未必挡得住此人。而一旦此人入城，明、朝联军取得的所有战果都将瓦解。

幸好，他已经看到平壤的城楼，心中的不安也化为了现实。

一位白衣人正飘然站在城头，同守城的士兵说着什么。他的白衣在雨夜中看上去就像是一抹月光。

那赫然竟是他自己。

杨逸之一声清啸，从马背上飞舞而起。

诸天微芒全部一暗，尽被聚敛在他手中。他仿佛天上的飞仙，曳着一条长长的光练，凌空飞舞，直逼城头！

城头上的白衣人一惊，光练已经当头，化成一柄剑。

那是旷绝当代的一柄剑。

白衣人想接，却发觉无法接；白衣人想挡，却发觉无法挡。

这一柄剑仿佛亘古就在那里，命中注定应该插入他的胸口，绝没有人能够阻挡。

白衣人只能恍惚地双手一合，剑芒瞬间刺穿他的双掌。杨逸之的身影垂落，正挡在他面前。

只需一步，他就可以踏入平壤城，立即就能化身千亿，像水一样融入这座城，再也没有人能阻拦。

但只差一步，他却永远无法再进入这座城。

杨逸之挡在这一步前，挡住了他横扫天下的野心。

白衣人凝视着杨逸之。

城头上的士兵凝视着他们，神色惊讶。他们从未见过如此相似的两个人。

这两人实在太像，无论从相貌、神情，甚至风姿、仪表上，都简直一模一样，让人无法分辨出来。

如果不是真正的杨逸之站在眼前，绝没有人怀疑他们先见到的人不是杨逸之。

那出尘的白衣、那清绝的姿态，甚至眉间那淡淡的忧伤，没有人能够怀疑这样的人不是杨逸之。

只有跟真正的杨逸之对比，才能看出差别来。那差别，在于杨逸之自心底散发出来、如清风朗月一般的风仪，天下绝没有任何人能够模仿。

白衣人长长吐了一口气。

“杨盟主……杨盟主……”

他像是在赞叹，又像是在惋惜，是在赞叹如此高绝的风华，亦是惋惜他失败在如此接近成功之处。

白衣人：“杨盟主，你是如何看破我的计谋的呢？”

杨逸之默然。他并没有看破，真正看破计谋的，是相思，他只不过是将相思的策略贯彻实施而已。

白衣人见他不答，点了点头：“果然，小不忍则乱大谋。我若不是不忍虎之助自戕，又怎会被杨盟主看破鬼藏之秘……”

他叹了口气，道：“我只是没想到，杨盟主的心念转得如此之快，竟想到我会化身盟主，偷袭平壤……我败了。”

他俯身恭谨地行了一礼，身子突然化成一抹淡烟，消失在雨夜中。

杨逸之望着他的身影消隐的方向，眉头微微皱了起来。

这实在是个极为可怕的对手。平壤城在他这样神鬼莫测的偷袭中，还能保存几日？

杨逸之悠悠叹了口气。

昙宏大师跟清商道长没有说话，但杨逸之知道，他们在等他的一个回答。

卓王孙和平壤城，都让他们极度担忧。议和的决定，让他们对卓王孙的不信任达到了顶点。他们需要他站出来，质问卓王孙。

但他不能。

平壤一战，让他看到了朝鲜战争的未来。只有他与卓王孙携手，才能够在如此艰难的情况下赢得这场战争，少了谁都不行。若是内讧，失败将无法避免。

他做出任何决定，都必须慎重，在没有足够的证据之前，他只能沉默。

因此，他只能忽略昙宏大师与清商道长那狐疑的目光。

卓王孙脸上没有丝毫表情。

沈唯敬上气不接下气地走了整整七天，才奔回平壤城。杨逸之不在身边，他总感觉日出之国忍者会随时从道旁杀出来，一刀就斩掉他的首级。但出人意料的是，他这一路平平安安，连半点意外都没有发生。

然而，此时跪在卓王孙面前，他却感到脊背一阵阵发凉，似乎最可怕的危险正潜伏着，只要他说错一个字，就立即会粉身碎骨。

他先吹了一刻钟，从他们怎么历尽千辛万苦抵达汉城说起，说到倭军怎么隆重地接待他们，平秀吉亲自煮茶等。他被骇破了胆的丑事自然略去不提，换成他如何胆大心细，跟各位杀人魔王谈笑风生。

卓王孙静静地听着他吹牛，一言不发。

终于，沈唯敬开始说谈判条款，结结巴巴起来："其一，两军即日起休战。倭军撤出汉城，明朝军队撤出朝鲜……"

当日在日军阵营中，面对着三万日出之国精兵，沈唯敬不觉得这个条件有什么奇怪之处，但此时，光是念出这个条件，就让他出了一身冷汗。

"其二，割让大同江以东地区给日出之国……"

沈唯敬冷汗涔涔而下，脑袋几乎贴到了石阶上，但他市井之气竟丝毫不改，还是从帽缝里偷偷看着卓王孙的脸色。

卓王孙脸色丝毫不变，整个人就像是一座山岳。

沈唯敬感觉这座山岳随时会落下来，压得他粉身碎骨。他的精神不由得紧张起来，感觉到自己随时会崩溃。他咬着牙将第三条念了出来：

"其三，将朝鲜王子临海君作为人质送往日出之国，日、朝永世和好……"

说完这三句话后，他瘫倒在地上，几乎成了个死人。

良久，卓王孙都没有说话，只是静静地看着他。

沉默像是一副巨大的刑具，幻象用真实的痛苦碾压着沈唯敬，他感觉到自己不断地死去，活过来，活过来，再死去。

他忍不住用力地磕起头来："求大人再给我一个机会，只要一个机会！我一定全力去跟倭军谈判！我一定不辜负大人的信任！"

卓王孙淡淡道："好。"

沈唯敬屁滚尿流地爬了出去，感觉自己好像遭受了一万遍凌迟。

他再也，再也不敢拿这样的结果回来。再也不敢了！

卓王孙沉默着，缓缓转头凝视着杨逸之。

"他们是不是想要你质问我？"

杨逸之沉吟着。

卓王孙能看破这件事，他并不奇怪。正道长老们脾气都比较直，脸上藏不住事。

“不，我同他们的看法不一样。”

卓王孙等着他说下去。

杨逸之道：“所有人都认为你不去攻打汉城，反而倾全力建造平壤城是怯懦；用飞虎军奇袭碧蹄馆后退兵是畏惧；任用沈唯敬这样的市井小丑是昏庸；赏罚不分明、任用奸臣是暴虐。但我认为，这些只是表象而已，你真实的用意其实只有一个，就是拖延时间。

“修建平壤，是为了建造起一个战争基地。这个基地之坚固，连平秀吉都只能亲自出动才有可能进入。这必将令敌人极为顾虑。虽然你不准百姓进入看似残暴，但若百姓能进入，日军的奸细必也能进入，这样的决定是去小仁而存大局。何况，这座城连同城周围的四天圣阵已经形成一座屏障，这座城不倒，城北广阔的土地都将安全，不能进城的百姓未必真有被倭贼攻击的危险。

“飞虎军奇袭碧蹄馆，全胜而归，但一战之胜未必能影响全局。而且我军能出动的棋子只不过这支飞虎军而已，而敌军仍有十八万之众。一旦飞虎军有任何闪失，我军战况都极为危急。这使得飞虎军虽为利刃，亦是孤注。与其孤注一掷，不如移作震慑之威。碧蹄馆一战飞虎军显示了强大的战斗力，倭军嚣张气焰大为萎缩。到今日还不敢大军出汉城作战，此乃不战之而强于战之。

“任用沈唯敬为谈判使者，看似荒谬至极，但恰好是如此之荒谬，令日军想不到。沈唯敬贪生怕死，胆小如鼠，日军一见，必然十分轻视；沈唯敬唯唯诺诺，没有半点主张，日军必然以为他好欺负，因此就希望能在谈判中捞得极大的利益。他们越寄希望于谈判，就越不希望再作战，反而会变成讲和的积极一方。如果我没有料错，第二次谈判的时候，日军会主动让步，好让谈判进行下去。”

他叹了口气，续道：“但他们料错了沈唯敬。正是由于贪生怕死，沈唯敬第二次再去谈判时，可能不会像他们想象的那么软弱了。因为沈唯敬最害怕的，绝不是日军的恐吓，而是你。”

他看了卓王孙一眼，道：“任何见识到阁主风范之人，无不恐惧丧胆，沈唯敬自然也不例外，他必然会使出浑身解数来争取条件。日军必然不甘心，于是谈判会一次次进行。只要谈判进行下去，大规模的作战必然不可能。因此，我军就会得到足够的喘息时间……不知，我料得对不对？”

卓王孙：“不错。”

杨逸之的眉头却蹙了起来。

“别人看到十八万与两万的对比，以为我军必败无疑。但我知道华音阁实隐藏着巨大的力量，只要阁主将之完全释放，足以跟倭军抗衡。我所不理解的是，为何阁主不正面迎战，为何要行这些别人不理解之事呢？”

卓王孙淡淡一笑：“你也不能理解吗？”

他站了起来，苍茫大地仿佛尽在他的足下延展，拓为无尽恢宏。

“檀君时代，这块大地曾经历了一场杀戮，当时的人口死了几乎将近一半。十室九空虽是夸张，但十室五空绝非虚言，其凄惨之状比今日倭寇的入侵有过之而无不及。

“但一百年过去后，这片土地上的人口比那场大杀戮之前还要多。更多的城郭被建起，更多的人口出生。如果不是有历史记录，那场大杀戮还有什么存在过的证据呢？

“长平之战，赵国四十万士兵皆被坑杀。死在战争中的人口，只怕会更多。但，仅仅过了一百年后，赵国的人口并不比任何一个未经历过大屠杀的国家少。

“西域之地有个国家叫楼兰，曾经非常强盛。直至今日，仍不时有遗迹被发现，令人惊叹当时的这个国家竟曾如此强大过。但辉煌的楼兰并不存在了。

“经历过大屠杀的朝鲜、赵国仍在，辉煌强大过的楼兰却不存在了。站在历史的废墟上回顾，审视，战争或者屠杀，有什么意义呢？”

他的目光无比悠远：“这场倭寇战争虽然惨烈，但成为历史后再来看，又有什么呢？

“一百年后，只要这个国家还在，必定会孕育出更多的人。除了历史，这场战争没有任何痕迹会留下来。唯一需要担心的是，它不能成为第二个楼兰。”

卓王孙转而看着杨逸之：“你说得不错，如果我全力出手，华音阁隐藏的力量的确能战胜倭军。我也相信，就算不动用华音阁的力量，只需让杨盟主带兵，也能击败倭军。但如果倭军第二次入侵朝鲜，你我还会再来救吗？

“如果大明亦陷入动荡之中，还会出兵来救朝鲜吗？”

杨逸之怔了怔。

这的确是个极为尖锐的问题，杨逸之无法回答。

甚至这一次，若不是卓王孙亲自来请，连他都未必会到朝鲜来。

如果他们二人不到朝鲜来，如果大明并不出兵，能够救朝鲜的人是谁？

“一定要能自己救自己，才不会成为楼兰。它才能俯视历史，从大屠杀的废墟中站起来。

“所以，一定要有第三个人，能够击败倭军。而且这第三个人，一定要是个朝鲜人。

“只有自己赢得的胜利，才是真正的胜利，才能让自己的国家不是楼兰。

“现在，你理解了吗？”

风吹过来，潮湿的气息击打在平壤城墙上，飞溅而下。卓王孙的黑发飘扬在风雨中，就像是猎猎飞扬的旌旗。杨逸之在台阶下仰望着他，忽然有种仰望神明的感觉。

他的思想，的确已超越同时代的人很多，这也许是那些长老不理解他的原因。

甚或，连杨逸之自己都不能理解他。

卓王孙凝视着远处。天已经黑了，在纷纷的雨丝中，无论多明亮的目光，都望不远。

“我想看看，它究竟救不救得了自己。”

卓王孙的话，更像是自言自语。在这凄迷的雨夜中，他的话音里似乎有一丝迷惘。

这位王者，在审视这个古老的国家的命运时，仿佛看到的也是一团迷雾，就如在审视着自己。

杨逸之思索着卓王孙的话，忽然感到一阵悲哀。

如此深邃的思想，竟然没有一个人能理解他，不但不能理解，还有这么多人想反抗他，对他感到恐惧。而这又是为什么？

卓王孙忽然一笑。

“我们还是不是朋友？”

杨逸之身子震了震，他忍不住抬起头，再度凝视卓王孙。卓王孙的身形似乎跟漆黑的雨夜融为了一体，只有他的眸子依旧明亮，像是雨云所遮不住的两点星辰。

他脸上有淡淡的微笑，恍惚之间，仿佛是御宿山头，两人把杯相见时。

杨逸之忍不住低下了头。

还是不是朋友？只有他自己才知道，他已不配再做卓王孙的朋友。

他已经背叛了卓王孙。

卓王孙又笑了笑：“也许，我们是全天下最不可能成为朋友的两个人。这是宿命。”

是的，这是宿命。杨逸之心头一震。

因为那抹水红身影而成的宿命。

卓王孙：“还记得吗？我曾说过，我们会一起饮酒的。”

杨逸之自然记得。那是在御宿山上，两人约好，查清楚武当三老的死因之后，一起共饮。但谁都没想到，此后发生了那么多的事，竟让两人再也不可能举杯共饮。

杨逸之忍不住轻轻叹了口气。

卓王孙缓缓自石阶上走下，手中举起一个小小的酒盏：“谁说我们不能一起饮酒？”

这一杯酒，蕴含了那么多意义，亲手由卓王孙斟下，注入杨逸之的杯中。当淡淡的冰凉漫布唇齿，真是千头万绪，万般滋味。

他们若不该是朋友，天下又有哪两个人能成为朋友？

“能不能帮我一个忙？说服诸位长老，让朝鲜成为这场战争的第三人。”

杨逸之沉吟着。

这是个请求。

卓王孙从不请求别人，只这一次，却如金石，掷地有声。

“我答应你。”

这是个允诺。

这个允诺同样如金石之盟，言出必诺。

## 第十三章

# 柳陌征衫锦带钩

杨逸之转身离开时，禁不住深深叹了口气。他不知道自己该如何去跟两位长老解释，他们一定不会相信他所说的。什么第三人，什么朝鲜自己解救自己，他们理解不了。

他只能尽力去说服他们，却不知道是否能做到。

杨逸之走后，卓王孙擎着杯。

自从攻下平壤后，他最常做的事，就是独自坐在这里沉思。

他沉思自己的生平，沉思命运，沉思过往，沉思现在，沉思将来。

偶尔，破坏神王无尽生命中的记忆碎片也会破空而来，闪烁在他的思绪中。他会情不自禁地陷入其中，必须用大毅力，才能摆脱。

当他陷入时，他会以神王的眼，看这场战争。

于是，他便会看到如潮一般的灾劫，会追随这场战争而来，蔓延不断，漫长而永恒，直至达到破坏神王的目的。

那个目的，就是他。

战火与鲜血，展示着神王不可抗逆的力量，逼迫他回归。

不是这场战争，就是接下来的战争。在神王眼中，他根本没有胜利的希望，区别只是在赢得几场战争后屈服。

只有他屈服了，杀戮与战乱才会从这个世界上消失，野心与欲望，才会归于平静。一个没有战争的时代会来临，所有人安居乐业，废铁销兵，和平会持续一百年、一千年、一万年。

代价是如此渺小，只不过是“卓王孙”这个名字永远消失，宛如从来没存在过。

只不过，是所有跟他有关联的人一起消失。

他拒绝接受。

人的生命只有一次，不是神王的化身，只是自己。生时得永恒之爱，死后享不朽之名，这是他想要的人生，不被任何理由抹杀。

哪怕冠以神王与命运之名。

在焚尽一切的烈焰里，试图拯救每一个人、每一座城，都是可笑的。没有人能做到，他也不想这样做。他要做的，是教给人们自救的方法。

平安、富足应该由人们自己去争取，而不是靠他的施舍。

他要在这场战争里，让朝鲜人拥有决定自己命运的力量。他会出手相助，但不会直接赐予胜利。如果朝鲜人能自己强大起来，那么他们就能打败倭兵守卫家园。

朝鲜如此，武林正道也是如此。

他们必须明白一个道理，自己的命运，只有靠自己把握，能拯救他们的，只有他们自己。如果他们不能在一场场战争中守护自己，那么就算是在和平的年代，他们也会腐化、堕落，悄然消失一如楼兰。

只有天下苍生都拥有了自救的勇气与力量，这个世界才不会走向崩坏，神王的胁迫最终才会落空。这就是他对抗神旨、挑战宿命的方法。

茫茫风雾里，显出破坏神王巨大的神眸，仿佛隔着千万时空与他凝视。

神眸看尽时空，又看尽千里万里，又仿佛仅仅自己。

神王洞悉一切的眼眸里，第一次有了困惑。

这个人为何要抗拒？

为什么一个神的化身，要不屈地立于神王对面，只为了坚守自己之名？

昙宏大师与清商道长听着杨逸之的话，脸上的皱纹更深了。他们凝视着杨逸之，凝神静听着他所说的每一字，每一句。

杨逸之宁愿他们暴跳咆哮，但他们一言不发，良久，深深叹息。

“盟主，你相信他吗？”

这句话让杨逸之很难回答。他不知道自己是否应该相信卓王孙。他希望能将自己的分析说给这些长老听，希望他们能像他一样被说服。但昙宏大师与清商道长并没有听他说下去。

“我们相信你。”

他们向杨逸之深深施了一礼，退了下去。

杨逸之看着他们的背影，心里忽然感到有些难受。他知道，要让这两位长老相信卓王孙是不可能的。他们期盼着他回来后，能够齐心协力，推翻卓王孙。但他令他们失望了。

他们并没有反对他，因为他是他们的盟主。

杨逸之叹了口气。

他并不知道卓王孙是否是对的。因为“第三人”的计划，必须以万千生命为代价。执行这个计划的人，必须冷静地看待数万人的生死，将这些人的牺牲看作史书中无关紧要的数字，是历史前进不得不铺下的基石。更何况，哪怕付出这个代价，“第三人”也可能不会出现。也许朝鲜注定了无法拯救自己，而他们两人出手，至少可以让现在的朝鲜免于战乱。

他不知道，让朝鲜成长为自己的救星，是否正确。

但他选择相信卓王孙，和对方一起向这个方向努力。

他能感受到卓王孙的孤独，尽管这个王者只要稍稍放下身段，就会有一大拨人做他的朋友。他封闭了内心，只有杨逸之能接近。

所以，他不愿与卓王孙作对。如果连他都不愿做卓王孙的盟友，那卓王孙就真的没有任何盟友了。

第二天，清商道长跟着郭再佑出城去了，他的三十二名弟子跟着他一起走了。他走的时候，雨就像是细细的鞭子，抽打着这座城市。

清商道长坚持走到虚生白月宫前。他将他的道冠放到虚生白月宫前的石阶上，砸得粉碎。

“如果我回来时，战争还没有结束，那么就在这里将我的头砸得粉碎！”

他与三十二名弟子昂首出了城。

这是武当派仅余的三十三位高手，真武剑法最后的传人，昂首出了平壤。

这是他用自己的方式，对卓王孙做出的反抗。

元豪与月写意也出了城。因为元豪并不习惯在城中久居，他惦记着他的部下们。月写意跟着他走了，她要履行自己的职责。

李舜臣仍被锁在大牢中，任何人都不准探视。他的旧部下们几乎已出离愤怒，但慑于卓王孙的威严，无人敢抗议。他们潜伏着，等待着李舜臣被释放的那一天。

那将是风潮涌动的一天。

车驾再一次从平壤出发，向汉城行去。

沈唯敬知道自己上次的表现实在太丢人，此次坐在车里，不住地向杨逸之保证就算日出之国的人抓住他灌辣椒水、坐老虎凳，他也绝不害怕。为了证明这一点，他还特意撸起袖子，露出干瘦干瘦的肌肉来。

杨逸之倒是相信这一点。见识过卓王孙的威严之后，像沈唯敬这样贪生怕死的人，一定会拿出全部勇气来的。他担心的是，像沈唯敬这样的人，就算能认真谈判，又能从平秀吉这样的枭雄手中谈出什么有利的条件呢？

两军交战，谈判是件很重要的事情。只要沈唯敬在条约上签上字，明朝就不能违背，否则，将失信于天下，永远在这场战争中失去主动。而沈唯敬的所作所为，让杨逸之不禁捏了一把冷汗。

他只希望，卓王孙的判断是对的。

七天七夜，两人方望见汉城的城楼。

远远地，可以看见汉城之外列了很多人马，沈唯敬深吸了几口气，坐直了身体。他摸了摸自己胳膊上的肌肉，仿佛是说给自己听的，又仿佛是说给杨逸之听的："来吧，通通来吧！"

猛然传来一阵鼓声。沈唯敬禁不住打了个寒噤，差点要钻回车厢里。但见杨逸之面色丝毫不动，想起自己方才说过的话，他又勉强挺起腰板，嘟囔道："来吧，通通来吧……"

随着鼓声，传来了一阵丝竹之声，垂柳后忽然露出一群脸上涂着白色铅粉的舞伎。她们穿着绣满樱花的和服，缓缓地转动着。她们身后，几百个精壮的汉子赤着上身，排列成整齐的方阵，肃穆地站立着。每个人身前都放着一面巨大的鼓，鼓上绑着艳丽的红色绸条。

猛然，一声呼喝，所有的汉子用力挥起双手，指向苍天。

接着，又是一声呼喝，所有的手一齐重重落下。落在鼓上的雨点被震动，蓬然勃发，用力溅在他们身上。呼喝声不断，鼓槌一下又一下击发，整座城都仿佛被震动着。

舞伎们踏着节奏，扬起双手，模拟着天神的种种动作。她们的表情、仪态完全隐藏在那浓重的妆后，仿佛已不再有生命，只是一群精致的玩偶。

沈唯敬的惊讶渐渐转为欢喜，因为他发现，这些人是来欢迎他的，如此隆重的场景，是来欢迎他的。

与此同时，一队队文官乘着轿子，从城中逶迤而出，当先是日出之国的大名们，以小西行长为首，石田三成、增田长盛、大谷吉继等人列队而来，后面跟着的是投降的朝鲜官员们。代表不同官衔的旗子几乎将整座城都盖住了，而旗子的正中心，正是沈唯敬。

武将们也都骑着高头大马缓缓行出城来。他们刻意将武器都藏了起来，马前的马标闪耀着，他们脸上也都堆满了笑容。

沈唯敬惊讶地估计着，似乎整座汉城中有头衔的人都出动了。

除了平秀吉。

这么大的场面，让沈唯敬受宠若惊。他慌忙滚下车来，一队队文官武将将他簇拥住了，沈唯敬立即迷失在一片"沈大人""沈大人"的阿谀声中。

他脸都乐开了花。

在一口一个"沈大人"和"天朝使节"的赞颂声中，他的骨头几乎都酥了，一路上的盘算全忘到了脑后。

舞伎的神乐舞跟力士们的神鼓将沈唯敬一直迎接到汉城中心的行宫中。行宫早就张灯结彩，大摆筵席。沈唯敬理所当然地被让到了首席，在一堆舞伎的侍奉中，他忘乎所以地酒到杯干，不一会儿舌头就大了起来。

杨逸之却微微皱起眉头。很显然，日出之国用的是攻心之计。上次用威吓先寒沈唯敬之胆，这次用阿谀再悦其心。刚柔并济，恩威齐施，就算再精明的人都未必抵挡得住。

而沈唯敬，显然一点都不精明。

何况，一直没有出现的平秀吉一定用化身千亿的忍术，在某个角落里冷冷地注视着沈唯敬，推断着他的弱点。

酒过三巡之后，沈唯敬已完全成了倭方的人了，差点就要跟着日出之国的舞伎们一齐破口大骂明朝侵略朝鲜的罪行。

小西行长笑嘻嘻地托着议和条款走上前来。此人非出身军事世家，本是位商人，面团团的，脸上永远挂着微笑。见到他的笑容，极少有人能猜到，他是倭军之中除了平秀吉外权力最大的人物。

他算好了此时正是沈唯敬最放松的时候。实际上也正是如此，无论谁说什么，沈唯敬都只会说一个字：好。

小西行长并不是一个贪心的人，拟的条款只有七条。

其一，两国和平起誓，天地为证，不得有变。迎明帝公主为日出之国天皇皇后。

其二，两国发展勘合贸易，继续官船商船往来。

其三，明、日两国大臣永誓盟好。

其四，为了国家及百姓生活安宁，应派遣良将。大明国将朝鲜分为八道，京师及其中四道归还朝鲜，另外四道割让给日出之国。

其五，朝鲜送储君至日出之国作为人质。

其六，交还去年所俘虏的朝鲜国两王子及其他朝鲜官吏。

其七，朝鲜国王与大臣永世不背叛日出之国。

他笑嘻嘻地将议和条款送到沈唯敬面前："沈大人，您看这些条款于明朝多么有利。上次咱们提出割让大同江以东给日出之国，现在我们主动退步，只要不到一半的土地。而且释放朝鲜王子与大臣，买一送一，划算不划算？就算割的这些地，现在也在我们的占领中，不割也收不回去是不是？这样的条款您要是不签，我都替您可惜啊！"

其实他倒有些希望沈唯敬不要答应，这样他就可以逐条逐句地向沈唯敬陈述这些条款究竟好在哪里。他甚至有点渴望沈唯敬能够提出些异议来，他好施展在商战中锻炼出来的超绝口才。他急迫地看着沈唯敬。

沈唯敬伸出了一根大拇指："好！"

小西行长有点失望。虽然失去了说服的机会，但能够这么快达成生意，他也非常高兴：“那您就签了？”

沈唯敬连另一只手的拇指都伸出来了：“好！”

小西行长急忙命人将笔墨搬来。只听咕咚一声，沈唯敬一头栽进了面前的汤盆里。

小西行长急忙将他扶起来：“沈大人！沈大人！请先将议和条款签了再睡不迟！”

沈唯敬强挣扎着坐了起来，满口都是酒气：“好！”

小西行长急忙将条款拿过来：“就是这个……”

他一句话还没说完，沈唯敬哇的一声，将刚才吃下去的所有的酒、菜全吐在了张开的条款上。一阵酸腐之气传出，整张和约变成了个大花脸，黏成一团。

沈唯敬咕咚一声，又栽进了汤盆中。随着他的呼噜声，汤盆一会儿干，一会儿满。

小西行长完全呆住了：“这……这可如何是好？”

他茫然地看着杨逸之。

杨逸之微微一笑：“看来你需要另外准备一份条款了。”

诸位大名也都呆住了。他们精心策划了整个议和的行程，眼看沈唯敬已经上当，这个计划即将圆满结束，怎么突然发生了这样的变故？

沈唯敬的酒量怎么这么小？酒不过三巡，怎么就醉了？

大名们面面相觑，不知道该怎么办。

小西行长毕竟老练，呆了半晌后，勉强哈哈一笑：“沈大人醉了、醉了，咱们明天再签也不迟。来人哪，扶两位大人下去休息。”

舞伎们七手八脚地将沈唯敬拖了下去。

第二天日上三竿，沈唯敬的酒才醒过来。

城中欢庆的气氛比第一天还要热烈。欢迎之隆重，让沈唯敬几次怀疑自己是在梦中。当美艳的舞伎跪在地上为他更衣，而他发现自己居然住在那间黄金茶室中时，惊讶得不住喔喔着，差点连话都不会说了。

小西行长率领几十位大名走进来的时候，满面春风，一点都看不出恼怒来。反而沈唯敬显得有些尴尬，不住地为昨日的事情道歉。

小西行长拱手：“沈大人怎如此说呢？饮酒辄醉，醉辄眠，正是真性情之人，令人佩服还来不及呢，何歉之有？在下对沈大人的敬佩本来只有十分，现在却已有十二分了。沈大人的行情见长，好得很，好得很啊！”

一席话说得沈唯敬又愉快起来，捋着山羊胡子跟着他们一起哈哈大笑。

说着，大名们赠予沈唯敬的礼物流水般送了进来，种种珍奇富贵之物，令沈唯敬看得目瞪口呆。但他不敢要，因为这无异于行贿。

“行贿？怎么可能？你看我小西家像是行贿的人吗？这些礼物的清单，一并抄送一份给贵军大师，大帅知情，怎会叫行贿？这些礼物都是以贵军大师的名义颁发给沈大人的。公平买卖，童叟无欺，生意才能够长久不是？沈大人以为如何？”

沈唯敬惬意地点了点头，的确，这样的安排，方方面面都考虑到了，他岂能再拒绝？

不过一会儿，千宗易面容肃穆地领着一群茶人走了进来，松香静静地燃起。

今日的接待隆重至极，但没有酒，连一滴都没有。

小西行长将沈唯敬让到首席，宗易已开始点茶。古拙而寂静的茶意在奢侈而豪华的黄金茶室中荡漾着，令人有在天宫的感觉。小西行长打了个哈哈：“沈大人，这位宗易大师乃日出之国茶道第一人，他所点的茶，沈大人不可不尝！”

沈唯敬拈着胡须干笑道：“小西大人有所不知，下官从来不喝茶。不过大人说得如此之好，下官无论如何都要尝一下。”

小西行长满脸堆笑：“正是！不可不尝啊！”

两人说话间，宗易点好了茶，送了上来。小西行长拱手笑道：“请。请。”

宗易大师的茶，并不是每个人都能喝到的。几位官衔最高的大名端起茶碗，慢慢品尝着茶之中苦涩而悠远的茶意，微笑赞叹。

沈唯敬哪里知道这些？抓起碗来咕咚一口喝了个精光,咂了咂嘴:“好喝！再来一碗！”

他这样喝茶，无疑是牛饮，各位大名见怪不怪。他们早就知道沈唯敬是个市井之人，请他品茶，不是想看他在茶道上有多高深的造诣，只要他不喝酒，就万事大吉。

沈唯敬倒很欣赏千宗易的浓茶，一连喝了三大碗。虽然他于茶道一窍不通，也从来没喝过茶，但这等饮茶，也是一种推崇。一向孤傲的千宗易也是满面笑容，沈唯敬想喝多少，他就点多少。

看到沈唯敬喝茶喝得开心，将昨日的尴尬全忘了，小西行长不失时机地拿出了议和条款：“沈大人，我命人重新誊写了一份，七条俱在，大人早已过目，并无异议。不如大人就此签了如何？”

沈唯敬笑道：“好！小西大人说什么就是什么！”

小西行长大喜，笔墨纸砚早就准备好了，立即送了上来。沈唯敬磨得墨浓，蘸得笔饱：“今日叫你们见识一下绍兴第一师爷的书法！”

他一手拿砚，一手拿笔，摇摇晃晃地站了起来。小西行长不敢怠慢，急忙亲自执着卷幅，送到沈唯敬面前：“沈大人的字，必定是当代墨宝，一个字可以当一两金子的。”

沈唯敬哈哈大笑，突然住口：“晕。”

他摇摇晃晃了几下，双手一撒，右手的笔戳在了议和条款上，左手的砚台中饱满的墨泼了出去,整幅议和条款立即被墨水浸满。沈唯敬扑通一声倒在地上,发出一阵均匀的鼾声。

小西行长立即呆若木鸡。

他执着那幅条款，一直到石田三成捅了捅他，方清醒过来。只见沈唯敬满脸潮红，倒在地上，竟似已经睡得熟了。

这究竟是怎么回事？小西行长无论如何都想不通！他命人监视着沈唯敬，他当然可以保证，从昨天宴会结束之后，沈唯敬就再也没沾过半点酒。

为何他偏偏看上去就像是醉了呢？

千宗易走上前来，探看了一下沈唯敬的气息，摇头苦笑：“此事甚少遇到，只在体质极为奇特的人身上才能发生，但恰好这位沈大人正是这种人。这是醉茶。”

小西行长：“醉茶？茶也能醉人？”

千宗易：“绝大多数人不会醉茶，此事甚少遇到，所以只有极少数人知道有醉茶这种事。醉茶比醉酒更厉害，醉酒不过几个时辰，醉茶往往要昏睡一整天。沈大人从未饮过茶，今早又是空腹，茶力发挥特别快，醉茶也就醉得特别厉害。”

小西行长捧着那张已被墨染满、完全看不清字迹的议和条款，哭笑不得。他呆了良久，只好苦笑道：“看来，只好等明天了。”

杨逸之淡淡道：“上次点茶的那位姑娘，不在了吗？”

他掩饰着自己的感情，仿佛只不过是随口一问罢了。他端起面前的茶盏，补充了一句：“她点的茶，比较合我的口味。”

小西行长并没有注意他的表情，沈唯敬的醉茶使这位日出之国的外交大臣方寸大乱，根本无心去管其余的事情。

“那位茶女嘛……她在天上。”

杨逸之一惊，却见小西行长敬畏地抬起目光，看着远远的天际。天际上矗立着七层高楼，仿佛是在天上。

“寻常人是见不到这位茶女了，除非太阁大人。”

诸位大名摇头叹息着，以不能再品尝到唐朝茶圣传下来的茶道为憾。

杨逸之抬起目光。

天守阁，传说每层都能杀人的天守阁，这座城中最神秘、最危险的地方。

那里，囚禁着一个如莲花般的女子。

他在心中默默念了一遍这个名字。

第十四章

# 玉人微叹倚栏杆

千宗易并没有说错，沈唯敬足足沉睡了一天，方从醉茶中清醒过来。他一连喝了几大杯清水，气色看起来才好了些。

筵席照样摆开，汉城照样欢庆，每一个人见到沈大人时，依旧尊敬到谄媚。

只不过一滴酒都没有，一滴茶都没有。山珍海味堆得桌子全满了，却只有白米饭，从日出之国用船运过来的上等稻米。

筵席采用古法，每个人占据一张桌子，桌子旁边是榻榻米。沈唯敬不客气地一屁股坐在地上，看着满桌子的菜，口水几乎都要流出来了。

“已经三天没吃饭了呢……”

的确，他第一天醉酒，第二天醉茶，第三天刚起床，已经整整三天没有吃过东西，就算吃过也都吐了出来。

小西行长含笑一揖：“沈大人请便。”

沈唯敬闻到满席饭香，早就忍耐不住了，提起筷子来：“请、请！”

“诸位大人也不要客气，尽管吃。”他倒好像是主人一般。

诸位大名相视苦笑，沈唯敬已经风卷残云地吃开了。他实在是饿得太厉害了，一碗饭连扒三口，就空了，旁边的仆童还没来得及添饭，他捞起旁边的一只水晶肘子，三下五除二就啃了个干干净净。

小西行长看得呆了，刚说了一句：“沈大人不用着急，饭有的是，菜也有的是……”沈唯敬已经吃了四碗饭，啃完一只肘子，吃光了一盘大四喜丸子、一只鸡、两只鸳鸯鸭子、半边烧鹅，正在流水般吃着送上来的青菜、白菜、黄花菜。

诸位大名见他吃得这么狠，都停下筷子来，笑嘻嘻地看着他吃。他吃得实在太狼狈，不用筷子，两只手上下飞舞地抓，抓到什么吃什么。仆童送上饭来，他往嘴里一倒就嚼光了，糊得满脸都是。

他的吃相又狼狈，又滑稽，又难看。

等到他终于吃完，所有人都惊呆了。他足足吃了两桌子的菜，还有两桶饭。要知道这是欢迎大明使节的筵席，一桌子的菜有八人的分量。不算撒了泼了的，他足足吃了十二个人的饭！

就算他饿了三天，但这也吃得太多了吧！

沈唯敬摸着肚皮，斜倚在墙角，满足地叹了口气，有些口干舌燥。他端起面前的杯子，咕嘟咕嘟喝了一大杯。

“终于饱了！”

小西行长又开始露出招牌式的笑容：“那么，我们可以签合约了吗？”

“可以，当然可以！”沈唯敬没有丝毫犹豫。他为什么要犹豫呢？人家招待得这么好。

小西行长立即拿出誊写第三遍的议和条款，仍旧是那七条，不多，也不少。

沈唯敬摇摇晃晃地想站起来，但他吃得实在太多，怎么都站不起来。他弯着腰，用力地向前伸出手，想要将条款拿过来，却突然一声惊叫：“不好，我吃太多了！”

这个姿势压迫着胃，他那瘦弱的胃实在承受不了十二个人的饭量的挤压，翻腾起来。只见他黄牙一闪，哇的一声，刚才吃进去的东西全呕了出来。

水晶肘子、鸳鸯双鸭、烧鹅一块块挂在议和条款上。

小西行长拿着这幅稀烂的议和条款，呆住了。

他有种欲哭无泪的感觉。

为什么？不饮酒，不品茶，还是不行吗？光是吃饭也不行？

沈唯敬满脸歉意地看着小西行长，觉得实在对不起这位好客的主人，但他又不知道该说什么。何况，胃里翻起的阵阵呕吐感觉，也让他无法开口，一旦开口，那感觉就会喷涌而出。

几位大名按捺不住，走上前来就要发作。小西行长挥手止住他们，沉吟着将那幅条款丢到了角落里。他慢慢地在沈唯敬桌子旁边坐下，面容转为肃穆。

他深深地向沈唯敬鞠了个躬，双手贴在膝前，头触到了地面上，维持这个姿势一段时间，方抬起头来。

“这是沈大人对我们提出的条件不满意啊。

“是我们不对，看轻了沈大人。

“我保证，以后再也不会出现这样的事情。议和七款，完全作废。该如何签订，我们从现在起，一条一条地谈。沈大人若是不同意，我绝不写一个字。”

沈唯敬也坐了下来，眯缝的眼睛里射出一丝狡黠的光：“小西大人，不准备再款待下官几天了吗？”

小西行长苦笑：“再款待下去，就要血本无归了！”

沈唯敬哈哈大笑：“好！那我们就开始谈吧！小西大人，你怎么看大明朝与日出之国的关系？”

杨逸之听了一刻钟，沈唯敬跟小西行长还没有谈到任何条款。两人从商周一直聊到汉唐，从遣唐使到鉴真东渡，再到现在的倭寇，沈唯敬只字不提朝鲜的事情，奇怪的是，小西行长也绝口不谈。

若说他们是在无聊地闲谈，似乎也不是。小西行长的面容越来越郑重，沈唯敬举出一段史实来，小西行长往往要旁征博引，举出另外的史实予以反驳。两人的辩论越来越激烈，竟似比朝鲜战局及土地的割让还要重要。

两刻钟以后，沈唯敬终于说出了一句相关的话：“如此看来，小西大人也承认，大明乃中原正统，日出之国素与中原交好，而朝鲜是大明属国，这次侵略朝鲜，就是侵略中原了？”

小西行长：“第一，此次战争并不是侵略。第二，此次战争乃朝鲜开端在前，日出之国反击在后，责任不在日出之国。”

沈唯敬：“既然日出之国明知大明乃朝鲜的宗主国，为何不先告知大明，私自出兵？”

小西行长一时语塞。

沈唯敬：“所以，此次议和，首先要结束战争。若要结束战争，就必须有个结束的理由。因为错在日出之国，这个理由，必须是日出之国投降在先。也就是说，若想签订议和条约，就必须有太阁大人的降书。”

此言一出，所有日出之国大名一齐大哗。

小西行长断然道：“我们日出之国并没有战败，为何要投降？”

沈唯敬微微一笑：“贵国并没有败，可也没有胜是不是？这场战争有大明朝的介入，援军就会源源不断地从大明输来。而贵国呢？贵国经过连年战争，还有多少兵力能够投入？一旦陷入拉锯战，战况胶着一年，巨大的战争投入，贵国国内艰难的生活，还能支撑这场战争到什么时候？”

小西行长说不出话来。

战争初期，日军从朝鲜战场上掠夺了无数战利品运回国内，这极大地鼓舞了士气，掩蔽了战争的诸多负面影响。但随着战争的深入，战利品越来越少，庞大的军队开支甚至无法自朝鲜战场上满足，只能从日出之国国内运来。而朝鲜水军在李舜臣的带领下，神出鬼没地袭击日出之国的补给船，几次将整支船队炸毁。倭军在汉城驻扎的时间越长，后勤补给的压力就越大。战争胶着下去，对倭军极为不利。

这也是他极力劝太阁大人议和的原因。他本质上是个商人，于投入产出算得最是精明。如果这场战争掠到的还不如付出的，那为什么要打呢？

沈唯敬慢慢道："中央帝国最看重的是什么？权威。权威是什么？面子。历史上对辽、对金、对蒙屡次议和，只要对方给足了中原面子，大批的黄金白银就会源源不断地送出去。但要是损了面子，中原那帮直臣可是宁死都不肯同意的。降书，不过是一张纸而已，但有了这张纸，勘合商道就能打开，明、日两国官船商船就能往来。甚至，割让朝鲜四道也并不是不能谈的问题。"

这席话实在极为诱人。

虚名与实利的比较，最能打动的是什么人？就是商人。恰恰负责谈判的小西行长是个典型的商人。

所以，沈唯敬一说完，小西行长的眼睛里就闪过一道光。

沈唯敬端起面前的水杯，浅浅喝了一口。在袖子挡住面部的时候，杨逸之也瞥见，沈唯敬的眼睛里闪过一道光。

这两个人，显然都认为对方已落入了自己的算计中。

谁才是最后的赢家？

杨逸之并不再关心。因为他已看出，沈唯敬其实是位深藏不露的高人。他之前种种猥琐的表现，不过是为了探看对方的虚实而已。其实局面一直掌控在他的手里。小西行长虽然也精于算计，但比起沈唯敬来，却不够老奸巨猾。简单地说，就是没有沈唯敬那么无耻。

但恰恰是这么无耻的人，最适合于这场谈判。因为卓王孙的目的是拖延，沈唯敬一个"拖"字诀，用得出神入化。

这场议和的结果，杨逸之已不再关心。

他关心的是什么？

当灯掌上来的时候，他的眼眸淡淡挑起。

天守阁。

天守阁的防御果然严密，远远地凝望着这座七层的塔状楼阁，杨逸之就能感觉到风中传来的淡淡杀意。

没有人发现他已经逼近这座禁忌之塔，风月剑气淡淡的光华围绕着他，他仿佛一段月光，并不引人注目。守卫塔的武士们看到了他，却都没有在意。

月光虽然明亮，岂非最不引人注目的？又有谁会怀疑月光会伤害自己呢？

明月只会普照而已。

杨逸之心念微动，风月剑气激起一片微尘，向天守阁内飘去。刹那之间，有三道掌风、七股刀气、三缕剑气击在微尘之上。杨逸之的眉头皱了起来。虽然只是微尘，但在侵入的瞬间受到这么多的攻击，天守阁的防御之严，可见一斑。

而这仅仅是第一层。每上一层，防御都会严密一倍。而天守阁共有七层，如何突破这七层的层层守卫，到达顶层，救出相思，杨逸之实在没有半分把握。

杨逸之缓缓跨出一步，已准备将血洒在这座天守阁上。

突然，阁楼的最上层亮起一点淡淡的烛光，那是一扇纱窗被推了开来。杨逸之的目光逆着烛光向上望去。

相思身着一袭淡绿色的裙子，眉间盈盈隐着一抹忧愁，支颐向外张望。她似乎有着不能为外人道的惆怅，要用远望来解忧。新绿色的衫子衬得她的惆怅就像是一朵绿莲，让杨逸之有宛如初见的错觉。

他还没见过她穿绿色衫子的样子呢，他心头忽然生起这样一个念头。这个念头忽然在相逢的喜悦、感伤中冒出来，却不突兀，而是有着淡淡的温暖。

仿佛雨夜中为故人温好的一盏新茶。

一只翠绿的镯子挂在相思的手腕上，肌肤胜雪，却因忧伤清减了丰腴，玉镯如一湾流动的碧痕，轻轻摇晃，敲得窗棂细细碎响，就像是一串雨夜的风铃。

杨逸之刹那无言。

他只能仰着头，任由风脚雨丝打湿自己的面庞。

仿佛是宿命一般，她突然低下头，看到了杨逸之。

风雨之中，杨逸之的白衣就像是一抹清澈的月光。

于是她笑了，像是春雨中等待的丁香花，在月光中寸寸展开了寂寞芳心。

她轻轻向杨逸之招了招手。

杨逸之也抬起手来，向她招了招。

沧桑变换过后，天地改易，海枯石烂，所有的热烈、企盼全被岁月风干、湮灭，只留下最寻常的一挥手，便是感慨万千。

轻轻地，窗棂被撑开。杨逸之终于看到相思的全身。她轻轻撑起一把油纸伞，伞面上绘着墨绿色的菊花。杨逸之忽然发现，菊花也非常适合她。这柄带着十足日出之国风味的纸伞，让他忍不住想象她踩着木屐，走在青石板路上的样子。

突然，相思轻轻一跃，身子腾出了窗棂。撑开的油纸伞就像是一双张开的翅膀，托着她的身子袅袅落下。

淡淡的雨丝中，月光脉脉流动，就像是一场迷蒙的梦境。

杨逸之跃起，张开双手，揽住了一沁微凉。

两人旋转落地，相思的身子轻盈得就像是一片花瓣，他只是用袍袖卷住她的衣袖，落地时便了无声息，惊不起半点微尘。

自在飞花轻似梦，无边丝雨细如愁。

相思的笑靥上有一抹娇羞，半隐在菊纹的伞后，杨逸之却连看都不敢看她。

四月的花雨中，有着寂寂的暖昧。

良久，杨逸之轻轻道：“走？”

相思缓缓颔首。

杨逸之深深吸了口气，镇定情绪，向外走去。

他一定要将相思送回平壤城。这个国家已陷入风雨飘摇之中，只有在那里，她才能得到呵护。

他不再担心和谈，因为沈唯敬有达成和谈的能力，但他不相信这次和谈能带来和平。战争，一定会在这片古老的土地上蔓延，化成劫火烧尽一切。因为他知道，无论卓王孙还是平秀吉，都绝不可能接受隔江而治的结果。

尤其是卓王孙，他的王者气度注定了他只能吞并一切，摧毁一切。

也许，明朝将他派来，只会付出比朝鲜失陷更严重的后果。他的“第三人”的计划，令杨逸之从心底有不祥之感。

杨逸之轻轻叹了口气。

仅这一刻，他不关心天下，只要她平安就好。

第十五章

# 征途鹈鴂愁中雨

出汉城十五里，就是碧蹄馆。那场残酷的杀戮让倭军至今胆寒，因此极少有人愿意到这里来巡逻。这里，竟成了最安全的地方。随沈唯敬出使汉城之前，杨逸之在这里留了四匹骏马，倒替骑乘，可在两日之内赶回平壤。

然后，他再设法将相思送回中原，只有中原才是真正安全的。

他的安排并没有破绽，相思的轻功不错，不到半个时辰，他们就赶到了碧蹄馆。这里已成为一片废墟，本来繁荣的驿站已被几十日前的战争摧成了一片瓦砾，夜色中几座高大的建筑仍然残存着，摇摇欲坠。四处都是炮火留下的焦痕，凄风苦雨，点缀着这里的荒凉。

幸好，那四匹马还拴在路边，啃食着星星点点的青草。杨逸之心中一喜，拉着相思向马奔去。

但他的身形陡然顿住。

四匹马离他仅仅几十丈的路程，此时却变成了不可逾越的鸿沟。

一道高大的阴影出现在路旁，仿佛一座不动的山，细看去，却是一位全身漆黑的骑士，乘着一匹同样高大、漆黑的战马，静静矗立着，散发出逼人的气势。

漆黑的盔甲，让骑士只显出一个模糊的轮廓，他就像是雨夜中的幽灵，从地狱中刚被召唤出来。他矗立不动，浓烈的死亡气息弥散而出，将四周的一切生息断绝。大地上仿佛出现了一个巨大的圆环，以他为中心七丈之内，一切生命都会化为劫灰。四匹战马发出一阵哀鸣，猛烈地挣扎着，想要离他远一些。

杨逸之的掌心爆出了一丝光芒。

他不禁一凛。这个黑影的杀气是如此浓重，隔着这么远的距离，竟然能激发他的风月剑气！此人就算放诸中原，也是第一流的高手，绝不在七派掌门之下！

也许，他早就料到了，平秀吉一旦发现他带走了相思，日出之国忍者那无孔不入的忍术便会锁定他。他只是没有想到，来得是如此快。

黑暗中，猛然爆起刺眼的光芒。

那是一个人，浑身燃着烈火的人。但仔细看时，却发现这“火”只不过是他穿在身上的红衣而已。强烈的光芒不断从他的身体里冒出来，膨胀成一团巨大的火光，将他罩在中间。似乎他只要稍微用力吐气，火光就会从喉咙里喷出。

杨逸之的惊讶并没有延续太久，一股疾风掠过。他侧头，就发现一个人迅捷无伦地蹿到了他身侧七尺处。

他从未见过如此快的身法！那简直不像是人，而像是风，像是闪电。那人也穿着一身白衣，但白衣上镶着淡淡的绿边，风一般流动着。她的袖子很长，长得也像是风，而且跟风绞在一起，随便一挥，就远达十丈。

马匹见到这两个人，悲嘶得更加厉害。这两人与先前的黑影，封住了杨逸之前、后、左三处，只有右边，留有空当。杨逸之本能地想向右跨出，但他的脚步才一动，立即就停住了。

那里并不是没有人，只是他一直没有发现。因为那个人已同雨融为一体，雨落在他身上，无声无息，似乎化成了他的一部分，是以杨逸之一直没有发现他的存在。

这四个人，已完全封住他的去路。

而茫茫雨夜之中，还有多少这样的高手存在？

杨逸之双手忽然沾满了冷汗。归途，竟然是如此艰难。

浑身冒火之人笑了笑，忽然道："火藏。"

杨逸之不答。这显然是对方的名字。这四人的相貌都诡异至极，不用他们介绍，杨逸之也能猜到他们必然是平秀吉手下的忍者。

他们才是伊贺谷真正的忍者精英。兰丸和他们比起来，只不过像是个被宠坏的孩子。

他虽不答，火藏却也并不介意，指着另外三个人：

"地藏。

"水藏。

"风藏。"

杨逸之手捻风月剑气，默默思索着，沉吟不答。

火藏："传闻杨盟主的风月剑气乃当今剑术极致，我们鬼忍四忍早就想见识一下了。"

他叹息："可惜的是，杨盟主只能出一剑。这一剑纵然杀得了我们其中一人，但另外三人仍可要了杨盟主的性命。是也不是？"

杨逸之沉吟着，缓缓点头。

这实在是他武功最大的缺点。若是敌人的武功并不高，他虽不用风月剑气，也可伤敌，但这四个人，无一不是高手中的高手，就算他杀得了其一，却不能杀其三。那时，他只能任人宰割。

他忍不住望了一眼相思。

相思也望了他一眼，脸上没有惊恐，没有惶乱。那是相信他，不管处境多么艰难，敌人多么危险，只要有他在，她都不用担心的信任。

那是荒城之中，军营之内，十万杀阵，连绵鬼域的经历历练出的相知、相守。

杨逸之忽然有了信心。

只要她相信他，他就能带她离开。不管处境多么艰难，敌人多么危险，只要有他在，她都不用担心！

他淡淡笑了笑，手中的光芒骤然亮了起来。

光华仿佛不受雨夜的约束，膨大成一团夺目的月华，倏然自杨逸之身上炸开。

火藏忍不住一声惊叫。

寒月般的光芒，侵体而至。他的忍术化成的护身火气，竟不能抵挡分毫！这令他惊恐万分，本能地后退！

地藏、水藏、风藏显然与他有同样的感受，也一齐后退！

杨逸之淡淡道："你说得不错，我只能杀一人。

"但此招一出，必有一人死！"

地藏、水藏、火藏、风藏对望了一眼，没有人敢反驳这句话。这个如月般和煦的男子，令他们从骨子里感到一阵恐惧。没有人怀疑，只要微微一动，寒月便会立即侵入他们的身体，夺走他们的生命！

这一刹那，四位高手都像是冻住了一般，不敢动一丝一毫。

杨逸之静静地凝立着，眼中的神光是如此决绝。他从不愿伤害任何人，但当他决定守护之后，也从不吝惜付出任何代价！

慢慢地，他手中的光华收敛，轻轻携着相思的手，步入了道旁残损的驿站。

他们消失良久以后，火藏才感到心底的冰凉缓解了，他啊的一声，忍不住惊呼出来。

风藏凝视着杨逸之两人消失的方向，眼中写满了怨毒。

方才两人离去的身形是那么从容，仿佛不过是在春风里携手踏青而已。他们这四位令敌人闻风丧胆的鬼忍，竟完全没被放在对方眼里。

反倒是他们，杀人无数的鬼忍，竟被这么一个男子吓倒了！这简直是耻辱！

风藏眼中闪动着妒火，几乎忍不住要冲进去。

火藏悠悠道："我们为什么要冲过去送死呢！反正主公吩咐我们的，不过是困住他们而已。我们只要守在这里，他们就哪里也去不了，又何必担心？"

他说得不错。经过战火之后，碧蹄馆驿站的确已经满目疮痍。杨逸之跟相思踏入的那座房子，稍微完整一些，却也只不过能遮蔽风雨而已。两人无论躲在房中何处，鬼忍四忍都会看得清清楚楚的，杨逸之跟相思逃走的可能性是零。

但风藏就是压抑不住胸中的怒火，一见到两人语笑嫣然的淡雅姿态，她就忍不住想冲进去，将他们千刀万剐。

她也不知道，自己为什么这么恨他们。她只不过才见他们一面而已，却像是已经恨了千年万年。

炮火几乎已将驿站完全摧毁，摇摇欲坠的屋梁掩在凋残的砖墙上，风呼啸着穿过这座房子，罅隙中全是雨的湿冷。这座房子，并不能遮蔽什么，连目光都不能。

火藏四人任由他们进入其中，虽畏惧杨逸之的风月剑气，但何尝不是认为这座房子并不能让他们的境地有任何好转。

站在房中，地藏的肃杀、火藏的炽烈、风藏的迅疾、水藏的鬼魅，仍然迫人而来，压迫着他们的呼吸。杨逸之从墙角拾起几块破布，勉强将屋顶裂隙遮掩了一些，雨漏得就不那么紧了。杨逸之脱下长袍，铺在地上，招呼相思坐下。

相思抱膝坐在屋角，脸上满是愁容。

杨逸之望着屋外的风雨，淡淡皱起眉头。

地藏、风藏、火藏、水藏，他有把握在一招之内击杀其中的任何一人。如果只有两人，那么，他可以拼着身体受伤，将两人全部重创。如果有三人，他就只能靠奇迹出现，才能胜。但现在，是四个人，他能胜的机会是零。

这四个人，看来早就习惯了协同作战，彼此之间必定极有默契。若是让他们成功联手，也许杨逸之连一个都杀不死。

杨逸之叹了口气，连想了十几种办法，没有一种方法能同时杀死这四个人。

雨丝蒙蒙，闪烁在他的眉睫上。四人仍分东南西北将这座驿站包围住，透过墙上的破洞，可以清晰地看到他们脸上妖异的笑容。幸好，他们实在忌惮杨逸之的风月剑气，不敢轻易闯进来。

四藏陆续坐了下来，似在耐心等待什么。

杨逸之心神禁不住一凛。他知道他们在等什么！

他们在等着雨下大。

水藏的能力必然与雨有关，暴雨之中，他或许能够施展出什么特别的能力。而暴雨只会令杨逸之的武功大打折扣，因为雨会让人行动迟缓，也会阻碍目光，令判断失误。而地藏的驱马攻击威力不会弱，风藏奇特的轻功也不会受雨的干扰。杨逸之看了火藏一眼，雨丝竟丝毫不会令火藏的火减弱。

每多等一刻，他落败的机会就大一分！

杨逸之仰起头来，雨密密地下着。这里，会是他的葬身之地吗？

他站起身来，将屋中落的乱石、木梁扫在一处，一堆堆垒了起来。砖木堆在清寒风雨中突兀地耸立着，仿佛是一座又一座小小的坟茔。

风藏冷冷一笑。她已看出，杨逸之这人似乎有些洁癖，一定要将身边打扫得干干净净的才肯罢休。所有的土灰、砖石全被收拢在一起，在驿站内形成了十几个大大小小的土堆。她最讨厌有洁癖的人，尤其是她还不得不淋在雨中的时候。看到房中这么整洁，她忍不住想到这里的雨是多么肮脏。碧蹄馆刚经历过一场大战，战后尸体堆积如山，无法掩埋，只好架起来烧掉。骨灰在空中飞扬，此刻又全部溶在了雨水中，落在她身上，冰冷透骨。

她看到相思坐着的地方已被扫得一尘不染时，就忍不住想冲进来，掐住相思的脖子，让相思滚出去。

但她不能。她必须忍耐，等待着最合适的机会。

无论杨逸之还是四人，都知道他们等的是什么。

是大雨倾盆。

杨逸之在相思身边坐下，从随身包裹里取出粮食，拣出较为可口的，轻轻递给她。两人隔得如此之近，仿佛能感受到她淡淡的体温。

他的心忽然抽紧。

他想到了几天前，与卓王孙刚喝过的那杯酒。

那时候，他和卓王孙就像是朋友。

如果是朋友，他就该忘掉相思。他，能吗？

不。

因为忘掉后，他便会一无所有。

**第十六章**

# 涨千村地入湖

座地狱，囚禁着每一个人。

身上。这座残破的驿站，在明亮的光线中，也仿佛如琉璃

一口气。

倾盆大雨，他的驭雨之力降低了一些，但他是水藏，不

所有的坑都填满了，甚至在街道上流淌为河流。碧蹄馆

座座小小的孤岛。附近山上的洪流滚滚而下，将这里化

量不断从周围潮湿的空气中涌入他的身体。

袖在风中飞舞，火藏的身体越来越明亮。

只等水藏的水龙之力困住风月之剑。

。

人。

他忍不住向馆内急冲而去，气急败坏地想，杨逸之与相思究竟是如何逃出他的监视的呢？

地藏、风藏、火藏听到他的惊呼，也是一惊，本能地跟着他向驿馆内冲去。

这座朽坏的驿馆经受不住他们的冲击，刹那间倒塌，杂乱落下的灰木让他们周身刹那间出现了无数破绽。鬼忍四忍猛然一凛，各自发动了最强的攻击技。

驿馆中刹那间绽开了四朵不同颜色的地狱之花。

他们坚信，没有任何人能躲过他们四人的联手一击！

就在此时，一声悠悠的叹息传了过来。叹息是从他们头顶发出的。四人一惊，忍不住抬头张望。

杨逸之握着那柄纸伞，一手携着相思，凌空悬于屋顶。水藏忽然明白，他方才为什么看不到杨逸之。就在这时，杨逸之右手猛然光芒乍闪。

四人一凛，急忙想努力看清这一剑的去向。但杨逸之这一剑，不是斩向他们的，而是斩向朝阳。

一剑斩出，漫天阳光都仿佛暗了暗，接着，光芒猛烈爆发。

鬼忍四人忍不住一声惨呼，炽烈的光芒聚成了一轮极热极亮的日轮，几乎将他们的眼睛灼瞎。他们急忙闭上眼睛，慌乱地施展出最强的忍术护住自己。只听轰隆一阵响，整座驿馆被他们击得粉碎。

耳听战马悲嘶，四匹马分别向东南西北奔了出去。

但他们不敢追，因为他们的眼睛几乎看不到任何东西。他们只能焦急地等待着，足足过了一刻钟，他们的视力才慢慢恢复，却已没有了相思跟杨逸之的身影。

火藏忍不住大骂了一声，暴跳而起，想要追赶。但他忽然发现，地上竟没有路。

不知从哪里冒起一团奇异的雾气，将周围的景物全部遮住。天，低得好像要压下来，对面几乎见不到人。更令人惊骇的是，他们竟渐渐分不清东南西北。

地藏驱动黑马向外冲去，蹄声迅疾，只见地藏冲得快，回来得更快，差点将火藏撞倒。地藏一惊，又向对面冲去。但无论他向哪个方向冲，结果都一样，他仍会回到原处。这些妖异的雾气，似乎将他们封锁在这个驿馆里，无论如何都不能走出去。

鬼忍四人的脸色，终于变了。

若要问这究竟是怎么回事，杨逸之一定会露出会心的微笑。

他很庆幸自己曾经学过奇门遁甲之术，那些土堆并不是随便摆的，其中暗合阴阳五行之理，加上地上积水的反光，可令阵中之人产生幻觉，失陷其中。

可惜时间太短，他无法将这阵布得完美。他并不期望阵势能困住鬼忍四人多久，只要有两个时辰，他们就能走得很远。

唯一美中不足的是，他已经施展了风月之剑，数个时辰之内，都会虚弱无比，无法保护相思。

两人骑在同一匹马上，他揽住缰绳的同时，也揽住她。地上全是积水，让他有种错觉，仿佛是行走在湖面上。

平静的湖面映着蓝蓝的天，就像是一面巨大的镜子。马蹄踏过的时候，一串一串波纹浅浅地荡过。她淡绿色的裙子就像是湖面上掠过的一抹惊鸿。

杨逸之甚至可以想象到相思的笑容倒映在这样的水天之中，该是多么空灵、柔美。

突然，骏马一声惊嘶，人立而起。杨逸之一惊，一瞬间竟握不住缰绳，坠入水中。水底的淤泥溅起，令他全身湿透。

相思盈盈一笑，伸出手给他，要拉他上马。

他握着她的手，突然感到一阵冰冷。

仿佛有什么极为锐利的东西，随着血液侵入了心脏，剧烈的痛楚让整个世界只剩下冰冷。

他震惊地望着相思，却从她的眸中望到了一丝陌生。

她仍然是那么柔婉，但他心中感到了慌乱。

她不是相思。

绝不是。

杨逸之血透重衣，倒在泥泞中。

马上的女子静静地看着他。她的仪态、相貌，如果不是相思，还会是谁？杨逸之望着她，说不出话。雨如光幕，两人间的距离仿佛极近也极远。

杨逸之此刻只想知道一件事：她在哪里？

女子淡淡地笑了。

杨逸之心中闪过一丝悔恨，他早就该看出来了，相思从来不穿绿色的衣服。她的衣服颜色是水红的，如洇在水中一般嫣红。绿与菊，并不适合她，她从来不是个幽静的人。

女子的笑容逐渐变得傲岸，那更不像相思的风格。等到她说出第一句话后，杨逸之的最后一丝期盼彻底断绝：

“我佩服你。”

这句话普通至极，无论语调还是其中的含义，都没有任何特别之处。但杨逸之霍然之间明白了这个人是谁。他吃惊地凝视着“她”。

他早就知道“她”有这种奇特的能力，知道“她”化身千亿，不败不灭，但他并没有怀疑“相思”就是“她”。如果没听到这句话，他至死都不会相信。

易容术或者忍术能够改变一个人的相貌，但绝不可能将一个男人变成女人，而且相似到连杨逸之这样的人都看不破。

就算此时看去，这个女子与相思的相似度也在九成九之上，唯一的区别，就是语气。这句话虽普通，但隐然透出一股雄霸天下、舍我其谁的气势，只有一代枭雄，才会有这样不经意间流露的语气。

如果“相思”早一点说话，说不定杨逸之早就认出“她”来了。他忽然意识到，“她”还从来没有说过一句话。

莫非“她”也认识到了这一点，因此才缄默的吗？

杨逸之的心又开始痛了起来。

显然，这个女子是能化身千亿的日出之国的太阁，平秀吉。

不是相思。

不是！

杨逸之握紧了双手。

水平如镜，淡淡的波纹化成圆圈，向外扩展而去。一枚圆圈的中心，是杨逸之，另一枚，是那女子。圆形的波纹在水面上互相交织、碰撞、融合，彼此渗透，正如互相凝视着的两个人。

“想不到我派遣日出之国第一流的四位忍者，仍然困不住你。”

这句话，坐实了“她”的身份。不是亲眼看到，绝没人能够相信，平秀吉竟“变”成一位女子，如此惟妙惟肖，没有半分破绽。

这，难道就是忍术的最高境界，鬼藏？

这种忍术，真是可怕！

“可惜的是，你几个时辰之内只能用一剑，如今的你，已无法再逃脱了。”

杨逸之一阵剧烈咳嗽：“她……她在哪里？”

平秀吉脸上浮起一抹戏谑的冷笑：“她？当然在天守阁。”

捕捉着杨逸之脸上的失望与懊悔，平秀吉淡淡道：“你知道吗？这是她定出的计策。”

杨逸之脸色顿时苍白。

平秀吉更加愉悦：“如果没有她的配合与建议，你觉得我能够模仿得这么像吗？”

水面的波纹骤然增多，一道道穿过马蹄。平秀吉凝视着杨逸之，一字一顿道：“她不想跟你走，她厌恶你。”

水面的波纹猛然晃动起来。杨逸之剧烈咳嗽着，挣扎着想说什么，却说不出来。

平秀吉的目的完美地达到了。每一个字，都对杨逸之造成了可怕的伤害，几乎将他的心击碎。

或许，这是杨逸之最恐惧、最害怕的结果。

如果有一天，她选择离开他，他会怎样？

杨逸之急速地喘息着，咳出最后一口血来。

身体已经空了，连血都已干涸。

眼前那极为相似的容颜，恍惚之间已经看不清楚，不能分辨是真实还是虚幻。

平秀吉悠悠地说出了最后的话：“她不属于你。”

“从不属于。”

心骤然间不痛了。是的，从不属于。

简单的一句话，却成为不能承受的重。

平秀吉看着他，脸上是志得意满的笑容。

这个名满天下的中原武林盟主，已经是个死人了。

杨逸之躺在平静的水面上，身躯已被掏空，灵魂已完全离去。就像是浮在湖面上的稻草人，连表情都是编造出来的。

平秀吉挥缰，将杨逸之缚了起来，拖到马上，不再顾忌他，因为，他已经是个死人了。

这是平秀吉最想见到的结果，亦是他最得意的战果——用一句话杀死一位绝顶高手。

两人依旧同乘一匹马，但这次，换平秀吉来揽着杨逸之了。柔软的手臂从身后纠缠而过，一如死亡的拥抱。

水面上刮过一阵春风，平秀吉脸上的笑容猛然滞住。

一轮皎洁的皓月在他面前升起，刹那间，他有种错觉，仿佛白天已变成了黑夜，而他远在九天之上，这轮皎洁的皓月，离他竟如此之近。

他好像抱住了一轮白月。

他一惊，本能地想冲天而起，将其摆脱，却惊讶地发现身体的一切机能都被禁锢住。这轮明月仿佛已溶入他的骨、他的肉，就算他将自己彻底毁灭，也无法摆脱！

天下只有一种武功能够有此威力——风月剑气。

他脑海中闪过这个可怕的念头，但随即被自己否决。

杨逸之绝不可能再施展出风月剑气！他已经施展过一次了！

此念才动，他忍不住望向杨逸之。

可他望见的，是一轮皎洁的白月。

杨逸之虽然还在马背上，却仿佛离得很远，就像是月宫中的仙人，踏月色而立。

那一刻，他忽然顿悟，杨逸之的心，从来没有死过。

这怎么可能？他的话，怎么可能对杨逸之没有影响？

他对人世间感情、情绪的把握，可称远超所有人。杨逸之对相思的感情，绝不可能瞒过他的眼睛！

杨逸之的叹息，仿佛是月宫传来的风声。

“她不属于我。

“我从未想过拥有她。”

他嘴角的笑容浸满了苦涩，说出这句话的时候，就像是誓约。

“我只要她幸福。”

平秀吉冷冷一笑，忍不住想反驳。

一个男人爱一个女人，是为什么？如果不想得到她，那还爱什么？只要她幸福？那只不过是伪善！

杨逸之回过头来。

平秀吉陡然一凛，看到了杨逸之的眸子，无比清澈、宁静，宛如皓月的眸子，那眸子中藏着神魔。

平秀吉倏然噎住。

他本坚信能反驳杨逸之的话，此时却变得那么脆弱。也许别的男人不能，但这个男人，真的能够做到。

他的双手就是一双羽翼，他的生命，就是为了守护一个人，直到气血凋零。

平秀吉傲岸一笑："今天真是个好日子。

"因为，两位绝顶高手，将死在今日。"

一句话说完，他的眸子猝然变得血红。

鬼藏忍术那宛如鬼神般的力量，迅速自眸中向他全身灌输。

虽然被风月剑气制住，但他有绝对的把握，可以跟杨逸之同归于尽。

无论什么人，想要杀他，就必须付出生命的代价！

月光倏然一暗，杨逸之的身形已在三丈之外。水平如镜，他踏在水面上，衣袖垂下，点点血迹滴落，在水面上洇起朵朵深浅不一的桃花。

"你走吧。"

平秀吉一惊："你不想杀我？"

杨逸之不答。

平秀吉笑了："我知道了。只要我的形体不变，你就无法下杀手。"

他淡淡微笑，笑容正如相思。

但他的声音，有相思永远不会有的豪气："但你记得，下次我若有机会，还是会杀你。"

杨逸之："随便。"

说罢，杨逸之转身，向南方走去。

平秀吉看着他的背影，一股奇异的情绪袭上心头。他忽然决定，要在这个男人心中种下一个种子。

"你知道吗？她并没有叫我来杀你，只是让我转告你一句话。

"她要留在天守阁。"

杨逸之猛然回头。

平秀吉的笑容，缓缓在碧水蓝天中隐没：

"我，不会杀她的。

"我会保证她的安全，将她留在我身边，直到我死的那天。"

## 第十七章

# 杨柳重栽驰道改

水波荡漾，渐渐归于平静。

以杨逸之的目力，竟然也没看出平秀吉究竟是如何消失的。鬼藏忍术果然诡异至极。方才他若向平秀吉出手，也许最终的结果只会是两败俱伤。

杨逸之微微蹙起眉头。

相思为什么不愿走？她一定是想留在平秀吉身边，寻找能杀死他的方法。而平秀吉既然知道这一点，又任由相思这样做，显然是对这个危险的游戏产生了兴趣。

或许，相思留在天守阁，的确比在别的地方安全。

平秀吉是位枭雄，若他说要保证相思的安全，相思必然不会出事。何况，现在双方已经进行了和谈，平秀吉也没有必要去伤害相思。

看来，他还是不必去找她了吧。

杨逸之深深叹了口气。

杨逸之一直走了十八天，才走回平壤。

距他上次离开平壤城，已经整整二十八天。

他没想到，平壤城的变化竟然如此之大。

平壤城的城墙原本是用附近山上的青石打磨砌成，这使它仿佛一头上古巨兽，静静地蹲伏在大同江边的平原上。

但现在，一切都变了。

城墙全被漆成了桃红色。

青山绿水中，杨逸之看到的是一座桃红色的平壤。

这座城所有雄伟巍峨，全被这妖娆的色泽掩盖——那是桃花极盛时才有的嫣红，在日色中艳艳生光，远远看去，城中仿佛盛开了十里桃花。

怎会这样？

杨逸之惊讶地走近，却发现平壤城头的匾额已经变了，变成一块桃红色的匾额，上面书着三个大字：天授城[①]。

城头上巡逻着的士兵，赫然也变成了一队队娘子军，微风吹过，不时飘来一阵阵莺声燕语，偶尔有几位男兵在城上走过，也都低着头，不敢言语。

怎会这样？难道这座城已经被攻占了？

卓王孙亲自镇守的城，还有谁能够攻占？杨逸之想象不出来。

他慢慢走近城门。

"杨盟主！"

几位士兵走近。幸好，巡守城门的还是原来那几位士兵，他们见杨逸之走过来，急忙打开了大门。

"这是怎么了？"

听到杨逸之询问，这些士兵脸上都露出哭笑不得的表情，吞吞吐吐地道："公主……公主来了。"

杨逸之一惊。

公主？她怎会来这里？

想起在东海上发生的一切，杨逸之不禁对进城有了一丝迟疑。公主乃天潢贵胄，素来无法无天，就算是面对蒙古俺答汗也毫不畏惧，在东海的所作所为，更是以一句肆无忌惮才能形容。若是她来了，将整座城漆成桃花的颜色便不足为奇。卓王孙固然威严无双，但想来在这些无关大局的枝节上，也不会和这位公主计较。

恰恰这位公主对他颇有好感，此次入城，必定会有纠葛。杨逸之沉吟着，叹了口气，迈步进了城。

突然之间，一阵号哭声传了过来。

"杨盟主，你终于来了！你要给我申冤啊！"

只见一个蓬头垢面的人冲了过来，一把抓住杨逸之的衣襟，死死不放。这人满脸血迹，身上全是伤，身上破破烂烂，连乞丐都不如。杨逸之定睛看了许久，失声道："沈大人？你怎会变成这样？"

那人赫然竟是沈唯敬！

沈唯敬紧抓杨逸之的衣襟："我被害惨了！我被害惨了！"

他一迭声地说着这句话，泪水滚滚流下。杨逸之拉着他走到树下，良久，沈唯敬的情绪方平复一些："上次出使，我用尽了浑身解数跟倭方谈判。倭方刚开始提出的条件有多苛刻，你是知道的不是？我足足用了三天的时间，才让他们同意将条件降下来。日出之国

---

① 数年前，公主与杨逸之初遇于天授村的桃花林中。事详《华音流韶·风月连城》。

答应撤军了！他们答应撤军了！可是你知道吗，杨盟主？”

沈唯敬老泪纵横，显然是想到了伤心之处：“卓大人竟然用尚方宝剑将我召回了！他不让我继续谈下去！他命令我全盘答应倭贼的七项条件，谈都不要谈！

“我回来之后，朝鲜人都说我是个卖国贼，说是我将大半个朝鲜卖给了倭贼。要捉住我将我活活打死。大明官兵也说我丢了国家的脸，捉到我也是要打死。我每天都要被人打几十顿，可是卓大人一点都不管我！

“我是冤枉的！如果让我继续谈下去，我一定能让倭方撤军的！我连续三天吐了又吐，就是为了压迫倭贼让步啊！杨盟主，你一定要替我申冤啊！”

杨逸之皱起了眉头。他一开始以为卓王孙知人善用，看出了沈唯敬隐藏的才能，才让这个外表猥琐的人充当和谈使，谈下最有利的条件。

但现在看来，他错了。卓王孙想要的就是一个猥琐的人，被倭兵一吓就屈服，答应下对朝鲜、对大明最不利的条件。

他为什么要这样做？杨逸之百思不得其解。

天意自古高难问。

他只能叹气：“你为什么不将这一切说出来呢？你为什么不说你是奉命的？”

沈唯敬的泪脸一片颓然：“我不敢！我若是说出来了，我会被杀的！”

是的，沈唯敬这么贪生怕死的人最怕的就是卓王孙，绝不敢说卓王孙半句坏话。

杨逸之忍不住又想叹气：“好吧，我问问阁主究竟是怎么回事。”

杨逸之走到虚生白月宫前，却忽然怔住。

平日寂静肃穆的宫门前，此时却站满了人。十八名武当弟子分成两排，站在虚生白月宫门两边，每边九个人，一动不动。

杨逸之皱了皱眉头。

他们想干什么？

忽然，他看到了清商道长的脸。

清商道长如平时一样，须发张扬，怒容满面。但他永远不会再生气了，因为，他只剩下了一个头颅。

只有一个头颅，摆在虚生白月宫门前的台阶上。

他的怒容，仍那么鲜明，圆睁的双眼似乎在说着他是如何死不瞑目。

杨逸之忽然明白，为什么会有这么多人站在这里。他忍不住跪了下来，跪在清商道长的头颅前。

两边站着的武当弟子终于动了，为首的大弟子走到杨逸之身前，亦双膝跪地。

“师父说过，如果他再次回来时，战争还没有结束，那么就在这里将他的头砸得粉碎。

“我师父助郭再佑将军攻打灵山城，不料中了倭军的奸计。师父拼命保护郭将军，郭将军仍然被乱枪击死。倭军人数实在太多，郭将军的部队眼看就要全军覆没，师父不忍见如此惨剧发生，坚持一个人在虎山峡断后。他独自扼守山峡要害，杀了一百多敌军，坚守了一天一夜，让郭家军全部撤退。但师父……师父受创深重，以身殉国了！他记得之前说过的那句话，吩咐我们一定要将他的头颅带回来，在这里敲碎。”

十八名弟子全部跪倒在地，面向着虚生白月宫，面向着清商道长的头颅。

“师父临死前，曾飞鸽传书让卓王孙派兵来救，但没有一个人来！一个人也没有！他不理解为什么。他说他死不瞑目。你看，师父的眼睛，到现在还是睁着的。”

头颅怒目圆睁，似在控诉、在呼喝，一如当时的厮杀、挣扎、执着、怨恨。

弟子举起手来，脸不住地抽搐着，却没有眼泪流下。

他的心已死。他们豁出性命在前线厮杀着，却被自己的军队背叛。如果援军能够及时到达，清商道长必不会死。

他浑身颤抖声音嘶哑，哭着喊出最凄惨的一句话：“师父！”

随即他的手掌猛然落下，砰的一声，清商道长化为血尘，四散开来。

杨逸之忍不住低下头。

没有人忍心看这一幕。

十八名弟子脸上惨厉而坚决，他们跪着，一块一块将师父的尸骨捡起来。如果黏在泥上，他们就连泥挖起；如果落在石上，他们就用手掌用力砸着石头，将石头凿出。

终于，他们用一个巨大的包袱，将师父的骸骨包了起来，负在背后。

他们齐齐转身，跪在杨逸之面前。

“盟主，原谅我们，我们无法继续作战。我们要回武当山，收埋师父的遗骨。”

杨逸之静静地点了点头。

他目送着他们悲壮地站起身来，往北方走去。他们将穿过大同江、鸭绿江，回到中原。他们将一生为清商道长诵经，再也不下武当山。

红尘，再也与他们无关。

没有人知道，这竟然是这支远征的武林大军中，唯一能回去的十八人。

虚生白月宫仍然寂静无声。

方才发生的事情，卓王孙真的不知道吗？为什么宫门仍然是闭着的？

他究竟想要什么？

杨逸之无声地叹了口气，心中充满了困惑。

突然，有人在他背后轻声道："盟主。"

杨逸之回头，就见韩青主面色焦虑地看着他。这让杨逸之感到一丝不祥。

韩青主低声道："盟主，你能不能出手……救一下……"

他的声音越来越低："救一下……月写意……"

杨逸之身子一震。月写意也遭遇危险了吗？月写意是卓王孙派去协助元豪的第二支队伍，难道元豪也遭遇了与郭再佑相同的情况？

为何倭兵突然发动了这么多次突袭？双方不是在谈判吗？

为何卓王孙没有任何应对？为何他按兵不动，不救自己人？他不救清商道长尚情有可原，毕竟正邪不两立。但他不救月写意，就让杨逸之无论如何都想不通了。

韩青主正要开口再求，身子突然僵住。

杨逸之回头，就见卓王孙脸色平静地站在虚生白月宫门口。

韩青主仓皇后退，一个趔趄，几乎跌倒在地。

杨逸之转过身，正面站在卓王孙面前。

他见到的卓王孙，跟二十八日前没有任何改变。但这个世界变了太多，变得让他陌生起来。

他不能容忍卓王孙这样做下去，因为他们是朋友。

杨逸之一字一顿道："韩青主。"

韩青主吃惊地抬头，看着杨逸之。

杨逸之："你随我去。去救月写意！"

韩青主更是惊讶，脸上闪过一丝喜色，却不敢答应，不敢动，目光偷偷看着卓王孙。

卓王孙却不看杨逸之，只淡淡瞥向韩青主："你为什么不去？"

韩青主大喜，急忙拉着杨逸之向外跑去。

他不放心，因为他怕杨逸之再说一个字，这两个人之间的世界就会崩坏。

两匹骏马，向津梁滩驰骋。

杨逸之禁不住问道："不是开始和谈了吗？怎么又打起仗来了？"

韩青主摇了摇头，叹息："和谈的结果被视为丧权辱国，激起了朝鲜百姓的反抗，几十路义军起义，阁主却一点都不予以支持。倭贼为了尽快和谈成功，采取了杀一儆百的策略，出动大军闪电般围攻义军最强大的几支队伍。唉！"

还是和谈，还是卓王孙。

看来卓王孙很想促成这场和谈——接受最恶劣的条件。

究竟是为什么呢？

阴沉的天气让杨逸之的心情也无限抑郁。

第十八章

# 兵戈十日出重围

津梁滩旁边是一座陡峭的高山，湍急的江水绕着高山流过，发出激越的响声。元豪的队伍，就在这座高山上。

山下，是密密麻麻的倭军。

战壕早已挖好，铁蒺藜、马刺、鹿角等一应俱全，重重密布，将整座山封锁住。杨逸之敏锐地觉察到，这些布置，绝不可能在几天内完成。那只可能有一种解释：倭军早就布置好这一切，故意引诱义军逃入其中。

这是关门捉贼之计，用得精巧而毒辣。

杨逸之与韩青主对望一眼，纵马向倭军阵营里冲去。

出乎他们意料的是，倭军根本没有阻拦，任由他们冲上了高山。

恍惚之间，杨逸之回头，只见阵营之中，赫然飘动着四道诡异的影子。

地、水、火、风。

鬼忍四人竟然也在其中。事情变得棘手起来。

杨逸之一进义军阵营，心就凉了。

遍地躺着的，都是伤兵、残员，而这些伤兵残员，也是稀稀落落的，没剩下几人。峻峭的高山上已没有多少地方留给他们，他们只能跟那些死去的士兵躺在一起，躺在自己昔日的伙伴身边。六月的天气已十分炎热，尸体迅速腐烂，整座山都弥漫着一股呛人的气味。

这些伤兵看到他们，并没有露出惊喜或者失望的表情，唯一余下的只是平静。这使杨逸之心中一阵酸楚。只有绝望的人才会露出这样的表情。

他暗暗发誓，一定要将这些人全部带出去。无论卓王孙的命令是怎样的，他都一定要拯救这支部队，一定！

只要这支义军相信他，他就能完成这项不可能的任务。

一阵粗豪的笑声，在山顶响起：“杨盟主。”

元豪仍然满脸笑容，如果只看他的脸，绝对不会想到他们的战况是如此惨烈。但他的右臂已齐根折断，背后的狼筅上的齿，几乎连一根都不剩了。

显然，这短短十几天，他们遭遇到的战况之艰难，让人难以想象。

月写意披着一袭男人的战袍，身上穿着并不合身的铁甲，坐在唯一一座石头房子里，桌上满是凌乱的图纸。她已成为这支义军实际的首领，义军的作战计划几乎全由她来制订。无论元豪还是伤员，望向她的目光，都充满了尊敬。

他们已将这个娇小的中原姑娘当成了自己的伙伴，生死与共的伙伴。他们信任她、依赖她、保护她，将自己的性命交与她。

月写意的长发绾起扎在脑后，这让她倍添英挺之气。看到韩青主，她皱了皱眉：“你来这里做什么？快些回去！这里是战场，不是你玩的地方。”

韩青主在华音阁中的地位显然并不高，被她们喝来叱去习惯了，讷讷道：“我是跟杨盟主一起来救你们的。”

月写意冷笑：“就凭你？”

她转身面对杨逸之，脸上是爽朗的笑：“杨盟主还差不多，你只不过是个跑腿的！”

她将中间的位子让给杨逸之：“你们都出去！”

元豪、韩青主都被她轰出去了。关上门的瞬间，月写意的脸色阴了下来。杨逸之拿起桌上的作战计划，但那厚厚的一沓只有草稿，没有定案。

他详细地翻阅着草稿，不得不承认，月写意是个难得的人才。她有着女性独有的敏锐观察力与直觉，但她还有男性的决断、大气、思虑周全。她所拟订的作战计划，连杨逸之都感到佩服。

但无一例外，这些计划都被月写意画上了红叉。

没有一个计划能成功。

月写意见到他的脸色，心中的不安渐渐增多。曾经她不过是个朝鲜战场上的过客，但这短短的十几天，她已经成为其中的一员。这片土地正遭受的苦难已渗入她的灵魂。这些人民的善良、坚强，已化成她的呼吸，她的命运。他们的胜与败、生与死，十几天前，她还能一笑置之，但现在，她无法割舍。这支义军中的每一个人，都已成为她的亲人。她曾发誓，如果不能拯救他们，她宁愿跟他们一起死。

杨逸之将计划书放下，开始皱眉思索。

月写意转身出去，轻轻将房门掩上。虽然杨逸之没有说一个字，但月写意相信，他一定能想出一个完美的计划，带着他们走出困境。

她相信他，就像曾相信阁主一样。

夜很快降临了。

敌人并没有发动攻击，也许是觉得义军根本不配再多一次战争。只要再过一夜，大量重伤的战士就会死去，根本不需要他们动手。

实际情况，也的确如此。

濒死的呻吟声，很细微，但无论风声、浪涛声多么强，都无法遮盖其深入脑海、骨髓里撕扯每一个生者的灵魂。

那是一个个父亲、孩子、兄弟、叔伯在死去，那是一个个热血男儿的理想与光荣逐渐冷却。

杨逸之的思绪，一次次被打断。

没有一个计划，能够达到完美。这个任务，实在太艰难。

门悄悄被推开，一个高大的人影走了进来。

那是元豪。杨逸之刚站起身来，元豪却跪下了。杨逸之吃了一惊，急忙伸手搀扶，元豪却坚持不起，砰砰砰对着他磕了三个响头。

元豪抬起头来。这个粗豪、善良、纯真的男子脸上露出的神情，是从没有过的哀伤。他静静地看着杨逸之，目光中的哀伤让杨逸之感到一丝手足无措。

元豪生涩地用刚学会的汉语说："明日，早上，您，带，她，走。"

杨逸之叹了口气："我会带她走的。但，我也会带你们一起走。"

元豪："不！带，她，走！"

杨逸之："你还没看出来吗？如果你们不走，她是不会走的！"

元豪神色黯了黯。这个粗豪的人也像是有了心事，长长叹了口气。突然，房外传来一个清脆的声音："是的，我不会走的！"

元豪吃惊地抬头，就见月写意满面怒容地走了进来。她劈头盖脸地问道："你什么意思？是因为我是女人，还是因为你觉得我贪生怕死？"

元豪见她生气，立即就软了，讷讷地说不出话来。月写意冷冷道："我月写意是华音阁的人，华音阁什么时候贪生怕死了？放着朋友不管，独自逃生，你也将我月写意看得太轻了！"

"我告诉你！"她倏然冲了上来，站在元豪面前。吓得元豪急忙后退。

"要想我走，就只有一个方法，那就是我们一起走！"

元豪凝视着她，这个风霜憔悴的姑娘不该如此。

他永远记得他第一次见到她时，她是那么清秀、娇俏。她骄傲的笑容是那么灿烂，令人目眩神迷，宛如纤纤枝头上的一朵金盏花，只应供在玉堂金马之上，不该开放在如此残酷而污浊的战场上。忽然间，他感到深深的愧疚：不该将她带在身边的。

他本以为能够保护她，他的狼筅能够撕开最猛烈的炮火，也能够击杀最凶猛的敌人。但这该死的战争，让个人英雄主义沦为一场笑话。

国家都将亡了，他又保护得了什么呢？

虽然他比她高许多，但她那倔强而骄傲的神气，需要他仰视。

他欠她太多、太多，是该还的时候了。

他缓缓点了点头，像是用一生来兑现一个承诺。

元豪："我们，走！"

月写意终于笑了，豪气地伸手，击了元豪一掌。

"我们是不是兄弟？"

元豪很慢、很郑重地还击了她一掌。

"兄弟。是。"

他脸上也露出了笑容。是的，在如此艰难而该死的战场上，他们是兄弟。

兄弟是不会背叛彼此的，只会为彼此牺牲。

他笑了，因为他知道该怎么做了。

兄弟，要用一生来做。

第二天的黎明，是那么安静。

敌军并没有发动冲锋，这让杨逸之能够安静地思索整个晚上。望着面前凌乱的纸笔，他脸上终于露出一丝笑容。

这座山太险，这也许是敌人没有发动攻击的原因。他有信心，凭他在最险处的扼守，没有人可以冲上来。他至少能坚持七天，以韩青主的身手，七天至少能从平壤到这里一个来回。

那么，就可以将公主请过来。

卓王孙一定不会来救人的，但公主不一样。公主知道他在这里，一定会来。公主能调动的力量极大，说不定就可以解元豪义军之围。

这个计策并不完美，但至少有四五成的希望。

四五成，足够了。

他向外走去，忽然感到有点奇怪。四周未免太安静了，连一丝伤员的呻吟都听不到——这是不可能的。

他刚跨出去，就见到了月写意。她倚在营门口，目光有些失神。

“他，走了。”她的语调是那么凄凉。

杨逸之猛然抬头。他突然意识到，津梁滩上的凝寂是那么不正常。

倭军在静默而又有秩序地撤退，几乎连一点声音都没有发出。他们的阵营中所有的东西几乎已全部搬空，连数日来围剿时的垃圾都清走了，只剩下满地尸体。

伤痕累累，就算是不作战，本也活不了多久的义军的尸体。他们的衣服褴褛残缺，他们的身体遍布伤痕，但他们的神情都极其平静。

因为他们知道，他们的死不会白费。

他们都是该死之人，无论谁都无法救他们。但他们知道，他们的死，会救一位他们最尊敬的人。

为此，他们可以平静赴死。

他们是义军，本是田间的农民、作坊中的工匠，他们本过着卑微的生活，在柴米油盐中消磨着平凡的生命。这场战争摧毁了他们所有的一切，但亦让他们的生命变得轰轰烈烈。他们期待自己的鲜血能够让他们的生命不再卑微、平凡。

而今，他们如愿以偿。

而今，他们不再死于创伤、病痛，他们死于伟大的牺牲。

一个高大的身影矗立在战场中央，他手中的狼筅已断成两截，一截砸在几个敌军的尸体上，另一截插在他的手骨上，支撑着他的身子挺立不倒。

这个人，就算是死去，也要站着死。

倭军经过他身侧时，都不由自主地横向跨开几步，不敢靠近他。似乎他死后，凛凛神威仍然让人畏惧。

他的目光望着山顶，嘴角含着一丝微笑。

因为他知道，只有这样，才能让那位姑娘舍他而去。

他，只有这一种方式来保护她。

于这该死的战争中，用最笨拙的方式，保护他一生中见过的最纤弱、精致的花。

月写意慢慢走近，捧起已深深嵌进他手骨中的半截狼筅。她脸上没有悲伤的表情，反而有一缕笑容。

“他一定是认为他们若是不死，我就不会走。所以，他才会半夜率领他们冲下山，冲出营防。他们一定是认为只要死了，我就会走。因为没什么好留恋、好坚持的了。他们每一个人都这样想。他们都是好人。”

她轻轻抚摸着狼筅，狼筅上的尖刺扎进她手中，刺出鲜血，她却并没有感受到痛苦。杨逸之与韩青主跟在她身后，看着这凄怆的一幕，都不知道该说什么。

月写意淡淡地笑了笑：“你们知道我为什么跟着义军走吗？”

她抬起头来，望着东天刚渗出的朝阳，声音有一丝怅惘。

“十九年来，我从来没哭过，也从来没笑过，我甚至不知道这个世界上有痛苦，有欢乐。别人都以为我是仙境中的仙子，不食人间烟火，一定很幸福，但只有我自己知道，我从来没有活过……

“我的人生，跟挂在华音阁的一幅画有什么区别？跟阁主桌上的一樽琉璃瓶有什么区别？

“我想要哭一次，我想要笑一次。”

她骤然握紧狼筅，失声痛哭起来。

还没有撤完的倭军远远看着她，都露出不可思议的表情来。

月写意哭着，像是要将一辈子的泪水全在这一刻洒尽，然后才慢慢住声。她用袖子擦干眼泪，轻轻地将狼筅抬起，展颜微笑。

她的笑容明媚柔和，像是缠绵的雨季中的一缕阳光，在充满污秽与死亡的战场上，明丽地绽放。

“我更喜欢，这样的结局……”

她伸手，倏然将狼筅插入了自己的胸口。

她的笑容，刹那间凝滞。

远而偏僻的朝鲜，没有金盏花，只有卑微而普通的金达莱。

从今天起，它有了金盏花。

灿烂的，为自己开的金盏花。

## 第十九章

# 高卧千峰锁暮霞

韩青主抱着月写意的尸体，轻轻放在虚生白月宫阶前，神情沉痛而悲怆。

月写意最后的话，给了他无限感慨。活在华音阁中，活在天下最尊崇、最华丽的地方，还有什么不满足的呢？他们宛如一幅幅精致的名画，装点着华音阁的荣耀，也装点着阁主的威严。

但仅此而已。

他们有快乐吗？有痛苦吗？

也许有一天，他也会像月写意那样，跟着一群流浪的人逃走，只为了能哭一次、笑一次。

无论结局如何，那时的自己，才是真实的自己。

现在，他却只是一幅堂皇的画，没有半点真实。

卓王孙站在石阶上，眸子中没有一点温度。

但杨逸之知道，月写意的死是一根刺，深深地刺入了他的心。这个骄傲的王者可以驾驭一切，也包括自己的情感。从没有人见过他真正的欢喜、真正的悲伤，但现在，杨逸之第一次透过如此平静的表情，看到了卓王孙心底的震怒。

从不允许任何人撄怒的华音阁仙子，死去了。

卓王孙为华音阁张开的庇护之翼，在这场战争中，被焚灭为灰烬。他的威严，再不是不可触及的禁忌。

杨逸之能感到卓王孙眼底有淡淡涟漪，他也知道，绝不该在此刻再激怒他。然而，杨逸之还是逆着他的目光，缓缓道：“你现在知道自己错了吗？”

这句话差点把韩青主吓个半死。他怎么敢直斥阁主？他难道不知道卓王孙此时逆鳞飞扬，就等着杀人了？

卓王孙猛然抬起眼，那一刻，连月光都将被点燃，化为灰烬。

杨逸之的目光也像是忽然炽烈起来，愿为一个字而焚灭成灰：“承认吧，你所寻找的‘第三人’，并不存在！停止你的计划，跟我一起打败敌人！”

卓王孙猛然走下一步。这使他与杨逸之的距离倏然拉近了一半，他那凛凛的怒气几乎迫近了杨逸之的眉睫。

“你是说，朝鲜人不能救他们自己？”

杨逸之缓慢而坚定地点了点头：“是的。”

虽然不需要回答，但杨逸之仍然说出了这两个字。他不惧怕这两个字点燃任何一场战争。

或者，他正期望着一场战争。

他要看看能不能点燃这个王者，让卓王孙像个人，有悲伤，有悔恨，有喜怒哀乐、七情六欲。

一瞬间，卓王孙的目光像是突然炸开一般，似乎他早就料到了杨逸之这样的回答，亦似乎他仍没有准备好，杨逸之会如此干脆地回答他。

他缓缓地扬起嘴角，聚起一个讥嘲的微笑。

“你，过来。”他说罢一拂袍袖，大步向前走去。

杨逸之跟在他身后。他要做什么？

卓王孙踏上了一层又一层的台阶。

那是用纯白的大理石砌就的台阶，一连一百零八层，从下面望上去，顶上的楼阁，隐在浓密的雾中，就像是在天上。

天上的楼阁，住的自然是天子。

宣祖正坐在楼台上，望着这座宏伟的城池。现在，他终于有一丝相信，这座城能够庇护他，只要他在这座城中，这场战争就不能伤害到他。

他重新享受到了歌舞升平。在如此乱世中，能够重获身为王者的尊荣与安全，他已经很满意了。

他是个很知足的人。

这时候，他见到了卓王孙。

如怒龙奋迅，鳞甲飞扬，直上九天的卓王孙。

他的身子突然剧烈地颤抖起来，一股强烈的不祥预感从他心底生起。他知道，自己仅余的安宁生活，即将戛然而止！

卓王孙凝视着宣祖，看着这双眸子在自己面前变得迷惘、恐惧，进而卑微地逃避。此刻的他就像一只孱弱但富有经验的小兽，熟知危险，并习惯性地逃避。但现在，他已无处可逃，只好抬起那双哀怨的眼睛，可怜巴巴地望着卓王孙。

卓王孙并不想加长他恐惧的时间：“你，与临海君，去幸州山城。”

宣祖骤然停住了颤抖。临海君是他的嫡子，也是朝鲜的储君。而幸州山城是个很小的、傍山而建的小城，城中几乎没有任何防御。据可靠消息，倭军已在幸州附近驻扎很长一段时间，随时可能将这座山城攻下。

他与临海君去这里，无疑是送死。

存着最后一丝幻想，宣祖小心翼翼地问：“您，您也要去吗？”

他得到了一个决绝而又无情的回答：

“不，我们都不去。”卓王孙挥袖，指向平壤城中的一切。

那是大明的所有官兵，包括飞虎军。

宣祖脸色惨白，忍不住叫了起来：“我会死的！”

卓王孙悠然看向远天，嘴角缓缓挑起一个讥嘲的微笑：“那，就，死。”

宣祖连滚带爬，仓皇逃下石阶。看着他的身影，杨逸之不由得深深叹了口气。

“你真的想他死？”

卓王孙淡淡笑了笑，缓步上前，坐在宣祖方才坐的椅子上。这是平壤最高的地方，卓王孙并没有坐在最高处的习惯。或许是因为他并不需要这样标榜自己。

“你了解幸州吗？”

杨逸之沉默片刻道：“不是很了解。但我知道，幸州城里才几万人，城很小，几乎没有多少军队，更谈不上有效的防御了。我军跟倭方正在和谈，朝鲜各地义军蜂拥而起，此时要是倭军擒住了宣祖与储君，义军必定投鼠忌器，不敢轻动。你这样做，无疑是将整个朝鲜推入万劫不复之境。”

卓王孙：“所以，必定不能输是不是？”

杨逸之点了点头。

卓王孙：“幸州沿山半腰而建，城之所以小，是因为左、右、后都毗邻高山，绝对无法攀缘，只有前面一条小道能通上去，交通极其不便。在战争中，这是一夫当关、万夫莫开之势，你知道扼守这样的地方需要的是什么吗？”

杨逸之沉默，叹了口气：“勇气。”

卓王孙：“不错。而且山上多大石、巨木，就算没有防御、器械，只要有勇气，一定可以守住。如果朝鲜人连勇气都没有……”他缓缓道，“那这个国家还有什么救的必要？

“我说这个国家能做‘第三人’，这个国家就一定要自己打赢这场战争。如果他们需要一个不得不战的理由，我给他们——就是宣祖。如果他们需要一个靠勇气就能赢的战场，我给他们——就是幸州。现在，该是他们拿出血性的时候了。你说，朝鲜人不能救他们自己，我要他们自己来回答你。如果他们的答案是不，我会在最后一个朝鲜人死绝后，为他们复仇。”

杨逸之终于明白了卓王孙的计划。

那是王者的计划。这个计划很好，西楚霸王项羽也曾这样计划过，叫作破釜沉舟，背水一战。项羽最终取得了胜利，也许，幸州取得胜利后，朝鲜人的信念就会被点燃。这个国家夹在大国之间，唯唯诺诺太久，已没有独我的信念。他们的确需要一个火种，将自己点燃。虽然元豪、郭再佑都牺牲了，但只要信念存在，会有更多的元豪、郭再佑揭竿而起，投入到这场战争中。

但杨逸之心中仍有一股热血涌动，忍不住问："那么，清商道长呢、武当弟子呢？

"为了这个计划，你要牺牲多少人？

"是不是任何人的死，都不能让你改变主意？包括月写意？"

卓王孙脸色猛然一沉："住口！"

他霍然起身，站在杨逸之面前，巨大的压迫感，激得杨逸之身上月白色的剑光若明若暗，摇摆不定。

他一字一顿道："这是我的战争，任何人不许干预，包括你！

"否则，这里就是你的终结！"

他冷冷一笑："退下。"

杨逸之抬起头，深深望着他。

面前这个男子，已成为一个不折不扣的暴君，为了实现自己的想法，可以无视任何牺牲。

他的战争，究竟是什么样的战争？

杨逸之理解不了。

他也是神王，执掌生之力的梵天。在他的世界里，只有生之力所造就的繁荣昌盛，生机勃勃，他从不用面临毁灭的绝境。那是执掌灭之力的湿婆的职责。

永远都是祈祷的人跪在他面前，呼唤着他的神名，他便给他们赐福。他回应着每一个祈祷，就连阿修罗王的祈祷，他都会回应。

他慈悲、仁德，不需面对死亡。

他也要回归神王之位，但这回归，不但不会带来死亡，反而会给他身边的人以永恒的福佑。这就是生之神王与灭之神王的不同，他们执掌的力量是宇宙的两极，他们面对的，也是截然不同的宇宙。

一个站在宇宙的创生之初，播下福佑，看着生灵之芽破土而出，越来越繁荣昌盛。

一个站在宇宙的毁灭之终，收获死亡，漠视众生如雪，纷纷寂灭，宇宙归于永恒的寂静。

一个无法理解另一个的欣喜，另一个也无法理解对方的悲痛。

要阻止他吗？

杨逸之指间的光芒亮起，又徐徐熄灭。

眼前这个冷漠、绝情、残忍的男子，是即将让这个世界沦为炼狱的魔王，却也是他的朋友，唯一的朋友。

朋友，是不会彼此背叛的。

站在如天梯般高远的大理石阶下，望着那个骄傲而寂寞的王者，杨逸之忍不住长长叹了口气。

他又一次想到了那抹水红的影子，陷入了前所未有的迷茫。

他踯躅着，竟不知道该去向何方。

望着杨逸之落寞远去的背影，卓王孙脸上也露出一抹惆怅。

风吹过天阶，在雨幕中变幻出破坏神王的影像。

“痛苦吗？”

卓王孙冷笑：“你是神，不该问这种问题。”

破坏神王并不在意他的讥嘲：“我早已看透宇宙轮回，却无法洞悉你的内心。一个神之化身，为了以自己之名活于世间，拒绝了神之王冠，甚至不惜开启一场无终之战，对抗本属自己的神格。为什么？”

卓王孙没有回答。

破坏神王：“我本想用一场又一场战争，摧毁千千万万生灵，逼迫你臣服。那必然是旷日持久的浩劫。”

卓王孙：“君若战，我便奉陪到底。”

破坏神王：“不，我想简单一点。你与我的争夺，就以这场朝鲜战争为界限。你若能取胜，我便消失于这个时空，重觅轮回。你若输了，则抹去自己的意志，成为化身。”

这是一场前所未有的赌局，两边站着凡人与神王，赌注是芸芸众生，浩浩天地。

何其沉重。

然而，卓王孙并未犹豫，只说了一个字：“好。”

破坏神王：“但有一个条件。这件事，不能让其他人知晓。”

卓王孙的笑容带着一丝讥嘲。

这就是条件吗？他本就不准备让任何人知晓。

神人之约，在世人眼中是何其荒谬，谁会相信，谁能理解？说出去也只会增加恐慌。

“好。”

从这一刻起，朝鲜之战，有了世人不可知晓的意义——不仅仅是夺城灭国，更是他与神魔的战争。

“我们能不能再多找些人？

“我们有炮吗？

“我们能不能造些炮出来？

“我们……我们逃吧！”

宣祖几乎没有坐下过，焦躁地在堂上走来走去，不住声地问着。每问一句，还不等申泣回答，他就又问第二句。因为他很清楚这些问话的答案是什么。这里虽然是幸州的中心，离城墙很远，却丝毫不能让宣祖安心。

申泣比他怕得更厉害：“逃不了啦！倭军已集中三万多人，将城围住啦！”

“那我们有多少人？”宣祖焦急地问。

申泣讷讷道：“城里所有的青壮年加起来，一共两千六百多人。”

宣祖骤然脸色苍白：“就这么点？我们有没有援军？平壤有没有派出军队？能不能联系到大明朝廷？”

申泣摇头。

宣祖瘫倒在宝座上：“完了……完了……”

他突然跳了起来：“快！快！快给我伐木、采石！抢民女！抢钱！”

申泣吃惊地看着他：“王，您怎么啦？”

宣祖双目放光，脸上泛出兴奋的红，痴肥的身体颤抖着，声音也因刺激变得尖厉：“知道我最大的愿望是什么吗？”

申泣揣测圣意，讷讷道：“天下太平？”

“蠢材！不是！是做个大昏君！我太懦弱了，被宗主国欺负，被倭贼欺负，被大臣们欺负，被百姓欺负！我多想像纣王那样，有生杀予夺的威严，有地大物博的国家可以随意蹂躏！滥杀无辜、为所欲为、强抢民女、四处征战！多智足以距谏，巧言足以饰非！商纣王啊，你就是我的榜样！”

他沮丧起来：“但是，我知道，身为一个小到不能再小的国的王，我一辈子都不能达成这个理想。但，至少……”

他重新兴奋起来：“至少我可以像你一样死去！申泣，我要你即刻采石伐木，建造鹿台，强抢民女，搜刮钱财，充实鹿台。我，朝鲜的王，将在鹿台上自焚！你，作为朕的第一宠臣，我赐你像申公豹一样跟我去死！”

申泣目瞪口呆，昏君的一席话，点燃了他作为奸臣的激情。他高声答应了，只是，有一点小小的不满：“王，我不想做申公豹，我想做闻太师。”

“朕准你所奏！”

恐慌，在这个小到不能再小的山城中迅速蔓延。

因为站在城头上，就能看到山下的倭军了。密密麻麻的军队在山脚驻扎，他们用的帐篷就像是山下的云朵，几乎将整座山遮住。

那得有多少人？没有人敢想。他们知道，自己死定了。

倭军有火枪，人数是他们的十倍。历次与倭军的作战中，哪怕敌我人数相当，朝鲜人也从未取得过胜利。现在，唯一的疑问只剩下他们怎么死。

这座几乎没有防御的城池，能不能挡住倭军的第一次冲锋？

倭军有条不紊地布置着战场，显然，他们并未将幸州看在眼里。

任何人都知道，这座城将在一天内陷落。宣祖与临海君将会成为俘虏，从此朝鲜再也不会有明天。

夜晚降临的时候，幸州城内开始鸡犬不宁。

申泣率领着军队，开始贯彻宣祖的昏君计划。幸州城内所有的财产、女子全被抢过来了，鹿台还没有造好，只能暂时堆在行宫中。宣祖在这些女子与财产的包围中踱着步，感到踌躇满志。

终于有个昏君的样子了，他开始狞笑起来。

唯一让他感觉不满的是，鹿台的建造实在太慢了。申泣率领两千人采石伐木，居然连地基都没搭起来。搞什么鬼？再过两个时辰，他的大昏君梦就会破产了！

他匆匆地向山上奔去。他要用鞭打、酷刑来逼迫这帮该死的人赶紧工作。昏君，不都是这样的吗？

宣祖风驰电掣地冲到了山上。

“为什么采石这么慢？

“为什么不快一些？

“给我打！打死这些误事的浑蛋！

“我是昏君！知道吗？昏君！”

幸州城边的山上长满了一抱多粗的树木，士兵们将之伐下来，艰难地向城里驮运着。山很陡，他们必须很小心，才能保证木头不会滚下山去。

黎明的阳光渐渐露出一线，山下的倭营开始动了。一队队装备精良的士兵从营地里走出，身上穿着鲜明的铠甲，手中托着擦得锃亮的火枪。他们沿着城前唯一的一条羊肠小道，向城中攻去。

不出一刻钟，他们就会走完这段道路，幸州城就会沦陷。

宣祖心急如焚——他的昏君梦该怎么办？

他向伐木的士兵们冲过去："赶紧干活啊！赶紧给我造出鹿台，否则我就做不成昏君了！这是我最后的愿望啊！你们尊重我一下成不成？"

但士兵们都被倭兵悍勇的气势惊呆了，站在伐下的木头旁边，拽着绳子，一动不敢动。倭兵们越走越近，狰狞的相貌也越来越清晰。

不知谁喊了一声，全部士兵丢下绳子，喊叫着向城里跑去。

宣祖大惊，凄厉地叫着："回来啊！我的宫殿，我的鹿台啊！"

没有人听他的。伐好的巨木失去拖拽，轰隆轰隆地巨响着，向山下滚去。那道腐朽的城门经受不住撞击，轰然崩塌，巨木沿着山道迅速滚落，消失得无影无踪。

宣祖一屁股坐在地上："完了、全完了！"

突然，一阵惨叫声从山下传了上来。

士兵们停止了奔跑，跟宣祖一起惊讶地向外看去。

一条血迹从靠近城门的方向蔓延，如饱蘸着浓冽鲜血的巨笔，在整条山道上挥出浓墨重彩的一画。断碎的尸体被一股大力扯碎，然后凌空抛起，溅在两边的山体上。剩下几个逃过一劫的倭兵，脸色凄惶地龟缩在山道的角落里，连枪都握不住，不停地惨叫着。

冲上羊肠小道的倭军，竟几乎全被戮尽！

造成这一切的，究竟是什么？是神明显灵了吗？宣祖狂喜着向下望去，终于找到杀敌的功臣——一根根巨木。

几座大营已被撞得破碎，树木上沾满了血迹。那道惨烈的血痕，是这些滚落的巨木造成的。狭窄的羊肠小道，让倭兵们根本无法躲闪。山高百丈，巨木从山顶滚下去的万钧之力，让血肉之躯顷刻就被撕裂，比什么武器都好用。

宣祖兴奋得连声音都在颤抖："快！快伐木！都给我推下去！

"哇哈哈哈，我是天下最伟大的明君！我竟然能想出这个天才的主意！"

他语无伦次地发布着命令。幸州士兵们也如梦初醒，急忙将刚才伐下准备建造鹿台的木头、石头全顺着羊肠小道推了下去。

石头不够了，他们就拆房子、拆城墙。

士兵不够了，全幸州城的老弱妇孺都动员起来，挖石头、伐树木，呕心沥血，不眠不休。

因为，他们知道，自己已掌握了必胜的钥匙。

这座城不会陷落。

在一个昏君的带领下，他们能打赢这场战争！

## 第二十章

# 玉几君臣笑语空

当朝阳变为正午的烈日时，笼在大同江上的雾气终于全部散去，一队鲜明的仪仗正缓缓从地平线上走来。

宣祖躺在轿子里，踌躇满志。申泣骑在高头大马上，也是得意非凡。

这场胜利，打退了三万倭军，不仅击垮了他们夺取幸州、活捉宣祖与储君的野心，而且令倭军士气遭到了重创。他们再也不能将朝鲜人当成板上鱼肉，任其宰割。

宣祖拈着颔下的几缕胡须，得意扬扬地摇晃着脑袋，忍不住想到了那个骄傲的王者。连他也一定会对自己刮目相看吧。

宣祖笑容满面。

他一定会受到盛大的欢迎吧。

并没有盛大的欢迎。

平壤城中的军民们该干什么就干什么，没有张灯结彩，也没有欢呼朝拜。宣祖不禁满心失望。

也许是报令官并没有及时赶到平壤城内？一定是哪里出错了。

宣祖思索着，停在高大、宽广的阶梯前。他走下软轿，向台阶上爬去。台阶顶上是殿堂，殿堂中有一张巨大的龙椅。本来宣祖坐在椅上觉得有些局促不安，但现在，他觉得自己配得上这张椅子。

他取得了一场振奋人心的胜利。

他慢慢爬上台阶。平壤城中的喧嚣似乎离他远了些，他兴奋的大脑逐渐冷静下来。每个人都愿意站得高些，或许是因为高处能使人冷静。

宣祖发觉自己又一次错了。

并不是没有人迎接他，迎接他的人正站在龙椅边上——卓王孙、杨逸之。

宣祖一惊，急忙望向卓王孙的脸，见到他神色平静，似乎还带着一丝微笑，宣祖悬着的心终于放了下来。

他对自己还满意。

宣祖向龙椅走去，在快到的时候却站住了，下意识地先望向卓王孙，等着他的指示。

他突然想到了沈唯敬，沈唯敬脸上就总是堆着这样的笑容。这个想法让他很恼火，他是天潢贵胄，怎会像个市井小人？

但每次当他站在卓王孙面前时，他无法止住这样的笑容。

卓王孙轻轻仰了仰下颌，算是招呼。宣祖忽然紧张起来，想起了碧蹄馆大捷。这次幸州山城之胜，虽然难得，但比起那次战争，确实算不得什么。

卓王孙会认可这场胜利吗？

宣祖忽然不那么确定起来，刚才的志得意满也无影无踪。脸上的笑容再也维持不住，他焦虑地看着卓王孙，像是等待一场审判。

卓王孙淡淡一笑："你胜了。"

宣祖心中一块石头落了地。他对自己方才的神经质感到有些不可思议。他在担心什么？他当然是打了场大胜仗回来，这毋庸置疑，就算卓王孙也不能否认。

何况，任何人都是喜欢胜利的，卓王孙当然也不例外。

他到底在担心什么呢？

卓王孙依旧微笑着，笑总从眸子深处缓缓漾开，却又停在唇际，凝结为一个讥诮的弧度。

这让他的笑容显得意味深长。

"很好。"他看了杨逸之一眼，似乎在强调这场胜利。

杨逸之的欣喜之色比卓王孙还要明显。他迫切需要这场胜利，来证明卓王孙是对的，同时，证明朝鲜的确能赢得自己的胜利。

这个结果很好。

卓王孙的笑容却突然一冷。

"灵山城。

"你的下一个目的地是灵山城。我命你现在就出发，带上储君、申泣。"

宣祖立即僵住："你……你说什么？"

卓王孙沉下脸去："灵山城，储君，你！"

他的语调冰冷而不容任何人反驳，这已经是个结论，不需要探讨的结论。

宣祖的身子不由自主地颤抖起来。

他知道幸州山城的胜利是如何得来的，与其说是朝鲜人民的胜利，不如说是幸州险峻地势的胜利。而灵山城坐落在平原上，四处无险可凭，随时暴露在倭军铁蹄的冲锋之下。何况，在连年的战争中，灵山城几乎已成废墟。

如果说将他送往幸州山城还有战略上的考虑，那么，他去往灵山城就纯粹是送死！

宣祖的声音中夹带了一丝哭腔："我能不能……能不能回幸州？"

卓王孙一个字都没说，神色也没有丝毫改变。

宣祖仅存的一点希望崩灭了，他瘫倒在龙椅前，站都站不起来。

早知道结果是这样，他还不如死在幸州城的鹿台上呢！

他为什么非要回平壤城报喜？他为什么不躲在幸州山城里，享受自己掌控的平安呢？他为什么非要自行送到这个人面前，接受这个人的审判？搞得他这个朝鲜王还需要向这个人邀功请赏似的！

宣祖心中充满了悔恨，眼巴巴地看着杨逸之。

杨逸之并不感到惊讶。

以他对卓王孙的了解，从看到卓王孙的笑容起，他就猜到了卓王孙的决定。幸州太小了，至少对于卓王孙的计划而言，太小了。

不到朝鲜人能收服整个国家，卓王孙的计划不会停止。

而通过幸州之战，他也再一次被卓王孙说服，想看看朝鲜人究竟有没有自救的血性。

然而，灵山太难了。

杨逸之轻轻叹了口气："非得这样吗？"

卓王孙缓缓转过头："知道这次随着公主前来的，还有谁吗？"

杨逸之不明白他为什么这么问，摇了摇头。从汉城回来后，他就急驰津梁滩，没有时间去关心其他。

卓王孙凝视着他："杨大人。"

杨逸之身子一震。父亲大人也到朝鲜了吗？

卓王孙淡淡道："你该去看望他了。"

杨逸之沉吟片刻。卓王孙的意思很明白，他不得不遵从。他转身，向迎宾馆走去。

宣祖目送杨逸之走出，哀怨的眼神终于变成绝望。

杨逸之跪倒在明堂之上，跪倒在自己的严父面前。

他感觉到了深深的愧疚。自己在朝鲜的所作所为，并没有为父亲大人增添荣耀。想到自己的犹豫与彷徨，他不由得又增添了几分惭愧。他知道，若是父亲大人在此，一定会为百姓溅血以争。

但是，他该怎么办呢？

他知道卓王孙是个暴君，正是卓王孙"第三人"的计划，让朝鲜人陷身火坑中，但他没有反抗。

或许，是因为他还将卓王孙当成朋友。

或许，是因为他对卓王孙心存愧疚。

他只能顿首在地，期待着或许一个仰望，为他带来光明。

杨继盛望着杨逸之。

阳光照在这个男子身上，使他的白衣鲜亮灼目，但同时也留下了阴影。正如这个男子的人生，无论什么时候，他身上都同时存在着光明与黑暗。

或许他适合做一位魏晋时的狂狷名士，而不适合生在这个礼教严明的时代。

他望着杨逸之，每次心情都极为复杂，不知道自己究竟该感到骄傲，还是愤怒。

这样的儿子，即使带着光辉与荣耀，或许并不是他想要的。

"起来吧。"

杨逸之又磕了个头，缓缓站了起来。在父亲大人面前，他永远不敢抬头，斜斜地坐在了旁边的椅子上。

窗外又开始飘零细细的雨，父子两人都沉默着，凝视着脚边的光线缓缓移转。

突然，家丁匆忙高声报道："公主驾到！"

杨继盛跟杨逸之都是一惊，急忙起身迎接，银铃般的声音已经到了堂前。

"干吗这么客气？我就不能来拜访杨大人了？谁也不准起来，我自己进去就行了！"

声音豪爽甜美，充满着公主式的任性，但多了一丝亲切。话音未落，公主已踏进堂中。

她穿了一身桃红色的便装，紧紧贴在身上，显得窈窕矫健，外面披了一件绣凤大氅，将身子裹住，她一走进来，立即抱拳向杨继盛行礼。

明朝正是礼教最严明之时，公主是君，杨继盛是臣，哪有君给臣行礼之理？杨继盛大惊，急忙跪倒还礼。公主俏脸一板："杨大人可是看不起我？"

杨继盛心中君君臣臣、父父子子的道理早已根深蒂固，事君如事天，他哪里敢看不起？急忙道："老臣哪里敢？公主千万不可如此，折杀老臣了！"

公主扑哧一笑："这就折杀了？日后还有你折的呢！"

说着，她眼波盈盈地斜觑了杨逸之一眼。杨逸之当然明白公主话中的含义，但老父在堂，他哪里敢说什么？急忙低下了头。

杨继盛自然没有注意到这些。公主素来顽劣，既然如此说，也不一定必须行君臣之礼。好在此地也没有外人，马马虎虎就算了。只是堂堂公主，一身江湖气，未免令他皱眉。

但也没有外人在，还是算了。

公主面容忽然一肃："在下此来，有一件要事与杨大人商量。"

杨继盛将公主让到上方自己的座位坐下，自己坐在杨逸之的位子上，杨逸之只有垂首站着。杨继盛："公主请讲。"

公主："杨大人觉得卓王孙这个人如何？"

杨继盛脸色变了变，不明白公主何出此言。

公主冷笑："不知为何，父皇竟将朝鲜战争的指挥权交给这位草莽之徒。这人向来狂妄自大，自以为是，哪懂什么兵法、谋略？将朝鲜搞得乌烟瘴气。加上独断专横、卖国求荣，杨大人若再不主持公道，只怕整个朝鲜国都将被他祸害死！"

杨继盛大惊："公主何所见而言此？"

公主："我来朝鲜时间并不长，当然不可能见到这么多。但有两个人的话，杨大人不可不信。来人，请他们上来！"

外面娘子军一声娇应，两个人走到堂上来。

一个蟒袍玉带，是朝鲜王宣祖；另一人袈裟禅杖，是昙宏大师。

当今不满卓王孙的，便以这两人为最。宣祖被赶往灵山城，与送死无异，当然怨恨卓王孙。昙宏大师最好的朋友便是清商道长，道长惨死在战场上，昙宏大师物伤其类，追本溯源，自然是卓王孙的错。这两个人的目标相同，不约而同地走在了一起。

但他们为什么来找公主呢？

只听昙宏大师与宣祖你一言我一语地数落着卓王孙的罪状，共列了如下几大条：

其一，专权。所有大事，一人独裁；所有权力，一人独揽。任何意见，一概不听；任何反对，一概不理。

其二，卖国。与倭贼签订条约，丧权辱国，不令沈唯敬全力争取，神器授人，天地不容。

其三，残暴。眼睁睁看着朝鲜义军一队队被剿灭，不管不问。平壤城不让百姓进入，残暴冷血，与商纣无异。

其四，乱命。大敌当前，竟令杨逸之率水军去幽冥岛上送花。李舜臣功劳如此之大，竟然到现在仍被囚禁在地牢里。平壤之战任由李如松血战，不闻不问。

专权、卖国、残暴、乱命，这四条大罪一说出来，杨继盛不由得须发皆张，气得浑身颤抖。他颤声问杨逸之："可真有此事？"

杨逸之竟不能反驳。

的确，宣祖与昙宏大师并没有半字谎言，这一件件、一桩桩，的确都是卓王孙的所作所为。

只是杨逸之相信，卓王孙这样做，有他的原因。

他绝不是个无情无义、暴虐恣肆的昏君。他的"暴行"，有他的道理，只不过别人无法理解而已。

比如他的"第三人"的计划。杨逸之本一直反对，但当宣祖与昙宏大师一起诟病的时候，杨逸之忽然发现，自己在内心深处竟认同这一计划。

救朝鲜的，必定得是朝鲜自己，这样的拯救，才是真正的拯救，才有意义。别人的拯救，只不过救得一时，反而有可能会加深这个民族的腐烂。

但对于其他“暴行”，杨逸之就不知道原因了，那并不能全用“第三人”来解释。

如果连自己都不能说服，他又如何说服别人相信？杨逸之暗中叹了口气，缓缓点了点头。

杨继盛大怒，猛然站了起来：“老夫这就去找他算账！”

昙宏大师慌忙站起来，将他按下：“杨大人且请坐。杨大人此去，难道劝说得了他吗？”

杨继盛斩钉截铁道：“大不了他拿尚方宝剑将我斩了，老夫以身殉国便是！”

昙宏大师笑了笑：“那也不见得。咱们求公主前来，并不是想让老大人殉国的，而是有一条妙计，想求老大人许可。”

杨继盛怔了怔：“求我许可？此话怎讲？”

昙宏大师：“老大人请想，卓王孙手握尚方宝剑，这座城又是按照华音阁所造，每个人在城中都被限制。若是公开反对他，不但名不正言不顺，而且很容易被他剿灭，于事无补。最佳计策，就是不触怒他，同时又能够剿灭倭寇，救朝鲜国民于水火之中。”

杨继盛：“如果能够这样，自然最好。但世事哪能这般如意呢？”

昙宏大师笑了：“所以需要老大人的恩准啊！老大人不知，明朝的援军其实并不止一拨，还有一拨跟随着公主来到朝鲜。这拨人马大约有五万人，驻扎在离平壤城两百里的白山脚下。”

公主笑道：“父皇命我领兵交给卓王孙，但我早就料到他必然靠不住，所以先不交给他。”

昙宏大师点头：“公主此举极为巧妙。如此我们就有了兵力，只需有位优秀的将领，率领他们埋伏在灵山城不远处，我仍按照卓王孙的命令，与王储临海君进入灵山城。倭贼受了幸州大败，必然会大举来袭。但他们绝对料不到会有五万人藏在他们背后，必然大败。碧蹄馆三万、幸州三万，若再能全歼这支倭军，汉城中的十八万军队，就只剩下不到一半了。朝鲜虽小，区区九万士兵还吃不下来。那时，无论卓王孙怎么折腾，朝鲜国都不至于有灭国之虞。”

昙宏大师：“我再暗派飞虎军兜住敌人的退路，务必能够将其全歼。城中也可以配合瞒住消息，骗过卓王孙。”

这个计策实在天衣无缝，不得罪卓王孙，还能拯救朝鲜国。

连杨逸之也不得不承认，倭贼被削弱之后，朝鲜诞生“第三人”的难度也大大降低。

这是釜底抽薪之计。

杨继盛沉吟良久，觉得此计实是很妙，有百利而无一害，颔首道：“看来，我们就缺一位优秀的将领了。不知王与大师可有人选？”

昙宏大师肃然道：“自然是有，否则也不敢来见老大人了。唯有此人，才能与卓王孙抗衡。也唯有此人，才有大败倭贼的实力。也唯有此人，才能令众将官与飞虎队服膺，甘心受其驱使！”

他一字一顿道：“此人就是令郎，杨盟主！”

杨逸之吃了一惊。

他要率领军队，诛灭倭军，与卓王孙对抗？

冥冥中他预感到会有这么一天，但没想到到来得如此之快。

杨继盛缓缓点了点头，目光望向杨逸之：“你可愿意？”

杨逸之低下了头。他心底也认可这是一条妙计。

如果不能正面对抗卓王孙，那么就釜底抽薪，先消除掉危险。的确，也只有他能够运用谋略，对抗战斗力如此强大的倭贼，取得胜利。

灵山城离汉城较远，敌军不可能倾巢而出，顶多出兵五万。五万对五万，他有信心歼敌七成以上，再辅以追击、埋伏，昙宏大师的预计不难达到。

那么就只剩下一个问题——他，愿不愿与卓王孙为敌？

他可以想到，卓王孙知道此事后的震怒。打乱卓王孙的计划的后果，只能是两人兵戎相见。

那个莲花一般的女子，愿意见到这一幕吗？

他抬起头，看到父亲目光凛凛地望向他。

杨逸之感到自己的面色正变得苍白，因他无力违抗这样的目光。亦因为，他的心是那么彷徨，不知道怎么做是对的，怎么做是错的。

他是多么需要指引。

他低下头：“我愿意。父亲大人。”

公主笑了：“杨将军，你不要害怕，我会帮你的！这次我带了很多厉害的武器过来，管保让倭寇有来无回！”

这一句却增加了杨逸之的惆怅，令他忍不住想：若是她在这里，会怎么说呢？

会不会绾起额前的散发，书上太乙神名，坚毅地站在阵前，像她以前守护那些人一样，为苍生挥舞起战旗？

是的，她会的，一定会的。

那么，我也会。

## 第二十一章

# 可怜明月河边种

宣祖脸上露出一丝笑容。他的目的达到了。

他不能死，他的国家不能死。所以，杨逸之一定要被牵扯入这场战争中，不能仅仅是观望。

虽然并不太了解杨逸之，但宣祖相信，如果这个世上还有一个人能对抗卓王孙，那就一定是杨逸之。

作为一国之君，他有能力看出这一点来。他相信，他的王国，不会在这场战争中沦陷。

平秀吉端起了一杯茶。

清晨的微露沾湿了天守阁的窗棂，或是雾气，或是雨水，丝丝缕缕，在淡青色的窗纸上洇开，让人恍如置身一场迷离的梦中。

“卓王孙下令将朝鲜王送往灵山城。”

他缓缓说道，从茶水的倒影中看相思的反应。茶水在杯中微微摇晃着，相思的倒影在水面上划出一道道惊鸿般的流痕。

“他不止一次这样做了。我很疑惑，他是不是很想让朝鲜王落入我手中。灵山城无险可凭，只要我出动大军，顷刻之间便可破城擒王。”

相思的手抖了一下，壶中倾出的水流颤了颤。

卓王孙究竟想做什么？

灵山城破，朝鲜王被擒，那么倭方几乎就可以掌控全部局势。在这个君君臣臣、父父子子的时代，王若被擒，就意味着这个国家任人宰割。

平秀吉缓缓展开手中淡黄色的卷轴，那是朝鲜全图。他修长的手指在上面挪动着，轻轻点出几个点，那是扼住灵山城的死亡之手。连相思都看得出来，只要这几个要地被占领，灵山城将是一座死城。

她必须做些什么。

相思轻轻咬住嘴唇。她能做些什么？

她来此的目的，是刺杀平秀吉，但已经过了这么多天，她仍然分不清哪个才是真正的平秀吉。化身千亿，不灭不败的忍术最高境界——鬼藏，让平秀吉莫测高深，无人能够看透。或许，她可以多做一些，比如，将她得到的情报传递出去，让朝鲜人或者明朝人知道。

但如何做到？

能上到天守阁第七层的人寥寥无几，除了平秀吉，她根本没见过别的人。她出阁的机会少之又少，想必也受到了平秀吉严格的监控。

哪怕她逃出去，平秀吉也必定会立即改变策略，这些机密就变得毫无意义了。

要怎样，她才能够传出有效的情报呢？相思轻轻皱起了眉头。

杨逸之看着地图，手在灵山城的周围点了几个点。

这几个点，是灵山城的死穴。如果这几个点被敌人占据，灵山城将会是一座死城。攻占与保卫灵山城的战争核心，就在这几个点上。他要做的，就是确保这几个点的安全。

他仔细地研究着地图，一个个计策在心底成型，不断地被否决、完善，完善、否决。最终，他眼中流露出一丝笑意。

无论敌人来多少人，他都有把握获得一场胜利。

公主静静地看着他，不禁微笑。她相信，这个男子必定是人中龙凤，只要给他一把剑，他就能挥出最璀璨的光芒。

看着杨逸之，她忍不住问出一个想了很久的问题："你为什么不肯反对卓王孙？"

这个问题，无数人想问，却没有问。

当今世上，朝鲜境中，如果有一个人能对抗卓王孙，那必定是杨逸之。如果有一个人无法容忍暴政、昏君，那也必定是杨逸之。卓王孙如此倒行逆施，杨逸之却从未反抗过。

他是害怕卓王孙吗？不可能。他们早就已是宿敌。

他是在助纣为虐吗？更不可能。杨逸之湛然如月，一尘不染，他的善良悲悯早就为世人所知。

那究竟是为什么呢？

杨逸之沉吟着。这个问题，他也问过自己多次。

"因为我相信他。"

公主惊讶地望着他："你相信他？"

就算卓王孙做了这么多不可饶恕的坏事，杨逸之仍然相信他？这个回答，显然天下人都会吃惊。

杨逸之没有回答。种种前尘往事在他眼前如浮光幻影一掠而过，数年来，他与卓王孙之间的相知、共饮、试剑、决裂，都在眼前。

他与卓王孙，究竟是不是朋友？

“是的，我相信他。”

他坚定地回答，然后转身走向灵山的淡淡烟雨。

公主看着他，他的白衣在青郁的雨丝中显得那么夺目。

一如当年桃花树下，他为她奏起的一曲《郁伦袍》，舞尽风流只余香。

他本是浊世佳公子，却无奈身陷风风雨雨。

忽然之间，她那颗天潢贵胄的心中有了一丝寂寥。

杨逸之走的第二天，公主在耐心地等待着。

这个计策要想成功，关键就是不能引起卓王孙的注意。如果他发现了他们的安排，只要将尚方宝剑往杨继盛面前一摆，杨逸之就会乖乖回来，这个计策立即土崩瓦解。

所以，这一切千万不能让卓王孙知道。

于是她装出一副不耐烦的样子，不停地向周围的人抱怨平壤的天气不好，地方太小，什么玩的都没有，然后还说起她在京师的时候常常出宣武门打猎。

这样，她明天就可以命她的娘子军们准备好，去平壤郊区打猎散心。她是公主，想打个猎想必谁都不会觉得意外，然后，她就可以赶到白山。驻扎在那里的五万士兵，只有她亲执虎符才能调动，然后就可以跟杨逸之并肩作战。

这是他建功立业的最关键时刻，她一定要在他身边，亲眼看着他将倭军打垮，再悄悄回来，继续抱怨这场讨厌的战争将鹿啊，麋啊，兔啊，羊啊都吓跑了，她什么都没有打着。就算卓王孙怀疑又怎样？反正他们的计策已经结束了。

这样的安排，堪称完美。

公主偷偷地笑了。

这时，小黄门进来禀道：“日出之国使者求见。”

公主皱眉：“日出之国使者关我什么事？我为什么要见？”

斥退了小黄门，公主继续跟琴言抱怨着。日出之国的人还算知道礼节，听说公主殿下来了，就来拜见。可公主殿下是多么尊贵的人，怎么可能去见这么小的国家的使节？

她并不觉得这件事有什么大不了的。

第二天，公主吩咐娘子军备好车马，要去城外打猎散心。

娘子军下去准备，却一脸恼怒地回来了：“启禀公主，卓王孙下令，不许公主出城。”

公主霍然站起身，柳眉倒竖：“不许？他算什么东西？”

四周的人哪敢出声？却听殿外传来一个声音，淡淡地回答：“在下是这场战争的主帅，平壤城的主人。”

公主讶然回头，就见卓王孙负手而立，站在院子正中间。他微微摆了摆手，几名小太监便捧着几个大托盘走了进来，托盘上赫然放着凤冠霞帔、大红的乾坤社稷袄。

这，只有在公主出嫁时才会用到。

公主怔了怔：“你什么意思？”

卓王孙：“公主从中原来到朝鲜，是为了什么？”

公主傲然道：“我来是为了监军，为了建功立业、成就不世之奇功。”

卓王孙淡淡微笑，笑容带着少有的宽容，却让公主感到很不舒服。那是大人看着孩子，看他们说着幼稚而不切实际的理想时的宽容。

公主恼道：“你笑什么？”

卓王孙：“我却以为，公主前来是为了和亲的。”

公主脸色大变，厉声道：“放肆！我乃真正的天潢贵胄，怎么能去和亲？和亲，那是……”她却猝然住口。

她本来想说，和亲不是拿着选秀上来的民女冒充公主，去欺骗没见过世面的蛮子的吗？她可是真正的天潢贵胄！何况，父皇是多么宠她爱她，怎么可能让她去和亲！

但她突然想起，一年前，不正是她在吴越王的安排下，被送往蒙古与俺答汗和亲吗？

这件事对她而言，是一种难言的耻辱，她用了整整一年时间来疗伤，都无法平复。直到东海之战和杨逸之并肩战斗，建立了不起的功业，她才逐渐将其忘记。在此期间，她必须不停地说服自己，那只是吴越王的奸计，蒙蔽了父皇，并不是父皇的本意。而这种事，以后也不会再发生。

但如今，这两个字又被提起。

卓王孙所说的每一个字，都像锥子一样刺在她心上。

她冷冷看着卓王孙，厉声道：“我此次赦你无罪，下次再敢胡言乱语，诛你九族！”

卓王孙并不说话，只是静静地看着她。公主毫不畏惧地与他对视着，卓王孙的目光并没有改变，公主的心，忽然有些彷徨。

难道……

她不敢再想下去，目光凛凛，凝视着卓王孙，似乎这样可以让她更理直气壮一些。

卓王孙：“沈唯敬。”

沈唯敬急忙走了进来，跪倒行礼。

卓王孙：“我命你将议和之表送往京师时，皇上说了什么？”

沈唯敬伏地不敢抬头，低声道：“皇上说，一切战争之事，准卓帅所奏。卓帅之定夺，就是朝廷之定夺。”

卓王孙："将和议之表呈上来。"

沈唯敬战战兢兢地走上前来，将手中的表书放到公主面前的案上，打开。

朱笔圈住的大字旁边，赫然钤着当今天子的玉玺之印。

"迎明帝公主为日出之国天皇皇后。"

公主怔了怔，似乎不敢相信自己的眼睛。她急迫地将表抓到眼前，那行字清清楚楚，没有任何可怀疑之处。那个玉玺之印，公主自然认得，绝不可能造假。

她缓缓坐倒，脑海中一片茫然。她努力想思考点什么，但觉脑中空空荡荡的，什么都想不起来。

原来，父皇送她来朝鲜，为的是那一纸和约。

她的国家、她的朝廷，甚至她的父皇，都再次欺骗了她。

他们把她送来朝鲜，是为了逼迫她嫁给根本不认识、不喜欢的人，去换取一场战争后的和平。

就像是交易。

这已经是第二次用她毕生的幸福，去交易和平。这也是第二次的背叛。

公主的身子开始颤抖，眼睛再次抬起来的时候，已有了泪痕。

"这是你伪造的，是不是？"

卓王孙并不回答，笑容有些讥嘲。

公主的心一点点下沉，其实当她问这句话的时候，就知道答案是否定的。

她痛恨卓王孙，虽然她明知道这件事不能怪他。她的父皇舍弃她，这个国家舍弃她，跟他无关。但她还是恨，如果没有他，她根本不必接受这样的结果。

她厉声道："我要回去！我要去见父皇！就算和亲，我也要他亲口告诉我！"

卓王孙没有回答，只缓缓吩咐道："为公主整装。日出之国使者还等着公主的召见。"

此时，公主才霍然明白，为什么日出之国使者要觐见她。

"不！我不整装！"她霍然上前一步，抬头迎着他的目光，"如果你一定要我召见日出之国使者，我就会抬着大炮去见他们！"

卓王孙默然片刻，淡淡微笑："你累了。"

他转身出了殿："公主好好休息，明日清晨，会有銮驾迎接公主，起程前往日出之国。"

说罢他随手轻轻将殿门带上。

大殿变得漆黑，似乎连光都一起被关在了门外。

公主呆呆站在殿中央，有些茫然。

她不知道该做什么，也不知道该相信什么。

那个白衣男子，不过是烟花绚烂中的一场梦，变得那么遥不可及。

她即将披上鲜红的盖头，嫁到重洋之外，嫁给那从未谋过面的天皇。

这一切，与她的梦想差得太远。她本该统御千军，辅佐她的夫君立下不朽的功业，同他一起名标史册，这才像是一个天潢贵胄该有的一生。而不是像现在这样，为了掩盖国家的无能、军队的无能，她像是交易或者礼品一样，远嫁到偏远荒蛮之地。

不该是这样的。

她紧紧咬住了嘴唇。

淅沥沥的雨声传来，这个国家的天空似乎也为众生的苦难悲痛。战争开始以来，这里的雨水是那么多。

公主猛然惊醒——不应该再等下去了，她已经没有时间了。

他们的计划是，杨逸之先出城安排好一切，然后公主再悄悄出城，两人会合，一起到白山，公主用虎符调动大军，由杨逸之率领着大军开始灵山之战。

如果她被锁在殿中，不能出城，那么就只剩下杨逸之一人应付这场战争。

她不由自主地抬起手，紧紧握住胸前系着的一枚精巧的半月形金器。

这正是可调动三军的虎符。

为了能留在他身边，她并没有把虎符交给杨逸之。而没有虎符，他就调不动白山的军队。

公主知道杨逸之的性格，就算没有这支军队，杨逸之也绝不会见死不救，一定会独自赶往灵山，跟这座城生死与共。

那将只会有一个结果——玉石俱焚。

她绝不能被锁进和亲的銮轿，送往日出之国。她必须赶去白山，救出杨逸之！

杨逸之不能没有她。她，也不能没有他！

但现在该怎么办？

卓王孙绝不可能放她出城。和亲已成定局，虽然她不愿承认，但这样的国家大事，一旦决定了，就不能更改。

要更改，必须有重大的变故。

她打开殿门，平壤城的广场上，耸立着一个巨大的礼幛，灯彩在它四周蔓延着，染红了大同江畔的柳树。礼幛左右，分列着两个刚刚搭起的帐篷，也结满灯彩。这是和亲的礼仪。一个帐篷中住着迎亲的使者，一个帐篷中住着送亲的大臣。

明日清晨，她将作为交换和平的筹码，离开这座阴雨连绵的城市。

为此，这座城市都沉浸在欢庆的氛围中。

欢庆因她而起，却不属于她。

日出之国运来的彩礼堆满了江畔，使者们与明朝的官兵们欢呼痛饮着，等着迎接他们的皇后。

那是无上的尊崇，亦因她而起，却不属于她。

她想要的，只不过是一束月光。

但卓王孙的意志，像是钢铁的枷锁，统御着这座城市。在这座城市之中，绝没有人敢违抗他。她不能，杨逸之亦不能。

可笑的是，杨逸之不违抗卓王孙的理由，竟是相信他。

“你相信他？”

“是的，我相信他。”

公主咬着嘴唇，突然，一丝笑容在她的脸上绽出。

这是不得已的方法，一不小心，她会身败名裂，甚至会开启一场战争。但必须这样做，她才能留在这里，才能拯救杨逸之。

那杨逸之呢？当他知道自己用了这样的伎俩,会责怪她、厌弃她吗？他还会相信她吗？

她不管了，也管不了了。为了这个如月的男子，她愿意背负骂名。无论付出什么样的代价，她都觉得值得。

公主缓缓地叹了口气。

你相信他吗？

但愿如此。

第二十二章

# 移入东风碧玉栏

公主悄悄出了行宫。夜色中，她用一袭黑色的斗篷将自己裹住，看上去就像一位普通宫女，并没有引起别人的注意。数月来仅有的欢乐气息弥漫在城市中，让人不由得忘记了保持警惕。

礼幛左边，是一排送亲使的帐篷。

公主悄无声息地闪进了其中最大的一座帐篷里。这座帐篷四周守卫的人特别少，格外安静，所有人似乎都刻意回避着这个帐篷，让公主能轻易进入。

一关上帐门，就仿佛跟外面的世界隔绝，一切欢庆的声音都变得微弱、沉闷，似乎已很遥远，看不到也听不见。

这座帐篷虽然大，却并不豪华，只有一张很简单的床，床边放着一张太师椅。公主凝视着这张床，突然跳上了床，拉起被子盖住自己。

夜深了，帐外的喧嚣缓缓平复，就连最快乐的人都准备睡去。这座城市的繁华慢慢退去，进入清冷寂静的时刻。

帐篷的门被推开，这座帐篷的主人终于回来了。

公主睁开双眼，紧紧屏住呼吸。

帐篷的门被关上，那个人慢慢向床边走去，然后忽然站住。

公主从床上坐了起来。

“你好。”

她的声音中有恶作剧的残忍。她实在很想看到那个人脸上的表情，然而夜色挡住了她的视线。但仅仅是想象，就让她觉得愉悦无比。

“卓王孙！”

她相信此时的卓王孙肯定震惊无比，因为他绝对想不到，当今公主、今日要出嫁的新娘、明天的日出之国天皇皇后，就躲在他的床上。

她还想让他更震惊些，所以缓缓揭开了被子。

绣着彩凤的嫁衣被撕扯成一块块，凌乱地堆在被子里。她几乎完全赤裸，身上只有一件鹅黄色的胸衣，却也被撕开了一角，半露出凝脂般的酥胸。

她缓缓站了起来，几乎完全裸露的身体就像一束盛开的花，傲慢地挺立在他面前。

他脸上的表情会是什么样子的呢?

她哧哧地笑了起来。淡淡的星光透过帐篷的罅隙，照着她的身体。他与她只隔着一束光的距离。

她一字一顿道："你可以出去，但我一定会大叫。

"那么，所有的人都会看到这一幕，所有的人都会相信，我们之间有……

"奸情。"

她用刻意加重的语气，说出这两个字当作收尾。

卓王孙终于有了动作。他缓步走到太师椅旁，坐了下来。

公主也慢慢坐在了床上，拥着被子，饶有兴趣地看着他。

离天亮还有三个时辰，她很想好好地看清楚他，看清他此刻的尴尬、恼怒、无可奈何。

天，终于亮了。

这座城市重新陷入欢腾之中。日出之国使者早就在礼幛前准备好了车驾，准备迎接他们的天皇皇后。

他们的皇后无比尊荣，无比坚贞，无比高贵，如果这世上还有一位女子配得上堪称神之子的天皇，那无疑就是她。

大明的公主，金枝玉叶，当然有着旁人所没有的尊荣。

他们迎着朝霞，以最隆重的礼仪跪在礼幛前，九乘马的銮驾已打开了轿帘，准备迎接一场足以彪炳史册的盛事。

轰隆隆———声礼炮惊天动地地响起。

几乎同时，一声尖锐的喊叫响起，似乎是位女子在惊惶、羞耻、恐惧、绝望中的尖叫。

这声尖叫，竟自卓王孙的帐篷里传出。

大明与朝鲜的官员面面相觑，不知发生了什么事。日出之国使者们的脸，却在刹那间全白了，他们心中生出了一阵不祥的预感。

使者们飞奔到帐篷前，一刀将帘幕劈开。

卓王孙坐在帐篷正中央的太师椅上，旁边的床上一片凌乱，他们的皇后，脸色苍白，衣不蔽体，正拥着被子颤抖。

她的头上，还戴着那顶为这次和亲特别准备的赤红凤冠。

看见这么多人，她一句话都说不出来。但她的泪水，比任何解释都有效。

使者目眦欲裂，虎吼一声，向卓王孙扑去。

他的刀，在中途断掉，他的人，向外摔了出去。

他立即站了起来。卓王孙并不想杀他。其他使者冲了上来，与他并肩站在一起，眼睛里全闪耀着屈辱的怒火。

“日出之国，绝不接受这样的屈辱！”

他们昂首走出去的时候，朝鲜群臣吓得全瘫在了椅子上。

这是一场战争的开始。

朝鲜群臣看着卓王孙，目光中都充满了痛苦、绝望、无奈与愤恨。

天下的女子多如牛毛,为什么你单单看上公主呢？看上公主也不是什么了不起的事情，为什么你要在公主和亲的前一天晚上，做出这样的事？

但卓王孙如水般冷沉的脸色，让他们一句话都不敢说，全悄悄告退了。

这座城市，顷刻退去欢悦，陷入了死寂。

当所有人离开后，公主轻轻一笑，重新钻入了被子里。

看到日出之国使者愤怒地离去，她比任何人都开心。这就意味着她再也不用和亲，也就不必离开这座城市了。

她什么时候想去白山，就什么时候去，再没有人来干涉她。

不过一整夜过去了，杨逸之现在怎样了呢？一想到这里，公主不禁满面愁容。她急忙摸索着被子里的衣服，迅速穿上。

她可不想真的被卓王孙赚到便宜。哼，他也不算吃亏。

“现在，你不会再让我和亲了吧？”

公主叹了口气，心里虽然乐开了花，但还是装出一副愁眉苦脸的样子。

卓王孙坐在太师椅上，一动不动。

“看来我不能嫁给天皇，只能嫁给你了！”

卓王孙的目光向这边望了过来。

他凝视着公主，厚厚的锦被似乎无法挡住他的目光。公主感到一阵羞恼，急忙连肩膀都缩进被子里。

“要不要遣使向父皇提亲呢？”她继续调侃着，反正这是不可能的事情。她心里生出一阵恶作剧的快感，那是种狠狠报复眼前这个男子的冲动。卓王孙的平静、骄傲、冷漠与桀骜，隐隐撩拨着她内心征服的欲望。她对他毫无兴趣，却想看到他痛苦。

卓王孙终于开口：“我在想，你的目的究竟是什么？”

他的目光似乎真的穿透锦被、衣衫，望入她的心，肆意地翻检着她的秘密。公主感到一阵惊惶，这个人似乎全知全能，没有任何秘密能够躲过他的目光。

而她的秘密，绝不能让他知道！

“你若只是不想嫁给天皇，完全可以逃走。但你并没有这样做，而选择了牺牲自己的名节，这个牺牲太大。”

公主眼睛中露出一丝惊讶之色。她实在想不到，卓王孙的观察力竟然如此敏锐。

“朝鲜战场，并不值得你留恋。所以，你不想离开，必定是因为一个人。”

公主的身子又震了震。

“如果只是为了激怒迎亲使，你现在这个计策更应该向这个人施展，既能破坏婚事，又能让他百口莫辩，无法拒绝你。但你并没有这么做。”

他嘴角挑起淡淡冷笑：“是否因为，他不在城中？”

公主凤目中闪过一阵惊恐之色。

这个人的话，尖锐得就像是刀子，在她心上肆意游走，将她所隐藏的一切挑开，暴露在他眼前。

“那么，这个能得公主之眷的人是谁？”

公主板了板脸，冷冷道：“是谁有什么关系？我难道就不可以喜欢一个人？”

卓王孙慢慢道：“可以。”

这句话很轻，却让公主感到一阵森寒。这个暴君，现在坐在太师椅上，隔着七步的距离，冷冷审视着她。

她，天潢贵胄，在他的注视下，竟忍不住瑟瑟发抖。

一抹讥诮的笑在他眸子深处缓缓散开：“我只是在想，他为什么不在城里面？”

他不再说话，目光望向东南方。

东南，即灵山。

公主像是突然受惊一般跳了起来。她不顾自己只穿了一件披肩，周身几乎还是完全赤裸的。因为她终于明白，卓王孙的目光为什么那么冷。

他已完全看透他们的计划。这个该死的人，头脑为什么这么聪明，仅仅从她今晚的表现，就将他们精心筹划的计划完全猜透。他为什么就不能笨一点?

公主跳下了床：“我不允许你伤害他，绝不允许！”

她的声音充满了惊恐，因她从卓王孙的目光中，看到了极为可怕的结局。

卓王孙缓缓笑了，就这样看着她。

两人的距离不过七步，他的目光寸寸扫过她的身体，似乎要把她整个人看透；却又似乎完全不是在看她，只是在遥望黑暗中的虚空。

一座用金银铁共同铸造的城池，两个影子紧紧相拥。

他曾经占据与拥有的爱情，被别人染指。

一朵水红之莲花，不再只仰望朝日的光芒，而是沾染了明月的光辉。

当时他有着足够的力量令这一切灰飞烟灭，但他没有那么做。

他从来不惧怕任何人的挑战，因为他知道，天下万物，芸芸众生，本就是他的战利品。

而现在，他忽然发现，自己并不那么洒脱。

他怀疑自己也不过是个凡人，计较儿女情长。

这个正在颤抖，却鼓足勇气站在他面前的女子，让他想到了另一个人。

另一个护在那轮明月前，瑟瑟发抖却绝不退缩的人。

另一个为了那温柔的月光，勇敢地忤逆烈日之威严的人。

他冷冷道："好，我娶你。"

公主震惊地抬起脸。卓王孙的话是那么突兀，如崩裂的巨石，轰然砸在她的心底，只余下一地泥泞的碎片。

"你说什么？"

他站起来，影子就像是一座山，无尽的黑暗将她笼罩。

"我娶你。"

公主身子一软，瘫坐在地上。连卓王孙从她的项链上扯下虎符，她都没有任何反应。

那一刻，她仿佛听到命运的轮盘，发出一声苍老得不堪重负的闷响。

杨逸之望着自己的手。

地藏站在他面前，依旧像是一团黑雾，却在袅袅散去。

火藏、水藏、风藏，早已不见踪影。

鬼忍四人，终于败在他的风月剑气之下。他费了整整一天时间，方找到最佳的机会，用一剑同时重创四人。

他心中有一丝疑惑，当他击中地藏时，并没有击实的感觉。但地藏的痛吼声以及四人的迅速撤退，让他没有更多的怀疑。

不管怎样，他总算从四人的包围中挣脱了。虽然风月之剑已出，数个时辰之内他将孱弱无比，但幸好他还有一匹马，还可以骑着它赶到白山。

他知道自己并没有太多时间，倭军一定在日夜兼程向灵山城冲锋。所以，他必须尽快赶到，否则，这场战争将一败涂地。

他只花了一个时辰，一座巨大的营寨就出现在地平线上，营寨上飘荡着大明的蟠龙大旗，灰色的帐篷连绵出去，足有数里地。

杨逸之长出了一口气。这样的营寨，足能容纳五万军队有余。有了这么多军队，他一定能守住灵山城，完成全歼倭军的计划。

所以，尽管他已身心疲惫，仍然打起精神，纵马向营寨奔去。

突然，一个淡淡的声音传来："杨兄，别来无恙。"

杨逸之的身体骤然僵硬，几乎连马缰都握不住，马匹不受约束地向前奔去，几乎撞上立马站在营寨前的那个人。

那个人一伸手，将马缰握在手中，那匹马立即停住，虽然受惊，却连一声都不敢嘶鸣。那人身上似乎有种无形的威严，连马都感受到了无形的压迫。

卓王孙。

月形金器挂在他指间，轻轻摇晃，那是调动三军的虎符。

杨逸之的心沉到了谷底，这意味着，这个计划已完全失败。

卓王孙静静地看着杨逸之。

连他也不得不承认，杨逸之订下的这个计划，精准而完备，有极大的可行性。这个白衣男子，本该在灵山城取得一场胜利的。但可惜的是，他已知道这个计划。

所以，这个计划只能失败。

卓王孙慢慢地笑了。

"跟我来。"

杨逸之抬起头，并没有了解卓王孙的意思："去哪里？"

卓王孙看着他，微笑充满嘲讽，正一点点变得尖锐。

"我和你。

"一起去看灵山城毁灭。"

马蹄静静地敲打着开满金达莱花的田野。

从山顶望下去，灵山城并不大，城中的士兵也并不多。

宣祖坐在凉亭中，享受着早晨的一杯清茶。探马不停地将倭军的消息递过来，小西行长亲自率领着大军从汉城日夜兼程赶了过来，就像是风暴一般，即将从东南西北冲击这座脆弱的城池。这座城中，只驻扎着倭军二十分之一的士兵，城防早就失修，恐怕连第一次冲锋都承受不住。

宣祖却一点都不担心。

他端起茶盏，呷了一口，慢慢品尝着。的确用不着担心，因为他坚信，杨逸之会率领兵马，随着朝阳一起出现在灵山城，将倭军击垮。他相信这个男子，自从第一眼见到这个男子开始，他就知道，真正能赢得这场战争的人，必定是这个谦逊而温柔的白衣男子。

他甚至希望倭军能够来得更多一些，好让他见识一下杨逸之真正的实力。

有杨逸之这个白衣战神在，什么都不用担心。

倭军并没有辜负他的期望。一幅金色的马标出现在地平线上，随之而来的是隆隆的马蹄声。大批身着明亮的金银装饰的铠甲的倭军像是风一般扫过平原，从四面八方将这座城围住。

灵山城像是一只仓皇躲藏的野兔，暴露在猎犬的眈眈注视下。

小西行长驱马走在队伍的最前端，一连串的命令传下去，五万大军布成一个整齐的圆，将城围住。

他等着这个包围圈成型，不留下一丝缝隙。

杨逸之沉默着，洁白的衣袖下，他的手缓缓抬起。虽然刚施展过风月剑气，他的身体正处于最虚弱的时刻，但为了灵山城，他不得不作困兽之斗。

光芒如流萤般明灭不定，艰难而缓慢地向他的掌心汇聚。

砰然一声轻响，还未成形的光芒如琉璃破碎，四散开去。

杨逸之猝然后退，几乎无法立定身形。他愕然抬头，正迎上卓王孙冰冷的目光。

卓王孙轻轻挥袖，空中残存的月白色微尘彻底消散。杀气缓慢地自他身上炸开，化为一具无形的牢笼，将杨逸之紧紧锁住。

他并不想对杨逸之出手。

但他必须让杨逸之知道，这是他的战争，任何人都不许插手。

小西行长的手狠狠挥落。倭军发出一阵野兽般的咆哮，向灵山城冲去。

城墙像是纸扎的一样，顷刻间崩坏。

宣祖手中的茶盏跌碎，他震惊地站了起来。

白衣战神在哪里？五万援兵在哪里？

这场战争，不应该是这样发展的！绝不应该！

小西行长脸上露出了笑容。这场战争，正向他希望的方向发展。

卓王孙笑容如冰。这场战争，在沿着他所构想的方向发展。

杨逸之痛苦地闭上眼睛。这场战争，正走向他最不愿看到的结果。

二十对一的悬殊力量对比，灵山城连抵抗都谈不上，就已沦陷。所有地狱中的惨状，都在这座城中上演。倭军显然已下定决心，要在朝鲜人心中留下永远不能抵抗的烙印，因此，等这场战争结束后，这座城中的一切，将彻底从地面上抹去，鸡犬不留。

宣祖颤抖着，他所幻想的一切在崩溃、毁灭。终于，他忍不住歇斯底里地发出一声大喊："为什么？为什么会这样？"

卓王孙缓缓转过头来，凝视着杨逸之。这个男子心中的悲痛，并没有瞒过他的眼睛。同样，杨逸之刚用过风月之剑后的虚弱，他也知道得一清二楚。

"你，还能拯救这座城吗？"

杨逸之倏然睁开双目，看着正在凝望着他的暴君。

强大、冷静、孤独而残酷的暴君。

他曾以为，普天之下，只有自己了解这个男子，但他错了。他从来没有了解过卓王孙。

他本以为，自己衷心认同了寻找"第三人"的理念，但他错了。他始终不能眼睁睁地看着为了一个理念让成千上万人化为骸骨，无论它有多么正确。

他不知道这个男子心中还有没有地方能够容纳别人。难道苍生在这个男子心中，都只不过是棋子？数万人的阵亡，真的只是史书夹缝里那无关紧要的数字？白骨支天，血流成河，只不过是为历史战车的前行铺路？

多年以前，杨逸之第一次到御宿山就再难忘怀，不是因为山色，而因山上有一个人，与这座山一样，高出云表，一样孤独，遗世独立。那人有着自己深深羡慕却永远无法得到的一切：强大、坚定，能掌控自己的人生。

他想成为那个人，但又知道这永远不可能。

所以，杨逸之只能相信他，做他的朋友。

但现在，这座一直矗立在他心中的山轰然倒塌。

山还是那座山，但他已不愿再仰望。

他知道，自己永远无法成为那样的人。他不够强大，不够坚定，永远不可能掌控自己的人生，永远只能在道义与悲悯中摇摆。他看不透这世间，也不想再看透了。

一抹坚定，在杨逸之的眼眸中兴起。

风月之剑不能用了，又何妨；灵山城已破，又何妨；卓王孙不想救，又何妨！

"我，能，救！"

他一字一顿地说完，猛地一打马，向山下纵去，像一道月光掠过卓王孙身边。

这，也是他的战争。

## 第二十三章

# 匹马孤城望眼愁

杨逸之仿佛冲进了一场风暴中。失去风月之力的他，在战争中就像是断线的风筝，被飓风轻易地击碎、扯裂。他甚至不知道自己的方向，无法发动一次有效的攻击。

他想要冲进城，想要救下一个人，哪怕只是一个人，宣祖也好，士兵也好，百姓也好。但他最终在战争的风暴中迷失，只能机械地格挡、冲撞。

卓王孙俯视着灵山城，看那袭白衣在鲜血的海洋中如孤舟浮沉。

战争掀起的惊涛骇浪，一次又一次将他吞没。虽然他执着地一次次振起，挥洒着清明之色，但在鲜血与战火的映衬下，他孱弱如萤火。

卓王孙静静地望着他。

杨逸之可以成为拯救灵山城的英雄，他不可以。

这场战争的意义，早已不限于一座城、一个国，而是一场押上了天地众生的人神之战。

卓王孙相信，自己会取得最后的胜利。但在取胜的过程中，劫火将焚烧这片土地。他不可能庇护每一个人，只能让他们明白一件事：人必须有自我拯救的力量，而不是寄希望于神或魔。

神魔一念，施舍而来的慈悲，也随时可能毁灭。

于是，他袖手旁观，坐看灵山城破。

因为他知道，今日不付出这几万人的性命，未来将会有百万、千万人死去。

他所做的一切，也许显得残酷，也许难以理解，但他坚信，这是唯一的出路。

如果没人理解，他就孤独前行。

终于，嘹亮的号角声响起，倭军在有序地撤退。这座城已一无所有，只剩下死亡、尸骸、鲜血、废墟。当烈日映照在头顶时，城中已没有一名倭军。

杨逸之的白衣已染成血衣，他站在城中心，看着满地死尸。这座城的一切都是倒伏的，只有他依旧站立着。

他忽然感到无尽悲凉。

他抬头，山顶上，卓王孙的目光炽烈宛如日芒。

杨逸之心底深处忽然涌起一阵强烈的冲动，他一步一步向卓王孙走去。

就算卓王孙是位真正的暴君，他也要忤逆卓王孙。

他站在卓王孙面前。

两人忽然都发现对方目光坚定、冰冷。

这是他们从不熟悉的。

杨逸之缓缓将手中的长剑插在面前的地上，血不住地从剑锋上滴下来，将泥土染红。

这个温柔如月的男子，这一刻竟有了一丝傲然。

“你说过这是你的战争……”他凝视着卓王孙的眼睛，一字一顿道，“你错了。

“从这一刻起，这将是你我的战争！至死方休。”

卓王孙看着他：“好，我答应你。”

讥诮的笑意在他眸子中缓缓散开：“请做好全军覆没的准备。”

杨逸之走后，卓王孙依旧独立在山顶，直到风雾打湿了青山。

他们的战争。

他终于要反抗自己了吗？

为了武林正道，他没有反抗过。

为了大明江山，他没有反抗过。

为了水红之莲，他没有反抗过。

现在，他反抗了。

从此，自己将真正一个人，孤独前行。

突然，山顶云雾翻卷，破坏神王巨大的身影仿佛在虚空中凝结、消散，再凝结、再消散。

破坏神王：“放弃吧，连唯一的朋友都背叛了你，你还在坚持什么？放下手中的剑，回归为我本身。”

卓王孙淡然一笑。

是的，只要他肯低下不屈的头，跪在命运面前，就可以收获一切。

云雾变幻，昭示出诱人的图景。他将坐在王座上，成为万千亿恒河沙数无量世界破坏神。他的怒火可让天崩地裂，所有生灵，都将跪伏在他面前，祈求他的悲悯，他的画像将传遍世界，他的雕像，将成为有情众生奉拜的对象，何等尊崇，何等荣耀。

“这是你的宿命，又为何要拒绝？”

卓王孙淡淡一笑，并不回答。

“是不可一世的骄傲，让你不愿臣服吗？即便臣服于自己的神性？”

卓王孙仍旧不答。

"还是，只因为不忍抹杀掉所有见过你的人？"

卓王孙的眉头动了动。

这转瞬而逝的变化，没有逃过神王洞悉众生的眸子。他和卓王孙本是一体，深知在卓王孙眼中生命中相遇、相知、相识，甚至擦肩而过的人，就是这个世界的全部。

相思、秋璇、琴言……韩青主甚至杨逸之本身，这些人，曾走入他的生命，如何能够轻易抹杀？

破坏神王叹了一口气："可天平的另一头，是所有有情众生。少数人，与天下人，到底谁更重要？"

卓王孙注视着云雾，目光有一丝讥诮："我为什么要做这样的选择？"

破坏神王一怔，似乎没有料到他会反问自己。

救一人还是救天下？相思也许会为这个选择左右为难，但他绝不会。

他只会追问一件事：是谁如此傲慢，如此荒唐，竟敢将这种选择摆到他面前？

是所谓的神王吗？

他的回答是：两个都不。既不会跪拜于神王脚下，抹杀身边的人，也不会任由世界走向毁灭。他要做的，是将所谓的宿命逆转，将神的威严打破。

破坏神王似乎也有些惊讶。

"真的要执迷下去吗？命运有既定的轨迹，执意对抗下去，你将一无所有。"

破坏神王用平静的语气，说出冰冷的预言。

"你在意的一切，最终将灰飞烟灭。而作为惩罚，他们的毁灭，都将由你亲手造成。你将逐渐堕落，被暴虐的力量控制，成为举世厌弃的魔王。最终，在众叛亲离、满目荒凉的劫灰中受尽折磨，直到永远。"

卓王孙依旧一动不动，意志是如此坚定，竟连神王也无法折服。

破坏神王长长叹了口气，消失在云雾深处。

平秀吉凝视着眼前这杯茶。

袅袅的水烟从茶中升起，淡碧色的茶汤，似乎将腾起的雾也染绿了，像是一幅悠远的山水画。隐在画后的相思，就像是古法绘成的仕女。

他也在凝视着茶烟后的她。

他知道她总想看清楚自己，看破自己的秘密，那是一个女子赢得战争的方法。但他相信，她绝不会成功。

几天来，他出现在她面前时，相貌从来没有相同过，从眉目纤细的少年，到赤眼火瞳的王者，再到平安时代儒雅灵秀的阴阳师。他还记得自己以女子的相貌出现在相思面前时，她脸上的惊讶。

那一刻，他相信相思以为看到了一面镜子。

他不由得笑了起来。拥有如此神秘而可怕的鬼藏忍术，相思绝不可能看破他的真实面貌。

那样，他就可以永远将她留在自己身边，看着这杯茶，看着这幅婉静的仕女图。

相思从茶烟中抬起头："你笑什么？"

平秀吉凝视着她，赤眼火瞳中的笑意更加明显："你知道吗？这场战争有了一个出乎意料的变化。"

相思并没有动容。她对于战争并没有太多兴趣，除了忧心生命之外。

"明军分裂成两支军队，互相打了起来。"

相思淡淡地哦了一声，还是没什么兴趣的样子。

"你知道他们的统帅是谁吗？"

相思心底隐隐有了一丝不安："是谁？"

平秀吉缓缓道："一位叫杨逸之，一位叫卓王孙。"

哐啷一声，相思手中的茶碗打翻在地，她吃惊地睁大了眼睛："怎么可能？他们怎么会打起来？"

平秀吉摇了摇头，问道："你希望谁胜？"

相思窒了窒。她希望谁胜？

这个问题为什么要她回答？

她能回答什么？

不知怎的，这个问题竟让她有些心虚。她本应该毫不犹豫地说出卓王孙的名字，但杨逸之的身影突然飘过她的心底。她吃惊地发现，自己竟然相信这个温和的男子若跟卓王孙决裂，那就一定有他不得已的理由。

一定是卓王孙又做错了什么。

她霍然一惊——自己怎会有这样的念头？

怎么可以质疑阁主？怎会如此相信这个白衣男子？

从什么时候开始，她有了这样的念头呢？

她更加惊讶地发现，这个念头竟早已存在于她的心底深处。

这让她陷入了深深的茫然。

平秀吉凝视着她的神色，脸上露出了极为复杂的表情。

有时，他真想她是一幅仕女画，那么他就可以将她卷起来，放进锦盒，不用这么忐忑不安。

杨继盛面沉如水，坐在太师椅上。卓王孙在他对面，负手而立。

两人所在的位置，正是送亲的那座巨大帐篷。日出之国的使者已愤然离去，迎亲的帐篷早就空了，唯有篷顶仍挂着鲜红的灯笼，却更像是高高悬挂的耻辱。

这件事，让杨继盛盛怒不已。他感到整个大明朝的脸面都让这两个人丢尽了。

公主虽然一向天不怕地不怕，但在这位老人面前，不自觉就感到有些气短，默默站在椅子背后，不敢看他。

卓王孙的脸色倒很平和，还带着淡淡的笑。这让杨继盛更是生气，忍不住重重一哼："无耻！"

卓王孙笑了笑："杨大人何所见而言此？"

杨继盛怒道："公主和亲之日，你闹出如此丑事，难道还不觉得无耻吗？"

卓王孙："我却以为，此事是难得的转机。"

杨继盛的声音都在颤抖："还能有什么转机？众目睽睽之下，两国使者面前，大明朝的脸都被你丢尽了！"

卓王孙并不急于回答，而是等他平复下来，才淡淡道："若由我来尚公主呢？公主清誉、大明朝脸面，岂不可以两全？"

杨继盛怒道："胡言乱语！公主此来本是为了跟日出之国和亲，却嫁给了你，传出去必是青史上的耻辱，岂是你娶公主就能弥补的？"

卓王孙："不错，的确弥补不了。

"但是，宣战呢？

"若是我尚公主之后，向日出之国宣战，又该如何？"

公主吃惊地抬起头，几乎窒息。她绝不能让卓王孙向日出之国宣战。她将杨继盛请过来怒斥卓王孙，就是想要卓王孙取消掉娶她的念头。但卓王孙若是向日出之国宣战，杨继盛一定会被打动。

宣战之后，中日和亲之事自然作废。卓王孙功劳如此之大，尚公主也不足为奇。杨继盛等人要的只是卓王孙认认真真地同倭国作战，其他的事并不怎么关心。

何况，两人当时的暧昧情状已是有目共睹，无论如何也抵赖不了。如今一纸婚书，大被遮丑，总是好事。

但对于公主来讲，是无论如何都不能接受的坏事。她绝不能嫁给卓王孙。她要嫁的人只有一个，那就是杨逸之。

她厉声道："不要相信他！他这个人反复无常，绝不会兑现自己的诺言的！"

但她的心在慢慢坠落，因为她发现，杨继盛的目光盯在卓王孙的脸上，根本没有看她。

“你说的是真的吗？你要向日出之国宣战？真正的战争？”

卓王孙缓缓点头：“真正的战争，至死方休。”

杨继盛垂下头，长长叹了口气。

卓王孙的笑容却渐渐变得讥嘲：“杨大人，我要宣战的对象，却并不止一个，还有令郎。”

杨继盛霍然抬头。

卓王孙悠然道：“难道杨大人还不知道，令郎已经反出朝廷，充当叛军了吗？他此后将与朝廷作对，不再是抗倭大军中的一员了。”

杨继盛刹那间面色煞白。这个儿子，已给了他太多痛苦。

他从这个儿子身上，看到了光明，也看到了黑暗。他曾经恐惧，这个儿子会给他带来满门抄斩、身败名裂的命运，挣扎了这么多年，最后还是没有摆脱这个命运。

杨继盛刹那间就似苍老了十岁。

公主心中一阵不忍。卓王孙凭什么这么说？这件事并不是这样的！她冲上前去：“杨大人，你千万不要信他的！他……”

她看到了杨继盛的眼睛，话语戛然而止。

那是看红颜祸水的眼神。

如果她不是公主，他一定会怒斥其面。这意味着无论她说什么，他都不会相信。

或许，他还会认为那天营帐中发生的那一幕，都不过是她勾引卓王孙。

这一刻，公主感到自己是如此软弱，只能眼睁睁地看着杨继盛走出帐篷。她霍然回头，恶狠狠地盯着卓王孙。

第一次，她无比憎恶这个男子。

卓王孙淡淡道：“你不相信我说的？杨逸之真的反叛了。”

公主狠狠盯着他。

“他正在召集朝鲜的义军首领，想要让他们帮他，但他忘了，宣祖已被倭军捉去了。投鼠忌器，朝鲜义军绝不敢抵抗。所以，他召集到的军队极少。而我，手下有飞虎军、潜龙军与朱雀军，当然，还有你刚送来的宣武军。”

公主冷冷道：“你一定会输的，一定！”

卓王孙笑了笑：“是的。如果我放任你不管的话，说不定我真的会输。我也不得不承认，你的确有些神通，能征调来军队，也能搞到一些古里古怪的武器。你是这场战争中最大的变数，若是放任下去，也许我会重蹈南海倭寇[①]的覆辙。所以，我一定要娶你。

---

① 《华音流韶·雪嫁衣》中，公主曾调来红衣大炮，助杨逸之剿灭南海倭寇。

“成为驸马，你所有的一切都将归我所有。你征调来的军队，只能加入我的队伍；搜刮来的武器也是我的私产。你也无法暗中为杨逸之传递情报，因为，你无法跨出虚生白月宫一步。”

公主脸色惨变。她心中所打的算盘，全被卓王孙看破。她绝不容他这么做，却又没有反抗的办法，厉声道：“我诅咒你！”

卓王孙：“那你就要赶紧了。因为……婚礼很快就要举行。”

公主踉跄着向后退去，几乎要跌倒。卓王孙一把握住她的手腕，将她提了起来。就算她要跌倒，没有他的许可，也是不容许的。

公主看着他的目光里，露出了一丝哀求。那是她的终身幸福，不是儿戏。但卓王孙的脸色没有丝毫改变。

在这个暴君面前，哀告、祈求，除了丢掉最后的尊严外，没有任何用处。

公主沉默着，渐渐地，她的脸色变得平静：“好，我答应你，但我有一个请求。”

卓王孙看着她：“讲。”

她缓缓抬头，目光中都是决绝：“事，是我做出来的，我要自己面对。堂堂大明公主，绝不是敢做不敢当的胆小鬼。我要出使汉城，亲自去向日出之国辞婚！”

这句话让卓王孙也不禁有些惊讶。这个女子果然有出人意料的一面。

亲自辞婚？难道她不怕日出之国将她碎尸万段吗？

他展颜微笑：“好，我答应你。”

杨逸之看着这些人。

这些人全部衣衫褴褛，神色木讷，在大厅中或坐或站，一片颓唐，艰苦的战争几乎将他们摧垮。但这些人是他能找到的朝鲜义军的首领。

只要他们信任他，与他一起团结作战，他就会有两万多部队。尽管这些士兵并没有经过系统训练，但他有信心，可以率领他们对抗倭军，在东天撕开一束曙光。

这是他唯一的机会，在魔王的阴影下，救朝鲜的机会。

金辉容抽着旱烟袋。

这个从尚州来的义军首领本是个彻头彻尾的农民，日出之国的入侵迫使他拿起锄头，为保卫自己的土地而流血流汗。他的观念向来传统，却代表着大多数人的意见：“我们的王在倭贼手中，我们不能跟着你起义。”

他的意思很明白，只要宣祖在倭贼手中一日，这些义军就不可能反抗。

这也是日出之国四处搜索宣祖的原因。君命如天，只要宣祖在倭贼手中，无论倭贼们说什么，都可以以宣祖的名义发布，让他们无法反抗。

杨逸之早就料到了这样的局面，轻轻叹了口气："如果我将宣祖救出来了呢？"

金辉容坚定地道："那我们就跟你走。但现在，我们只能跟倭贼走。"

杨逸之："给我七天时间，我一定救出宣祖。"

所有的义军首领都看着他，摇了摇头。他们不相信这个年轻而温和的男子能从十五万精兵手中将他们的王救出来，那是不可能的。

突然，一个声音道："我跟你走！"

众人一惊，转头看时，一个相貌平常的人站了起来。杨逸之认得他，他叫郭宁，是郭再佑的侄子。郭再佑战死后，郭家军的首领就换成了郭宁。清商道长就是为了保全郭家军，在蛇谷里战死了。

郭宁走到杨逸之面前："郭家军虽然只有两千人，但我们愿将性命交给杨公子。我们不会让清商道长白死！"

杨逸之的心一热。是的，清商道长不会白死，就算为了清商道长，他也必须赢得这场战争！

要救宣祖并不是一件容易的事。他被关在一个极为秘密的地方，只有少数倭军高层知道。

如果连宣祖在哪里都不确定，他们又如何救出他来呢？

杨逸之皱着眉头，苦苦思索着。虽然他现在有了一支军队，多多少少有了些筹码，但凭这些筹码，他还不足以与卓王孙或者平秀吉一战。

郭宁率领着部队跟在杨逸之身后，他们焦急而充满期待地看着杨逸之。这个白衣男子，能引导着他们走向胜利吗？

突然，一个声音淡淡道："别来无恙。"

杨逸之骤然一惊。

风雾之中，隐约可见一个影子静静地立在地平线处。马蹄的声音缓缓响起，那个影子向杨逸之移了过来。

无数影子开始在雾中出现，从四面八方将郭家军围住。

郭家军惊惶地拿起武器，杨逸之叹了口气，示意郭宁停止抵抗。

因为，他看清了那个影子，正是卓王孙。

四面包围上来的士兵，至少有两万。两千对两万，他连一丝胜算都没有。

卓王孙淡淡道："杨盟主毕竟是杨盟主，才一天时间，就募集到一支军队，真令我刮目相看。"

杨逸之："你是如何找到我们的？"

他知道这个问题很蠢，但他忍不住想问。他已经足够小心了，率领郭家军赶路时，并没有惊动任何人。卓王孙派出的探马并不少，但这些探马在哪里，杨逸之也很清楚，已经避开了。

卓王孙笑了笑："因为你我都知道，如今只有一个地方可以作为立足之地，那就是有天险可依的幸州。而幸州只有一条路可进入，所以，我根本不必去侦察你在哪里，只要埋伏在这里，就一定能等到你。"

杨逸之缓缓点头，长长叹了口气。这的确是找到他的最好方法。

卓王孙淡淡道："还要和我一战吗？"

杨逸之摇了摇头，已没有任何打的必要。如果打，只会有一个下场，这些义军全部战死在这里。

那是他绝对不想见到的。

所以，杨逸之只能独自离开。

他走的时候，卓王孙淡淡微笑，躬身行礼相送，一如从前，一如那可以一起赏花、一起饮酒、一起弈棋，可以说一句"跟我去朝鲜"，就放下一切相随的从前。

只是，两千郭家军被留下，收编为卓王孙的部下。

杨逸之辛苦得来，又两手空空。

卓王孙目送杨逸之离开，神色渐渐冰冷。

或许，只有这样，才能让他真切地感受到这是一场战争。

他与杨逸之的战争。

不打到遍身浴血、全军覆灭，绝不会终结。

第二十四章

# 夹道香尘迎丽华

车驾在平壤去往汉城的道路上逦逦前行。

沈唯敬照旧猥琐地坐在第一辆马车里，这一次，他并没有高谈阔论，只是不停地捋着自己那撇山羊胡子，脸色忧愁，似乎在思考些什么。

七日的路途，足足走了十日，方望见汉城。

沈唯敬在害怕，害怕接近这座城。因为日出之国目前最恨的两个人，一个是卓王孙，另一个就是公主。

营帐中的那一幕，是日出之国的奇耻大辱。伟大的天皇陛下因此也戴上了一顶春天的帽子，让整个国家蒙羞。而日出之国对待让他们蒙羞的人，向来很残忍。

不出沈唯敬所料，迎接他们的队伍，跟他第一次到汉城出使时几乎一样，甚至有过之而无不及。无数士兵站立在道路两边，白刃出鞘，恶狠狠地盯着他们。沉闷的鼓声在道旁奏响，像是地狱的节奏。

沈唯敬的身子又开始颤抖起来。隐隐约约地，他听到有人在低声咒骂，其语言之恶毒，让他从心底感到恐惧。也许下一刻，就会有被耻辱冲昏头脑的士兵冲上前来，将他们碎尸万段。

而他们，不过只有三百多人而已。

不出预料，当他们到达汉城城门时，一群喧哗的士兵将他们堵住了。士兵们高声叫喊着，拒绝让他们入城。刀剑出鞘的声音震耳欲聋，士兵们叫嚷着要就地处死这无耻的女人，为天皇雪耻。

万世一系的天皇，是他们活着的神。

所有的随从都露出了惊恐的神色。

第二座轿子的门猛然被拉开，公主一身盛装，傲然站立在众人面前。

“日出之国，果真是蛮夷之邦吗？”

所有的士兵都怔住了。

这个女人怎么这么无耻？做出这么羞耻的事情来居然还敢这么大声地说话？他们忍不住就要冲上去，将她拉下来痛打。

公主冷冷道：“我一日还没有正式辞婚，一日就是你们的天皇皇后。谁敢动皇后一根汗毛，就是侮辱天皇！”

众人呼吸一窒。

她的话并没有错。迎公主为天皇皇后，是日出之国使者与大明统帅达成的契约，只要没有正式解约，永乐公主就是日出之国的皇后。

这一点，毋庸置疑。

而羞辱皇后，就是羞辱天皇。

这道理简单得就跟一加一等于二一样，让所有人僵住。公主傲慢地看着他们，缓缓向城中走去。他们竟不由自主地让开一条路，目送她像是凤凰般从他们中间穿过。

小西行长满脸谄媚地笑着，迎了出来。

他摆下足以匹配皇后身份的仪仗来迎接公主，只不过，这一切都像是仓促筹备的，公主连看都不看一眼。

“这座城里，只有一个地方可供天皇之后下榻——天守阁。”

说完，她再也不理小西行长，向天守阁走去。

小西行长脸色惨变。

因为天守阁只有两个人可以进入——平秀吉、相思。他不确定天皇皇后有没有资格进入。但他不敢阻拦公主，只好焦急万分地站在天守阁门口，不知道该如何是好。他身为商人的智慧，完全不见了。

一个淡淡的声音从阁顶飘了下来：“让她上来。”

小西行长如释重负，急忙让开了道路。

沈唯敬搀扶着公主，向天守阁顶上走去。

整座阁静悄悄的，显然，那人说完这句话之后，整座阁的七层防护都暂时停止了运转。公主缓缓走向最高层。

浅绿色的纱帐坠着雕花玉坠，从屋顶笔直垂下，绿纱上绣着跳着乐舞的古国神灵。青色的茶烟循着绿纱袅袅而上，相思，正隐在绿纱之后。

正中的蒲团上，跪坐着一位十三岁的少年。他细长的眸子微微挑起，其中隐约可以看到悠远的寂寥。

公主见到这位少年时，不由得怔了怔。天守阁上并没有第三个人，唯一的可能就是，这个少年便是平秀吉。

这实在太出人意料，但公主并没有表现出太多诧异，缓缓地跪坐在蒲团对面。她身上层层叠叠的礼服就像是满地鲜花，在少年面前盛开。

她缓缓地贴地行礼："关白大人。"

平秀吉亦行礼，神态中有着与他的年龄绝不相衬的傲岸："公主殿下。"

公主抬起身来："我来，有一个请求。"

平秀吉："请讲。"

公主坐直身子，脸上有着前所未有的郑重："请关白大人允许我……"

她的话戛然而止。她本能地想要回头，全身力气却仿佛在一瞬间消失，竟不能完成这个简单的动作。

披在她身上的鲜花织锦，顿时染上猩红。

沈唯敬发出一声沙哑的尖笑，缓缓自公主身后站了起来。

"公主殿下，你可知道，我们两人是大明朝的耻辱啊！

"你婚前失贞，我阵前卖国，我们有什么资格活在世上呢？只有死，才是我们的归宿！"

一柄尖刀握在他的手中。刀锋上闪烁着瘆人的绿意。

沈唯敬的尖笑化为狂笑："我本不想这样做的，但世上已没有人相信，我不是个卖国贼！只有死，才能证明！"

他俯身向公主跪拜："公主殿下，我也相信，你是大明朝最纯洁高贵的女子……但，这同样需要死来证明。所以，请让我助你一死吧！死在日出之国，所有的耻辱都会被洗刷，你将永远是日出之国的皇后！"

公主躺在那丛鲜花里，呼吸仿佛停止。这柄刀上显然布满了剧毒，可以瞬间夺走她的生机。沈唯敬匍匐在地上，对着公主恭谨跪拜。

他脸上露出了笑容，猝然回手，尖刀深深地没入了自己的胸膛。他的脸刹那间扭曲，死死盯着相思，最后一句话响在喉头："我……我不是卖国汉奸……我不是……"

他的身子迅速布满红斑，仿佛全身的血肉都腐化鼓胀起来，然后缓缓消退，一股股枯黄的脓水从他皮下渗出来，滴在地板上，地板被烧出了一个又一个洞。等这些脓水流尽之后，他就只剩下一张干枯的皮，包在骨头上。他的头倒几乎是完好的，看上去就像是个畸形的皮影。

相思感到一阵恶心，几欲作呕。

这是什么样的毒药?

她更没有想到，沈唯敬这样的人，竟会为了卖国的罪名，以如此惨烈的方式，结束自己卑微的一生。

一阵微弱的声音传了过来：“救……救我……”

相思急忙转身，就见永乐公主正虚弱地望着她。相思急忙奔上前去，永乐公主的身子，也在渐渐泛起红斑。

幸运的是，她身上的礼服实在太厚，而沈唯敬是个手无缚鸡之力的文人，这一刀刺得并不深，刀锋只划破了皮肤，染毒并不重。相思急忙撕开她的衣服，拿清水为她冲洗。

平秀吉静静地看着她所做的一切，默然不语。

相思看了他一眼：“太阁大人，您不方便在这里，先回避吧。”

平秀吉站起来，缓缓鞠了个躬，走出了天守阁。

等平秀吉再度出现在天守阁时，已是赤眉火瞳的王者之容。

公主已陷入昏迷，躺在相思草草制作的担架上。她身上的余毒未清，肌肤上仍布满了猩红的斑点，一张脸已几乎看不出原来如花似玉的样子。相思坐在她身边，轻轻为她扇着扇子。

沈唯敬的尸体已被收拾好——也没什么好收拾的，只不过是卷了起来。他的头颅被简单地处理了一下，用一块布包成了个包袱。

平秀吉皱起了眉。

沈唯敬虽然没什么地位，但他是明朝负责议和的特使。他死在汉城，日出之国便背负着斩杀使节的罪名。这于日出之国极为不利。

他迟疑了一下，传令下去：“将他的头颅按照国宾之礼装殓，送交明朝使节团，即日送归平壤。”

但如何处置公主，更为棘手。公主如今仍然昏迷不醒，显然中毒已深。若是强行将她送回平壤，万一死在路上……天守阁上并没有太多证人，到时候明朝追究起来，到底是谁的责任，只怕百口莫辩。

而诚如公主所言，一日没有正式辞婚，她一日还是日出之国的皇后。

她绝不能死在其他地方。

所以，她只能留在汉城，留在天守阁。

过了三天，公主的身体才渐渐恢复。她全身布满红斑，裹在厚厚的毛毯里，什么人都看不见。她露在毛毯外的手，红肿得令人害怕。

公主一醒来，就命人将她抬下天守阁，准备回平壤。这趟出使极不愉快，无怪乎她急着回去。

平秀吉以天皇皇后之礼，亲自将她送到了城门处，远远望着车驾隐入地平线，他才吩咐部下回去。

这个女人，以她的实际表现，赢得了日出之国的尊重，他们暂时忘却了她曾给予他们的耻辱。

平秀吉缓缓步入天守阁。

风自窗子外吹进来，带着初夏的湿意。绿纱垂下来，缓缓摇摆着，搅乱了茶烟。相思隐在纱后的容颜，也隐隐约约。

平秀吉端起面前的茶，久久不饮。

他轻轻将它放下：“幸会了。”

这句话极为突兀。

“公主殿下。”

绿纱后的“相思”显然怔了怔，缓缓站了起来。

“你发现了？”

她的身材比相思略高，却赫然是大明朝的金枝玉叶。

平秀吉笑了笑：“沈唯敬并不是个不怕死的人。他若想自杀，哪里都可以，为什么一定要在天守阁中？那一定是因为，天守阁中有样东西，别的地方都没有。

“从那时开始，我就怀疑，你们的目标是相思。

“从我面前救走她，显然是件不可能完成的任务，所以只有一个办法，就是偷梁换柱。”

他缓缓抬手，手中握着的，是沈唯敬用来刺杀公主及自杀的尖刀。他将尖刀放到鼻尖上嗅了嗅。

“蚀骨散果然是绝世奇毒，中毒之后，顷刻之间血肉销尽，化为脓水。但若只是很少的剂量，却能让人不至于丧命，只会满身遍布红斑，看不清相貌。沈唯敬先用此刀刺公主，再用此刀自杀，他的死相极惨，任何人都不会想到，他的自杀，其实只是为了掩饰这种毒的另一种用途：身布红斑，面貌模糊。

“如若我不是早就猜到你们的目标是相思姑娘，只怕也会被你们骗过。”

他把玩着那柄尖刀，笑了笑："看不清相貌，也就没有人知道，这个遍身红斑的人，是公主还是相思。

"最初中毒的，当然是真的公主殿下，但殿下身上一定带着解药。一旦等到合适的机会，就会服下解药，并说服相思用这柄刀在自己身上割一刀，再交换服装。而后，相思姑娘就会成为那个满脸红斑的人了。别人只看到公主在担架上奄奄一息，却不会想到人已经被调包了。

"我不得不说，殿下的计策很高明。"

公主不慌不忙地道："照你这么说，这柄刀上的毒应该不重，那么，沈唯敬是如何死的？"

平秀吉："沈唯敬的确是死在蚀骨散之下，却不一定是这柄刀上的蚀骨散。他可以将蚀骨散藏在牙齿里，假装自杀时，咬破毒药。"

他微笑抬头，赤眉火瞳已笼罩住公主。

公主看着他，恍惚之间，仿佛看到了卓王孙，冰冷地推理出自己的计划。

那是她一生的梦魇。

公主忍不住叫道："就算你看出来又怎样？相思已经出城了！"

平秀吉淡淡一笑："出城？你以为她出城就能逃脱？"

公主冷笑："那已经不关我的事了！"

平秀吉凝视她："你恨她？"

公主的身子震了震。

平秀吉的目光仿佛穿透她的身体，停留在她的内心深处。他的目光就像是一团火，燃烧在地狱尽头的火，照亮了她内心的最阴暗处。

公主笑了："我恨她？我为什么要恨她？"

平秀吉平静地道："也许你爱的人爱她，也许她有你羡慕的人生。"

公主冷笑："我乃大明公主，天下有何求不得？我为什么要羡慕她？"

平秀吉静静地看着她，眸子中一点敌意都没有，似乎只是在仔细阅读一本书。

公主控制不住内心的恼怒，厉声道："你看什么？"

平秀吉缓缓点头："我在看你究竟为什么恨她。"

公主失笑："你知道她为什么要跟我调包吗？"

这的确是平秀吉想知道的。相思已决定留在他身边，寻找刺杀他的机会。这个决心并不是随便下的，平秀吉想不出，相思为什么会放弃。

“因为我告诉她，有个人要娶她。那个人在平壤城已准备好一切，命我将她叫回去。你若是见到她当时的笑容，绝对不会认为我是在害她。何况……”

她一字一顿道：“何况，那个人本来要娶的人，是我。

“我让她穿上我的嫁衣，代我嫁给她一生仰慕的男子。这，也叫恨她？”

平秀吉低头沉吟，这的确很出乎他的预料。过了很长时间，他才抬起头来：“我明白了，你这个计划的目的，不是要救走相思，而是你想留在汉城。因为只有在这里，卓王孙才无法娶你。”

公主嫣然一笑：“答对了！”

这的确才是她最终的目的。

她不想嫁给卓王孙，唯一的可能就是留在汉城。卓王孙虽然武功盖世，无人能敌，但也无法轻易将她从汉城抓回去。所以，当平秀吉揭破这一点的时候，她的确开心极了。

她精妙地筹划着，从出使辞婚到救相思，卓王孙、平秀吉都被她瞒过，她为什么不高兴？唯一让她有点抱憾的，是骗相思卓王孙要娶她。但不这样说，相思怎肯同意代替她回去？这只不过是个善意的谎言，无伤大雅，公主并未放在心上。

平秀吉深深地看着她：“可惜，我要告诉你两件事。相思一定会再回到这里，而你，一定会回到平壤。”

公主吃惊地站了起来：“你……你要将我送回去？”

平秀吉摇头：“不，我不会。我只是想说，你若是想回去，我绝不会阻拦。”

公主笑了起来：“我怎么可能想回去？我疯了不成？”

平秀吉也笑了，火红色的眸子仿佛看到了别人所不能见的未来。

那个未来里，没有希冀，没有欢乐，没有温暖，只有永恒的痛苦与绝望。

“你一定会的。”

## 第二十五章

# 落英错认舞衣鲜

解药在发挥作用，相思身上的红斑渐渐消退。

她依旧裹在厚厚的毛毯里，一动不动。直到天色渐晚，她才脱下公主的礼服，缓缓坐起。马车窗外，汉城已越来越远，她的心也渐渐宁静。

这一刻，她想到了沈唯敬。

她无论如何都没有想到，这个卑微的人竟能做出如此大的牺牲。她更没想到的是，公主苏醒后的话："沈唯敬让我告诉你，请将囚禁宣祖的地方交给他，他会带着这个消息去见杨盟主。"

相思豁然明白，这是一个局。

一个比荆轲刺秦时，借樊将军之首还要惨烈的局。

相思是平秀吉之外，最有可能知道宣祖囚禁处的人。平秀吉将她留在身边，每日都借点茶的机会，将战局分析给她听。倒不是信任她，而是他太自信，自信这个女子不过是他茶室中的一幅名画。他需要找到像她一样完美的战利品，来见证他的胜利。

何况，她还是卓王孙的人。

每一次见到相思露出或诧异、或惊慌的神色，他就禁不住微笑——这实在是比攻城略地、灭国擒王还要有趣。

但他没有想到，眼前这个温婉如莲花的女子，并不仅仅是一幅画、一个精致的战利品。

在公主出行前，这个局就已设下了。杨逸之遣人告诉沈唯敬，希望他借见到相思的机会，打探出宣祖被囚禁之处。但沈唯敬知道，得到情报易，将之传递出去难，要让平秀吉不觉察，更是难上加难。一旦得知消息泄露，平秀吉必然会改变囚禁地点，这个情报也就毫无用处了。

沈唯敬想到了一个办法。

那是一个传说。

西域某国有一种珍贵植物，可以制造出价比黄金的药物，这个国家因此变得富有、强大，周围的邻国却贫瘠落后，饱受欺凌。邻国希望得到植物的种子，多次派人潜入这个国家盗取。但国王对种子看守极为严格，一旦发现窃贼，便会立即格杀。以至于多年来，为盗取种子而死的人不计其数，却没有一人能成功。直到有一次，有一个窃贼被捕获，与其他人不同，刑场上，他慷慨赴死，毫不畏惧，只对国王提出了一个请求，希望将他的头颅送回祖国。

如此，他才能用不曾瞑目的双眼，再看一眼故乡的土地。

观刑的民众都被他的忠诚感动，替他向国王求情，国王也只好应允了他的请求。

但头颅被送回邻国的次年，这种植物便在邻国遍地开花。

只因那位英雄悄悄将盗取的种子含在口中，使者将头颅送回邻国时，那枚珍贵的种子也被送了回去。

相思听过这个传说。

于是，她将宣祖被囚禁之地写在纸上，用蜡丸封好，塞入沈唯敬的口中。蚀骨散毒性发作之后，尸身脖子以下完全化去，咽喉末端已被变硬的血块塞住，蜡丸便不会滑落。余毒会在血肉中残存七日，沾之即死，除非有解药在手，一般人连碰都不敢碰这颗头颅一下，更不要说认真检查了。

这样传递消息的方法，天衣无缝，绝没人能够察觉。

沈唯敬的死，并不是为了洗刷自己的耻辱，而是为了拯救这个国家。

荆轲刺秦王时，为了取得秦王的信任，劝说樊於期将军献出了自己的头颅。

那个种子的传说里，邻国勇士为了祖国的富强，被敌人斩下首级，牺牲了生命。

他们都是青史留名的英雄豪杰，而沈唯敬，只是一个市井小人，人们眼中最卑微、猥琐的卖国贼。

但相思知道，他做了一生中最伟大的牺牲，他的死，绝不会白费。

三天过去了，这颗头颅已被快马加鞭送到杨逸之手中，沈唯敬头颅中的秘密，杨逸之一定已经知道。

他一定能在被平秀吉发现前救出宣祖，朝鲜义军将因此团结起来，接受他的领导。那时，他就有足够的力量对抗卓王孙，将倭兵赶回去。

而沈唯敬也将以惨烈的牺牲，洗刷掉叛国求荣的污名。

相思望着窗外渐渐深沉的夜色，禁不住露出微笑。

那是多么美好的未来，她终于能为这个国家做点什么了。

更美好的，是她自己的未来。

公主的第二番话，让她决定放弃刺杀平秀吉，回到平壤。

“卓王孙已准备好一切，等着你回去迎娶你。”

这句话让相思错愕良久，还来不及相信，就已热泪盈眶。

公主告诉她，平壤城里正张灯结彩，虚生白月宫已装饰一新，漫天喜气，喜帐、流苏、车驾，甚至新娘的吉服珠翠，都快马加鞭从中原运来。而平壤城中，上至达官贵人，下至普通百姓，都准备了隆重的贺仪，只待这场难得一遇的盛大婚典。

这些确凿的证据，让相思不得不相信，卓王孙正在准备一场婚事。

他自己的婚事。

卓王孙的确是这样准备的，只不过，新娘不是她。

相思并不知道这一点，于是，她相信了公主的谎言，满心欢喜地走向这场婚礼。

交换服饰时，公主看向相思的眼神，有了一些闪烁。

她不禁想起数年前，天授村的枯井中，初次遇见相思的场景。

那一次，这个温婉如莲的女子也是穿起了她的华服，代她走向一场传奇，于是在纷落的桃花中，女子邂逅了那个白衣男子，两人一起经历了七闯连营、荒城之劫、庚戌之变、三连城的兴建与毁灭。

那本是属于她的传奇，却只因这一念之差，错过终生。

公主轻轻咬住嘴唇，千般懊悔，万种感慨。

相思没有想起这些，没有想起当初她穿起公主的华服，邂逅了一个不该邂逅的男子。之后的一幕幕，历经劫难，满身伤痕，只剩下无尽亏欠，无尽感怀，还有那一杯忘情之毒，她都没有想起。

她只知道，这一次她穿起公主的华服，是要走向自己一生仰望的人。多年的守候，多年的梦想，将在这一刻成真。

不知为什么，她的欢喜中，却泛起淡淡的苦涩。

天又阴了起来，浓密的云层聚集在一起，连绵成漆黑的一片。雨丝细密地纠缠在空中，准备着跳起一场坠落之舞。

车驾停了下来，停在云望坡。这是相思跟杨逸之约好会面的地方。

在相思出城之前，沈唯敬的头颅早已被送出去了。杨逸之应该早就知道了宣祖被囚禁的地点，说不定已将宣祖救了出来。

而相思有另外一些情报，想告知杨逸之。所以她在封起蜡丸前，在字条上加了一行字，希望杨逸之在救出宣祖后，与她在这里会面。

然后，她将回到平壤，做那个人的新娘。

这一刻，她有了小小的私心，希望卓王孙与她成婚后，能带她回中原。哪怕一年，哪怕一个月，哪怕仅仅几日，他们暂时放下天下，只厮守彼此的幸福。

这场战争，就交给杨逸之吧。有了这些情报，有了朝鲜义军，他一定能取得胜利。

而还有另一个理由，让她执意在这里等他。有一些话，她一定要在披上嫁衣前，亲自告诉他。

那是一句，对不起。

也许他会失望，也许他会难过，但这就是命运。没有未来的命运，必须在这里终结。

她下定了决心，不能逃避，不能迟疑，必须亲自讲给他听。

相思想到此处，竟莫名有些怅然。

突然，车队前方传来一阵喧哗，巨大的爆响炸开，几辆随行车驾如纸折的一样，哐啷啷翻倒在地上。

相思一惊，急忙掀起轿门，只听一个阴冷刺耳的声音道："相思姑娘，主上让我们请你回去。"

一团黑、一团火、一团水、一团风，鬼忍四人，冷冷地将相思围在中心。仅仅是他们身上散发出来的杀气，就让相思无法动弹。

相思摇了摇头："不可能。平秀吉若是要我回去，必然不会用这种方式。你究竟是奉谁之命？"

她的话让地藏吃了一惊，隐在黑暗中的脸变了变色，地藏忽然笑了起来，笑中有着地狱的森冷："不错。相思姑娘，要捉你的人，是我！"

他宛如来自地狱般的阴冷语气中忽然充满了寂寥。他昂起头来，似乎想要看清楚苍天：

"王图霸业，都因你而成空……

"我最恨的人，其实是你！"

他厉声道："动手！"黑马发出一声长嘶，地藏化身狂风，向相思怒飙而来！同时，水藏、火藏、风藏的身子一起动了，化成三条弧线，射向随从们。

凌厉的杀气将相思笼罩住，在地藏这全力一击下，她根本没有还手的余地。

她不明白地藏为什么恨她，但此情此景，根本容不得她思考，只能应战。她抬手，身上暗藏的几枚玲珑针飞了出去。

借着玲珑针的力道，她急速后退，想要躲过这雷霆一击。

玲珑针还未沾到对方，已化为尘埃，相思嘤咛一声，身子像断线的风筝一样飞了出去。

鲜血像断线的珠子，洒得遍地都是。

地藏发出一声冷笑，缓缓向相思走去。他还不想杀她，而是要将她捉住，当作自己的筹码。只是他实在太恨这个女人，忍不住先将她打成重伤。

突然，一声清越的龙吟从数里外遥遥传了过来，地藏猛蹿的身形骤然停住！

唰的一声轻响，一道青光凌空划过他眼前。

地藏大惊之下，本能地挥手接住，却不由得一怔。他凝视着手中的物体，竟似已忘了擒住相思，就连相思重重跌落在他身侧的泥泞里，他仍然一动不动！

其他三忍见他反常，都极为诧异，纷纷呼喝着赶了过来。

他们的身子同时震了震。

一股狂龙般的杀气凌空降临，盘旋成巨大的龙卷，将他们困在中间。

青衣仿佛从云端飘落，落在三忍面前。他看也不看三忍，袍袖贴地飞出，将相思的身体带起，另一只手反掌挥出。

首当其冲的是风藏，她的反应也最快，嗞的一声响，流云飞袖化成两道利刃，向来人怒飙而去。她的武器讲的是速度，这速度只能用快如闪电来形容。风藏相信，普天之下，绝没有人能够在她施展出三招之内还出一招，甚至关白大人都不能！

但不知怎的，她的袖子已被那人握在手中。那人手腕一沉，风藏竟被他凌空挥了起来，向火藏砸了过去。

火藏并不是躲不开，但他背后是山石，只要他一躲，风藏必死无疑。所以，他只能运足全身的力气，想要接住风藏。他的手才触到风藏，一股大力立即传来，宛如电殛雷噬，火藏喷出一口鲜血，身子委顿在地。

只剩下水藏，他彷徨地看了地藏一眼。

鬼忍四忍中，武功最高的就是地藏。只要地藏驱动黑马，施展雷霆一击，两人联手，未必不能一战。

但地藏呆呆地望着手中的东西，灵魂仿佛已被抽干。

那只不过是个玉盒而已，为何地藏如此关心？

水藏咬了咬牙，只能自己作战。

幸好，雨终于下了下来，天地之间，都是他的武器——水。

他张开了双手。只要有水，他就什么都不怕。

但在一刹那，雨水全部消失了，只剩下漫天雾气。

方圆十丈内的水，竟全被那人的杀气逼成雾气，连一滴都没有剩下。水藏惊骇地睁大了双眼，却只能看见一件东西：

青色，如苍天无尽广袤的影子崩塌下来，将一切覆盖。

相思慢慢睁开双目，眼前是一片青色的云，遮蔽了远处阴郁寒冷的天，让人感觉温暖而安宁。

刹那间，满身的疼痛抵不过重逢的愉悦，她禁不住脱口而出：“先生……”

卓王孙静静地看着她，没有说话。

相思似乎想到了什么，剩下的千言万语都哽在喉头。她低下头：“对……对不起。”

不辞而别，擅入敌营，她又一次弄得自己遍体鳞伤，他一定很生气吧？

相思咬了咬嘴唇，用眼角的余光悄悄打量着他。喜悦的泪水还未干涸，却又被愁云笼罩。她该喜还是该忧？一时间，她竟不知如何主宰自己的情绪。

卓王孙缓缓摇头，示意她不要说话，手上却稍稍用力，抱得更紧了些。

相思粲然一笑。他原谅她了。如此，她就应该听他的话，不再说话，只是好好享受这难得的安宁。

然而，她似乎无法止住心中的期待，又似乎害怕错过见到他的每一眼，又似乎想听到他亲口将这个答案再说一遍。

她轻轻抬起头，小声道：“你是来接我的吗？”

卓王孙一时不知如何回答。

她静静地等待着，小心翼翼地期待着，宛如一朵憔悴的花，在她通透的眸子中战栗着绽放。

仅仅一段时日的离别，却让她憔悴了这么多，肌肤上还沾染着泥土与鲜血的污迹，甚至还隐约现出没有退净的红痕。

他迟疑着，轻轻点头。

嫣红的笑意在她苍白的脸上浮现。

那一刻，她的喜悦是那么纯粹，纯粹到卓王孙甚至来不及去计较，她当时是在等另一个人。那些郁结、怀疑、怒意，竟然都在这一笑中化为流尘。

他心中一痛，紧紧抱住了她。

相思却已经感觉不到了，这一笑，仿佛耗尽了她所有的力量。

多日的辗转反侧，她终于在他怀中沉沉睡去。

杨逸之赶到云望坡的时候，只看到几辆破碎的车驾躺在路边，满地血污与打斗的痕迹。

相思并不在那里。

路边的青草有被烧焦的痕迹，杨逸之轻轻地触摸着焦痕，那绝不是普通的火。他眼前闪过那个像火一样的人的影子。

火藏！

他抬头，地上凌乱地布着马蹄印，硕大的马蹄印。那不是普通的马所有的，只有来自地狱的妖马，才可能留下这么大的蹄印。

地藏！

杨逸之的心猛地抽紧。显然，在他赶到之前，鬼忍四忍来过这里。

相思是不是已被他们抓回了汉城？

杨逸之站了起来，目光望向南方。那浓密云层遮住的地方，有一座囚笼，号称永不陷落。

天守阁。

相思一定重新被囚在了那里。平秀吉出动鬼忍四忍将她抓回去，显然是因为相思知道了他太多的秘密。

他会不会杀了相思？

杨逸之掠身向南方奔去！

低迷的夜色笼罩着整座汉城，当杨逸之潜入时，并没有人发现他的踪迹。

清风明月，向来不引人注意。

他悄悄逼近天守阁。

今晚的天守阁异常寂静，这出乎他的意料——这是否意味着，天守阁中已没有什么值得守护的了呢？这个猜测让他骤然紧张起来，身化惊鸿，向阁中掠去！

就算是铜墙铁壁、刀山火海，他也要闯进去！

令他震惊的是，天守阁中没有人，一个人都没有。

所有的机关都已被关掉，这个汉城中的禁忌之地，竟然变成了坦途。

杨逸之心中充满了疑惑，一步步走到了最高层——第七层。

淡绿色的流苏垂在袅袅的茶烟上，美人如画，正坐在流苏后，擎着茶碗。

杨逸之身形猛然滞住。

虽然他只能看到个背影，却认得那袭衣衫的确是相思所着。刹那间，他紧绷着的心弦松了下来。无论如何，她平安就好。

“请坐。”一个声音在他背后响起。

杨逸之猛然回头。

平秀吉坐在茶案前，微笑地看着他，极宽的袍袖拖在地上，仿佛铺开一地新雪。袖底斜斜绣着一丛红梅，梅蕊在雪白的绢纱上飘零，显得意兴阑珊。

风月之剑的光芒，刹那间隐现。但平秀吉并没有任何敌意，从容地坐着，饮着杯中的茶。

“佳客远来，能饮一杯否？”

他微笑着招呼杨逸之坐下。杨逸之静立不动，摸不透平秀吉是何用意。

平秀吉叹了口气：“既然无心饮茶，就请回吧，不送。”

杨逸之抬手指着相思：“我要带她走。”

平秀吉：“请便。”

杨逸之眉间闪过一阵疑惑。有这么容易吗？

他向相思走过去，忽然感到一丝不妥。

那是种极奇妙的感觉，仿佛他并没有接近她，他的心仍然空着，没有丝毫抵达彼岸的欣喜。

他皱起了眉。此时，相思转过身来。

杨逸之刹那间僵住。

那并不是相思，而是公主，穿着相思的衣衫的公主。

这究竟是怎么回事？

公主欣喜地看着他。

外面强敌十万，他孤身一人，只为救她。

这正如她曾经想象过千万遍的那一幕，他在敌营中七进七出，浴血满身，只为救她。这段传奇的往事，她曾想象过无数次，每一次都带着神往，描绘着他的勃勃英姿，却禁不住有些失落。

这本就该是属于她的，却只因机缘巧合，给予了另一个女子。

好在这一切都不重要了。命运亏欠她的，她终于在这一刻得到了补偿。

不知不觉中，她已热泪盈眶。

她没有觉察到他脸上僵住的表情，也忘记了自己身上披着相思的衣衫。她完全沉浸在自己的喜悦中，忘了世界。

她猛然扑到杨逸之怀中：“你来救我？”

柔软的双臂紧紧缠住了杨逸之，仿佛一旦拥有，就再也不会放开。

杨逸之不忍推开她。他从不会伤害任何人，他能够伤害的，只有自己。

他只能在心底深处叹口气，轻轻向后退了一步：“你怎会在这里？”

公主笑了，紧紧抱着他。他的退后，并未让他们之间有一丝一毫远离。她有些炫耀地将前因后果都讲给了杨逸之听。

平秀吉也在静静地听着。

听到公主说她跟相思调包，相思出城与杨逸之约见时，平秀吉忽然道：“据我的手下说，相思姑娘并没有见到杨盟主，她跟卓王孙进了平壤城。因为她相信，卓王孙要娶的是她。有趣的是，卓王孙并没有否认这一点。”

杨逸之浑身一震，这句话让他感到一丝不安，悄悄将公主推开了一些。

他望着遥远的天，阴郁的天气让人感到压抑。

卓王孙要娶相思。

这曾是他多么盼望的事情。他曾单纯地相信，只要相思幸福，他就会幸福。如果相思选择的是卓王孙，那他会尽其所能，帮助相思得到卓王孙的爱。

但当这一天真的来临时，他竟然感到心痛得那么厉害。

这一刻他是那么自私，竟想舍弃整个世界，舍弃尊严，舍弃道德，舍弃所谓的纯洁与神圣，只为拥有她。

他竟不容许任何人夺走她。

他缓缓抬头，月光透过窗棂，流水般照在他脸上，照出了他深深的震惊。

一方面，他震惊于自己心底的自私与污浊，另一方面，他也绝不相信，这场婚礼真的会是相思的幸福。

这一切来得太容易了，容易到让人无法相信。

这一刻，他仿佛听到命运发出讥诮的笑声。

他缓缓将公主推开：“抱歉，我不能带你走。”

公主脸上满是震惊：“为什么？”

“只有这里是安全的，我并不能庇护你。”

他没有信心能从平秀吉与十万倭兵的围困下将公主救走，而且，他必须去一个地方，没有时间与能力安置公主。平秀吉显然并没有加害公主的意思，那他就放心了。

公主脸上流露出一丝惊惶，她反手抓住他：“不，别扔下我！”

杨逸之缓缓摇了摇头：“事情结束后，我一定会来接你。”

他的目光里有一丝坚毅，这让公主不由自主地放开了手。

杨逸之向平秀吉躬身行礼后，消失在楼梯处。

公主心中一片茫然，杨逸之离去的脚步仿佛踏在她的心上，带来空空的回响。

平秀吉并不阻拦，而是端起一碗清茶，静静地看着这一切。

“你知道他要去哪里吗？”

公主摇了摇头。

“平壤。”

公主的身子一震。

平秀吉淡淡道：“你该知道，他到平壤去找谁。”

公主霍然转头看着他。

平秀吉的眸子深邃得就像是夜晚的幽潭，看不清其中蕴含的意义。但他的话，让她感到一阵不安。

“他已经有了选择……”

他悠然叹息，长长的叹息之声在雨夜中似有微凉的触感，就像风中凋零的一朵残菊。

公主紧紧咬住了嘴唇，齿间淡淡的腥咸传来，她忽然明白了杨逸之选择的是什么。

她霍然站了起来，凛然直视着平秀吉。

平秀吉悠然道：“我说过，你若是想离开，我绝不会阻拦。”

看着公主的身影消失在黑暗中，平秀吉缓慢地笑了。

相思不在，他便自己点茶。

摇曳的烛光透过绿纱，映出他身后一道一道的影子。随着他轻缓的动作，长袖如云舒卷，影子与影子彼此交织，就像是一幕静寂的能剧。

天下无敌的人，只能用天下无敌的人来对付。他所能做的，就是布好他能布的线，赢得这场战争的胜利。

那是八百万神明给予他的使命，他必须完成。

这场战争，就是最终的战争。

一切都将在这场战争中落幕。

第二十六章

# 楼船落日紫貂轻

一艘小船沿着大同江顺流而下。

这艘租来的小船非常简朴，船窗上挂着本地绣娘织成的土布帘子，依稀能看出是金达莱花的图案。

卓王孙坐在窗前，看着窗外连绵的雨，似乎有些出神。背风的那一面有一张小床，相思侧卧在床上，仍沉睡未醒。

水色潋滟，照出远处的山光。

他突然想起了多年前的那一幕。

那时，少年意气，青衫磊落，任金樽美酒装满了画舫，随波沉浮于江南的烟雨中。

秋意正浓，骤雨初歇，寂静的江面落满了红叶，在夕阳的映照下化为连绵的金色。他也如今天这样，静静坐在窗前，望着满江风物。

"听说前面有一座石桥。"那个女子身上有海棠的颜色，半躺在一旁的波斯地毯上，轻晃着手中的水晶杯。她试图将几种不同颜色的酒汁倒在一起，又保持着彼此分离。

他淡淡一笑，没有说话。

石桥，那又怎样？他们一路行来，不知经过了多少座桥、多少里路。

她似乎在对他说话，又似乎没有："传说越过石桥三十步，突然回头，初见到的那个人，会与你一生相守。"

她将水晶杯举到眼前，透过深浅红色纠缠的酒汁打量着他。

"因为那一刻，你看到的不仅是她，还有她的生生世世，在轮回中等候千年，只为在这里和你相遇。"

她缓缓抬起新月般的眸子："你相信吗？"

他看着远方，淡淡道："这个传说对你没用。我已经见过你了，也不想见你的前世。"

她笑了："不一定，我要你记得，每次见我时都是初遇。"说完这句话，她就不见了。

江心荡，落叶无声。

茫茫秋江，她竟然突然不见了。

他并不惊奇。这个海棠般明艳的女子总是这样，带着机灵古怪的神通。对她那些层出不穷的游戏，他并不特别感兴趣，但行舟无事，秋江寂寞，他也不妨陪着她玩下去。

船行缓慢，越过了那座青苔斑驳的石桥。

他依旧坐在窗前，把玩着手中的水晶杯，杯中是她留下的酒汁。他悠然品尝着这杯味道奇特的酒汁，任斜阳余晖洒了满身。

若他晚一点回头，她会怎样？

他宁可看她生气的样子。

直到舟已行出六十步，他终于展颜微笑，轻轻回头。

他没有看到秋璇，而是看到了另一个女子。

她跪在水边的石阶上，从枯萎的莲蓬中采摘着莲子。她身上也有嫣红的颜色，却不像秋璇般妖娆妩媚、艳色逼人，而是寂静、安宁、温婉，仿佛一泓通透无尘的清泉——那一点动人的红并不来自她本身，而只因印染上了太阳的颜色。

残阳斜照，满江闪耀着金色波光。大片支离的残荷中，唯有她在盛放，如一朵盛放在秋江上的莲。

不知不觉中，卓王孙走到了甲板上，透过枯萎的荷叶，默默注视着那一片残败中唯一的红。

她没有察觉他的存在，无意中看到一朵藏在残荷深处的莲花。那朵莲花似乎开得太晚，半掩在大堆枯叶中，突兀而脆弱。于是她向它伸出了手。

她有些吃力地向前倾着身子，手指一寸寸滑过水面。终于，她将它摘下，爱怜地捧在手中，低头轻嗅着。

就在这一刻，她仿佛感觉到什么，霍然抬起头来。

她看到了他。

惊愕只在她脸上停留了一瞬间，而后她粲然笑起来。

奇怪的是，就在那一刻，一道神奇的光影投照而下，仿佛来自另一个世界，惝恍迷离地照在她的脸上，折射着她发际晶莹的水珠，让整个江面染上了水红的颜色。

不知不觉中，她的手放开了，那朵莲花顺水漂过，一直漂到他脚下。

他俯下身，将莲花拾起，轻轻摘下一瓣，又放回水中。

仿佛是宿命，那朵残缺了一瓣的莲在江面上起伏着，随着水流轻轻旋转，时近时远，向东向西，最终却又回到她手中。

画舫在江面上缓缓行过，他寂立良久，直到夕阳退去光芒。

这是他和她的初见。

一次错落的邂逅。

多年之后，他回想起这一幕，仍然觉得有些不可思议。

记忆中的相思，是那么清晰，又那么模糊，仿佛一道带着夕阳余晖的剪影。他清楚地知道那就是她，却又和之后留在他身边的她无法完全重合。

或许是因为那道神奇的光，带着另一个世界的迷离，将她的影像渲染得有些不同，只是他始终想不起，这不同到底是什么，也想不出那道光影到底来自何方。是前生，还是后世；是过去，或是未来?

也许，那座石桥真的有特殊的魔力，这一刻，让他看的不仅仅是她，还有她的三生三世，她在轮回中的千年等候，只为在这一刻和他相遇。

一阵风过，小船轻轻颠簸，相思翻了个身，面向着他，却没有睁开眼。

“先生，莫支湖的莲花就要开了吧？”

卓王孙微微一怔。

他起身上前，伸手放在她的额头上，确认她还没有醒来后，轻轻叹了口气，在她身边坐下。

“是的。”他缓缓回答。

“明年的时候，我一定要种更多莲花，开满莫支湖。”

“好。”他说这句话的时候，眼神不知不觉温柔起来。

她嘴角绽放出一缕苍白而甜美的微笑：“你能原谅我，真好。”

“原谅你什么？”他握住她的手，轻轻道。

正因为是在昏迷中，她永远也不会知道自己此刻的答案，他终于可以放下那些威严与骄傲，只用一颗心来和她对答。

这一刻，他不再是她的主人，不再是执掌生杀大权的王者，而只是个普通的男子，守候在重病昏迷的恋人身旁。

这种感觉是如此陌生，却又如此宁静。

宁静得让人宁可时间在这一刻停滞，化为永恒。

她的声音突然有些颤抖：“我知道自己一定做错过一件事，让你无法原谅我。但我怎么也想不起来了……”她突然激动起来，身子不住颤抖，“如果有机会弥补我的错，我真的宁愿……”

他一把将她拉入怀中，紧紧拥抱着她，直到她停止颤抖。

“我早就原谅你了。”

说出这句话，他自己都感到有些惊讶，随即却是前所未有的轻松。

是的，这是真心的，他已原谅她。就在看到她紧闭的眼角沁出泪水那一刻，就在感受到她在自己怀中瑟瑟颤抖那一刻。

或者，更早。

从他自鬼忍四忍手中救出她，看着重伤的她对自己粲然一笑的那刻起。

从他得到消息，知道她已陷于危险之中的那一刻起。

从他……

他竟有些想不起来了。

或许，他其实根本没有真正恨过她。

三连城的一幕，曾让他痛彻神髓。那是一道伤痕，由杨逸之和她亲手刻下。这伤痕是如此之深，深到他永生无法忘记。

但其实很早以前，他就已原谅他们。

他从未在她面前提起过这件事，也仍然将他当作唯一的朋友。

他不会欺骗自己说不在乎，也不强迫自己忘记这一切。因为那本就是毕生难忘，他至今想起时，心底仍会传来阵阵隐痛。

但他早已做出决定，会带着这道伤痕继续将她留在身边。或许有些冷漠，或许有些粗暴，他却始终珍藏她，庇护她，免她惊，免她痛，免她受风风雨雨。

只是这一切，他绝不可能亲口告诉她。他甚至无法想象，自己说“原谅”的时候，是什么样子。

“等我们的婚礼结束，你带着我一起回去看看好吗？离家很久了，再没有人照料，莲花会枯萎的。”

卓王孙一怔。

我们的婚礼？联想到相思初见他时的神情，他立即明白，永乐公主一定对相思撒了谎，她把这一场政治联姻说成了他要迎娶相思。

他一时沉默了，没有回答。

这是一个无心却又恶毒的谎言，如果让相思知道自己娶的不是她，她会怎样？

卓王孙皱起了眉。

仿佛感受到他心绪的变化，梦中的相思脸上也浮起一丝愁容：“小时候，我曾想过，当我出嫁的时候，嫁衣不要是正红色，而是新莲般的水红，上面一定要绣满莲花，等真到了这一天，却来不及准备了……”

“会有的。”他轻轻握住她的手，“我向你保证。”

是的，会有的。他欠她一场婚礼，迟早会补偿给她。他心中已许诺，总有一天，会让她在绣满莲花的嫁衣中，绽放动人的笑。

在他是神的世界里，莲花被称作梵花，永远开在他面前的神池中，千年万年也不会凋谢。他在梵花的红中，经历着一个又一个世界的初生、终落，如恒河中的一粒粒沙。

有时看着她的笑容，他禁不住想，或许这次降世时，他也带走了梵花。又或者，在这个他不想忘记、不想舍弃的世界里，他又找到了一朵梵花。

什么是自己？

什么是自己的世界，自己的花？

他不禁想起梵天神王所说的一句偈语：没有什么是永恒的。头上花萎，不乐本座。强大如他，也终将天人五衰，化为尘土，在这场注定失败的战争中烟消云散。

那为什么，不在他还强大如神，她还红颜如花时，给她她想要的欢悦？

有些事，一旦想通了，就不再是障碍。

卓王孙嘴角浮起一丝微笑。

那么，就让这次婚礼成为他与她的婚礼。

就让她，在这次婚礼上成为他的新娘。

七日之后。

暮春是这个国家最美丽的季节。大同江畔的柳树生长到最茂盛，长长的枝条垂下来，在江水中拉出一丈多长，将整座江水都染绿了。平壤城的人们懒散地在江边踱着步，相互懒懒地打着招呼，连江水似乎都流得特别缓慢。

相思身着一件水红色的轻衫，向城外走去。她要去采摘一些新鲜的花，来装点虚生白月宫的清晨。平壤城外东南方向，有个地方极少人到，那里的山樱花特别茂盛。琴言采回来的时候，相思一眼就看中了。

她提了个花篮，沿着河岸向远处走去，晚风吹着她的肌肤，温暖而惬意。她觉得幸福就像是打翻的瓶子里的水，在地上流淌着，淌得到处都是。

她终于等到了自己的婚礼。

平壤城中流光溢彩，装点着盛世的奢华。当卓王孙挽着她的手走过时，她毋庸怀疑，这一切都是因她而设。她还有什么理由不幸福？

杨逸之静静地站在暮光里。

夕阳枕在远山上，仿佛一只苍老的眸子，静静凝望着他，却读不出他的满腹心事。

他眺望春江，江上起了雾，渺渺的有些看不清楚，就如心底隐隐的痛楚。

雾中走来一个水红色的影子，款款停在离他两丈远处。淡淡的红色身影挽着一个花篮，纤细的腰身就像是风中的一株垂柳。

杨逸之的心骤然一动。

相思，他最挂怀的一抹水红。他本应进城去找她，却无意中和她在这里相遇。难道这就是命运？注定了他们一次次相遇，再一次次分别？

相思的容貌近在咫尺，却又似有些恍惚。

她悠悠地叹息道：“你，为什么要进城来？”

为什么？

杨逸之的心又开始痛起来。

为了找你。

为了告诉你，我不能放下你。

可以吗？不顾谦谦君子，不顾温润如玉，回忆起那几乎消失的年少轻狂，带着她离开，到天涯海角。

不顾天下人唾骂。可以吗？

他的心剧烈地跳了起来，越来越痛。

他却不能这么做。

当他第一眼看到她的时候，就读懂了她脸上的笑容。

只有当一个女子找到一生归宿，得知今生不再漂泊，最好的年华有人共度时，脸上才会浮现出这样的笑容。

于是，他不能带她走，甚至不能多说一句话。

他淡淡地道:“我来，是想救走李舜臣。他和他的水师，是我打赢这场战争最后的希望。”

相思隔着迷雾注视着他。天色更暗了，她与他的目光也被雾气隔断，只剩下隐隐约约的剪影。

“可以让我帮你吗？”

杨逸之摇了摇头。他不想连累她，尤其是在这个时候。

但相思的话随即坚定起来：“请让我帮你一次。”

她似是笑了笑：“我可以将李舜臣所在监牢的钥匙偷给你。我们在流花寺中见。”

“让我为这个国家做点事情。”她看着他一字一顿道，“也为你。”

杨逸之的心一痛。这句话就像一柄刀，刺破了他刻意掩埋的记忆，让他想起了太多太多。

是的，她和他之间只剩下这么多了，感念、恩义、报答，如此而已。

在她披上嫁衣，从此幸福地守候在那个男子身边前，她要为他做一点事，回报他一次。正如在三连城上，她可以将唯一的解药留给他，却只能对他说一句：对不起，我不能爱你。

杨逸之静静地看着她。那些决心要忘记的、从来不能提起的，就如被打翻的茶，万种苦涩一起翻涌上来。他禁不住躬身，捂住刺痛的胸口。

在他没有看到的瞬间，“相思”嘴角泛起了一抹微笑。

那微笑中，有傲岸，有张扬，有飞扬跋扈的豪情，也有天下唯我的雄心，那是只有王者才有的无双气概。

如果他看到，他就不会再相信“她”是相思。

平壤东南方的山樱花开到极盛，层层叠叠地堆在枝头上，连目光都无法穿透。相思只花了片刻工夫，就将花篮采满了。

她刚要离开的时候，忽然发现一抹耀眼的白色出现在花丛深处。

杨逸之静静地站在那里，与她有一千朵花的距离，就像是花丛中盛开的一抹月光，空灵，通透，不染尘埃。

四周寂静无声，只有花瓣簌簌飘落。

杨逸之缓缓地躬身行礼：“相思姑娘，有件事关系到抗倭的成败，必须请你帮忙。”

相思急忙敛衽还礼：“请讲。”

杨逸之：“抗倭要想成功，必须借助海军的力量。当世海战第一人，就是李舜臣。我想求相思姑娘助我将李舜臣救出来。”

相思困惑地道：“我帮你？怎么帮？”

杨逸之：“关押李舜臣的监牢守卫极为森严，只有拿到牢门的钥匙才能进入。而这把钥匙是由卓王孙亲自保管的，我想请相思姑娘替我把这把钥匙盗出来。”

相思诧异地摇了摇头：“从阁主身上偷钥匙？没有人能够做到的。”

杨逸之：“有。”

他伸出手，掌心有一枚药丸：“这枚药唤作‘昧爽’，服下之后，便会昏睡一刻钟，人事不知。此药无色无味，且对身体并无害处。相思姑娘只需将这枚药置于阁主杯中，便有足够的时间将钥匙盗出来了。”

相思有些犹豫：“这……”

杨逸之轻轻叹息：“只有李舜臣才能助我打赢倭兵。阁主本来有此能力，却无心取胜。难道相思姑娘愿意让朝鲜人民继续受苦吗？”

这句话打动了相思。她此时虽然沉浸在无限的幸福中，但卓王孙并不想取胜，让她时常感到困扰。如果放走李舜臣就能打赢倭兵，似乎也是可以的……

更何况，她亏欠眼前这个男子实在太多了。她此生此世，都无法报答。若能在离开他之前替他做一件事，她也能稍稍安心一点。

她不再犹豫，接过杨逸之手中的药丸。

在相思没有看到的瞬间，“杨逸之”嘴角浮现一抹微笑。

那微笑中，有傲岸，有张扬，有飞扬跋扈的豪情，也有天下唯我的雄心，那是只有王者才有的无双气概。

如果她看到，她就不会再相信，他是杨逸之。

“请相思姑娘将钥匙送往流花寺，我在那里等你。”

流花寺是一座很小的寺院，只有一位须眉全白的老和尚独自守着暮鼓晨钟。古寺藏于深山中，本已极为幽静，一到入暮时分，更是寂静得怕人。大殿上只有一对红烛摇曳出微弱的光芒，映得佛像明灭不定，有些阴森。

杨逸之就站在佛像前，无论什么时候，他都像是一束月光，天下万物于他都不能有半点沾染。

一道黑色的人影闪了进来，随着斗篷揭开，一张如莲花般温婉的面容显露在烛光中。

相思？

杨逸之急忙迎了上去，又倏然止步。

黑色的斗篷之下，隐约透出淡绿色的衫子，“相思”脸上露出的笑容，有着淡淡的忧伤。

这绝非相思。

他猛然忆起，在碧蹄馆中他遇到的那个“相思”。

那是平秀吉的万亿化身之一。

难道平秀吉已经潜入平壤？这并不奇怪，因为在平秀吉如此奇特的忍术面前，平壤城根本挡不住他太久。

他凝视着她：“关白大人，您来这里做什么？”

女子摇了摇头：“我不是关白大人。

“我是关白大人座下的影武者之一，秋山流云。”

这句话让杨逸之怔了怔。他听说过影武者。战国时期的大名们害怕被敌人刺杀，都会找一些跟自己长得极像之人，长时间训练，使其无论神态还是相貌、举止、谈吐都与自己一模一样，使别人无法分辨。这些人会代替大名们出席一些危险的活动，甚至日常事务。一旦遇刺，他们便代替大名死亡，而真正的大名就会安全。

这就是影武者——光荣背后的影斑。

影武者甄选的条件，必定是要与大名长得极为相似，但秋山流云显然不具备这样的条件。这究竟是怎么回事？

回想起来，那位酷似自己之人、几乎与安倍晴明一模一样之人、十三岁的少年、赤眼火瞳之人，都是平秀吉的影武者。但为什么这些人长得都不一样呢？

秋山流云悠悠叹了口气：“这就是终极忍术——鬼藏的秘密：现世轮回。修成鬼藏的秀吉公拥有打破现世与常世的神秘力量，灵魂可以转移到别人身上。他的灵魂移到谁身上，谁就完全受他控制。灵魂转移的时间没有限制，唯一的缺点就是被转移的人必须完全信仰他、舍弃自己才行。所以，秀吉公的影武者号称千亿，其实只有五人。”

杨逸之不相信竟有忍术能转移灵魂，但此前经历的种种，又让他不得不相信。他知道秋山流云冒着危险潜入平壤城，找到自己，必然是有目的的，因此他问：“你来找我，所为何事？”

秋山流云的声音突然有了一丝温柔：“记得碧蹄馆之外，你本可以杀死我，却又将我放掉吗？”

杨逸之点了点头。只要她还保持着相思的相貌，他就无法伤害她。

秋山流云脸上泛起了一丝嫣红：“那时，我心底涌起了一阵奇异的感觉……我也不知道那是什么感觉，只知道我的心仿佛活了过来——它醒过来，只为感触二十年来仅有的温暖。就仿佛在梦中见到家乡的后山上，山樱花漫山遍野开放……”

她的话语中有一丝迷惘。从小就成为影武者，她的人生便不受自己控制。自幼接受严酷的训练和各种异术的改造，除了主君外，她再也没有接触过任何人。对于心底所起的涟漪，她一无所知，只觉得又是向往，又是害怕。

但她脸上的嫣红迅速被苍白吞没：“但当时，秀吉大人降临在我身上，我的心灵波动全被他察觉到了。你知道，影武者是不允许有自我的……”

完全信仰一个人，当然就要连一丝自我都不能存在。

秋山流云的话中并没有伤感，仿佛这是再自然不过的事情：“所以，我没有用了。我的生命，将在明天的战场上终结。”

杨逸之震了震。就因为她对他有一丝动情，就必须死吗？他感到一阵负疚。虽然他在这件事中并没有任何错误，但他仍然感到歉意。

仿佛是他害了她。

秋山流云望向他，目光清澈而通透。

“我并不害怕，因为作为影武者，我们的命运就是有朝一日为主君而死。这是我的光荣。

“但在死之前，我只想你抱抱我。

“可以吗？”

她静静地抬起头，仰望着他，等他回答，仿佛这也是件很平常、很平常的事情，没有半分污秽。那只是一个从未有过私密感情的少女，一直恭顺地仰望命运那阴沉冰冷的天空，却在偶然间密不透风的阴云打开一线，让她邂逅了第一缕阳光。

“你不用担心，现在的我，绝不是秀吉大人。我是个完整的女人。”

她手一放，斗篷缠着的带子松开，她里面的淡绿色衫子并没有绑住，随着她的手拉开左右衣衽，她的身体宛如一朵绽放的花，在雨中打开。

## 第二十七章

# 红豆花开声婉转

申泣慌慌张张地向虚生白月宫奔去。

卓王孙正站在宫门外，看天上云卷云舒。申泣走近时，他并没有动。

申泣跪了下来："大人！"

他鬼鬼祟祟地压低了声音："卑职发现，相思姑娘跟杨逸之正在流花寺中幽会……"

他的身体倏然飞了起来，咽喉已被卓王孙扼在手中。

申泣吓得脸色苍白，尖声叫道："大人！大人！卑职说的都是实话，没有半点虚言啊！不信大人自己去看看！"

卓王孙凝视着他，目光中宛如藏着剑锋。良久，他手一抖，申泣摔倒在地上，就像是一摊泥一样。直到卓王孙走出去很远，申泣才用力地呼出胸中憋着的那口气。

当卓王孙的目光远远地穿过流花寺的窗棂时，正看到秋山流云解开衣衫。

他看到的，却是相思的侧颜。烛光摇曳中，那宛如莲花的容颜，偎依在另一个男子胸前。

他的身体立即僵硬，有一种冰冷从心底深处攀爬而上，藤蔓般遍布全身。

在那叶小舟上，他与她说起的一切，还犹在耳边。那一刻，夕阳将整艘小舟照得透亮，他抱着她，仿佛抱着透明的琉璃。

那一刻，他以为他完全看透了她的心。

那一刻，他的心也被照得透亮，他真心想补偿给她一个婚礼。

他已妥善地安排了一切，在与公主联姻的同时，他也会迎娶她。为此，他已准备好两份嫁仪。为了不让她感到失望，他下令平壤城中的所有人都向她隐瞒真相。他要等新婚之时，亲自向她解释。他笃信她会接受，会穿起绣满莲花的嫁衣，幸福地做她的新娘。虽然这幸福带上了一点酸涩，但这算什么？他真心想要的新娘是她，公主只是这场战争的棋子。她很快就会知道，他娶公主的真正原因。

甚至在某一刻，他也曾想过不惜冒欺君之罪，让她成为这场婚礼的唯一新娘。虽然这会引起无穷无尽的麻烦，甚至会影响到这场战争的走向，但他的确认真地思考过这种可能。

只因为那艘简陋的小舟上，她睡梦中的笑容是那么动人。

但转瞬之间，她就跟另一个男子纠缠在一起，耳鬓厮磨。

他感到颔下泛起痛楚，那是龙的逆鳞，被一枚一枚拔起。

杨逸之的身体僵住。

秋山流云的双臂宛如开放的花蔓，缠绕住他的脖颈。她的头偎在他的胸前，静静聆听着他的心跳。她的衣衽散垂着，半掩着凝脂般的肌肤，但她的脸上没有丝毫轻浮的神色，只有一片宁静，这份宁静照得她全身透亮。那是死亡前的平静。她渴求的并非刹那的满足，而是永恒。

作为影武者，她的命运已经注定。这是她生命中看到的唯一一缕阳光。

她抬起头来，让阳光照入自己的眸子深处，满是泪痕的脸上，没有一丝情欲，只有感动。

杨逸之忍不住伸手将她揽住。

他眼中只有一个悲痛欲绝的灵魂，和一张与她同样温婉的面容。

“相思”却轻轻推开他，目光中是无尽的温柔：“有了这一刻，我已死而无憾。我去为你拿钥匙。”

她含着微笑，默默注视着他，突然转身离去。

卓王孙的手缓缓握紧。

四周山樱花簌簌飘落，还未绽放就已凋零。

他眼前仿佛出现另一幅画面。他站在三连城下，望着相拥的两个人。

卓王孙束发的金环瞬间断裂，长发在月光下飞扬而起，在夜风中化为无尽的黑暗。

相思端着一杯茶走进了虚生白月宫。

宫里面一片黑暗，没有任何灯火，这让相思觉到有些诧异。她将茶放下，点燃了桌上的烛台。

她不由得惊叫一声。一个人坐在桌边，悄无声息。

赫然竟是卓王孙。

烛光照在卓王孙的眉睫上，他缓缓抬起了眸子，目光冰冷、淡漠，仿佛他与她只不过是两个陌生人。

她的脸上，竟看不出任何愧疚之色。

他情不自禁地想，她的身上是否还残存着杨逸之的气息？

自三连城之后，他一直相信她与杨逸之没有丝毫瓜葛，但显然他错了。也许今晚这样的剧目，每晚都在上演，只不过他不知道而已。

她竟然还那么纯洁地跟他梦语，将他坚如铁石的心打开，放进去一丝柔软。

卓王孙闭上眼睛，压抑住心绪，用理智去思索。

以他的智慧，可以想到一千种原因让人与人造成误会，眼见到的，并不一定是实情，还可能有幕后隐情。那么刚才那一幕，隐情又是什么呢？

正在这时，相思端给了他一杯茶。

卓王孙的冷漠并未让相思太在意，她已习惯了。

她端起桌上的茶，轻轻举到了齐眉处。

这一刻，她感到有一丝歉然，因为她在骗卓王孙。她不该骗他的，但朴家镇里老者那凄惨的形容让她不能遗忘，她必须做些什么，方对得起他们。

正如她必须做些什么，方对得起那个曾为她出生入死的白衣男子。

卓王孙睁开眼，看着这杯茶。

茶面上水波的颜色、茶水浮起的水汽的味道，都在提醒他，茶里有毒。

毒并不致命，但足够让他昏睡一刻钟。

就在他们成婚的前夕，就在他决定用他最大的真诚对待她时，就在她刚刚解开衣衫，投入另一个男子怀抱里的下一刻，她拿了一杯有毒的茶给他喝。

还需要再追究真相吗？需要把自己的耻辱一一摆出来，像俗世男女一样，用谎言掩盖另一个谎言，直到抹去所有美好记忆，恩断义绝吗？

没有什么比这杯茶更能说明“真相”了。

就算如此，他仍想给相思一个机会。他希望自己看错了，这杯茶没有毒，他会继续给她婚礼，并把自己的计划、困境都告诉她。

卓王孙伸手将茶接过，一口饮尽。

他没有看错。

卓王孙倒了下去，感觉到相思的手在他的衣袖里探索着，随即离去。

他忽然如释重负。他可以在这场属于他自己的战争中孤独作战，直到死去了。

他再不用有牵挂。

卓王孙足足昏睡了一刻钟，然后醒来。

醒来之后，他感到一阵轻松。他从来没有睡过这么沉的一觉，这一觉，他没有提防任何人，也不用想任何事情。

他只是单纯睡着了，然后醒来。

任何人如果这一刻进入这个房间，都可以杀死他，轻易地杀死天下第一高手，杀死魔王。

这是多么奇妙的一刻。他嘴角挑起一丝冷笑，只可惜这种机会，再不会有。

当他睁开双眼时，仿佛有些毕生纠结、难以舍弃的东西，被轻轻脱下了，随手叠在一起，装进箱子，再也不看一眼。

原来，那些原以为不可承受的情意，不过是一袭华丽而肮脏的袍子。

他微微冷笑，为什么这杯茶的分量不重一点，让他能多睡些时候？

卓王孙缓缓坐直，揭开杯茶，用杯盖在桌面上敲出森冷的响声。

一个漆黑的人影自门外的阴影里走了出来，跪倒在他身边。

“相思月主去了流花寺，将钥匙交给了杨逸之。”

卓王孙面色平静地点了点头。

天守阁上，平秀吉的嘴角也浮起一抹微笑。

秋山流云和那个极似杨逸之的人，都是他的影子，他精心挑选，亲手打造的。

在他的安排下，这些影子演了一出绝妙好剧。本来无论影子多么肖似主人，都只是影子而已，但正因这影子找到了主人心中的罅隙，钻了进去，才让主人不知不觉被牵进了剧中。

于是，影子与真人一起成为剧的一部分，为他演出，为他舞蹈。

一切都按照平秀吉想要的方向发展。

他低头注视着手中的折扇，唰地打开，又轻轻合上，手腕缓缓转着，做出种种姿态。这柄折扇就仿佛一个古老的舞者，在他手中跳起了一曲上古祭祀时的神乐之舞。

烛光将他的影子散得满屋都是，分不清哪个是真实的，哪个是虚幻的。他低声吟唱着古老的颂词，由衷地赞美着语言的魅力。

语言虽然无形，却可以将罪恶的种子种到人的心里。

他就在等着它们盛开。这场战争，终将成为祭祀八百万神明的神乐之舞，为他收获神明的赐福。

关押李舜臣的牢房并不难找，看守的人也并不多。也许因为李舜臣并不是武林中人，卓王孙并不怕他逃走。

杨逸之很容易避过了看守，用相思盗来的钥匙打开牢门，走了进去。

监牢里一片黑暗，几乎什么都看不清，杨逸之打燃了火折，却忽然怔住。

牢中只有一张很破旧的桌子，桌子旁坐着一个人，看到杨逸之，那个人笑了笑：“又见面了。”

那个人，竟赫然是卓王孙。

他见到杨逸之呆住，招了招手：“坐。”

牢房里另有一张破旧的凳子，显然卓王孙早就料到杨逸之会来。而杨逸之绝没想到，会在此处见到卓王孙。

那意味着他救出李舜臣的计划完全失败。

见杨逸之坐下，卓王孙笑了笑。他望向杨逸之的目光极为深邃，似乎想将眼前这个白衣男子看透。

从三连城到现在，这个男子究竟干了些什么？在他知道的范围内，这男子谦逊、温和，谦谦君子，如玉之润。

但在他不知道的时候呢？是不是也像月之暗面一样，布满了阴影？

卓王孙嘴角不由得牵出一丝冷笑。

“我不得不承认，你是个很好的棋手。”

仿佛当初在御宿山上一样，卓王孙的语调仍然那么优雅，如松风拂过夜色。

“我们的第一场交锋，任何人见我收编了郭家军后，都认为是我完胜，你完败。但实际上，那是你布得最为深远的一枚棋子。因为平壤城在我的控制之中，你想潜入并不容易。而你必须派人潜入其中，才能与沈唯敬取得联系。显然，这个潜入者就是郭家军。”

杨逸之并没有否认。在他的计划里，郭家军的确很关键。卓王孙说出的只是关键之一，关键之二，就是郭家军会混在公主的车驾里，将沈唯敬的头颅带回给他。

他也并不否认，是故意让卓王孙包围住，收编郭家军的。

卓王孙既然能够猜出他要去幸州，他当然也能猜出，他若是去幸州，卓王孙一定会在路上拦截。

不错，这是他的第一枚棋子。

“所以，你取到了你想要的情报，知道了宣祖的关押地点。沈唯敬出色地完成了任务，连我都没有想到他会这么出色。”

的确，没有人能想到，这个猥琐、懦弱、卑微的人，竟然以如此悲壮的方式结束了自己的性命，取得了情报。

有的人死重于泰山，沈唯敬无疑就是这样。小人物的人生，有时候放出的光芒，连伟大的人都会为之惊叹。这是小人物的尊严，任谁都不能忽视。

这是杨逸之的第二枚棋子，只不过他当初也没想到，沈唯敬会用这么激烈的方式完成任务。

“但意料之外的是，你虽然知道宣祖关押的地方，却无能为力，并不能救出宣祖。因为宣祖被关在海上，而你没有海军。”

卓王孙笑了笑：“或许是因为我囚禁了李舜臣，朝鲜海军被派到南海，海上全是倭军的天下，反而比陆上更安全。

“所以，你只有一个办法，那就是救出李舜臣，重建朝鲜海军，才能救出宣祖。只要宣祖在你军中，所有的朝鲜义军都会归顺你，而宣祖从此也会成为你的傀儡。挟天子而令诸侯，你会得到与我抗衡的力量。

“这，是你的第三枚棋子。”

卓王孙抬手，拍出一串零星的掌声：“的确是很精妙的布局。”

杨逸之一动不动。这个计划本是完美的，三枚棋子没有一枚落空，本该有一个完美的结果才是。可惜，到最终将军的时候，他看到的不是李舜臣，而是卓王孙。

于是这个计划就是完败，是与完胜恰好相反的另一面。

他想不通，这个计划究竟失败在哪里。

卓王孙淡淡道：“因为你的棋子，一开始就放错了位置。

“你能猜出，你若是去幸州我就一定会在路上拦截，那么，我也能猜出，如果你真的这么做了，那一定就是别有所图。所以，郭家军一开始就受到了严密的监控。

“藏在沈唯敬头颅里的药丸，在你看到之前，其实已经落入我的手中。

“你一定想不到，那个罂粟花种子的传说，是我讲给相思听的。

“所以，我早就料到，你一定会来这里救李舜臣。

“我给过你机会。”

卓王孙深深地看着杨逸之。他能看到，杨逸之脸上表情的每一丝变化。他知道，这个白衣男子的棋局，已走投无路，只等他推出将军的最后一击。

这一次，杨逸之已全局皆输，没有任何翻盘的机会。

卓王孙淡淡道：“但你不用灰心，这个计划很完美，我怎忍心将它破坏？李舜臣带着一支精良的船队，已经赶赴海上。他将按照你取得的情报救出宣祖，朝鲜义军因此会团结在一起，建立起一支庞大而充满斗志的军队，具有与倭军一战的能力。这不都是你计划好的吗？只不过……

“只不过完成这一切的人，是李舜臣，而不是你。而他将是我一直寻找的‘第三人’。

“杨盟主，我们这算不算殊途同归呢？”

他一手支颐，冷笑着注视着杨逸之，目光中那凌人的傲气，让杨逸之的心一点点冷却。

杨逸之承认，这个青衣王者所能看到的，远远超过了这个时代的任何人，甚至也包括他。

这座监牢并不大，也很简陋，跟普通的牢房相比并没有什么特别之处。唯一不同的地方，是这座监牢中堆满了书，兵书。

显然，卓王孙并不是真的囚禁李舜臣，是在改造李舜臣。

他像个暴君一样将李舜臣囚禁起来，不过是个假象。实际上，李舜臣在这座监牢中受到上等的待遇。华音阁里的各种人才，让李舜臣更快地成长起来。海战、造船、指挥的艺术、治军的方略，全教授给了李舜臣。李舜臣的确是个人才，但生在朝鲜，格局太小。经过这段时间的特训，他才真的具备了率领水军将倭军击败的才能。

将宣祖放逐到灵山城，任由倭军将他捉走，是否也是这位王者棋局中的一步呢？目的是让李舜臣有个完美的开始，既收获迎回朝鲜王的无上声望，又能借宣祖压服不同的声音，整编朝鲜义军。

这无疑能让李舜臣抗击倭军变得顺利至极。

通盘再看，卓王孙的计划是如此完美，如此高明，每一处以前看来暴虐荒谬的安排，都蕴含深意。

杨逸之有种感觉，自己也不过是这个棋局中的一枚棋子，只能按照卓王孙的控制，走向既定的目标。

他果然是全军覆灭，一败涂地。

翌日清晨，阳光照耀着雨后的大地，晨风拂过缀满鲜花的枝头，落下点点宿露。濡湿的新泥中藏着青草的气息，一切都显得那么洁净。

卓王孙推开虚生白月宫门时，心情格外轻松。

远望出去，虚生白月宫外不远处，两株山樱开到极盛，花枝纠缠，妃红俪白。

当他见到花树下的公主时，并没有惊讶，只是止住了动作，静静地看着她。

公主缓缓走上前，紧紧咬住嘴唇：“你捉住了杨逸之？”

卓王孙点了点头，没什么好隐瞒的。

公主的脸色顿时变得苍白。

卓王孙悠然道：“殿下果然有些手段，消息如此灵通。看来，军中的内线还不止郭家军一支，然而……”

他笑容一冷：“即便如此，你也不要奢望去救他，因为没有人能做到。”

天下再没有人能偷走他手中的钥匙。同样的错误，卓王孙绝不会犯两次。

他袍袖一带，就要将门关上。

公主一把拉住了他，脸色更加苍白：“若是……若是拿我来换呢？”

卓王孙眼神突然一冷：“你说什么？”

公主被他凌厉的气势骇得退了一步，但随即直视着他：“我说，放走他，我留下！”

她没有掩饰自己的恐惧，她知道，自己的声音都在颤抖。但有股力量支撑着她，让她有勇气直面这位王者的盛怒。

卓王孙却没有发怒，反而微笑起来：“你凭什么？”

公主咬了咬嘴唇：“我知道你已准备好婚礼，我会如你所愿嫁给你。从此，虎符归你掌握，我能得到的一切都归你调遣……”

她没有再说下去，因为她看到了卓王孙眼中的讥诮：“这些，不是已经注定了吗？你答不答应，有什么关系？”

婚礼早已筹备，也得到了朝廷的认可。在这场政治联姻中，她的意志根本不值一提，又怎么算得上交换的筹码？任何人听了都只会觉得好笑。

但公主没有笑。她抬起头，迎着他的目光，一字字道：“有关系。如果你不肯放他，那么新婚之夜，你娶到的将是一具尸体！”

卓王孙看着她毫无畏惧的脸，忽然感受到一阵深深的嫉妒。不是因为她，而是因为另一个女子。

曾几何时，她也曾无所畏惧地挡在他面前，只为了求得杨逸之的周全。

曾几何时，她也曾一次次忤逆自己的威严，只因为她心底深处更认同月色的皎洁。

这一切他早该想到的，枉他才智冠绝天下，却一直被蒙在鼓里。

或许，没有人能欺骗他，只是他自欺欺人而已。

他注视着公主，直到她的面目和相思渐渐重合，而后一字一顿道：“你不后悔？”

公主决然地摇了摇头。

卓王孙笑了。他本来还不能确定如何处置杨逸之，如何处置相思，但现在他想到了。一盘新的棋局在他心底隐然成型，那里有公主无法想象的结局。

“好，我放了他。”

他瞳中有深邃的笑意在缓缓化开，从容、优雅、冷静，却让人莫名感到寒冷。

“记住，从此刻起，你的人生只属于我。”

## 第二十八章

# 好与新妆报镜台

从囚禁杨逸之到婚礼举行，只有七日时间。

这七日，卓王孙一直让相思陪在自己身边。从清晨到日暮，两人都如同在那叶小舟上一样，默默相对。每一天的傍晚，他都会送她一件礼物。

他将这些年来亏欠她的温柔，都一起弥补给了她，就像看到她的每一眼，都是最后一眼。

第一日，是一朵新莲。

初夏的湖泊，莲叶布满了水面。唯有一朵粉色的莲花，心急地从荷叶堆中钻了出来，怯生生地打量着这个劫后余生的世界。他亲手将它摘下，交到她手中。她腮边泛起一丝红晕，将它捧在胸前凝视良久，却又小心翼翼地摘下其中一瓣，拉起他的手，将花放了回去。

莲花在他掌心展开，带着淡淡的凉意。卓王孙知道这个动作的含义，没有说话。他们初见之时，也有这样一朵莲从她手中飘落。那一次，是他摘下其中的一瓣，将莲花放回水中。

这一幕，他记得，她也还记得。天地间，有千千万万朵莲花，但只有这朵残了一瓣的莲，是她心头的一点朱砂。

第二日，是一间小小的木屋。木屋仿造华音阁中的醉莲小筑建造，只是小了很多。那是她想要的。她从没告诉过他，她不想要太大的房子，也不想要雕梁画栋的装饰。只是一间小小的木屋，屋后爬满藤萝，屋前有一方池塘，夏天开满莲花，那就是她的家。

她也曾偷偷想过，成婚之后，两人就住在这里。虚生白月宫实在太大也太冰冷了。只是这个愿望实在太不切实际，她始终没敢说出口。不过，她只在心里想一想，也是无比甜蜜。她要的并不多，天地间有这样一座小小的木屋，只属于他和她，他能偶然来这里一趟，也就足够了。余下的时间，她会坐在窗前静静等他，满含着希冀与幸福地等。哪怕十日的等待只有一刻相见，哪怕在守望中耗尽所有年华。

第三日，他带着她，换了普通的衣衫，来到平壤城中的集市上，陪她选购着铅粉、首饰、碗碟。虽然他早已为她准备了最好的，但她还是如同所有新婚女子一样，含着幸福和憧憬，装饰自己小小的家。也许是易容术高明，市场上竟没有人认出他们，两人携着手，穿梭在人群中，自由自在，无人打扰。

相思还会试着和小贩们讨价还价，只是一开口，却又忍不住笑。她恣意地压着价格，用刚学来的种种手段与小贩谈着价码，价格一压再压，将小贩气得吹胡子瞪眼，最终心痛地将货物递给她，她却丢下两倍的铜板，带着卓王孙跑开。而无论她买了什么，总是交给卓王孙拿着，直到他手中堆起一座小山，再也放不下了为止。那一天，这座阴雨连绵的城市也被阳光照亮，湛蓝的天空中，白云无声变幻。日影像一个调皮的孩子，撩拨着两人在青石小路上的影子，让它们时而交会，时而分开。

这是平凡夫妻的幸福，却会持续百年，连最波澜壮阔的传奇都抵不过。

第四日，是一座镜台，从伐木、切割，到镜子前的莲花，都由他亲手完成。他雕得很认真，从上午一直到日暮。她在他身边席地而坐，微笑着看着他，细数窗前投下的一缕缕阳光。看着光阴转移，她恨不得伸出手将它们拽住，让岁月从此不再流逝。直到黄昏时分，那朵莲花才最终雕好。他抬头的那一刻，夕阳的余光洒满了小屋。他不禁有些惊讶，没想到天下无敌的剑法，用来雕刻妆台上的一朵莲花，竟花了一整天的时间。

他伸出手，看点点木屑从莲花中撒落。

第五日，是一夜星光。

那时，他们的木屋已经装饰好了，屋内也有了新做好的镜台，有了简陋的碗碟，有了从集市上买来的、绣着金达莱花的毯子。卓王孙移了些藤萝过来，爬满木屋，于是，这小屋就温馨起来。

当这一切完工时，天已经黑了，繁星点点，萤火虫在星光下尽情飞舞，似乎整个天地都被这些精灵占据。

相思与卓王孙坐在屋顶，看着满天星光。等坐得累了，两个人就并肩躺下，一起看着天河缓缓流淌，万千星辰沉浮其中。那一瞬间，两个人仿佛都被星光照得透亮，一低头，就能看见彼此透明的心。茫茫天地间再没有其他，只剩下他和她，无言相对。

相思执拗地握着卓王孙的手，感受着他手上的温度。她心中充满幸福，却又有一丝惶恐。这一切来得太容易，就像是一场梦。她真害怕自己会在什么时候突然醒来，而后坠入那森冷的黑暗中去。于是，她的动作也变得特别轻，连呼吸都小心翼翼的。

哪怕这只是梦境，也是一场不容惊扰的梦境。

月色宛如渗入蜜的牛奶，甚至可以嗅出微微的甜香。

第六日，卓王孙将一个锦盒放在相思面前。

相思打开盖子，顿时呆住了。

一袭华美的嫁衣，静静地躺在丝绒上。

如她所愿，嫁衣不是正红色，而是水红色。如初夏的莲花，有着水一样温婉的色泽。

天工坊出产的顶级丝缎，柔软得就像从天空中裁下的云朵。暹罗运来的金箔绲边，薄如蝉翼，在方寸之地雕刻出飞凤与鲜花的纹路。

最珍贵的却是嫁衣上绣着的九十九朵莲花。丝线细得几乎目不能见，每一根的颜色都绝不相同，千丝万缕，千针万线，绣成九十九朵莲花，有深有浅，有开有合，盛放在水红的嫁衣上。莲花是如此栩栩如生，仿佛刚刚从池塘里摘下一般，轻轻触摸，就能感受到尚未干涸的晨露。

哪怕皇家造办处最熟练的绣工，在这些莲花面前也会叹为观止。这哪里是刺绣，根本就是仙术。或许只有天宫织女，才能完成这样的杰作。

半月前，一纸飞信传到天秀峰脚下。云隐神针门十七代掌门孙十三娘打开书信，二话不说，带着三十六位女弟子连夜上了峰顶，将隐居二十年的前掌门神针圣姥请出了山。她们这般着急，不是因为武林又有了什么腥风血雨，而是接到了华音阁主的书信，委托她们为自己的大婚准备一件嫁衣。华音阁曾对神针门有再造之恩，遇到阁主大婚这样的盛事，她们怎能不竭尽全力？

神针圣姥虽然已仙居多年，据说已成了散仙，不问人间之事，这一次却没有推辞。她携着弟子日夜赶制，终于将这件嫁衣绣好。

胸口的那朵水红色莲花，是神针圣姥亲手绣上的，只有她才有如此出神入化的针法，才能完成如此精细的刺绣。

这是他为她准备的，准备在这一刻交给她。而事实上，他的确也在这一刻交给了她，却因为流花寺的那一幕，有了完全不同的含义。

相思抱着嫁衣，惊喜地将丝缎紧贴在自己的脸上，仿佛只有那柔软的触感，才能让她相信这不是在梦中。她甜甜地笑了，仿佛一朵盛开的莲，笑着笑着却又轻轻抽泣起来，最终抑制不住自己的泪水，恸哭出声。她哭得那么忘情，仿佛要将多年的泪水在这一刻流尽。

看着她哭泣，卓王孙也不禁有些怅然。

如果，你没有骗我该多好。

第七日。

平壤城中漫天喜色，城墙、宫室、街道，甚至连一棵青草、一粒尘埃都被暮色染得一片金红。丝竹鼓乐和鼎沸的人声一起，打破了黄昏的宁静，整座城市都变得喧嚣而嘈杂。

虚生白月宫中挂满了猩红的喜幛，金色的流苏打着同心结，从房顶一直垂到地面。每隔十步就架着一个檀香木制成的烛台，插着粗如儿臂的龙凤红烛，火光摇曳，照得宫中仿如白昼。

大厅中贺客满堂。偏安平壤城中的朝鲜贵族、随军出征的朝廷官员、华音阁众弟子，以及江湖各派有头有脸的人物，都是华服盛装，聚集在大厅内。今天是华音阁主大婚之日，也是公主出阁之时。小小平壤城能躬逢如此盛事，真是三生有幸，又有谁敢不来贺喜？

卓王孙坐在高堂上，静静地看着这一切。他手中握着一个琉璃杯，杯中注满了鲜红的酒汁。烛光透过酒杯，折射出七彩的光芒，照亮了他身上重重叠叠的吉服。

阁主大婚的礼服极尽奢华，庄严高华，衬得他的容颜如朝阳一般光彩夺目，不可仰视。只是，他的神色异常淡漠，一手持杯，一手支颐，远远看着满堂宾客往来，似乎这喧天的鼓乐、无边的繁华都与他毫无关系。

猩红的波斯地毯展开精美的图案，从大堂上一直铺到宫门外，每一步都铺陈着鲜花与香草。这些鲜花与香草都经过精心挑选，虽然已到了傍晚，却没有一丝枯萎的痕迹。它们在人声鼎沸的大厅中，尽情散发着芳香，仿佛积蓄了一生的美丽，只待这一刻能侍奉新娘的裙脚。

吉时已近，丝竹之声更响了。

门外传来一阵喧嚣。

相思出现在红毯上，长发绾起，斜插着一支凤簪，身上是那绣满莲花的嫁衣，让她看上去也像是一朵盛开的莲。九十九朵巧夺天工的绣莲，比不上她这一朵，它们在她的衣裙上摇曳着，甘心拜服，却并没有因她的存在而失去风华。恰恰因为有她，这九十九朵莲花的美才得到了点睛之笔，终于变得完满，无懈可击。她的美从来不咄咄逼人，也不是侵占、压迫，而是给予、包容与分享。

她向他走来，每一步都带起摇曳波光，仿佛让时光重回到那条波光潋滟的秋江之上。

四周是铺天盖地的红色，她却是红色海洋中那一朵温婉的莲花，颜色是比四周要淡一点的红，喜色是比旁人要内敛一点的喜。因她天生就是如此，没有逼人的艳丽，没有倾城的妖娆，却从来不会让人觉得突兀。

卓王孙放下手中的酒杯，起身向她走去。

相思停下脚步，抬头向他看了一眼，又赶紧低下了头。

卓王孙在她面前止步，仔仔细细地打量着她，仿佛在欣赏她今日的美丽，又仿佛要将她整个看透。

她虽然没有抬头，仍感受到他目光中的炙热，不禁羞红了脸。按捺不住胸中的激动，她勇敢地向他伸出手，袖口上那朵莲花在微微颤抖。

她在等待，等着他携起自己的手走到堂前，昭告天地，他将娶她为妻，一生爱惜她、珍视她，地老天荒，永不分离。

卓王孙静静地看着她，眸子中的笑容一点点变得嘲讽。

她伸出的手凝滞在空中，四周空空荡荡的，她却不知道要抓住什么。

一切仿佛回到多年前莲花坠从她手心坠入水中的那一刻。命运在此刻再次遭逢拐点，不知要去向何方。

也许是等得太久，一丝不祥的预感从她心底生出，让她感到寒冷，但随即又勉强压了下去。她依旧含着笑，默默等待。

多等一刻又何妨?

这一刻，她等了二十一年，又或者是三生三世，漫长的轮回。

卓王孙注视着她，缓缓地笑了。

而后，他头也不回地从她身边走过。

那一刻，喧天的鼓乐、鼎沸的人声仿佛都瞬间静止，空气中只有沙沙的细响——那是他的衣袂滑过她的手，带着夜色的清寒。

他看也不看她，径直向红毯尽头走去，让她递出的那只手空空荡荡地留在身后。

两人擦肩而过，他走向了另一个女子。

凤冠霞帔、华服盛装的女子。

永乐公主默默地站在喜堂门口，满头珠翠照出漠然的神色，她身后是金玉错彩的銮驾和长长的送亲队伍。

卓王孙径直走到公主面前，携起她的手，转身向堂上走来。

相思怔怔地看着他们，心中是无尽的恐惧。世界仿佛都破碎得不成片段，就像是书页中发黄的插画，一幅幅连续起来，却无法触摸。他们再度走过她身旁的时候，他依旧没有看她，只轻轻拂袖，将她从红毯中心推开。

他的动作很轻，仿佛只是不经意间拂去一丝尘埃。

相思却禁不住怆然后退。

她退在人群中，隔着模糊的泪光，望着他们的背影。流苏下，两人携手而立，身上的吉服镶金缀玉，是那么华美。主婚人杨继盛走上高堂，向两人躬身祝贺。四周的人声正在渐渐恢复，模糊成一片。那是人们在欢呼，在祝福，在赞叹。

是的，的确值得赞叹，这一对璧人，年貌相当，佳偶天成，一个是天下无敌，一个是金枝玉叶，只有他们才配得上对方的荣耀。丝竹更卖力地奏响，装点此刻的喜庆。

只有她是多余的。

她身上淡淡的水红喜服，在这铺天盖地的喜气下，显得那么格格不入。相思突然感到和公主身上的鸾凤吉服相比，她穿的其实并不像嫁衣。那份温婉的美丽，跟铺天盖地的正红色相比，是那么脆弱。

原来，这精心准备的别致颜色，只有在他的守护下才有着独一无二的骄傲。当他不屑一顾时，这份别致，就变成了荒唐可笑。

相思眼睁睁地看着他们在众人的祝福下携手祭拜天地，心中突然充满了惶恐，想说什么，喉中却一阵哽咽，一个字也说不出口。

她知道这一切，已不属于她。

观礼的人们向前涌动着，将她一步步挤到了墙角。人头攒动，挡住了视线，她眼前只剩下一片连绵无尽的猩红。她是这红色汪洋中的一朵浮萍，被冲到了无人问津的角落，任她生，任她灭。

她的心在冷却，如果这一刻她悄悄离开，还能保持最后的尊严。如果她多说一个字，只能带来更让她心碎的羞辱。

要放弃，要离开吗？

她不能。

因为如果她不喊出声，那么他就会这样携着另外一个女子的手，从她身边走过，再也不回头。

“不！”她冲出人群，站在红毯上，含泪望着他。

所有人都震惊地看着她，仿佛看着一个怪物，嘲讽、不解、惊愕的目光像是一柄柄刀子，正在将她凌迟。

她却已顾不得这些，只仰头看着他，嘶声道：“为什么……是她？”

卓王孙回过头，脸上是讥诮的笑，仿佛听到了极为好笑的笑话。

他并不说话，只向后挥了挥手。

韩青主匆忙走上前来，低声道：“相思月主，阁主迎娶公主一事，人皇之命，天下皆知，还请你……”他没有说下去，因为他发现，相思似乎在听，似乎没有在听。

天下皆知吗？为什么只有她不知道？

她倔强地抬起头：“不是的，不是这样的！”

韩青主心中有些惶恐。他从未见过这样的相思。在他的印象中，相思总是那么温柔、隐忍，不会为任何事生气，有什么委屈也总是藏在心底。她虽对阁主情愫已深，华音阁上下皆知，却从来没有公开表示过。他本以为这场婚礼将相思一个人蒙在鼓里，是为了保护她，却没想到，反而让她遭受最痛的伤。早知这样，他一定会提前告诉她真相。

但他也没想到，她竟然当着这么多人的面，失去理智，喊出了这句忤逆阁主的话。他担心地看着卓王孙，不知道会有什么后果。

但出乎他预料的是，卓王孙脸上竟然带着笑容。

“哦，那该是怎样？”

她望着他，眼中的哀恳是那么无助：“你说过，要娶的是我……”

她的声音虽然轻，却让所有人不禁一怔，望向公主。公主定定地站在卓王孙身边，身上的凤冠霞帔正是三日前嘉靖皇帝亲自遣使者送来的，喜堂也是城中几位耆宿在杨继盛的带领下亲自选的。就连喜庆礼节，也都做足了公主大婚的全套礼仪，并无半分差错。

他们的目光，不由得转向了卓王孙。

卓王孙淡淡微笑，轻声道：“我说过吗，我怎么不记得？”

相思霍然明白，这是一个陷阱。

这七日来，他对她的温柔，他送她的礼物，都指向一个结果——他会娶她。但他的确没有亲口说过这句话。他这是故意的吗？故意要让她满怀希望，走上喜堂，却绝望地发现新娘是另一个人？让她穿上嫁衣，站在众人面前，满心欢喜，却发现这不过是一场精心安排的羞辱？

她抬着头，眼泪从苍白的脸上滑落，洇湿了精心描绘的妆容：“为什么，要这样对我？”

每一个字，都撕心裂肺，如在泣血。

卓王孙脸上的笑容在一点点冷却。

到了这个时候，她竟然还不知道悔改，不知道反思自己犯下的错，还装出一脸无辜地看着他，质问他为什么要这样对她。

在亲眼看到她满面笑容地投入另一个男子的怀抱后；在她为了与情人约会，让他喝下一杯毒茶之后，她竟然还能问得这么理直气壮。

多么可笑，多么荒唐。

他不禁又想起那个在潋滟秋江之上的水红色影子。那个时候的她，注视着手中的残莲，一道不知从何而来的迷离光影照亮了她的面容，是那么纯净、通透，不染一丝尘埃。

他谛视着眼前的她，仿佛要看清她的每一寸。这个在绝望中瑟瑟颤抖的女子，和在秋江上回眸时看到的影像，是那么相似，又仿佛有些许不同，始终无法完全与记忆重合。

到底是什么改变了她?

是他太过纵容了吗?

他微微冷笑，目光中流露的无限温柔此刻却显得那么讥嘲：“你知道的。”

相思怔了怔。

她知道的?知道什么?多少年来，君心似海，哪怕在最亲密的时候，他也从未真正向她打开心扉。一直以来，她都小心翼翼地揣测着他的好恶、他的喜怒，猜到心力交瘁。但他的心，又岂是她这样的女子能洞悉的?她已不想再猜下去——这一次，她要听他亲口告诉她。

“不!”她霍然抬头，无惧地迎着他的目光，“我不知道!”

“那真是可惜。”卓王孙一笑，语气有几分调侃之意，“如此有趣的问题，只有你真心想嫁的人才能告诉你，去问他好了。”

“可是……”相思握紧了双拳，撕心裂肺道，“可是那个人是你啊!”

“哦?”卓王孙冷笑，“是吗?”

相思咬着牙点了点头。

“很好，你就留在我身边，做我的侍妾好了。”他看了公主一眼，“我相信她不会在意。”

相思怆然后退。

这句话如同一柄利刃，带着伤人的羞辱，切断了她心中紧绷的坚强。

她站立不住，跪倒在铺满鲜花的红毯上。她低下头，紧紧握住双拳，没有哭泣出声，却也没有退让。烛光映照在她身上，她就像一枝枯槁的残荷，任凭秋风侵袭，那么悲伤，却也那么倔强。

渐渐地，众人脸上的惊骇、嘲讽、鄙薄都平息下去，最终化为一声叹息。

满天喜色中，她是唯一的悲伤，却也是唯一的真实。

卓王孙看着她，良久无语。有那么一刻，他沉静的目光中似乎有涟漪闪过。

他想起了潋滟秋江，想起了一江残荷，想起了小屋上的漫天星光，想起了他亲手刻上的那朵莲花。

但只刹那间便付诸一笑，了无痕迹，他挥了挥手，示意婚典继续进行。

丝竹声又响了起来，欢天喜地，无限繁华。

## 第二十九章

# 玉钗恩重是前生

突然，大堂的门被轰然推开，杨逸之跌跌撞撞地冲了进来。

卓王孙的脸色瞬间变得冰冷。

他甚至能够感受到丝丝杀气自掌心中腾起，在空中盘旋、飞舞，带起尖锐的啸声，提醒他，眼前这一切都是这个男子造成的。

三连城上、流花寺中，正是他让那朵原本一尘不染的莲，沾染上了恼人的月色。

杨逸之的到来，也在卓王孙的设计之中，来得恰到好处。因为这场婚礼，本就是他精心安排的一出好戏，必须由他和她亲自出演，才有意义。

杨逸之站在他面前，一字一顿道："你……你不能这么做！"

卓王孙淡淡看着他。

杨逸之的脸色异常苍白，这是急怒攻心的白，是气急败坏的白。

卓王孙忽然觉得有些有趣，因为他从未见杨逸之这样失态过。就算在对战无与伦比的对手时，杨逸之仍然是从容自若的，但现在，他失去了身为绝顶剑客的尊严。

既然失去了，那他就该死。

卓王孙冷冷道："我不能怎么做？"

杨逸之抬手指向相思："你……你不能这样对她！"

他怒声道："你既然娶的是公主，又为什么要欺骗她？为什么要让她受着羞辱与煎熬，自己却心安理得地享受这花烛夜？"

卓王孙："哦？我欺骗她什么了？从一开始，天下人皆知我娶的是公主。"

杨逸之喝断他："她不知道！"

"那不过是她太自以为是罢了。"卓王孙的笑容温和而残忍，"她不过是我的属下，却又有什么资格怀着这样的奢望？"

灯影明灭中，相思的身子剧烈一颤。

杨逸之忍无可忍，俯身将相思拉了起来，推到卓王孙面前，一字一顿道："难道你就感受不到她的心碎吗？"

卓王孙嘴角挑起一个讥嘲的弧度："是吗？"他目光冰冷地从相思胸前扫过，轻描淡写道，"那下一次，找个无心的人来做我的属下好了。"

"闭嘴！"杨逸之怒不可遏，"我要你娶她！"

他此话一出，四座皆惊！

尚公主的大典，岂是儿戏？满堂宾客，凤冠鸾驾，杨逸之竟喝令将新郎让出来，留给另一个女子？

卓王孙依旧冷笑，转头看向杨继盛，微哂道："杨大人，莫非这也是庆典的一部分？"

杨继盛怒了。他绝不容许公主的婚礼被自己的儿子搅乱！他怒声道："逸之，你疯了吗！"

他那苍老的声音宛如一条鞭子，狠狠抽在杨逸之身上。

杨逸之眼中忍不住一热。

多少年了，这是父亲大人第一次叫自己的名字。这证明他还把自己当作儿子看待，这当众的一声"逸之"，是原谅，是恩赐，也是要挟。

多少年了，他不是一直在等这一天，等他的父亲重新叫他的名字？

他拉住相思的手也有一些颤抖。公主大婚，岂是儿戏！他隐约能看到父亲眼中的期望、愤怒，甚至哀求。

自己若还不放手，他又将重新失去父亲的那一点谅解，而且再不会有。

刹那间，他有一丝清醒。

相思仿佛也清醒过来，惊惶地看着他，看着卓王孙，也看着众人，不知过了多久，她苍白的脸上终于透出一抹凄凉的笑："算……算了，我本不求什么的！"

水红色的嫁衣碎在泪水里，这泪水碎在喜堂上。

本不应该这样的……杨逸之被她的泪水一刺，竟忍不住退了一步。

无论面对多强的对手、多盛的剑气，他都从来没有退过。而今天，他为眼前这女子的眼泪一退再退！

她悲伤地站在喜堂中央，嫁衣上九十九朵水红的莲在满堂喜气中枯萎。就在刚才，九十九朵水红的莲还曾那样幸福地绽放，却因无人守护，转瞬凋残。

杨逸之有些迷茫。他不是曾经许诺要倾己所有，完成她的心愿吗？为何又会退却？

他忍心放开她所依赖的最后一根手指，任她在风中零落吗？

不，不是他在放手，而是她在挣脱他，她要让他走，让他拥有亲情，拥有幸福。

杨逸之猛然惊醒，立定身形，嘶声道："不！"

这一声呐喊，穿透了喜堂，让整个夜色也为之颤抖。

他猛地仰头，仿佛是替自己解说，又仿佛只是说给自己听："我本以为生命会有许多意义，于是不惜禁锢自己的心，去完成这些意义。但现在我已顿悟：生命所有的意义，就是守护所爱的人，让她永不流泪。”

他深深凝视着相思，缓缓道：“我爱你，所以，我绝不能看你流泪。”

他的神情中满是坚定，坚定得有些疲倦。这本是他永远不会说出来的话，但现在说出来了，他竟然只感到解脱，而没有羞怯或者悔恨。他本是个谦谦君子，永远在众人面前隐藏着自己真实的感情，但现在，他将自己用力剖开，将所有私密的感情全部暴露在大众面前，任他们用流言肆意践踏。

大堂中瞬间寂静了，他的话宛如雷霆，劈中了所有人，又宛如大风，将他们的镇静吹走，只留下惊骇。

这是惊世骇俗的一句话，但杨逸之只是淡淡地说了出来。

他知道，他说出之后，将一无所有。他将失去君子之名，失去老父的亲情、卓王孙的友情，或许，还将失去武林正道的尊重。但他不在乎！

那染湿嫁衣的泪水，让他不再管那些顾忌，他要痛痛快快说一次。这一次，他将只忠于自己的心。

这颗心，再不为了天下、为了家国而犹疑，而只用来守护所爱的人。

为此，他不再退步，而是勇敢地仰起头来，面对着所有的震骇与蔑视。

卓王孙的目光迅速变得冰冷，寒光般盯着杨逸之：“你爱她？”

杨逸之重重地点了点头。

杨继盛的期望终于化为怒吼：“畜生！你还有没有廉耻！还不快些滚下去！”

杨逸之无言，只注视着卓王孙。

他的一生，本只是为了重得父亲的认可——但如今，他悍然不顾。

卓王孙冷冽的杀气喷薄欲出，宛如九天雷云将杨逸之笼罩。这是天下无敌的力量——但如今，他绝不退缩。

天下英雄都在观看着，他是他们的盟主，本应该成为他们的楷模、他们的依赖，但或许明天，他将遭到世人的一致唾骂——只是如今，他绝不动摇。

他所求的，并不是得到她的爱。他只要卓王孙好好对待相思，珍惜一下她的心。那么，他就算粉身碎骨，也心甘情愿。

卓王孙游移的杀气终于缓慢成型，他一字一顿道：“你终于肯说出来了？”

这一瞬间，他忽然有种错觉，自己只有在这一刻，才被真正撄怒了。杨逸之的这句话，让他感觉到前所未有的痛楚，痛到他几欲毁灭这个白衣男子。

这痛楚，究竟因何而来？他竟然不知道！

卓王孙全身杀意猛然一提，将这些杂乱的思绪摒弃开去。只这一瞬，他全身又已被凌驾一切的杀意笼罩，正是这杀意，让他高高在上，完美无缺，不容谛视！

寂静的喜堂中响起唰的一声轻响，卓王孙拔了剑。

卓王孙真正动了杀气，杨逸之，这个曾被自己视为知己的男子，一次次触动他的逆鳞，而更重要的是，对方竟敢当着所有人的面，说出他永远也说不出的话！

杀气卷绕天际，悍然挥舞，卓王孙厉声道："拔你的剑！"

杨逸之怆然笑道："剑在！"

月白色的光芒自他身上点点溢出，在手心结成新月形的弦。当世两股最强的力量，即将轰然对撞在一起。

这一次，他们谁都不打算再留一分力！

"住手！"相思的声音撕心裂肺般响彻大堂。

她苍白的纤手紧紧抓住嫁衣，突然拔身而起，向两人剑意锋芒最盛处冲去。

两道至强的剑气倏然收束。一时间，所有的光芒暗淡下来，只剩下她站在两人中间，怔怔地看着他们。

四周一片寂静，连呼吸的声音都是那么清晰。

突然，她眼中的泪水无声滑落："我恨你，还有……你。"

她指向卓王孙、杨逸之，而后转身向宫门外跑去。

冲天的剑气竟因这六个字一滞，然后倏然瓦解。

相思转身奔出时的泪水，飘落在喜堂上。杨逸之心一颤，顾不得再与卓王孙对决，转身追了出去。

卓王孙的剑就在他背后，只要轻轻一送，就可以杀死这位最强大，也最痛恨的对手。

但他的杀气竟一瞬间那么沉重，无法再凝聚。

是因为剑上沾上的那一滴泪水吗？

他轻轻拭净剑锋，将剑收入鞘中，转身重新携起公主的手，登上喜堂最高处，对呆若木鸡的宾客一挥手，示意婚典继续进行。

四座无言，只有鼓乐之声依旧阵阵响起，试图掩饰掉这满堂凄惶。

夜已经深了，宾客们不敢打扰这对新人的洞房花烛之夜，很快散去。虚生白月宫深处的新房里，只留下卓王孙与公主两人。

不知沉默了多久，卓王孙轻轻松开了公主的手。

被控制已久的血脉突然冲开，公主只觉得全身一阵酸楚，站立不住，跌坐在床边。

床边的玉钩坠落，红色纱帐垂下，罩在她脸上，让她的容颜有几分恍惚。

新房中一片喜色。

喜床对面，有一座紫檀雕成的妆台，上面刻着九鸾九凤，云间飞舞，共同簇拥着一面水晶镜，照出满屋流苏喜幛、锦被绣榻来。

公主缓缓坐了起来，并没有推开脸上的纱帐，但她的目光，宛如锥子一般穿透帐帘，盯在卓王孙脸上。

“你总该记得我跟你的约定，你若是真的杀了杨逸之，我一定立即死在你面前！”

卓王孙看着她，淡淡道：“我会信守承诺，但你也要记住，从今天开始，你的一生只属于我，再不许离开虚生白月宫半步。”

公主全身一震，缓缓坐下，神色怅然若失。

这也是她的承诺，为了救出杨逸之，她已将自己的人生献给了这个暴君，成为他明媒正娶的妻子。三拜九叩，天地为证，容不得她反悔。从今而后，自己就要和这样一个冰冷无情的男子结为夫妇，而那个清明如月的男子，则永成陌路。

之后的漫漫岁月，该如何度过？难道这间奢华而荒凉的新房，就是她余生的囚城？

想到这里，她不禁悲从中来，伏在锦被之中悲声抽泣起来，这一哭就再也止不住，哭得全身颤抖，声嘶力竭。

卓王孙看着她，沉默良久。

那一刻，公主的容颜在纱帐之后，变得有些模糊。那哀哀哭泣的身影，却让他感到有一丝熟悉。

他突然想到，如果那天他没有发现流花寺的一幕，她如愿嫁给了自己，是否也会在某个无人的时刻，伏在锦被中悲声恸哭？

只为了她心中所想的，其实是那个白衣如雪的男子。

那时候，他还能这样囚禁她吗？

好在，这一幕永远不会发生了。她已经离开，带着破碎的心，带着对他的恨，永远不会回来。

魔宫中，本就应该只居住着魔王。

终于，所有的人都成为他的敌人了。这场无终之战，回归了它本应有的面目，他孤独一人站在战线的一侧，另一侧是全世界。

他脸上终于有了一丝疲惫，缓缓在公主身边坐下，仿佛在这喧闹的哭声中，他才能沉静下来，想一想今天发生的事。

公主没有抬头，嘶声道：“离我远一点，你这丧心病狂的浑蛋！”

卓王孙没有生气，只是注视着前方，轻轻道：“你以为我疯了吗？”

公主放声哭泣着，并不回答。这个问题难道还需要回答吗？

卓王孙注视着摇曳的烛火，淡淡道："我本来准备了两份嫁仪，一份给她，一份给你。你我之间原本只是一场政治联姻，而她，是我真心许诺了婚姻的女子。"

他的声音极轻，似乎在和她说话，又似乎只是自言自语。

"早在半月前，我就为她精心准备了嫁衣，按照她喜欢的样子，独一无二，价值连城。但就在七日前，我确定她心里有了另一个人。她在嫁给我的婚礼前，跟那个人幽会，还给我奉上了一杯有毒的茶。"

他用余光看了公主一眼，笑容有些自嘲："我有时并不明白，你们到底要什么。如果一袭嫁衣就能锁住一颗心，那该多么简单。

"我可以给她一切，王者的庇护、万人之上的荣耀、天下最美的嫁衣、最盛大的婚典，但若她的心在别处，我不会用这些东西做交易，把她留在自己身旁。

"我没有揭穿她曾做过什么，我也永远不会问，她更爱谁。"

公主从哭泣中抬头，鄙薄地看着他。

"于是你安排了这一出，让她当众出丑，以此来羞辱她，报复她对你的不忠？"

卓王孙淡淡道："你错了，我的确是羞辱了她，却并非出于报复，而是让她离开我，彻底死心。"

"只有伤得足够深，她才不会回头。"说出这句话的时候，他凝视虚空的目光也有了一丝痛苦，但随即又变得骄傲而冷漠，"我放手，并不是因为我输给他，而是天下万物，无不在我掌控，又怎会纠缠于一个女子的归属？她爱上别人，又何必嫁给我？"

公主打断他道："撒谎！"

卓王孙微微皱眉："你说什么？"

"我说，你在撒谎。"公主无所畏惧地看着他，"既然你不在乎，当她在喜堂上落泪的时候，是谁的手在颤抖？"

卓王孙怔了怔。他不记得自己的手是否颤抖过，确切地讲，他并没有这段记忆。

这实在是很古怪、很古怪的事，他从来没有遇到过。

公主冷笑："当杨逸之说出爱她的时候，又是谁的手瞬间冰冷？那时你正抓着我的手，瞒不过我！"

真是如此吗？卓王孙心头泛起了一阵陌生的感觉，他禁不住轻轻打断她："够了。"

公主却冷笑着说了下去："当他说那番话的时候，你不只生气，还很嫉妒吧？那些话，难道不是你想说的吗？他敢当着所有人的面说出来，而你，自负掌控一切，却连面对内心的勇气都没有！

"你知道，她为什么会爱上他吗？因他比你勇敢，比你有担当！"

"够了。"

公主冷笑，知道自己在玩一个危险的游戏，也知道触怒他的后果。但又有什么所谓？她就是要触怒他。既然他安排了这场政治联姻，让她的人生一片惨淡，她为什么要让他好过？

“三连城上，她中了忘情之毒，本应忘记生命中最感念的人，但她还记得你。那么她忘记了谁？”

她目不转睛地看着他，重重地说出三个字：“杨逸之。”

卓王孙猝然抬头，注视着她，目光中有锋利的光芒。

公主不禁一颤，几乎有退缩的冲动。但如今，她连死都不畏惧，还怕什么？

她咬着牙昂起头，继续说下去：“知道这是为什么吗？”

“为什么？”卓王孙看着她，淡淡道。让她感到惊讶的是，只是短短一瞬，他的怒意竟然已消失无踪，仿佛只是在问一件与他无关的事。

他心上仿佛罩着一个坚硬的壳，凡人的七情六欲对他而言，只不过是一缕恼人的风而已，无法穿透他的屏障。即便穿透，也不过激起短暂涟漪，他瞬间又会恢复从容、冷静、无懈可击。这个坚硬的壳，是他高高在上的骄傲，也是他作为王者的尊严，阻隔了别人的同时，也阻隔了他自己。公主忽然有种冲动，要击碎这个壳。她要亲眼看着他变得愤怒、狂暴、歇斯底里。

于是，她讲起在天授村和杨逸之的初遇，说到自己当初如何为了躲避蒙古追兵，藏身井下；又如何遇到相思，两人交换服饰和身份。而杨逸之本来是为了救她，却又误打误撞救走了相思。之后的事就是吴越王告诉她的了，杨逸之和相思在荒城、军营、草原、三连城，历经磨难，同生共死。

这些情景，有的卓王孙已经知晓，有的不甚了解。他静静地听着，脸上看不出一丝表情。

公主直视着卓王孙，目光毫无畏惧。她事无巨细地复述着，将那些不为人知的细节、杨逸之与相思在三连城中的一举一动，一一展示在他眼前，惟妙惟肖，就像在讲自己亲身经历过的故事。

她知道，这是卓王孙的逆鳞。

她在等，等着他骄傲坚硬的壳破裂，逆鳞之怒勃发而出的那一刻。

那一定非常有趣。

突然，卓王孙打断了她的幻想：“你羡慕她？”

公主全身一震。她本以为，已在壳上敲出裂痕，触摸到其中深深掩藏的伤，但在这一瞬间，她恍然发现，被窥测到内心深处的那个人不是他，而是自己。

她有了一丝慌乱，一种秘密被洞悉的慌乱。

自己羡慕她吗？何止羡慕，那一切本就不该归相思所有，而是属于自己的。只因因缘作弄，才让相思偷走了属于自己的一切。

“你想成为她？”

公主下意识地就要点头，却突然惊醒。她猛然想起，这场感情博弈还没分出胜负，只差一点就被他反控局势。这个男子实在是太可怕的对手，她绝不能有一刻放松警惕。

她咬了咬牙，抬头傲然逼视着他：“不错，我想成为她！”

她一字字道，仿佛要在他的心上刻出伤痕：

“只要成为她，就能亲口听杨逸之对我说‘我爱你’，亲眼看他为我反抗你，打败你，让你蒙羞！”

卓王孙静静看着她，那些咄咄逼人的话并没有引起他的反击，而是让他陷入沉思。

他再度想起了婚礼上杨逸之所说的那番话。

他至今仍未明白，为什么这番话会让他那么痛。

如这个女子所言，这痛苦是因为他也想说那番话吗？他也想在大庭广众之下，抛开尊严，抛开矜持，只为自己的心、自己的爱说一句真心话？

不可能。他是王者，王者拥有一切，不需要拼尽所有的尊严去获取什么。

是的，他是王者，王者是不会有痛苦的。

卓王孙的目光从冷漠重新变得温柔，他点了点头：“想成为她？你可以的。”

他淡淡一笑，起身来到镜台，从抽屉中取出一个白玉盒子，轻轻打开。红色丝绒布上，躺着一只怪异的甲虫，外壳上光影变幻，仿佛有人面花纹。

“这只上古奇蛊，名唤此生未了，只要将它种在身上，配合适当的内力引导，便可以让一个人变化为其他人的样子。

“如果公主喜欢，这就当是我的聘礼。”

这次轮到公主错愕了。她虽存着这种念头，却也深知天地造化不是轻易可以改变的。何况，她说这些话，一半是出于真心，一半也是想激怒他而已。就算此生未了蛊有用，她真能把它种在身上吗？能化作相思的样子，再去找杨逸之吗？她还不至于自我轻贱到这个地步！

卓王孙微笑着看着她，似乎在等她回答。

仿佛是不肯认输，公主咬了咬牙，劈手把盒子夺了过来，迅速地盖上盖子，又用力按了几下，确认已严丝合缝，才塞到枕头下。

“不想试试？”

公主抬起头，傲慢地道：“既然是送给我的聘礼，我什么时候想用，就什么时候用。”她冷笑，目光里满是挑衅，“等我什么时候想去找他了，自然会拿出来！”

卓王孙却完全无视她的挑衅，只淡淡一笑：“很好。不过，一定要小心。你的内力无法驾驭这只蛊虫，擅自使用只怕会引起不可测的后果。你若哪天真想变成她，最好先来找我。”

“找你？找你教我使用此生未了蛊吗？”她冷哼一声，语气中满是嘲讽，“你倒真是大方。”

卓王孙依旧不动声色：“君子成人之美，更何况夫妻一场。公主既然这样想成为她，又不止一次和她交换身份，我不妨成全你。”

公主笑了起来，仿佛听到一件无比好笑的事：“是啊，多了不起的成全……”

突然，她收起笑容，一字字道：“那么，今天你也是这样成全相思的吗？成全她在众目睽睽之下离开你？成全她穿着嫁衣，和她爱的那个男人一起离开？”

卓王孙打断她：“住口！”

公主看着他，渐渐有些得意，仿佛这一次，她真正抓到了他的痛处：“你一直是这么虚伪的吗？说做这一切只是赶她离开，说自己不在乎她的心更爱谁，说拥有一切，却不屑于用这些来挽回一颗彷徨的心。听起来多么骄傲、高尚、洒脱，其实不过是虚伪！

“你远不如自己想的那样超凡脱俗。和普通人一样，你也会妒忌、伤痛、迷茫，只是拙劣地掩盖着而已。

“喜堂上的一切，你只是想逼她离开，成全她找到真爱？难道不是想报复她？不是故意想让她痛，让她流泪？”

卓王孙冷笑。多么荒唐，他是王者，有着王者的骄傲，即便被刺得遍体鳞伤，也不会这样去报复一个女子，报复一个他曾经许诺过幸福的女子。

他冷冷看着她，仿佛在看一个笑话：“我为什么要报复她？”

公主依旧直视着他，第一次，她的目光让他感觉到了烦闷：“因为你还在意她！”

卓王孙脸色陡然一沉。

公主提高了声音：“因为她的彷徨深深伤了你的心！你只有同样去伤害她，看到她的痛，才能感到自己有价值，感到自己还有扳回一城的可能！”

她冷笑着：“今日发生的一切，你的痛并不亚于他们。但她可以哭泣，可以逃走；他可以说出来，可以为她而战。你却不能、不敢，还要强忍着做出一副若无其事的样子，多么悲哀！

“所以，你输了，全军覆没，一无所有。就算你在战场上赢一千次一万次，也抵不过今天的溃败！

“你是一个彻头彻尾的失败者！一个躲在自以为是的躯壳里的胆小鬼！”

“闭嘴！”卓王孙怒声喝断她，杀气狂龙般溢出，布满了整座新房。卓王孙的长发如乱云一般扬起，就如同上古神魔，随时可能将屋内的一切毁灭！

公主冷冷注视着他，眼中充满了鄙夷。

“你能怎样？你顶多也不过是杀了我！”

卓王孙猛然抖手，将她按倒在床上。但公主所说的话像是针，穿透了他骄傲的硬壳，一根根刺在了他的心上。

他真的是在羡慕杨逸之吗？他真的不是成全他们，而是报复他们吗？

他会如此狭隘？他会如此在乎她的想法？在乎失去她？

难道他不是个王者，拥有一切、任意掠夺、任意赐予的王者？

他很想反驳，但心中那陌生的痛楚，让他无法开口。

公主躺在他身下，仰视着他漆黑的眸子，第一次从心底感到恐惧。

她以为自己已不畏惧死亡，但仿佛直到这一刻，她才想起来，这个世界上，还有远远比死亡更可怕的东西。

渐渐地，她的声音有了一丝颤抖：“不！”

然而，她甚至没有看清他的动作，就被他从床上拖起，拉到了妆台前。

挣扎中，她感到自己被他强迫着扭转身子，面向妆镜。他只轻轻用力，已将她推倒在妆台前。

她伏在妆台上，紫檀的冰冷透过层层嫁衣，直侵入肌肤。她感到危险来临，禁不住激烈地挣扎起来，但双腕已被从身后牢牢扣住，根本无法挣脱。

他站在她身后，从镜中冷冷地看着她，毫不费力地将她的一双手腕交到左手，另一手环绕过来，解开了她的领口。

“放肆……”刹那间，公主的怒斥哽咽在喉头。她感到一股游动的冰冷，从领口钻入，沿着脖颈一直爬到胸口，停栖在上面。

此生未了蛊。

想到那形状奇异的甲虫此刻正伏在她的胸口，公主不禁全身一阵恶寒，一动也不敢动。

他一手拂过她盘起的长发，解散，轻柔而果断地向下拉去，强迫她抬起头，看着镜中的影像。

“想成为她？你会如愿。”

“不，不要……”她努力想回过头，直视他的眸子，目光中已满是哀恳。

但镜中的他丝毫不为所动，手腕一沉，她顿时失去平衡，重重地跌伏在妆台上。

那一瞬，甲虫似乎长出了触角，向她体内扎去，每一次深入，都带来撕裂般的剧痛，她禁不住痛呼出声。而这些触角越来越多，向更深处的血肉钻去，仿佛要将她整个人洞穿。

剧烈的疼痛让她忍不住挣扎、哭泣，最后甚至不顾一切地哀求。但他始终无动于衷，只是冷冷地从镜中看着她。

看着她的容颜一点点改变，变得像相思的样子。

公主一声惊呼，猛然惊醒过来。

卓王孙依旧坐在床边，淡淡地看着她，仿佛从来没有动过。

原来是一场幻觉。

却是多么可怕的幻觉，蚀骨的痛苦、屈辱都是那么真实，仿佛此刻还肆虐在她的身上。

她霍然明白，这就是他的警告。

这个男子就如九天之上的飞龙，无论多么温柔，也绝不允许任何人撩拨、触动他的怒意。

龙有逆鳞，触必杀人。这八个字，只有亲身体会过，才知道可怕。

公主看着他的目光开始颤抖起来。

卓王孙却淡淡道："你休息吧。一定记住，不要随意打开盒子。"他转身离去，不再看她一眼，只留下她坐在烛影摇曳中，轻轻战栗着，久久无法起身。

有一句话，他并没有说。

此生未了蛊有着极强的魅惑之力，对于内力浅薄的人来讲，哪怕只是多看上一眼，也会沉入它的蛊惑之中。

杨逸之在夜色中搜寻着，从虚生白月宫直到平壤城外，从傍晚直到深夜，却找不到相思的踪迹。

午夜的细雨打湿了石阶，带来彻骨的清凉。

杨逸之坐在一株垂柳下，眉头紧皱。微弱的星光下，大同江上雾气弥漫，一切都变得影影绰绰，不再清晰。

她到底去了哪里？

一个淡淡的身影浮现在雾气中，宛如夜空中雪白的一笔惊叹，一动不动地站在他面前。峨冠博带，眉如远山，苍白的脸色，就像是涂了一层厚厚的铅粉，却掩不住灵秀俊朗之气。

赫然是平秀吉的影武者，安倍晴明[①]。

他来这里做什么？

杨逸之霍然明白，相思必定是一出虚生白月宫，就遇到了平秀吉的影武者，被他带走。

---

① 安倍晴明是平安时代著名的阴阳师，传说有操控鬼神和精灵的力量。五百年后，平秀吉因为仰慕这位传奇人物，故特意遴选、打造出了一位与之容貌、武功都极为相似的影武者，并且以安倍晴明的名字为这位影武者命名。

否则，小小一座平壤城，如何他寻找了半夜，都没有找到她的踪迹？

杨逸之看着他，脸色冷了下来：“她在哪里？”

安倍晴明扬起折扇，脸上的笑容和煦而优雅，仿佛他只是一个踏月赏花的雅士，无意中来到这里：“她已经被送回天守阁。”

杨逸之心一紧，五指轻叩，风月剑气就要在掌心成型。

安倍晴明却并不着急，悠然微笑：“她是心甘情愿回去的。”

杨逸之皱起了眉头。心甘情愿？为什么？为何她要心甘情愿地回到那座囚笼？

安倍晴明仿佛看透了他的心思：“因为你保护不了她，只有在我身边，她才是安全的。”

杨逸之竟无法否认这一点。他想起了她临走时的话：“我恨你，还有……你。”

他和卓王孙，她恨他们两个人。为此，她宁可回到那座囚笼，再不相见。

杨逸之本想去救出她，却不禁感到一阵深深的无力。

安倍晴明凝视着他，手中的扇子缓缓转动着。

“你可知道，三日前，李舜臣已将宣祖救了出来？宣祖拜李舜臣为大将军，统领全国各路人马，正式与我军对抗。朝鲜百姓听到这个消息，纷纷加入，才短短几日，就聚集了五万多人。”

杨逸之沉吟不答。正如卓王孙所料，李舜臣果然代替自己成为统领朝鲜义军之人，将朝鲜的力量整合到了一起。

这不也正是自己的目的吗？只要朝鲜能够得救，统帅是自己还是李舜臣，又有什么关系？

杨逸之叹了口气。他只希望，李舜臣能够不负卓王孙的期望，成为真正的“第三人”。

也不辜负他的期望。

安倍晴明微笑：“本来这对于明朝、对于朝鲜都是一件好事。但这也可能会是一件坏事，因为没有人能料到，朝鲜人民的血性被激起得这么快。按照现在的事态发展，不出半个月，义军就会扩大到十万左右。以后还会更多，甚至能到二十万、三十万、五十万。

“若是这支军队掌握在李舜臣或者宣祖手中，不会对卓王孙造成威胁。但还有你，杨盟主。”

他透过折扇，遥望水雾迷茫的江面：“这支军队若掌握在你手上，会对卓王孙产生他无法掌控的影响。而你，跟他已经是敌人了。”

杨逸之默然。

是的，他和卓王孙已彻底决裂。于是，他的存在就成了这场战争中最大的变数。

卓王孙不会容忍任何变数的存在。

“他本该将你囚禁起来，或者杀死你，这样，这场战争就不会再有变数。但他已经放了你。”安倍晴明叹了口气，“所以，为了让你输得心服口服，他决心出兵，将这个变数扼杀在摇篮里。既然他不能杀你，那就只有一个选择，剿灭义军。”

杨逸之脸色渐渐变得苍白。他不能否认这种可能性。喜堂之上，卓王孙冰冷的杀意，对他来说是陌生的。他知道，卓王孙的逆鳞已被撄怒，无论做出什么事都有可能。

更重要的是，他不能赌，不能拿着朝鲜六百万百姓赌。

雾气蒸腾中，安倍晴明审视着他的痛苦：“但，你还可以改变这一切。”

杨逸之怆然一笑。

改变？卓王孙如今贵为驸马，公主的力量已完全归他掌握。而刚才在喜堂上，他已完全与父亲决裂。如今天下人皆知，他为了一个女子，不惜背叛了忠诚、友谊、亲情。

他还有什么力量、什么资格来改变？

杨逸之长长叹了口气：“我手中已没有一兵一卒，又能做什么？”

“你有。”

杨逸之怔了怔，随即苦笑。我有什么？

安倍晴明的面容却变得肃穆。他合上折扇，重复了一遍：“你有足以跟卓王孙抗衡的力量。”

杨逸之忍不住笑了。他若是真有这样的力量，他为什么不知道？

安倍晴明的眸子中隐然飞扬着一丝傲岸：“飞虎军。

“其实，从没有任何人真正征服这支军队，除了你。

“飞虎军从来都是只属于你的军队。”

杨逸之震了震。

安倍晴明说得不错。由武林正道组成的飞虎军，向来不服卓王孙的管制。能够真正领导他们的，只有武林盟主，也就是他。

如果他能够取回飞虎军的统御权，以这支队伍超凡绝俗的战斗力与机动能力，虽然只有区区三千人，却足以跟卓王孙抗衡。

杨逸之眼中，燃起了明亮的火焰。但随即又暗淡下去。

安倍晴明知道这一点，他知道这一点，卓王孙当然也知道这一点。飞虎军受到了极为严密的约束，被安置在守卫最森严的内城中。无论是谁，想要见到飞虎军都绝非易事。

而率领着飞虎军从内城逃出去，不但要经过华音阁，还要闯出四天圣阵。几乎没人能办到这一点。

“有。那就是你。

“无论华音阁还是四天圣阵，都困不住你。你对它们的了解，也许是天下仅次于卓王孙的。而以你之武功，要想潜入内城，并没有人能够阻拦。”

是的，杨逸之可以潜入内城，可以率领飞虎军冲破华音阁、四天圣阵，飞虎军必定会跟他走。

但只要平壤城中有那个人，这些事都只会有一个结果：失败。

卓王孙。

杨逸之有一千种方法能救出飞虎军，但只要卓王孙还在城里，这一千种可能都会变成零。

“如果，我可以令卓王孙不在城里呢？”

杨逸之猛然抬头。

浓密的雾中，安倍晴明细长的眸子就像是一双魔咒。

这句话，对杨逸之是极度的诱惑。如果卓王孙不在城里，他就一定能救出飞虎军。朝鲜战场的格局，将会发生根本的变化，他手中，亦将有足够的筹码。

安倍晴明伸出了手，五指如玉，苍白而纤细，伸向杨逸之。

那是魔鬼的邀请，只要一个契约，就能令魔鬼微笑，亦让心愿达成。

但同时，亦将背负通敌卖国之罪，失去光明。

伸手吗？魔鬼展颜微笑，发出诱人的邀约。

新房之中。

公主看着枕下的那个白玉盒，心中有无尽的惆怅。

她知道，自己的命运已经注定了，就是被囚禁在这华丽的囚笼里，直到垂垂老去，永无和他相见之日。

有了此生未了蛊又能怎样？如果再也见不到他，她变成谁又有什么意义？

何况，自己有了她的容貌又有什么用？他爱的是那个人，而不仅仅是那张莲花般温婉的脸。

不知为何，相思带泪的容颜又浮现在她眼前，却变得有些模糊，看不清楚。

公主心中不禁有一丝伤感。相思真的就这么好吗？竟让那么多男子为她心碎。

她真的比自己更美丽、妩媚、高贵吗？

她多么想再看清相思一次。

仿佛受到了无形的蛊惑，公主轻轻打开了盒盖。

嗡的一声轻响，血腥的气息溅开，夜色笼罩了一切。

## 第三十章

# 可知花亦是多情

第二天是个难得的晴天，碧蓝的天幕上几乎看不到一朵云彩，所有的阴霾都一扫而光。

自从入朝鲜以来，这片土地一直阴雨连绵。乍看到阳光，每个人的心情都开朗了很多。

整个国家都沦入战火中，唯有平壤城是安宁的。在四天圣阵与华音阁的庇护下，这是一座永恒不灭之城。至少，城中的人是这么认为的。

但他们的认知于此时化为飞灰泡影，于阳光最灿烂时。

旌旗悄无声息地在平壤城南面的平原上升起。那是一面巨大的、绘着鲜红太阳的旗帜，虽然隔了几里路，在平壤城头上仍清晰可见。

旌旗后面，是无数盔甲鲜明的士兵，踏着整齐的步伐，缓缓移动。几万士兵，竟然连一丝喧哗之声都未发出。

在距离平壤城三里处，这支队伍缓缓地停了下来。

旌旗画出了一条清晰的界线，线之后，是十万大军。线之前，只有一个人端坐着。

雪白的衣衫簇拥着他纤瘦、空灵的身姿，他头顶的巍峨高冠像是一笔拔起的狂草，陡竖在彩旌红日的正中央。猎猎长风吹动着他的衣袖，拉开两丈多长的雪白流苏。他就宛如另一面旌旗，雪白耀眼。

他平视着雄伟的平壤城，嘴角挑起一丝微笑。

在他身侧，无数鲜花正在绽放。

平壤城开。

卓王孙径直走向这面旌旗。

万花丛中，他慢慢坐下：“君来何事？”

安倍晴明挑动细长的眉峰，慢慢笑了。

“我带十万大军、无量炮火，与卓先生共赏。”

他挥手，长长的衣袖飘举："华音阁诸天加持与四天圣阵，令这座城成为不破之城。但创世之神梵天曾经说过，没有什么是永恒不灭的。所以，我带来了它们。"

巨大的日之旌旗后，缓缓推出了数百架黑黝黝的战车，车上赫然是巨大的铁炮。安倍晴明淡淡道："四天圣阵并非人力所能抗，想要破解这个阵法，是不可能的。但若是用三百台炮轰出一条路呢？"

他摇了摇手中的羽扇："那无疑是最煞风景的事情，却是有效的。以拙破巧，用最粗暴的方法让最精巧的阵法灰飞烟灭。"

他缓缓地抬起双袖，仿佛一只白鹤在蓝天下张开双翼，向卓王孙欠身行礼："那时，这里将盛开最灿烂的烟火。"

卓王孙无法否认这一点。四天圣阵固然妙绝天下，但本是为武林中人所设，并不适合动辄千万人的战场。安倍晴明所带来的巨炮乃红毛国所造，威力巨大，三百尊火力齐开，的确能在四天圣阵中轰出一条坦途来。

只有敌国之力，才能实现这种破解。

可惜，这里不是华音阁。如若在华音阁，连绵的群山与曲折的河道让三百尊大炮齐聚的可能性为零。

卓王孙淡淡一笑："君来何事？"

安倍晴明凝视着他。卓王孙的从容出乎安倍晴明意料。难道四天圣阵中还暗藏着什么杀机，连三百尊大炮都无法征服吗？

那绝不可能。

他悠然道："我来，不过是想与卓先生品鉴日出之国的另一妙术——花道。"

他随手拈起一朵桃花："若论静寂之美，还有什么比得上花的呢？如此艳丽、璀璨，凝固在最脆弱的花瓣之中，真是引人遐思……尤其是折断之后，明明已经死去，却仍维持着绽放的姿态。那时的花，一定很痛苦吧，却将痛苦绽放得如此美丽。

"见识过卓先生独特的茶道之后，在下对先生的花道无比期待。不知先生可否让我一开眼界？"

羽扇缓摇，他细长的眸子凝视着卓王孙。

卓王孙亦凝视着他。

十万军队，三百巨炮，兵临城下，羽扇纶巾，却不过是为了插一瓶花？

"好。"

安倍晴明俯下身去，恭谨地行了一礼："多谢。"

他的身形忽然陷入寂静中。风吹过，他身上衣襟的每一寸都在风中展现出波纹，却一动不动，凝结成雪的雕像。

卓王孙也一动不动，却又仿佛在变化。他的衣襟在动，他的神态在动，他的风姿在动。

这两人，仿佛世间最鲜明的对比，虽然维持着同样的姿势，却截然不同。

那面巨大的彩旌红日，似乎也受到了两人身上散发出来的无形杀气的影响，猛然鲜亮起来。

那是完全的寂静之象。

无数蝴蝶从天边飞来，旋绕在两人身边。蝴蝶越聚越多，像是七彩的风，流过两人身边。安倍晴明长眉一挑。

蝴蝶猛然碎散如雨，向卓王孙疾冲而去。万千蝶影，立即将阳光绞碎。蝴蝶是平常的蝴蝶，看不出有什么不同，但它们的翅缘上，赫然闪动着一丝精光——杀人的精光。

显然，只要被它们沾上丝毫，必将受重伤。蝶影铺天盖地，挥舞成千臂观音的无上妙相，却非度世，而是灭世。

卓王孙微微一笑，伸手提起了一个水晶瓶。

他两根手指拈着瓶缘，将水晶瓶在安倍晴明面前立了起来。这个姿势平淡至极，没有丝毫杀气，但水晶瓶所立之处，却正是蝴蝶的必经之地。卓王孙的内力透瓶而出，笔直如狼烟直冲而上，那些蝴蝶就像是安排好的一般，全部撞了上去。

只是轻轻一撞，所有的生机皆消灭。

蝴蝶七彩斑斓的身体立即变得苍白，随着风慢慢飘落下来，宛如一场枯寂的雪。

而卓王孙不过只是随手提起了一个瓶子而已，根本不似是出招对战。杀人的蝴蝶，对他而言与拂面清风无异。

卓王孙淡淡道："关白大人的式神之术，果然神奇。"

安倍晴明："先生以不变应万变，正中此术破法，令吾心服口服。"

他扫了一眼卓王孙手中的水晶瓶，笑了笑："插花之道，花虽为主体，但花器亦是关键。卓先生所选之花器，虽不事雕琢，但材质极佳，通体晶莹，可见立意高远，在下恭候大开眼界之时。"

他挥手："为睹卓先生之手笔，在下特以式神之术催请十方花神降临，令四时万方之花于此时此地全部盛开。卓先生想要什么花，请尽情选取。"

卓王孙望向周围，果然，蝴蝶枯骸飘落之处，大地已化为一片花海。这片花海琳琅满目，应有尽有。春时桃花、夏时荷花、秋之菊、冬之梅，竟然同时盛开。有些花本是异域奇种，难得一见，于此时一起绽放。

他心中一动，随手撷了一枝，向水晶瓶中插去。

安倍晴明："优昙之花。

"传说此花只在夜间开放，即开即败，只有刹那芳华。但因生命如此短暂，却能绽放出极为凄清之美丽。卓先生以此花为主，令在下深感折服。"

他细长的眼眸斜扫过卓王孙："常言花道便是心道，是否卓先生心中，也有一朵优昙花在呢?

"有的花用刺伤人，有的花用毒伤人，唯有此花，却用心伤人——它的盛开，需要用一生去守候，而错过只需一刹那，让人想一想就不禁黯然神伤。它用漫长的岁月等候一次短促的花季，究竟是为了谁?

"是仅仅为了看花者的一点伤怀，还是为了邂逅生命中唯有的一段传奇？"

卓王孙的手猛然颤了颤。

传奇，这两个字就像是针，刺痛了他的心。

是否真的曾有一朵优昙之花，盛开在他的生命里？是否他曾在某个烟雨迷蒙的时刻，无心走入了一段传奇？是否当他离开的时候，这段传奇定格为发黄的纸页，而那朵优昙从此枯萎成灰?

是否都因为他?

他眉峰一蹙，将花向水晶瓶里插去，却正在此瞬间，刀光一闪。

安倍晴明端坐不动，只是袖子微微扬起。凌厉的刀光宛如从地狱中被猛然召唤出来的妖锋，带着尖锐的嘶啸，向卓王孙厉扑而下。

卓王孙手中只有一朵优昙花。

他手指展动，优昙花挥出一抹淡淡的皎洁，花瓣抵住了刀光。

刀光猝然收回，没入安倍晴明的衣袖。

安倍晴明淡淡笑道："果然，想杀卓先生，并不是件容易的事情。我的身之剑如佛王之身，无坚不摧，居然不能破卓先生手中之花。"

他出手果断，迅捷，就算是凌厉的杀招，也从容至极，偷袭失败也并不觉得羞愧，光风霁月，不萦于怀。就算再卑劣、再无耻的事情，在他做来，也变得风雅至极。

"只是，优昙花谢了。"他叹息着。

这朵刹那之花，在盛开的同时便开始凋谢。仅仅是片刻的延迟，它的美丽就急速消退，化成尘埃。

卓王孙握着这朵已谢之花，良久不语。

安倍晴明捕捉着他的目光，悠悠道："花谢，对于看花者而言，不过心中淡淡怅惘罢了，岁岁年年，还会有别的花开。但这朵优昙为这一次邂逅，付出了一生的时间。这是多么不公。"

卓王孙眉峰一动，冰霜之色似乎也有些动容。

安倍晴明微微一笑："却不知，传奇最后，究竟是你舍弃了她，还是她舍弃了你？"

卓王孙猛然抬头，眼神已变得冷峻。

安倍晴明只感到心神一阵悸动，卓王孙的目光竟令他有退后的冲动！他震惊至极，却随即恢复，笑道："我说的是这朵优昙花，卓先生却想得太多。"

他轻摇羽扇："请卓先生重新选花。"

卓王孙沉吟着。

这显然不是普通的花道，而是天人之道。

安倍晴明在撩拨他天人一线间的情缘。这是个危险的游戏。

只是不知道，安倍晴明有没有玩这个游戏的资本。

卓王孙慢慢笑了。

这一次，他提起了一束鸢尾。

白色的鸢尾，中间绘着淡黄色的图纹，点着细细的纹点，三三对开，朴素而整洁，孱弱而宁秀，仿佛随时会破碎的琉璃天女之像。

擎在卓王孙手中时，他也必须很小心，才能够不碰碎这无限娇柔的美丽。

安倍晴明背后的那面旌旗上绘着的红日，猛然炽烈起来。

烈日炙烤之中，那束鸢尾像是红尘中孱弱的一滴泪，任何人见到都不由得心痛。鸢尾慢慢划过一条玲珑的弧线，向前递出。

安倍晴明的面容前所未有地肃穆。

"心之剑。"

他双手合十，闭目，脸上呈现出寂静而柔媚的光辉。但他的眉峰猛然立了起来，在那刹那，狞厉如修罗。就如幽寺古佛，同时显慈悲相与愤怒相。

两股截然不同的力道一刚一柔，宛如大海中涌动的浪涛，一左一右，闪电般向卓王孙袭来！

卓王孙岿然不动。

鸢尾轻摇，向那道柔和之力迎去。同时，他的另一只手一抹，一朵夭红之花从花海中飞出，握在他的手中，花蕊横指，向刚猛之力射去。

安倍晴明发出一声清越的长啸。

啸声中，一股杀气劈空向卓王孙压下。这才是真正的杀招。

卓王孙双手猛然一合，刚、柔两道阴力竟被他带动着倏然聚到一起，恰恰卡住了那股杀气！

两束花同时化为粉末。

安倍晴明面色苍白，踉跄后退。他头顶的高冠被这一剑之威震碎，长发披下来，将面目全都盖住。长风吹过，他散碎的衣襟猎猎飞舞，长发也猎猎飞舞。

他低头，喷出一口鲜血。

血被握在手中，手指苍白，血色鲜红。他凝视着手中的血，突然笑了。

“鸢尾，宁静之花。即使最细心的呵护，仍不足守护它的孱弱。哪怕气候的微小变化，都会令它死去。这种花有蓝色的、紫色的，美丽非常，但卓先生选择的，是白色的鸢尾。是否打动卓先生的，正是它的纯真呢？”

他缓缓坐下，将手放在胸前，掌心的鲜血印到衣襟前，就像是又绽开一轮红日。

“失去她后，卓先生是否也一直无法忘怀呢？”

安倍晴明凝视着卓王孙的目光，感受到他深邃的眼眸中，魔气正在一点一点聚集。

“传说，最美的白色鸢尾，生长在纯玉筑就的山上，也在那里凋谢。卓先生逆天抗命，十六年来为她筑造起一座纯玉之山，到底是为了保存她的美丽，还是只想在自己心中，保全一线柔软、一片纯净，也成全一份自己无所不能的神话呢？

“卓先生为了让自己的心好过一点，强行挽留她在身边，到底是守护，还是豢养？到底是爱，还是自私？”

卓王孙目光冷厉。

如果安倍晴明想找死，他不介意成全对方！

安倍晴明发出一阵讥诮的笑：“但最令我感到可悲的，却是第三束花。卓先生可记得那是什么花？”

他冷冷盯着卓王孙。

卓王孙并没有回答。也许，是因为这句话根本就不配他回答。

安倍晴明淡淡道："海棠。"

"我相信，刚才卓先生选这朵花的时候，并没有多想，也没有想到，我的心之剑来得如此突然。卓先生无意之中就选取了海棠应敌，足以说明此花在先生心中的地位。据说卓先生曾派整支舰队送了几百株海棠到海上，却仙踪难觅，无缘而返。海棠在卓先生心中，究竟是朵什么花呢？

"这朵花，被你选来抵挡我最锐利的剑锋，是因为她倔强、独立，能够独当一面，还是因为卓先生从来不惮去伤害她？"

卓王孙微微一怔。

"或许，是她骄傲的刺伤到了你，你也要用同样的伤痕来报复。只有她低头，才能证明你在她心中的分量。卓先生，她有着天下唯一能与你并肩的骄傲，也是你花之帝国中唯一未能完整征服的城堡。所以，你任由她暴露在最锐利的剑锋前，等着她放下尊严，来祈求你的保护。只有这样，你才能证实她真正爱你。"

安倍晴明轻轻叹了口气："花若如人当解语。卓先生，你可曾想过，当你伤害到她时，这朵海棠也会流泪？亦可曾想过，当有一天她决意离去，你纵使拥有天下，亦会无能为力？"

卓王孙厉声道："住口！"

安倍晴明直视着他的怒意，目中有了些许讥嘲："无所不能的卓先生，你可知道，在这朵高不可攀的天上之花面前，你是多么色厉内荏。因她不肯放下骄傲，如群芳一般去仰望你、依靠你、祈求你，你便感到前所未有的惶惑。只有靠故意刺伤她、漠视她来证实你真正拥有她——这是何等软弱与悲哀。"

卓王孙目光中迸出凌厉的杀机："放肆！"

安倍晴明微笑低头，以袖掩面："言多必失，看来我失言了。"

他拈起一朵海棠，横放在卓王孙面前。

"那么，你爱她吗？

"明明不舍她离开，为了那点无谓的骄傲，轻易放手，你后悔吗？"

他直直地凝视着卓王孙的眸子，认真地等着卓王孙的回答。

卓王孙的面容一点一点冰封："我，姑且让你说完。"

安倍晴明叹了口气："看来卓先生已经动了杀心。这是最后一朵花了。

"这朵花插完，我的生命也就会终结。卓先生许我先说完，那是因为这最后一朵花，卓先生心中已经选好。

"她必定是莲花，水红之莲。

“莲花如水，清涟，圣洁。传说梵天大神创世之时，有莲台相伴；而湿婆跳起灭世之舞时，手中也握着莲花。

“许多人心中都有一件不能舍弃的东西，不知道卓先生有没有？如果有，那，是否便是这朵莲花？”

他笑了笑：“那么，在辜负了优昙，痛失了鸢尾，错放了海棠之后，卓先生是否舍得了她？”

他缓缓站起来，如雪的白衣在花海中绽放，飞扬起绝世的风华。他轻轻用力，将胸前的衣襟撕开：“卓先生是否舍得让这朵莲沾满血污？”

他凝视着卓王孙，细长的眸子里充满了讥嘲，仿佛能看透卓王孙的痛苦。

卓王孙神色冰冷：“如你所愿。”

一朵莲花出现在他手中，笔直地向前刺去。

安倍晴明：“意之剑！”

万朵鲜花，于这一刹那全部枯萎。

十万人的呼吸，也在这一刻停顿。

卓王孙这一剑刺出的时候，天上天下的生机，仿佛都被剥夺，诸天神佛都露出了悲戚的面容，注视着这一剑。

这一剑注定了要成为永劫。

安倍晴明脸上的微笑却充满了自信，仿佛他已料定，他的意之剑，一定能挡住这一击！

莲花倏然静止，盈盈露珠还颤巍巍地落在花瓣上，这朵花已嵌在了安倍晴明的身躯里。

巨大的毁灭之力，顷刻将他的生机剥夺。

鲜血宛如飞散的蝶，在空中惊飞，划出惨烈的弧度，纷纷陨落。

这一剑，比前两剑容易得太多，容易到卓王孙都感到诧异。

他忽然有一丝不祥的感觉，猛然抬起头来。

血花夹杂着破碎的花蕊，就像下了一场雨，安倍晴明的面容隐在雨帘后，竟有些模糊。

卓王孙禁不住挥去空中乱落的花雨，想看清他的容颜，随即猛地一震。

那，赫然是相思。

相思？怎么会是她？

相思亦看着他，美丽的眼眸中似乎有千言万语。

但她的生命在刹那间燃烧尽，化成一缕淡绿的轻烟，消失在迷蒙的日光里。

卓王孙发出一声厉啸，声音却又噎在喉头。

时间仿佛在那一刻崩坏，一点点化为灰烬，从他指间无声陨落。

他曾认为自己不在乎她，可以随她去留。但当他真正失去她时，他的心竟然痛得那么厉害。

他仰起头，天是那么蓝，仿佛一块通透的琉璃，蓝得有些不真实。他静静地仰望着天空，仿佛生命中第一次仰望这个世界。

他第一次看清这个世界，却已永远失去了。

剧烈的痛楚袭来，他几乎无法呼吸，却在刹那间惊醒。

安倍晴明遥遥地盯着他，充满讥刺与嘲讽的瞳仁中，正映出他的惶乱。

“我为你特别准备的幻象，喜欢吗？”

幻象，是幻象吗？

卓王孙猛然合眼，心中绷紧的弦瞬间松弛下来。

是幻象啊，他猛然发现，自己正紧紧抱着一团淡绿的衣衫，衣衫里有一摊碧血。

他猝然放开手，衣衫委顿在地上，那摊碧血还能触摸到淡淡的温暖。

“卓先生一定想不到，这些花的花朵中藏着迷药。正是这种药，让这些花错以为现在是开花的季节，于是盛开。但再微少、神奇的迷药，都逃不过卓先生的眼睛，唯一的办法，就是让卓先生的心神不要放在这上面。

“所以，我说了那些话。你知道，我的式神能够窥探人心。”

花碎时，迷药散在了空中，只要有些许被卓王孙吸入，就会令他产生幻觉。

这个幻觉，令卓王孙误以为自己杀死了相思。这个幻觉是那么真实，真实到让卓王孙不由得不相信。

这绝不仅仅是幻觉那么简单。

安倍晴明望着那件衣服，眉间竟有些哀伤。

“废寺之中，卓先生曾以迷药令在下一败涂地。如今，敬请璧还。”

他微微鞠了一躬，乱发与衣襟在风中错乱。

咚咚的战鼓擂起，十万军队整齐地向后退去。

“你究竟想要什么？”卓王孙忍不住问。

安倍晴明微笑不语。

卓王孙霍然回头。

## 第三十一章

# 谁道尽提龙虎将

数个时辰前。

当安倍晴明在平壤城前摆开战阵时，杨逸之已潜入这座永恒不破之城。

他必须取走兵符，才能通过重重关卡，见到飞虎军。

兵符就放在虚生白月宫中。

城外战鼓雷动，杀气正浓。整个平壤城仿佛都被抽空了，所有人都随卓王孙来到了城头观战。杨逸之并不用费太大的力气，就潜入了虚生白月宫内。

让他颇感意外的是，一路行来，竟没有遇到一个守卫。

这座恢宏的宫殿竟那么空，阳光透过窗棂投照下来，照出雕梁画栋、玉案金樽，只是没有一个人。

当卓王孙不在的时候，偌大的宫殿是那么冷清，仿佛一座巨大的囚笼。

兵符就放在床头，杨逸之轻轻拾起它的刹那，心中竟有些莫名的感伤。

他与卓王孙，自从嵩山初见以来，原本不相干的人生就纠缠在了一起，仿佛命运注定了他们总会在同一个战场上相遇。数年的时光中，两人亦敌亦友，时而并肩作战，时而拔剑相对，嵩山上的击掌为誓、御宿峰上相约共饮、三连城头持箭相向。当他问起“我们是否还是朋友”的时候，卓王孙的回答那么果断而冰冷。但之后沧海古船之上、曼荼罗魔域之中、雪峰圣殿之巅，他们又携手走过，不是朋友，又是什么？

拿起兵符的这一刻，他感到了深深的愧疚。

无论有意还是无意，他最终背叛了卓王孙。为了那一朵水红之莲，也为了朝鲜的黎民苍生，他与卓王孙拔剑相向。

杨逸之叹了口气，转身准备离去。

突然，他止住脚步。

在走廊的最深处，有一扇雕饰华丽的门，门上还挂着大红色的喜幛，刺绣着只有皇室才可使用的九凤图案。迎娶公主的庆典刚刚举行完，这里应该就是新房了。

但很显然，新婚之夜，卓王孙并不住在这里。

杨逸之想到了那个娇纵倔强的公主，想起她在东海碧波上指挥红衣大炮，助他剿灭倭寇时的豪情，心中也不禁有一丝怜悯之意。

从此，寂寂花时闭院门，她必须陪伴着她不爱的男子，度过她寂寞的花季。

这座空寂而冷清的宫殿，就是她的囚牢，她的青春红颜，注定将在此囚禁成苍苍白发。

但他不准备去见她，因为事已至此，他的出现除了让她更添痛苦外，没有任何作用。更何况，对于卓王孙，他的内疚已太多，国家大事当前，绝不能再无端加上这一笔。

在命运面前，每个人的悲喜都显得如此渺小。

就在他要离开的瞬间，一声痛苦的呻吟传来，浓重的血腥之气随即散开。

杨逸之错愕，上前几步，推开了那扇挂着喜幛的门。

公主长发披散，委顿在绣榻上，大红色的合欢被已被血泊濡湿。她已陷入昏迷，胸前衣襟敞开着，露出血肉模糊的伤口。一只黑色的甲虫趴在她身上，大半已被拔出，却还有一根根触角深深探入血脉。她手里握着一柄匕首，似乎要割开血肉，生生将甲虫挖出。但那些长长的触角早已与血肉纠缠在一起，无论如何也无法分割开。

杨逸之大惊，赶紧上前扶起她："公主！"

公主睁开眼睛，失神的眸子中却一片恐惧，她剧烈地挣扎起来："不，不要碰我！"

她每一次挣扎，都带来胸前的创口撕裂，涌出大片鲜血。

杨逸之心中不禁一痛。他忍不住想，在过去的几个时辰中，这个女子曾承受了怎样的折磨？谁会这样对她？他突然想到，这实在不算个问题。在虚生白月宫中，除了卓王孙，还能有谁！

是卓王孙将这只蛊虫强行种到她身上的吗？

他并不知道，是这只蛊虫嗅到了人血的气味，苏醒过来，诱惑公主将它种在自己体内，并且制造出难以想象的恐怖幻境，让她心力交瘁，濒临崩溃边缘。

他只当这一切都是卓王孙所为，并因此而愤怒。公主虽然处处与卓王孙作对，但不过是一介女子，卓王孙怎忍心这样折磨她？难道是因为自己的触犯，他就要迁怒无辜者吗？

杨逸之用力抱紧她，以免她无谓的挣扎继续伤害自己："别动，我帮你取走它。"

公主虽然神志还未恢复，却似乎从他的拥抱中感到了宁静，渐渐停止动作。

当杨逸之拂开她脸上的散发和血污时，却不禁一怔。

那是一张与相思极为相似的脸！

与鬼藏忍术不同，此生未了蛊只能改变人的相貌，而不是形体。此刻，此生未了蛊的力量消退，她的容貌看上去和相思只有七八分相似，却还是禁不住让杨逸之感到震惊。

他震惊的是卓王孙的残忍。他竟然在新婚之夜，强行将他的新娘变为另一个女子，这是怎样的羞辱？而这枚此生未了蛊，是秋璇离开时留给他的。缘已尽，情未了，此生未了，留待来生。杨逸之本以为，卓王孙会好好珍惜，但卓王孙竟卑鄙地这样使用！

他不禁握紧双拳，这个人真的已无可救药了吗？

公主呻吟一声，再度昏迷过去。

杨逸之咬了咬牙，凝聚起风月之力，循着蛊虫的触须轻轻探入，将那枚此生未了蛊拔出扔在一边，又撕下床帷，包扎公主胸前的伤口。

他将她放在床上，盖好被子，轻轻擦拭去她脸上的血污。看着她的呼吸平静下来，容颜也一点点恢复原样，杨逸之叹了口气，就要起身离开。

他能做的，也只有这么多了。

突然，他的衣袖一震，他回过头，却发现已被公主紧紧抓住。她怔怔地看着他："是你？"

她满脸惊喜，却似乎害怕自己是在梦中，狠狠地咬了咬嘴唇，一直到嘴角沁出鲜血。那钻心的疼痛似乎在告诉她，这不仅仅是一场梦。

"你真的来了？"

杨逸之看着她，却一时无言。

她抬起头，笑了笑："你带我走好吗？"

杨逸之仍然沉默着。

带她走，如何可能？三媒六聘，凤冠銮驾，天下皆知她已是卓王孙的妻子，更是大明公主，金枝玉叶。新婚不久就与人私奔，无论在卓王孙还是朝廷那里，都会引起极大的麻烦。杨逸之并不惧怕这些，只是就算带她走，又能如何？

他轻轻摇了摇头。

出人意料的是，公主并没有哭泣，没有争吵，而是怔怔地看着他，眼中泪水不断跌落，碎在沾满鲜血的衣襟上。

"我……"他欲言又止。

"我明白。"公主轻轻打断他，含着泪点了点头，"其实我一直明白的……"

她的话哽在喉头，化为无声的抽泣，而后便是长久的寂静。一束阳光透过窗棂，在那张婚床上洒下悲伤的影子，照出默默相对的两人。

"那我告辞了。"杨逸之硬下心肠，准备起身离去。

他再待下去，情况只会更为难堪。更何况，安倍晴明能拖住卓王孙多久还是个未知数，他已没有多少时间。

在他起身的刹那，她突然抱住了他："逸之！"

她第一次这样叫他，杨逸之禁不住一怔。

她抬头看着他，脸上满是伤痛："难道你还不明白我的心意吗？"

明白，那又能怎样？他心中虽天地广大，却只容得下那一朵水红色的莲。

他狠下了心，低声道：“杨某一介布衣，难以匹配鸾凤之尊。公主厚爱，受之有愧。何况公主已为人妇，我心中亦已有所爱……还请公主了断此念。”

“这些我都知道！”她的声音陡然一高，连自己都吓了一跳，而后就再也忍不住，将心中郁积多年的话和盘托出，“可是那个人本来应该是我的。去天授村祭天的人是我，用尚方宝剑赦免杨大人的也是我，蒙古兵要搜寻的也是我，你本来想要救走的人是我！”

她紧紧抱着他，泪珠不断滑落：“之后，和你一起被困荒城、出入敌营、历经地心之劫、破毁三连城的人都应该是我！”

随着她声嘶力竭的话语，那最不能忘，却又必须忘记的一幕幕涌上心头。杨逸之的心禁不住一阵抽紧。

这的确是一场错。

如果说在这场传奇的开始，他遇到的应该是公主的话，那么在这场传奇的结尾，她不该忘却的，应该是他才对。

公主错过了传奇的开头，而他错过了结局。

却又如何？

杨逸之心中有阵阵刺痛传来，他不禁低下头，轻轻叹息：“事已至此，只能说命中注定，造化弄人……”他的声音极轻，似乎是说给公主听，却又似乎只是在自言自语。

“可我不甘心！”

她嘶声打断他：“你可知道，之后的每一夜，我都在后悔，后悔当初贪生怕死，与她交换身份，让她替我遇到了你。

“我恨她，恨她夺走了我的一切！

“恨她以善良为名，却做了一个可耻的窃贼！偷走了我一生中最珍贵的传奇，和本属于我的爱人！”

“够了！”杨逸之猝然回头，直视着她。

公主全身一震，这是她第一次在他温柔如月的脸上看到怒容，禁不住止住了哭泣。

杨逸之沉默了，目光中有淡淡光芒闪烁，仿佛为刚才的怒意感到歉然。

良久，他将目光投向窗外，轻柔而坚定地道：“她不是任何人的替代，也没有偷走任何东西。因为，只有当我遇到的人是她，这一切才有意义。”

公主震惊地看着他。这一切，或许她早就想过了，却始终不愿相信。泪光中，杨逸之那清明如月的容颜显得有些模糊，她迟疑了良久，喃喃道：“你是说，从来不曾爱过我？”

杨逸之点了点头。虽然不忍，但事到如今，除了及早让她从幻象中惊醒，又能有什么办法？任何暧昧不清、似是而非的回答，都只能让她陷入更深的痛苦与更加悲惨的未来。

她怆然后退，却坚持着梦呓般再问了一次："哪怕真的时光重现，那一天你遇到的是我，也是一样？"

"是的。"他望着窗外，轻轻点头。

公主如遭雷击，放开了他的衣袖。

杨逸之的心轻轻抽搐，虽然他对这个女子没有爱慕之情，但见她如此悲伤绝望，也禁不住难过。

他本不忍心伤害任何人的。但或许正因他的不忍拒绝，才让她保留了一线幻想、一点痴心，而这些，又最终触怒了卓王孙，让她沦落至此。

他知道，卓王孙为什么如此残忍地对她。

只因有他。

只有他彻底离开，她才会从卓王孙的迁怒中解脱。

"对不起。"他深深叹了口气，将兵符揣入袖中，径直向门外走去。

平壤城外，十万大军森然罗列，极盛的阳光照耀着日之旌旗，在无边花海中熠熠生辉。

安倍晴明微笑不语。

卓王孙霍然回头。

他身后，平壤城的城门打开，三千骑如风般卷出。为首一人白衣如月，在湛蓝的天幕下显得那么夺目，夺目到有些刺眼。

那赫然是杨逸之。他身后风卷云涌的，是天下战力最强的飞虎军。

卓王孙终于变了脸色。

杨逸之驻马，白衣如雪，遥望着卓王孙。

他们俩再度会面，再度站在战场上。

卓王孙面容冷峻，同时感受到了身后安倍晴明尖锐的目光。这两位白衣男子，如月如雪，宛如两柄雪亮的刀刃钳住了他，亦钳住了这座不败之城。

慢慢地，卓王孙脸上露出笑容："好计策。"

他笑的时候，脸色却依旧冰冷："你们两人联手，果然有与我一战之力。"

"如今，你要如何？"他这句话，问的是杨逸之——是否延续他们在喜堂上未了的一战？

杨逸之沉默片刻，相思、公主的影像交叠在他眼前，他实在有太多理由与卓王孙一战。但大局为重的念头，让他控制住了自己："同胞相残，非我所愿。只要阁主不再管朝鲜之事，我自然会退走。"

卓王孙冷笑："不可能。"

杨逸之："如此，我只能去东海之上，助李舜臣一臂之力了。"

卓王孙冷笑："不可能。"

杨逸之怔了怔。

卓王孙淡淡道："你若去东海，我便出兵攻你。东海之兵回转，两面夹击，你一定会落败。飞虎军的优势在于战斗力，更在于机动性。被合围之后，机动性就会完全丧失。单论战斗力，飞虎军虽然强，却没有先进的火器。我只需出动五倍的兵力，就可操胜券。"

杨逸之沉默。卓王孙说得不错。碧蹄馆大捷，飞虎军立下了不可磨灭的功劳，这场胜利，一方面是飞虎军高超的战斗力与机动性，另一方面是他们装备的先进火器所致。而他带出的飞虎军，因为时间紧迫，并没有携带这些沉重而笨拙的火器。

卓王孙想合围飞虎军，自然可以用这些火器作战。五倍的兵力围歼飞虎军，绰绰有余。而那也不过是一万五千人而已，平壤城中，至少有八万士兵，一万五千人算不得什么。他仍有足够的兵力与安倍晴明交战。

而那是杨逸之必败的局面。

安倍晴明悠悠道："若是我去东海救援呢？杨盟主只需挡住卓先生的夹击就可以了。我相信盟主能够做到这一点。"

这无疑是个很好的计策，但杨逸之并没有露出赞同之色。

卓王孙笑了笑："计策是很好，但你有没有可能击败我军之后，随即攻打李舜臣呢？"

安倍晴明怔了怔。

的确有这样的可能。灭掉李舜臣的军队，是日出之国的目标，否则他们也不会攻打幸州与灵山城了。

就算他发誓说绝不会这样做，杨逸之也不可能相信他的。

安倍晴明缓缓微笑："如此说来，我们三方只能僵在这里了？"

"不可能。"

卓王孙冷冷道："不出三日，我方部队就会从东海凯旋，那时仍是两面夹击之势，你们，必将一败涂地。"

杨逸之与安倍晴明不由得一窒。

安倍晴明的计划，本就是由他自己在城前牵扯住卓王孙，让杨逸之有机会潜入，夺取飞虎军。杨逸之果然按照他的计划行事。这并不代表他已跟杨逸之结盟，他只是利用杨逸之，削弱卓王孙的力量，形成三足鼎立之势。

他的计划已成功，但为什么是他们陷入了两难的境地？

没有人能想通！

卓王孙的目光转向杨逸之。

“你可知与我为敌，便是与大明为敌，便是与天下为敌？”

杨逸之身子一震，但他随即肃然道：“我不得已而为之。”

卓王孙淡淡冷笑，目中露出的，是一抹嘲讽。

“我可以宽赦飞虎军，但你要答应一件事。”

杨逸之：“什么事？”

卓王孙一字一顿道：“攻打汉城！”

杨逸之一怔，刚要答应，突听安倍晴明淡淡道：“杨盟主，我有一件礼物送你。”

安倍晴明挥手，宽大的衣袖流云般卷了过来，衣袖垂落，杨逸之手中多了一物。

那是一个茶碗。

杨逸之认得这个茶碗。

那是当日他在天守阁上见到相思，相思用茶水向他传递消息时所用的碗。那时，平秀吉就在一旁。

如今，安倍晴明将这个茶碗摆出，究竟是什么意思？

茶碗在他手上旋转，透出淡淡的松柏味道。那是相思的味道。

难道？杨逸之抬头，凝视着安倍晴明。安倍晴明的微笑，让他遍体寒冷。

“汉城瓦解，此碗玉碎。”

杨逸之忽然明白了他的意思，明白了平秀吉一直将相思留在身边的用意。

平秀吉并不是喜欢相思刺杀他的游戏，而是将她当作牌，一张很好、很好的挡箭牌。

他曾许诺让她平安的契约，在卓王孙下令攻打汉城的这一刻，就已破碎了。

如果杨逸之敢越雷池一步，就一定会有人死去。

——但愿今生，能再饮一杯如此好茶。

那曾是杨逸之真诚的愿望。

如今，只要他有一丝妄动，这个愿望便会从此成空，那朵水红之莲便会化为灰烬。

他该如何？

卓王孙凝视着他，等着他的答案。安倍晴明轻摇羽扇，也在等待。十万大军，诸天神佛，都在等着这个白衣男子的回答。

第三十二章

# 立马山川千骑拥

杨逸之缓缓摇头：“不。我不能攻打汉城。”

卓王孙并未感到意外：“为什么？”

杨逸之沉默。

卓王孙的目光渐渐尖锐：“是不是因为你早就与日出之国勾结在一起了？”

“申泣！”申泣畏畏缩缩地从他马后转了出来。

“我……我在江边看到，杨盟主跟安倍晴明好像做了什么交易，之后安倍晴明就来攻打平壤，而……而杨盟主带走了飞虎军。”

卖国贼，杨逸之脑海中闪过这么个词。

申泣说的并没有错，他的确是听了安倍晴明的话，才去夺取飞虎军的，也的确是安倍晴明给他制造的机会。若说他没有跟安倍晴明结盟，的确很难取信于人。

他是不是个卖国贼?

卓王孙冷冷盯着他，平壤城也在冷冷盯着他。

他无言以辩。

卓王孙忽然笑了笑。

“我相信你不是。你这样做，一定有你的苦衷，或许今日我不能理解，但总有一天能够真相大白。”

杨逸之霍然抬头。他想不到，在经过那样一个夜晚后，卓王孙竟会为他辩解。

他试图从卓王孙的眸子中看出些什么来，但卓王孙的眸子如大海，如远山，什么都看不出来。

“那么，我拜托你另一件事。

“请飞虎军守住平壤城，牵制住这十万倭军。我将亲征汉城，三日之内，令其成为瓦砾。”

杨逸之一惊。

卓王孙提动马缰，向南方踏去。随着他的动作，整座平壤城都动了起来。蕴蓄在其中的精兵，经过这么长时间的休养，已做好了血战的准备。他们即将在最优秀的将领的率领下直捣汉城，洒尽热血，迎来凯旋。

轰天裂地的鼓声响起，那预示着无上的荣耀即将随着鲜血在这片大地上蔓延。

“不！”

马蹄猛然顿住，杨逸之白色的身影拦在马前，岿然不动。

卓王孙的面容再度冷了下去：“你要阻止我？”

杨逸之也凝视着他：“你可知道，她也在城中？你若攻打汉城，她便会死。”

卓王孙忽然明白了。

原来，杨逸之放弃攻打汉城，并阻挡自己麾旌前去的理由，就是她也在汉城。原来，她冲出喜堂后，去了汉城。

这也是杨逸之不惜同魔鬼交易，背叛自己的国家的理由吗？

卓王孙胸口忽然涌起一阵炽烈的冲动，那是一种忍不住要撕裂他、践踏他、凌虐他的冲动。

他凭什么去守护她？又有什么资格拦在自己面前？

卓王孙冷冷道：“让开！”

杨逸之凝视着他，震惊地发现，卓王孙眸子中没有丝毫宽容与温情，只有杀戮。他清晰地知道，只要让卓王孙跨过自己身前，汉城必将被夷平。

不管其中有什么人，都会是同样的结局，卓王孙不会有任何怜悯。

难道，他伤害了相思一次还不够，还要伤害第二次、第三次，直到她死吗？

杨逸之心底一阵气血涌动。他忽然觉得自己不能再软弱，无法再妥协。他要守护的，必定要在此地奋力一搏、血溅五步，才能够守护。

杨逸之抬起头，迎着卓王孙的目光，一字一顿道：“退后！”

这两个字像是雷霆，在宏伟的城墙前震响。

无论谁，都到了无法再退的地步，不会再做任何退让。这两个字，预示着一场血战。

至死方休。

卓王孙慢慢抬手。

他的手笔直地竖在空中，宛如一面旌旗。

潮水般的军队从城中涌出，慢慢展开，就像是无尽的汪洋，即将吞没一切。

杨逸之的军队却岿然不动，就像是一块巨大的磐石，无论什么样的侵袭，都无法令他们退步分毫。他们所坚持的，必将以血来守护。

沉闷的雷声，在半空中炸响，大战即将开始。

宛如他们曾经说过的，这是他们之间的战争。

这场战争，必将以他们两人的交战为终结。

一个苍老的声音凄厉响起："住手！住……住手！"

一匹马急促地从城中奔了出来。

杨逸之立即变了脸色。他此刻最不想见到的人就是老父杨继盛。

杨继盛用力鞭打着坐骑，满脸怒容，向阵前冲了过来。他经过卓王孙身边时，用力地将马勒住："大人，请您暂缓片刻，我……我一定说服逆子投降。"

卓王孙凝视着阵前腾起的战云，面无表情地道："好。"

杨继盛一阵咳嗽，滚下马来，一步一步向杨逸之走了过去。

杨逸之忍不住也跳下马来，跪倒在老父面前。

杨继盛终于走到他身前："逆子！你难道一定要气死我？"

他颤抖着身子："杨门怎会如此不幸，出了你这叛国的逆子！卓大人如此宽大，不计前嫌，你还想怎样？还不赶紧随我去向卓大人赔罪？"

杨逸之跪在地上，他想象得到，这件事对一生精忠报国的老父是多大的伤害。

如果他跟老父回去，便会是杨家的得意子孙，高官厚禄，光宗耀祖，令父亲引以为傲。这难道不是他曾经幻想过的结局，是他心中唯一的歉疚吗？

为何距其只有一步之遥时，他却觉得如此难以逾越？

他重重地在地上磕了三个头。

"父亲，这一次，仅仅这一次，我想为自己而战。"

他月光般的面容上，有无法动摇的坚毅。那是明月破碎了温柔的光芒，露出坚硬而峥嵘的岩石。坚定了信念之后，他就不会再退让一步。

杨继盛缓缓收回了手。

他知道，自己是儿子的枷锁。这么多年，自己一直压着这孩子，是这孩子心头一座沉重的山。

他的儿子，会平安吗，会幸福吗？会像普通的孩子那样成长、成家，有子孙承欢膝下吗？

儿子离开他，脸上会挂满笑容吗？

终有一天，孩子会离开的。

他仰起头来，没有看到天，却只看到自己的满头白发。

他老了，什么都做不了了，只能看着自己的孩子，破碎了如月的温柔，露出坚毅的心。

他曾要求孩子这样，要求孩子那样，虽然有的时候看起来固执、刻板，但那只是因为他想用自己几十年风风雨雨的经历，告诉自己的孩子，只有这样，才会平安、幸福。

那是一个古板的老人，古板的爱，永远不会被理解。

他猛烈咯血，仰天倒下。

战鼓轰然响起，惨烈的战争展开。

安倍晴明望着这场战争，久久不语。

这是他所见到的最精彩，也最惨烈的一战。

杨逸之所用的战术，几乎将飞虎军的机动性发挥到极致。这支队伍就像是鹰隼一样，不时瞄准卓王孙的软肋进行突击，却在一击得手之后，立即远扬，像是一枚尖利的刺刀，刺得卓王孙的军队处处流血。

这本是场单方面的屠杀，但卓王孙的防御之精妙，出乎安倍晴明的预料。庞大军队的弱点就是移动缓慢，不够灵活，卓王孙却做到了以拙击巧的最高境界。飞虎军攻到哪儿，他的火器就在哪里准备好。飞虎军若是一只雄鹰，那么每次飞扑而下时，遇到的必将是一支上好了膛的火枪。

于是杨逸之的机动战术迅速失效。然而，他随即就做了调整，各种战术层出不穷地变换着，简直成了三十六计的最好范本。

金蝉脱壳、抛砖引玉、瞒天过海、调虎离山、暗度陈仓、釜底抽薪……区区三千人，将这三十六条计策演绎得淋漓尽致。到后来，许多闻所未闻的计策接连出现，令人眼花缭乱。

安倍晴明不知道，若自己是敌方的统帅，是否能守住如此变化迅疾的攻击。他的眸子中露出了一丝忧虑。

但这千变万化的攻击，却攻不破卓王孙的军队。

卓王孙的计策很简单，以不变应万变。

但这最简单的计策中，隐含着最透彻的观察力和最高妙的运筹帷幄。因为只要一个思虑不周全，或者料敌先机慢了半步，飞虎军闪电般的攻势就会立即在他的防御中撕开一个缺口。

终于，所有的计策都用到尽头，只剩下一个——血战。

卓王孙的军队就像是乌云一般，向飞虎军压了过去，猛烈的炮火声让夜色都变得通明。

每个人脸上都溅满了血，有的是自己的，有的是同伴的，更多的是敌人的。他们赤红着双眼，瞪着越来越近的敌人，心中仇深似海。因为必须打倒面前的敌人，他们才能够活下去。

他们狂吼着，迸发出心底最后的力量，向敌人冲去。

冲向风，冲向火，冲向地狱。

黎明的曙光染红这片大地的时候，剧烈的战斗终于终结。

卓王孙的军队整整推进了三里，推进的过程中留下了遍地尸体，付出了五千人的牺牲，同时换得了一千五百名飞虎军永远长眠。

但飞虎军成功地遏制住了卓王孙前进的脚步。

这场战争，没有胜利的一方，参战双方都是惨败，伤痕累累。

杨逸之的白衣上染满了血，激战中他一直身先士卒，为此遍身伤痕。

而他的对面，卓王孙一身青衣，一尘不染。

卓王孙只不过是指挥了一夜而已，冷冷一笑，驱马进入了平壤城。

明日，他的军队将在获得完全休整后，再度出战。他会更冷静、更冷酷。

但飞虎军呢？他们没有给养、没有装备，只能在野地里度过一天。

第二次再战时，他们还坚持得住吗？

所有人都沉默着，咬着牙，包扎着自己的伤口。他们望向杨逸之，那袭白衣仍坚定地站在地平线上，他们心中立即鼓起了勇气。

他们不在乎血战，只在乎一件事，他们的血流得值不值得？

答案当然是肯定的，只因这袭白衣，绝不会辜负他们的期望。

平壤城中。

暮色深重，公主跪在床上，四周一片寂静。

她手上是染着鲜血的此生未了蛊，又似乎还带着他的温度。

此生未了，但她的一生在他转身离开的刹那，彻底崩坏。

从此，她的生命只剩下一片灰烬。

虚生白月宫中仿佛陷入永远的寂静，只有这只上古甲虫，用洞悉千万年岁月的苍老目光，静静注视着她。

不知过了多久，空气中传来微微振响。

她止住哭泣，抬起头来。

甲虫的背上闪着魔般的光芒，仿佛是灰败世界中唯一的慰藉。

夜晚，日出之国驻地。

安倍晴明在沉思，灯影摇曳，他的思绪久久未定。白日那一战，在他脑海中不住上演，每一遍都让他感到新的震惊。

帐帘一挑，一个人走了进来。

那人满身漆黑，赫然正是地藏。他抱拳道："关白大人，属下有一计，不知当讲不当讲？"

安倍晴明点头道："请讲。"

地藏："大人将伊贺谷忍者两千人交与在下，假扮飞虎军夜袭东海，必能够重创李舜臣，让李舜臣与杨逸之为敌，他们必将会大肆内斗，朝鲜乱成一团，我军获胜之机大增。"

安倍晴明轻摇着羽扇，目中绽出了一丝光芒。

他冷冷道："地藏，你是否还忘不了天下？"

地藏身子一震。

"在下不敢！大人对在下恩重如山，在下只是想为大人尽力而已。"

安倍晴明冷冷一笑："你总该知道，你在中原已无容身之处，只有我才能收留你。你若是想算计我，可要考虑好下场！"

地藏恭声道："是。"

安倍晴明："不过你所说的倒的确是个好计策，也只有你能完成此事。我就准你所言，将伊贺谷忍者精锐全部交与你，你不要辜负了我。"

地藏抱拳："是！"

安倍晴明挥手，一面旗子落在了地藏手中。地藏双手捧着，一步步倒退，走出了营帐。安倍晴明凝视着他的背影，细长的眉目间挑起了一丝微笑。

地藏想利用他，他何尝不是在利用地藏？

若说对人心的把控，又有谁胜得过他？

## 第三十三章

# 往事伤心尚铁衣

虚生白月宫门口。

韩青主怯生生地站在石阶上，望着大战归来的卓王孙。

穹形石檐下，华音阁弟子们静悄悄地散立着，也各自怯生生地望着卓王孙。

卓王孙冷冷道："什么事？"

韩青主一窒。卓王孙身上凌人的气势让他不由自主地想退缩，但他克制住了心中的惊惧："阁主……您一定要置相思于死地吗？"

似是没想到韩青主会这么问，卓王孙猛然顿住了脚步："你说什么？"

逼人的杀气扑面而来，韩青主脸色顿转苍白。他挣扎了良久，方说得出话来：

"我们听说，杨盟主跟阁主开战，是因为相思月主在汉城，平秀吉要挟攻城就会杀死相思月主，杨盟主是为了保全她，才抵抗阁主的。阁主……"

卓王孙冷冷一笑："你以为，他在保护相思，而我在杀死她，是不是？"

韩青主说不出话来。他本是这么想的，但这听起来是那么怪异，他忽然发觉自己错了，他不应该卷入这件事的，这件事的复杂程度，远远超出了他的想象。他若卷入进来，就必须直面卓王孙的愤怒。

韩青主眼睛里流露出恐惧，忍不住一步步后退。他绝不敢指摘卓王孙的私人感情。他已经逾越了禁区。

"不……不……我不是这个意思。"

他慌乱地辩解着，却只让自己更慌乱。

卓王孙看着他一步步后退，直到到了墙角退无可退，才冷冷道："天下那么大，她为什么一定要留在汉城？

"为什么不回华音阁？难道在华音阁里她会不平安？"

他头也不回地转身离去，偌大的虚生白月宫被他抛在身后，仿佛一瞬间就已荒芜。

望着他的背影，韩青主与琴言对望一眼，怅然长叹。

他们心中都有隐约的惶惑，因为他们看到了禁忌的一面。

那是阁主的痛苦，第一次不经意地流露在他们面前。

虚生白月宫向东数里，有一片连绵无尽的花圃，一座半月形的白色小楼伫立在花圃中。

雨夜就像是一首拙劣的诗，细碎、冗长，在无尽的段落中反复着同样的调子，让人不忍卒读。

卓王孙站在栏杆后，望着外面的雨，久久无语。

小楼栏杆外，本植着无数株海棠，而今却连一片叶子都没见到。那些海棠，都到了海外，杨逸之出海去寻幽冥岛主，却遍访不见幽冥岛，只好将海棠全种到了附近的一座无名小岛上。

如今，那些海棠怎样了呢？

那个遍寻不见的人儿，是否会在雨夜悄悄登上这座岛，坐在海棠树下，听淅淅沥沥的雨声？是否也会潸然泪下？

翌日，清晨。

雨丝落了一夜，在晨曦中依旧飘扬着，空气中满是草木腐败的气息，让人心生郁结。

琴言静静地走了进来，站在卓王孙身后三丈的地方，恭谨地拜了下去。

“阁主。”

卓王孙站在栏杆前，没有回头：“什么事？”

琴言一丝不苟地将礼数行完：“属下来此，求阁主一件事。”

“讲。”

卓王孙的语调跟平时一样平静，这让琴言的心安定了许多。

她低声道：“求阁主接见他。”

卓王孙淡淡道：“吴越王？他肯来见我了吗？”

一人从琴言背后转了出来，抱拳笑道：“天下万物，无一能出阁主法眼。在下如今心悦诚服，再也不敢跟阁主共争天下了。”

那人虽穿了件普通的衣衫，但满脸虬髯，顾盼神飞，赫然正是当年纵横天下的吴越王。

他深深一躬：“只求阁主成全，在下愿一生一世，全心全意对琴言姑娘。”

卓王孙转身：“你可愿意？”

琴言凝视着吴越王，即使是最落魄的时候，他的脸上仍然有不可掩饰的飞扬神采。而她又特别容易被男人的豪迈打动。不知多少次，她曾幻想，偎依在一个宽阔的胸膛前，驾小舟行过洞庭山水。

她初见他时，她的容颜尚如花，而他是天潢贵胄，神龙飞于九天①。而今，他龙困浅滩，她如花的容颜也为风霜摧残，不复当年。

---

① 事详《华音流韶·紫诏天音》。琴言奉命去苗疆接吉娜之时，和吴越王初遇。

他与她却能在此相聚。

“我愿意。”她郑重容色，一字字道。

那似是梦中的呓念，久久萦绕在耳边，让人纳入心底深处，永久珍藏。

卓王孙笑了笑：“恭喜王爷。”

琴言喜出望外：“阁主，您恩准了？”

卓王孙：“王爷乃敢做敢当之人，虽然穷途不遇，但不失为英雄。你嫁给他，也不辱没。何况婚姻大事，当你自主。你若看中了，我自然成全。”

“阁主不嫌他……”此言一出口，她立即就后悔了。她的阁主岂是如此气量狭小之人？

吴越王哈哈笑道：“你多虑了。阁主会计较一些往日恩怨？前情旧事，只要我不再记得，别人又岂会记起？”

卓王孙微笑点头。

吴越王抱拳道：“在下还有一事，请求阁主成全。”

卓王孙：“王爷但讲无妨。”

吴越王：“在下当日在京师城外听阁主一番妙论，如醍醐灌顶，对‘天下’这两个字有了全新的了解。但中原已非我可图，只能效仿虬髯客，转战域外。阁主或许不知道，这次朝鲜战争，乃在下联合日出之国第一大名德川家康共同推动的。

“日出之国虽远在海外，但国富民强，远超我所想。中原如不可图，此地便是我鹰伸熊展的绝佳战场。但平秀吉在日出之国威望太高，无论是谁，想取而代之都绝非易事。我不得已才与德川家康联合，说服平秀吉，先攻朝鲜，继而以图其他。”

卓王孙淡淡道：“国师吴清风极力说动皇帝来求我出兵，自然也是你的计划之一了？”

吴越王一惊，随即展颜笑道：“果然事事瞒不过阁主。不错，吴清风是我藏在大明朝内的最后一枚棋子，只因我知道，若我胜不过阁主，平秀吉也一样！如果他的敌人是阁主，那么必定会一败涂地。而败回日出之国后，不但兵力会大减，而且声望也必将动摇。那时，就是留在国内养精蓄锐的德川氏取而代之的最好时机。

“而我，则乘势而起，取朝鲜而为基业。从此朝鲜、日出互为盟国，相互联合，亦是一番霸业。中原，则让给阁主了！”

他说完一阵大笑。因为他相信，胸怀天下的卓王孙，绝不会看上朝鲜这弹丸之地。

他笑完后，才发现卓王孙的面容变得极冷。

“你若敢参与朝鲜战争，我必杀你！”

吴越王吃了一惊：“为什么？我已从平秀吉手中骗得最精锐的忍者部队，我可以联合你剿灭平秀吉，也可以帮你诈取汉城，还可以……”

卓王孙厉声道：“住口！”

冰寒的杀气自他身上生出，这预示着他已经动了真怒。朝鲜战争是他的逆鳞，他不允许任何人碰触。

龙有逆鳞，触必杀人！

吴越王的脸色也冷下来：“阁主，你难道要赶尽杀绝？”

卓王孙冷冷道：“你还不配！但我要警告你，你若敢干预朝鲜战争，杀掉倭兵一兵一卒，我必亲手取你的首级！好好记得！”

吴越王脸上慢慢泛起一层紫气。

卓王孙冰寒的声音激起了他心底的豪雄之气。连番的败仗，让他都忘记了自己曾是叱咤天下的王爷。他曾手挽长缨，欲缚苍龙。而今，他忍让退缩，为了弹丸之地不惜在爱慕他的雄豪风采的女子面前欺诈、哀求。

连最后的支点都将被剥夺，他已不再想争雄天下了，他要得到朝鲜，只不过想给爱他的女人身为王妃的幸福。

他要的亦不是王国，不是权力，而是一份仅存的尊严。

卓王孙竟连最后一块遗弃之地都不给他。

他一字一顿地道：“我好好记得，但请阁主也别忘了，我是吴越王！”

他大踏步走了出去。

琴言惊惶地看着他的背影，又看了卓王孙一眼。

她该追出去，还是该留在卓王孙身边？

她惶惑了，不知道该怎么办，只能低下头，发出一阵幽咽的哭泣。

漆黑的马匹，驮着漆黑的人，向漆黑的夜行去。

地藏率领着伊贺谷两千忍者精锐部队，走向东方。那里，有他秘密的港口，藏着一些秘密的船只。乘着这些船只，他就可以到达南海，那里有他最后的几座基地。

有了这些忍者，他就有了东山再起的资本。

琴言幽咽的哭声回荡在他耳边，激得他的热血不断沸腾。他很想回转马去，率领这支部队跟卓王孙拼个你死我活，就算死也像个英雄一样死。

但他不能这样做。他若这样做了，琴言该怎么办呢？

如果自己注定要历尽坎坷，那至少要让她不受委屈。

地藏长叹了一口气，驱马悠悠前行。

他的马匹，却倏然立住，再也不能前行一分一毫。

一袭如雪的白衣飘然立在他面前，地藏一惊，几乎脱口而出：“杨……”他随即滞住。

眼前这个人，虽有着和杨逸之极其相似的容貌，却绝不是他。此人阴冷、冰寒、妖异，身上的白衣不是如月光明，而是如雪幽冷，冷到孤独，冷到傲慢，冷到人间万物似乎都不足与他为伴。

来人仿佛是游走在深山古寺外的月下妖灵。

地藏随即明白过来，这个极似杨逸之的人，亦是平秀吉的影武者之一，风间御。

平秀吉的五个影武者，地藏都曾在不同的场合见过。但连他也看不透的是，平秀吉的真身就在这些影武之中呢，还是根本就没有真身。或许，平秀吉的确修成了传说中的鬼藏之术，灵魂能够潜入任何一个影武者体内，是以化身千亿，不败不灭。

地藏沉默半晌，还是躬身道："关白大人。"

风间御站在他马前，低头抚摸着这匹漆黑的骏马。骏马长嘶着，他苍白的手上仿佛有种神秘的力量，令它感到莫名惊恐。

风间御悠悠道："王爷要去哪里呢？"

这声"王爷"无疑意味着，吴越王的计划已曝光。

风间御伸手，指向遥远的东北方："我记得，你要去攻打的李舜臣，在那里。

"还是说，其实王爷从一开始，就说了假话？"

他缓缓抬头，目光锐利如雪，直刺吴越王。

吴越王哈哈一笑："关白大人，您过虑了，您是日出之国的太阁，就算我想骗您，这些忍者也不会答应的吧？"

风间御笑了笑："你我都知道，伊贺谷忍者的真正首领，是德川家康吧！"

两人之间的空气倏然一紧。

这句话预示着，德川家康跟吴越王的密谋，已被平秀吉知道了。棋局已近终场，只剩将军。

吴越王冷冷注视着风间御。

化身千亿的鬼藏忍术，的确令人看不透，他已经很小心了，没想到还是没能瞒过这位关白大人。

他猛然狂笑起来，杀气自他身上炸开，像是无数利箭，向四周射去。

"关白大人，您是来送死的吗？"

风间御静静地看着吴越王。杀气纵横的吴越王，就像是地狱中逃出的猛兽，周身散发着死亡的气息。

他轻轻收手："难道你不觉得，我既然前来，就有必胜你的方法？"

吴越王狂笑："那我倒想看一下，你的方法是什么！"

黑马长嘶，猛然人立起来。吴越王手中的长枪化成一团狂风，猛噬风间御。

风间御双袖飞舞，竟然凭着吴越王的枪风飞了起来。

他亦以光御敌，却不似空灵坦荡的风月剑气，而是将光芒凝聚成片片薄冰，万点银光在夜色中猛然亮起，又神鬼莫测地消失了。

吴越王身边的忍者惨叫着，倒下了几名。风间御飞舞在空中，就像是风筝一般，越飞越高，吴越王的枪风虽然凌厉，却也无法触及他。

银光不断闪动，忍者一个接一个倒地。

吴越王狂吼："退后！退后！"

忍者们慌忙后退，与两人拉开了几十丈的距离，只剩下吴越王与那匹巨大的黑马。

吴越王抬头，盯着空中飞舞的风间御，长枪凝住，空中窒闷的气息，却更加凛冽。

风间御冷笑："好办法。"

失去了吴越王枪风的支撑，他的身子慢慢飘落，衣如堆雪，与漆黑之气围绕的吴越王形成了鲜明的对比。

就在这一刹那，吴越王手中的长枪猛然擎起。

枪风仿佛令空间撕裂，没入了风间御的胸口。这一击，实在太凌厉、太迅捷，风间御竟然完全没有还手的余地！

风间御慢慢低头，凝视着枪杆。黑气弥漫，不住地从枪杆上传过来，透入他的身躯。他的身体仿佛破开了一个缺口，生命力急速流失着。他仿佛看到了地狱的车驾正整装前来，迎接他到世界的尽头。

他抬头，缓缓微笑："欢迎来到死灵之舞。"

吴越王猛然一颤。他忽然发觉，黑枪噬中之人，并不是风间御，而是刚才被对方杀死的一位忍者！雪白的衣衫中，裹着的不是风间御，而是一具忍者的尸体。

吴越王一怔之间，脑后锐风猛响！

长枪毒蛇般从尸体的胸口抽出，闪电般撩向后方。吴越王能感觉到枪尖刺中了敌人，方转过身来。

那是另一具尸体。

他遽然回首，漫天银色的微尘撒落，风间御正冷冷看着他。

地上凌乱的尸体，不知什么时候，已布成了一个诡异的阵法，恰恰将他困住。

杀戮展开。

夜色中，无数的日出之国武士从四面八方拥出，向着伊贺谷忍者部队展开了潮水般的攻击。这些忍者在毫无防备间，奋力迎击着。不断有人倒下，同伴或者是敌人，在这个猩红而疯狂的夜晚，无数生命被收割。

吴越王盯着风间御。

他身上已染满了死尸身上的鲜血，但风间御的白衣依旧一尘不染。这令风间御仿佛是个看客，静静地凝视着这场屠杀。

两人已交锋三十多次，吴越王仍然无法冲破这个死灵之舞之阵。

要命的是，他能听到身后不断传来忍者们凄惨的叫声。他倚为长城的部队，正在一个又一个减少。

他缓缓地跨下了黑马，抬起手，将他身上那笨重的黑色铠甲一件又一件地去除。

王者气势，慢慢地在他身上展现，就像是一缕阳光，在夜色中茁壮绽开。他凝视着自己的手掌。

他觉悟了，一个人的力量是渺小的，他过于依赖强绝的力量，因而忽略了其他的东西，这导致他在中原的惨败。

如果还可以，他很想告诉那位叫欧天健的人，他很后悔，后悔杀了对方。

如果还可以，他宁愿让孟天成回到那条开满花朵的小溪旁，和其心爱的女子归隐为伴。

曾经三个人，三柄剑，浪迹江湖，是多么美好、多么美好的事情。

那才是他的霸业，他的天下。

他挥手。

三花聚顶，五气朝元。

风间御眸中瞬间闪过一抹惊恐之色。他眼睁睁地看着所有的尸体身上裂开了一个巨大的洞，也包括他自己，鲜血从胸前飙出。

他甚至没看到吴越王是怎么出手的！

吴越王的声音中有一丝寂寥。他没有感到胜利的喜悦，身负如此绝顶的武功，只会让他感到羞耻。

“我不杀你。走吧。”

他并没有看风间御一眼。因为他了解自己的武功，这一掌携三花聚顶之力，无坚不摧，一旦击在对方胸前，就算对方没有毙命，也足以让其筋脉逆乱，武功全失。

风间御跪在地上，低头咳嗽，似乎连心都要呛出。

不知过了多久，他缓缓抬头，苍白如纸的脸上绽出一丝笑容。

“你错了，败的人是你。”

他用力向后挥了挥袖。这个简单的动作，却让他再度咳嗽起来，鲜血染红了白衣，但他脸上始终带着阴森的笑容，仿佛如此重的伤势，竟不足挂怀。

得到他的号令，正在厮杀的日出之国武士踏着整齐的步伐从战场上撤出，消失在夜色中，只留下满地的尸体。

吴越王怔了怔，看着满地尸体，脸上忽然浮现出惊恐之色。

——你若敢干预朝鲜战争，杀掉倭兵一兵一卒，我必将亲手取你的首级！

卓王孙冰寒的话语，出现在他的脑海里。

他抬头，风间御阴笑着，染血的手指缓缓滑过自己的咽喉。

这该死的平秀吉，他一定知道卓王孙对自己说过的话！他其实早就看破了自己的真实身份，却忌惮自己，想借卓王孙之手，杀死自己。

这该死的借刀杀人！

吴越王突然仰天大笑起来。

“用这样的计策来杀我，是因为你知道，凭你的力量，杀不掉我吗？”

风间御看着他，不怒，不动。对于濒死的人，他还有什么好说的？

吴越王猛然顿住，冷冷道：“你知道为什么你的军队能存活到现在吗？

“是因为卓王孙想要朝鲜人击败你。其实无论卓王孙，还是杨逸之，都能轻易地击败你，但他不知道发了什么疯，非要让朝鲜人来干这件事。你，跟你可笑的十万倭军，不过是他的一个游戏而已！

“这，就是你十万大军能安然驻扎在平壤城旁的唯一原因！可笑你还一副稳操胜券的笨相，我若是你，真该羞愤自戕！”

风间御的脸色倏然改变。

吴越王再度狂笑起来：“我即将浪迹天涯，无处容身，但至少我曾是他的对手；而你，日出之国的关白大人，却连他的对手都不配做！你只不过是他随便找个人就能打败的可怜虫！”

他狂笑着，翻身上马，率领着残存的忍者们，隐没在黑夜里。

风间御僵立在满地死尸中，脸色惨白，久久不能移动。

夜色更深，一条漆黑的影子闪过。

风间御突然抬头，脸上露出了一丝讶然、一丝恐惧：“关白大人……”

黑影隐藏在夜色深处，注视着风间御，良久无语。

轻轻地，他发出一声叹息：“你已经没用了。”随着这一声叹息，他的影子变得恍惚起来，一点点消失在夜幕中，就连最轻的雨丝，都没有惊动。

风间御的身体却一寸寸委顿下去。

没有人看清他是怎么出手的，没有鲜血，没有光芒，甚至没有一丝风声。当月光再度照临时，一切都消失了。

茫茫大地上只剩下一团白色的衣衫，衣衫里裹着一摊碧血，尚有余温。

## 第三十四章

# 珍重雕栏白玉花

两千最精锐的忍者部队，经过刚才短促的狙杀，只剩下五百人。一千五百人的生命，永久埋葬在了这片土地上。

吴越王看着满地尸体，心在一点点冰冷。他所有的资本，便只剩下五百人了，不要说争雄天下，连啸聚一方都成为妄想。如今的他，仅仅比丧家之犬好上那么一点。

倭军的目的达到了，迅速撤退，但他已无路可退。他知道卓王孙若得知他与风间御交战，一定会震怒，或许会立即兑现说过的话，将他杀死。

卓王孙从来言出必行。

或许他应该尽快撤走，逃到海上。

但吴越王并没有这么做，他率领着剩余的忍者，将亡者的尸体一具具埋了起来。他已经懂得，士兵并不仅仅是棋子，而是朋友、伙伴。如果他将他们当成棋子，他们也仅仅会当他是弈棋的人，不会与他同甘共苦。而若他将他们当成朋友、伙伴，他们也会当他是朋友、伙伴，那时，他们才会同心抗敌，战无不胜。

只是，这个道理他知道得太晚、太晚了。

他仰面看着天，雨落纷纷，他眼中、心中都是泥泞。

吴越王率着仅存的部队在黑夜中潜行。他只想尽快离开这片杀域，先隐藏起来。

一缕琴音自寂静中传来，吴越王急纵的身影猛然滞住。

大雨倾盆，天风环佩的琴弦被雨滴敲打，发出断续的声音。

琴言站在天风环佩旁，静静凝视着他。雨将他们隔得很遥远，随时会将彼此的影子永远冲刷掉。

吴越王不由得驻马。

琴言淡淡道："阁主命我镇守此处，擒王爷回去。"

大雨滂沱，琴音骤疾。

吴越王叹息："琴儿，你至今还不愿意背叛阁主，随我浪迹天涯海角？"

琴言缓缓摇了摇头："不，我终生不会背叛阁主。"

吴越王："但你可知，我若跟你回去，一定会被处死？卓王孙跟我敌对多年，怎么会放过我？我的王图霸业，将全部成空！"

大雨之中，他的慷慨陈词是如此鲜明。琴言怔怔地望着他，那曾是她最痴迷的人，如今，仍然撩拨着她的心弦。

她知道，若擒他回去，这豪情，这王气，都将湮灭。

她寄托在他身上的一缕柔情，也将成灰。

她悠悠叹了口气："你走吧。"

吴越王："你放我走？你一定会被阁主怪罪的！"

琴言微微苦笑："我跟他这么多年，没有功劳也有苦劳，就算怪罪，也不至死。你走吧。等你登基为王时，我去找你，做你的王妃。"

"一定。"

马缓缓前行，但吴越王的目光没有离开她，仿佛一旦离开，就再也见不到了。

琴言的笑容，在雨夜中就像是一朵凋残的花。

直到忍者部队全部没入雨幕中，琴言才悠悠叹息一声，将天风环佩收起。

那是一阕凋零的琴音。

半月形的小楼被簇拥在连绵的花圃中，精致而华美。只是，花圃中的万株海棠已无踪，只剩下一片荒芜。

自从与公主成婚以来，卓王孙便没有踏足过虚生白月宫，而是暂住在这座小楼里。

楼门敞开，冰冷的雨滴打在石阶上。

琴言跪在地上，低声道："我放走了他。"

卓王孙看着窗外，没有回答，也没有转过身来。

琴言等着他说话，见他良久不语，脸上显出一片幽怨之色："我知道这样做有什么后果，只请阁主放他一条生路。"

卓王孙仍旧没有动。

琴言苦笑了一下，缓缓坐了下来。她环顾周围，这里虽然是异国他乡，却是华音阁熟悉的一切。她曾在这里生活了十几年，一生最愉快的记忆都由这里而起。

亦将永远留在这里。

她慢慢理着丝弦，眼中却没有一滴眼泪，只笑容有些凄然。十几年追随之谊，竟换不得他的一声宽恕。

她低下头来："我……为阁主弹奏最后一曲。"

袖子像是一片云，落在琴上，就像是她在阁中的无尽年华。

有人说琴为心声，却不知琴是岁月的呢喃。

没有岁月，哪来的心？岁月若不惆怅，心又怎会凄伤？

那是一年一年的岁月，自琴声中溢出。由欢乐到伤感，由青涩到落拓，由年少轻狂，到心如死灰。那是华音阁中，度过的十一年青春，十一年花都凋谢了的青春。

一弦一柱思华年。

手指凌乱拨着琴音，她的眼睛却凝视着卓王孙的背影，希望能从背影中看出丝毫宽恕之意。但卓王孙的背影始终一动不动。

琴言笑了，笑中有失落，也有释然。

这一曲，高妙凄绝，没有半点人间烟火之气。最好的琴曲，却是她用生命弹成的死亡之音。

她的生命已流进琴音里，在轻拢慢捻间，一点一点消失。

她用独特的方式，谏劝着卓王孙，祈求着卓王孙的宽恕。

终于，琴音画上最后一个休止符，猝然停止。

十三弦齐断，鲜血溅出。

琴言的笑容宁静而寂寞："琴言一生……永远不会背叛华音阁。永不。"

她像是一瓣心香，萎然顿于琴前。

雨，不知什么时候停了，四周再无一点声音，青苍的曙色照在小楼上，只剩下死一般的寂静。

卓王孙的青衫静止，他像是陷入了沉思。

风吹过琴弦，却不再有任何声音。这张琴跟主人一起死去了，再不会发出任何声音。

猛然，一阵喧闹传了过来。

一个漆黑的身影冲破层层阻隔，轰然落在石阶上。

大批守卫追了过来，却不敢上前，只站在石阶下，远远地看着来人。

吴越王。

他满身伤痕，披头散发，就像是地狱冲出来的恶鬼。他目不转睛地盯着琴言，直到眼角迸出鲜血，慢慢跪了下去。

他颤抖着伸出双手，想要触摸琴言，但又仿佛怕碰伤她，久久不敢伸出。他的悲伤、愤怒在凝集，却无法凝成一声悲泣、一滴眼泪。

他猛然抬头，死死盯着卓王孙："为什么要杀她？你可知道，她为了不背叛你，宁肯不跟我走？”

卓王孙淡淡道：“我并没有说要杀她，是她自己求死。”

吴越王怒道：“你只要说一句宽恕的话，她就不会走到现在这个地步！你眼睁睁地看着她在你面前死去，却不阻止，为什么？”

卓王孙冷笑。为什么？他不配来问。

吴越王霍然逼近一步，嘶吼：“回答我！”若得不到答案，他就算死也不会瞑目。

卓王孙沉默片刻，突然抬头：“我就算放她走，又能怎样？你能给她幸福吗？”

吴越王呼吸一窒，竟不能答一个字。

卓王孙看着他，冷冷道：“你可知道，我当初为何答应你和她的婚事？并不是因为你还有高绝的武功，或那些仅存的力量，而是我以为，历经失败，你已有了自知之明，可以忘记天下，退守天涯海角，建立一方小小基业，给她一份平庸的幸福。你，做到了吗？”

吴越王无言以对。

卓王孙目光陡然一凛：“你又是否知道，我为何严禁你与平秀吉交战？”

吴越王摇头，他的确不明白。

“因为你手中的两千人马，已是你的所有，能让她免于颠沛流离、东躲西藏的最后资本！我一再告诫，你若敢擅自挥霍掉，我必杀你。你，可曾记在心上？”

这才是他警告自己的目的吗？吴越王不禁有些错愕，勉强道：“是风间御伏击我，难道要我束手就擒？”

卓王孙微微冷笑：“好，我来问你。初遇伏击之时，你若能忍一时之辱，率众撤退，以伊贺谷忍者神鬼莫测的实力，能否保留绝大部分实力，退守海上？”

吴越王傲然道：“是又如何？我吴越王也算一代枭雄，又岂能任一个影武者凌辱？”

卓王孙目光一冷，一字字道：“当你已一无所有时，又有什么资格去谈尊严？

“身居高位时，无用人之善；困于险境时，无自知之明。连我的告诫都敢违背，最后的底牌都不珍惜，你又岂有一丝理智、一丝担当可言？又怎配成为她终身的依靠？”

吴越王怒道：“即便只剩孤家寡人，我亦会保护她，不让她受半点伤害！”

卓王孙的笑容尖锐如刀：“你？你现在不过是丧家之犬而已，连自保都不能够，又谈何保护她？我能看到她的命运，就是跟着你流浪海上，饱受风霜，颠沛流离，不仅零落了红颜，而且终将有一天，因你那些愚蠢的豪气，陪你丢掉性命。”

他不再说话，缓缓转身，注视着窗外迷蒙的雨汽。

与其让她在尘污中苟活，还不如……

白玉雕栏外，是大片枯萎的花枝，悲伤地伫立在雨中，仿佛一个饱受摧残的女子，风霜憔悴，落尽了红颜，让人不忍卒看。

他不能让琴言有这样的命运。

如果已无法斩断琴言与吴越王之间的情缘，那么他宁愿看着她死去，死在她深深眷恋的华音阁中。

吴越王的怒容渐渐凝滞，随即他惨然一笑："我明白了。你说得不错，现在的我，只不过是一只丧家之犬，配不上她。

"但，你为什么不杀了我，而杀一个跟了你整整十一年的人？"

卓王孙回过头，静静看着他："你还不明白？

"她放走你的那一刻，就已决定，不会再活在这个世界上。她来之前，就已经服下剧毒。不是我不肯赦免她，是谁都救不了她了。"

他说完这句话，缓缓转过身去，再不看吴越王一眼。无边的雨丝在窗外飘落，沾湿了他的眉睫，映出满目苍凉。

吴越王怆然后退，一步一绊，终于跪倒在地上，双手抱住了琴言。

"琴儿。"他柔声呼唤着。

"你记得吗？我说过，我要找到属于我的天下，创建起伟大的国家，而你，将是我的王妃。我将亲手给你戴上王冠，因为我的王国不能没有你。

"我要再交一帮兄弟，生死知己，再次仗剑江湖。而你，就是好客的女主人，有你纠正我，我再也不会做错事，再也不会错失朋友了。

"我也知道，自己一无所有，不应当再奢求天下，而应该退守一方，放下雄心壮志，谨慎地和你厮守。可是……

"天下对我来讲，就只剩下一顶后冠。没有它做嫁妆，我又怎么敢来娶你？"

砰然几声轻响，夺目的紫气在他头顶结出三朵莲花，又迅速倒灌而下，将他全身染成一片金紫。鲜血从他的双眼里沁出，汩汩流淌，浸过琴言的身子，流淌在大地上。

吴越王紧紧拥抱着琴言，跪倒在血泊中。

血泊越扩越大，凄厉的猩红触目惊心，沿着阶梯缓缓流下，一直浸到台阶下的土地里。每个人都不由得步步后退，躲避着越涌越多的鲜血。

鲜血侵染的领域，没有人敢践踏，没有人敢靠近，就像是伟大的帝王，在血色大地上缔造起的永恒国度。

吴越王双手缓缓抬起，环绕着琴言。他拥着她，不露丝毫缝隙，不再忍心让她遭受丝毫风吹雨打。

他两手空空，却结出一个守护的姿势，恰好护住琴言额前散乱的发，就像是璀璨的王后之冠。

这是他用他的血、他的肉，给她的帝国与王冠。

那是他一个人的国度。

“我能预见你的未来。

“你必将如我一样，众叛亲离，一无所有。”

吴越王最后的话，就像是一句诅咒不祥的谶语，从风雨深处传来。

众叛亲离，一无所有。

卓王孙嘴角挑起冰冷的笑意。

这样的未来，不用预言，他已经是了。

他清楚地知道，自己的未来会是什么样。这场不死不休的战争，必会将所有人都推到他的对立面。他清楚地知道，破坏神王不会放弃任何一个打击他的机会，让他一无所有，让他在意的每一个人，灰飞烟灭。

而这毁灭，正是他自己带来的。

这才是最沉重的打击，是逼迫卓王孙屈服的终极杀招。

风雷隐隐，似乎是毁灭神讥嘲的轻笑。

与杨逸之不同，他从未许诺给苍生以同等的悲悯。他只会筑起高墙，让自己在意的人安居其中。而其余的人，则需要付出血与火的代价，学会保护自己。

但他没有想到，有一天，这道高墙会坍塌。

月写意头也不回地走到了墙外，无论他下多少次旨意，都不肯回来，只因她不想再做一幅被精心供养的画。

他把琴言许给吴越王，愿意她被吴越王带走。在他看来，曾经有资格做他的对手的吴越王，有足够的能力守护琴言。但他没想到，琴言为了给吴越王一条生路，选择了服下毒药，以自己之死，来换他之生。

卓王孙用心筑起的高墙，在一点点坍塌、缩小。

这就是神的威严吗？

这场战争，从一开始就不是日出之国与大明朝之战，也不是华音阁与武林正道之战，而是人神之战。现在，卓王孙已被神意逼入绝境。

众叛亲离，高墙内的人一个个死去。最惨烈的悲剧，以精巧的姿态，被命运一一呈上来，摆在他面前，迫使他软弱。

卓王孙抬头，望着阴沉的天。

天空黑云翻滚，凝聚出破坏神巍峨的身影。每一次雷鸣，都化为嘲笑——嘲笑他不自量力。

天下无敌又怎样？在神的意志面前，在不可抗逆的命运面前，一切坚持宛如儿戏。

卓王孙看着天空，双手握紧。四周风雷卷动，巨大的力量在他掌心中聚集，虚空中凝聚出一柄长剑。

剑刃似虚似实，闪动风雷，似乎下一刻，就要斩向这沉沉的雨幕！

一条黑影匆匆赶了进来，见到满地鲜血，吓了一跳。他瑟缩着，不敢走近血泊，远远地跪了下来："启禀大人，大事不好……"

却是申泣。卓王孙缓缓回头，眸中的烈焰熄灭，掌中剑回归虚无。

"讲。"

申泣带着哭腔道："据探子称，几日前，宣祖曾将一封书信交给太子临海君，让他亲自带到平壤城，转交阁主。可临海君一去之后就再没有消息……"

卓王孙脸色依旧冰冷，没有丝毫触动。

宣祖的书信，还能有什么目的？必然是觉得李舜臣庇佑不了自己，请求他宽恕的。如今兵荒马乱，大战一触即发，谁会去管区区一个临海君的下落？

卓王孙不耐烦地挥了挥手，要让申泣退下。

申泣却慌忙补充："临海君到达平壤时，正是平秀吉十万大军围城那一日。城内并没有太多守卫，有人亲眼看见临海君进了平壤城，进了虚生白月宫，之后就没有出来。"

虚生白月宫？卓王孙不禁皱了皱眉。

这几日，他并不住在那里。

虚生白月宫虽然不设守卫，却暗中布着无数机关与阵法，他一旦不在宫中，机关与阵法就会自行启动。届时，恢宏的宫殿将化为一座巨大的囚笼，将一切擅入者吞噬。这些阵法就连顶尖高手都无法破解，何况临海君一介凡夫？若是那一日他贸然闯入，很可能被困在了里边。

"无论如何，临海君也是朝鲜储君，还求大人去看上一眼。吾王宣祖只有这一个嫡子，他可是整个朝鲜的希望啊……"

卓王孙没有说话，冷冷看着申泣哭诉。

申泣愁眉苦脸地抬起头："更何况，更何况公主也还在那里……"

卓王孙听到"公主"两个字，脸色陡然一沉。

他霍然起身，向虚生白月宫走去。

虚生白月宫矗立在细雨中，仅仅几日不到，宫门前的青苔却似乎更深了。

高大的宫门后，是一道雕刻着诸天星辰的空中长廊，穿梭在偌大的宫殿中，巧妙地连接着各处楼台。走在雨中的回廊上，雾气蒸腾，让人觉得仿佛走在云天之上。

卓王孙转过回廊时，突然止步。

一个人影映照在窗棂上，隔着蒙蒙细雨，在他眼中定格成一幅鲜明的图画。

卓王孙的心一紧。

那一幕实在太熟悉，熟悉到让他的心禁不住隐隐作痛。

那人影张开双臂，被绑在巨大的柱子上，摆布成飞翔的姿态。一个纤细的女子紧紧依偎在他身前，手指爱怜地拢起他的散发，正在低声地诉说着什么。

那一刻，时光仿佛突然倒流。

三连城前，他露湿青衣，遥望远方。他的目光穿过层层暮霭，穿过百丈的距离，凝视着黄金之城的顶端。

看到两个人紧紧相拥。

刹那间，卓王孙身上响起一声锵然龙吟，春水剑气居然不受控制，在雨中激起一片青光，漫天雨丝都被蒸发成茫茫雾气。

窗前，女子停止了诉说，抬头仰望着那白衣男子，目中是无尽的爱意。她缓缓地踮起脚，轻轻吻上男子的唇，之后便是久久纠缠，仿佛天荒地老，都不足以让他们分开。

在卓王孙眼中，这与三连城、流花寺的一幕何其相似，仿佛错乱了的图卷，在眼前不断重叠，又不断分开。

雨汽化为丝缕，每一缕都仿佛在撩拨着卓王孙的逆鳞。

怒到极处，卓王孙的思绪反而慢慢清晰。

他已看清，那个女子绝不是相思。她发髻上插着鸾凤金钗，身上穿着鲜红的嫁衣，正是被他软禁的永乐公主。

而那个白衣男子呢？

杨逸之？绝不可能。经过上次的教训，他已改造了平壤城的防御，如果杨逸之再度潜入城中，他一定会知道。

卓王孙的目光渐渐变得锐利。

迷雾散开，那个人虽有着和杨逸之一样的白衣，一样披散的长发，却不是他。

那人垂着头，似乎处于半昏迷状态，透过披散的长发，依稀能看出脸上的清秀与苍白来，只是少了灵气与柔韧，与杨逸之的相似只在三四分之间。

卓王孙霍然想到了一样东西——此生未了蛊。这必定是此生未了蛊造成的假象。被他囚禁此地的永乐公主，竟用此生未了蛊，给自己造出了一个虚假的傀儡。

只是，她的内力还不足以驾驭这种上古奇蛊。

这个人，就连和杨逸之相似也说不上，只不过是一个拙劣的傀儡。

卓王孙冷冷看着这一切。

雨丝飘扬，让愤怒冷静成为耻辱。

他是这个世界的王者，生杀予夺，何求不得？

竟遭受这样的侮辱。

虽然只不过是政治联姻，一场交易，但他毕竟明媒正娶，在天下人面前昭告，与她结为夫妻。她亦曾许诺，为了救出杨逸之，甘愿将一生交给他，做他掌中的棋子。

如今连喜幛都还未揭下，誓言犹在耳边，她竟做出这样荒唐的事。就在华音阁，就在虚生白月宫中，就在新房内，他名义上的妻子，竟豢养着另一个男人作为傀儡。

模仿杨逸之来塑造的傀儡！

她竟在他面前，重演出他毕生最不愿记起的一幕！

当他不在虚生白月宫中时，还有多少这样的戏目在发生？还有多少肮脏不堪的丑态在上演？

难道他真的是太过仁慈？连这样的女人也敢背叛他、欺骗他，视他的威严为无物？

烟雾弥散，虽然还有数丈距离，但他只要一挥手，就能让这一切灰飞烟灭，让这对令他蒙羞的男女挫骨扬灰。

但他没有。

他缓缓绕过长廊，来到房门口，轻轻敲响了门。

不出所料，门后传来一阵慌乱的响动。

他没有强行推开门，而是静静地等待着。

过了一刻钟，房门才被拉开一线。公主面容苍白，透过门缝惊慌地看着他，极力想显得从容一点，却止不住全身颤抖。

卓王孙脸色淡淡地推门而入，房间中一片凌乱，四周还散落着布置用的白色丝帐，那个白色的傀儡却不见了。

他并没有说话，缓缓在床边坐下。

公主瑟缩在墙角，惊惶地看着他。

他坐在床边，双手放在身前，十指轻轻交叉，悠然看向远方，不动、不怒，亦不喜。在他的沉默中，屋内的空气仿佛都被抽空，连呼吸都成了奢望，每一秒，都似一场酷刑。

她终于忍不住道："你，你来这里做什么？"

卓王孙看了她一眼，渐渐地，一缕笑意在他眼中散开："找公主借一件东西。"

他的语气平静而温和，丝毫听不出问责之意。公主松了一口气，却又禁不住有些犹疑。这个男子的温柔，总是比怒火更让她感到害怕。

她小心翼翼地问："你要什么？"

他笑了笑："此生未了蛊。"

公主一惊。此生未了蛊，此时正种在那个人胸前，她又岂能还给他？

他为什么突然问起这个？难道是已经发现了吗？

忽然间，她只觉手心都是冷汗，只好咬了咬嘴唇，勉强道：“我弄丢了。”

“哦。”卓王孙点了点头，若有所思地看着她，“这是我送给公主的聘礼，怎么能轻易丢掉？”

公主怔了怔，心虚地摇了摇头：“我……不知道。”

卓王孙缓缓抬头，淡淡微笑：“不必担心，我会帮你找。”他将目光投向对面那个紫檀雕刻的立柜。

公主全身一震。

他猜得不错。此生未了蛊的确在里边，同时，那个人也在。

他敲门的时候，她的心都快跳出来，完全不知如何是好。而这只一人高的立柜，正是整个屋子里唯一藏得下人的地方。她几乎想都没有想，就将那个人塞入了立柜里。

卓王孙是怎么发现的？

她怔怔地看着卓王孙，不知该怎么做。

卓王孙淡淡一笑，起身向紫檀立柜走去。

公主全身血液瞬间冰冷——只要他打开柜门，她仅存的一切就将分崩离析。

“不！”她不知哪里来的勇气，张开双臂挡在了立柜前。

卓王孙停住脚步，悠然看着她。

“这里边什么都没有……”她仰着头，颤抖着声音道。

他没有反驳，也没有质疑，只淡淡一笑，等她说下去。

公主却猝然住口。在他的注视下，她只觉得自己仿佛全身赤裸，站在最炽烈的日光下，连内心最隐秘的角落都无所遁形。有好几次，她恨不得跪倒在他的脚下，乞求他原谅，或者杀死自己，终结这漫长的折磨。

但她不能。因这份虚假的温存、这个拙劣的傀儡，已是她生命中的所有。她知道，自己退无可退。一旦她让开，仅有的一缕虚幻的温柔都将粉碎。她还能靠什么，来度过被囚禁的漫漫余生？

她咬了咬牙，缓缓站直身子，重复了一遍：“这里，什么都没有。”

卓王孙似乎无意地伸手放在了柜子上。

公主全身一震，猛地抓住他的衣袖，目中已满是哀恳：“我求你，求你不要打开它。”

他注视着她，柔声道：“你发誓？”

“我发誓。”

“好。”他随手将门闩推上，退回床边，缓缓坐下。

他轻轻支颐，注视着她，阳光般和煦的微笑中，却隐约有寒芒闪烁：“那我也发誓，永不打开它。”

第三十五章

# 宝辇香轮九陌尘

光影在两人中间转移，无声无息。窗外的雨下了停，停了下，仿佛无尽的更漏敲打着石阶，淅淅沥沥没有尽头。

公主瑟缩在墙角，焦急地等着卓王孙离开。从清晨到正午，从正午到黄昏，不安就仿佛一粒种子，在雨声中渐渐发芽、生长，藤蔓般攀爬满整个房间。

她几度抬起头，悄悄打量卓王孙，却见他只是淡然坐在那里，丝毫没有要走的意思。

直到日色西沉，她终于忍不住问："你要在这里待多久？"

他淡淡一笑，仿佛听到了很孩子气的话："这里本就是我的房间，你和我的。"

这寻常的一句话，却让她瞬间脸色苍白。

这句话意味着，他根本不打算离开。那她怎么办？柜子里那个人该怎么办？

然而，她又有什么理由赶他走？不要说她现在心中有鬼，根本不敢对他有半分触怒，就算平时，这是他和她的婚房，不要说他只是坐在这里，就算要留宿，也是天经地义的事。

看着他平静的目光，她心中却有一种不祥的预感生出。

她强烈地感觉，眼前这个男子，必定已洞晓了一切。

那么，他为什么还不发作？为什么还不痛斥、责骂，甚至杀死自己？

为什么？仅仅是为了玩一场凌虐猎物的游戏，慢慢欣赏她惶恐失措的丑态吗？

她霍然抬头，眼中有泪光闪动："你到底在等什么？"口气虽然强硬，她却已毫无底气，满是坦白认输的意味。

他淡淡一笑，没有回答，只若有意若无意地看了立柜一眼。

柜子深处，仿佛有生涩的响声传来，像尖锐的指甲划过镜面。

公主全身一震，连心都要跳出胸膛。然而，那丝响动又消失了，一切仿佛只是她太过紧张产生的幻觉。

她心惊胆战地看着卓王孙，他却一动不动，似乎什么也没听到。

公主的心还没有平复，又是一声涩响传来。这一次，比上次大声许多，也长久许多，在人的耳膜里留下刮骨磨牙般的创痛。

公主脸上仅有的血色也随之消失。她已彻底绝望，不要说卓王孙，就算是一个聋子也该听到了。

但他依旧只是微笑。

公主心中再度强烈不安起来。她本以为，秘密被揭穿已是最可怕的结局，却没想到，他脸上淡淡的笑竟比这还要可怕一万倍。

她咬了咬牙，横下心道："你，你没有听到吗？"

卓王孙依旧望向远方，轻描淡写地道："听到什么也无所谓了，我相信你，里边什么都没有。"

突然，那声音化为连续的闷响，似乎有东西在撞击柜门。

公主禁不住霍然起身。

他轻轻叹了口气："忘了告诉你，此生未了蛊有个特质，一旦被种在血肉之躯上，就与宿主一起有了呼吸。它呼吸时消耗的空气远远大于宿主本身，当空气不足时，就会发狂，伸出所有触角，拼命探入宿主体内。这些触角一旦遇到血，会像藤蔓一样迅速生长，刺破每一根血管，从血液中掠取养分。"

卓王孙神色淡淡的，仿佛在说一件漠不相关的事："最后，每一条血管都被缠紧，每一滴血都被吸干，而它的宿主，要历尽凌迟般漫长的痛苦，才会死去，变成一具空壳。"

公主怔怔地站在当地，面色如纸。突然，她转身就要向立柜跑去。

"站住！"卓王孙脸色陡然一冷。

他依旧没有动，但随着这两个字，一股森冷的气息迅速在房间中蔓延，仿佛这房间里，亦有一只无形的蛊虫，生出无数触角，钳住她所有的血脉，让她无法前进哪怕一步。

公主再也顾不得其他，回身跪在他脚下，哭泣："是我的错。你要责罚就责罚我好了，不管怎样都行。但这个人是无辜的，他只是无意中走错了……"

仿佛是不愿看她声嘶力竭求饶的样子，卓王孙微微一笑，向她伸出手。

公主惶然抬头，不知他要做什么。

他耐心地等待着，脸上始终是温和的笑意。

公主不得已，只好将手递了过去，却被他一把扼住，猛地拖到膝上。

他抬起她的下颌，逼迫她直视着自己："无论你做过什么，我都原谅你。"

每一个字都无比温柔，却没有它们该有的温度。公主惊慌地摇着头，仿佛看到了魔鬼，在阳光下露出让人寒冷的微笑。

他轻轻拂去她额上的乱发，就像拂去一缕尘埃："可你发过誓，里边什么也没有。而我也发誓，绝不打开它。"

他凝视着她，眸子中有冰冷的笑意在缓缓散开："永远。"

"永远"两个字，仿佛一道闪电，将她的心彻底劈开。

那一瞬间，公主完全明白了。她不顾一切地奋力挣扎起来，羞愤与仇恨烈火般烧灼着她的心，让她再顾不得风度与尊严，用手肘、牙齿、指甲撕扯着周围的一切，想挣脱他的掌控。

他手腕一沉，温柔而果断地将她拉入怀中，紧紧抱着她。无论她在怀中如何死命挣扎、嘶声咒骂，他都只是抱着她，目光冷冷望向对面。

撞击柜门的闷响越来越急，一声声敲击在寂静的暮色里，发出空洞的回音。

那个巨大的紫檀立柜仿佛一具华美的棺木，在夕阳的余晖下发出死亡的光芒。

他的怀抱如此之紧，控制住她所有的挣扎，却又不让她昏迷。整整一个时辰，直到她亲耳听着这一声声闷响从零星到连续，到撕心裂肺，再到一点点衰竭。

她的哭喊也一点点孱弱下去，最终化为一串低沉而断续的诅咒。

那是世间最恶毒的诅咒，打通生死，贯穿轮回，在幽暗的空气里一遍又一遍反复着，任何人听到都会禁不住心惊胆寒。

卓王孙却只是付诸一笑。

直到她连诅咒的力气也失去了，只能伏在他膝上抽搐时，他才松开手，俯下身，在她耳边轻轻道："你一定很想知道，我为什么不杀你。"

为什么？她抬起头，死死地盯着他，那张原本清丽的脸被泪水染得一片模糊，布满血丝的双目中仿佛有鬼火闪动。

是他故意要留自己在世界上，永受痛苦？还是她太卑贱，她的血已不配染红他的剑？

卓王孙淡然一笑："因为你对我还有用。"

有用？公主满是仇恨的目光中，闪过一丝茫然。她曾是金枝玉叶，如今却不如一株败草，还有什么用？

"让我告诉你吧，你来朝鲜的目的，不是建功立业，也不是和亲日本，而是殉国。"

公主的身子颤抖了一下，苍白的脸上却没有表现出特别的惊讶。如今，她的心已成死灰，没有什么能让她动容。

卓王孙看向远方："一年前，我痛失小鸾。这时，你父皇和师父一起找到了我，求我出征朝鲜。我答应了他们，但条件是要一场天下缟素为她陪葬。

“但这是不可能的。当今天下，分为大明、蒙古、朝鲜、日出之国，各自为政，即便明天子驾崩，也只能让大明、属国朝鲜缟素，号令不了蒙古、日出之国。

“吴清风说服了我，有一个人可以。

“相思曾在蒙古修起不灭的青城，但蒙古百姓一直以为她是另一个人。因为相思是冒着这个人之名，去往蒙古的。若她死了，受其大恩的蒙古百姓会自发为其缟素。现在唯一需要考虑的，就是日出之国了。只有一个办法——和亲，让这个人成为日出之国的皇后。

“所以，这看似不可能的天下缟素，却正有一个人符合条件。

“这个人，就是你，大明公主、蒙古莲花天女、日出之国皇后。

“所以，你来朝鲜的真正的目的，就是死在这里，完成天下缟素。”

卓王孙早已松手，但公主不再挣扎，维持着最初的姿态，一动不动地伏在他膝上，久久沉默着。

夕阳在缓缓退去，只在他身上留下最后的光明，却将她的身体埋葬入蚀骨的黑暗。

阳光就像是一柄利剑，在他和她之间，分割出人间与地狱。

终于，她嘶声道：“这些，是你和父皇、师父商量好的？”

“是。”

她的声音更加沙哑：“他们送我来朝鲜，目的就是要我死在战场上，换一场天下缟素？”

“是。”

“你们在决定将我嫁给天皇时，就算计好了这一切？”

“是。”

公主笑了，笑得泪痕满面。这一刻，她一直紧绷的身体坍塌下来，软软地滑倒在地上，却是那么轻，连一点声音都没有激起。

卓王孙注视着她。他清楚地知道，他已摧毁这个女子的一切。这毁灭是那么彻底，挫骨扬灰，洞彻轮回，绝无复苏的可能。

他突然有浅浅的后悔。

当日，吴清风向他提议时，他没有拒绝。因为那时的永乐公主对他而言只是个名字，没有任何意义。在朝鲜见到她后，他又殊无好感。

他很清楚她来是做什么的，一切都早已在玉玺的钤印下确定。背叛她、献祭她的，不是自己，而是她的皇、她的父、她的国家。

但他仍难辞其咎，毕竟这残酷的命运里，他也曾推波助澜。

然而又能怎样？连月写意、琴言、相思、杨逸之都庇护不了，他又如何再庇护一个早就被牺牲的人？

“我告诉你真相，是因为我厌倦了这一切。

“我能为你做的，就是用一场伟大的战争，成为你最盛大的葬礼。

“然后，这一切就结束了。”

他转身离去。空气中最后的日影，也随他的离去消逝了，整个房间终于完全沦入暗夜的怀抱。

黑暗中，公主缓缓点头，眼中的光芒宛如冰冷的星辰：“你放心，我会好好活着，活到你给我准备的葬礼上。

公主静静地坐在窗台前，夏日的风已相当温暖，她却只感到寒冷刺骨。她蜷缩着身子，身上的衣衫凌乱不堪，没有丝毫温暖。

已经整整三天，她没有喝一滴水，只是怔怔地望着窗外，一动不动。

窗外雨急风骤，又渐渐消歇，她的眼睛却似乎从没有闭过。

身后是那个黑沉沉的紫檀立柜，她就倚在这个柜子上，脸上挂着恍惚的微笑。

门，轻轻被打开了。

一队队宫女悄无声息地走了进来，将手中托着的东西放在公主面前，随即慌忙走了出去。

绫罗绸缎、奇珍异宝，将公主映衬得像是在云端中一般。

公主一动不动，这些于她已没有半分意义。

“该是你出征的时候了。”卓王孙的声音淡淡传来。

公主震了震：“出……出征？”

她喃喃地重复着。这个词仿佛唤起了她的许多回忆，令她暂时清醒了一些。她慢慢地扭过头，深陷的眼眶发出森冷的光芒，直勾勾地盯着卓王孙。

极度虚弱的身体几乎无法负荷这个简单的动作。她倚靠在木柜与窗棂间，仿佛一个断了线的木偶，轻轻喘息着，只要一阵风，她就会跌倒下去，在他面前裂为碎块。

卓王孙一把将她拉起来，径直拖到妆台前，揭开大大小小的妆盒，摆在她面前：“起来，打扮得像一位公主，去履行你该做的事情。”

该做的事情？

如果她还有一件该做的事，那就是天下缟素。这也是她来到这个国度的目的，她的父皇跟卓王孙订立的契约。

她笑了。是的，她为什么不履行呢？她已经被卖过一次了，已经没有讨价还价的权利，只能被蹂躏、羞辱。

她望着满地珠翠云裳。她认得这一切，那是她曾被许为日出之国皇后时所准备的一切。辉煌的衣装、丰厚的嫁妆，足以匹配一位公主，或者一国之后。

可惜，她配吗？她还有半分高贵、荣耀、尊严吗？她只有一身屈辱，遍体伤痕。

她的心忽然一震，仿佛燃烧起来。她还剩下什么？如果屈辱与伤痕是她唯一拥有的，她也要用它们做武器，刺入两个人心里，让他们永生难忘。

一个叫杨逸之。一个叫卓王孙。

望着镜中的自己，她慢慢地笑了。

“让我死可以，但我要死在一个人面前。杨逸之！”

她猛然站了起来，极度憔悴的身体却被一股惨烈的力量支撑着，逼视着卓王孙。

卓王孙凝视着她，她的决绝在他看来是那么可笑。

为了见心爱的人最后一面吗？为何不能成全呢？

他淡淡道：“我答应你。”

阳光缓缓升起时，平壤城的大门打开了。

首先奔出的是十二匹桃红战马，马上骑着十二名窈窕少女，却都穿着桃红色的战裙，英姿飒爽。她们手中拿着净瓶，用杨柳枝挑着瓶中的甘露，洒在道路上，骑马穿过城市，一直向对面七里地的平原处奔去。

那里，战云滚滚，旌旗飘扬，营帐连绵数十里地。

正是战场。

左侧，是杨逸之的飞虎军驻扎之处。右侧，却是安倍晴明的十万大军。

红衣少女恭谨地倾洒着甘露，让这荒凉的战场上也洒满芳香。马上的銮铃叮叮响着，点滴甘露仿佛一张长长的红毯，向杨逸之驻地铺去。

整座都城沸腾了起来，人们争相拥上街头，去目睹这场比日出之国迎亲时还要宏大的庆典，满城都已被锦缎、彩灯装点得喜气洋洋。

只是，没有人知道这喜气是为了什么。

突然，虚生白月宫门前的二十四尊礼炮一齐轰鸣，一架凤辇缓缓自宫中驶了出来。

御驾的八匹骏马通体洁白，曳着这架凤辇缓缓前行。凤辇极其庞大，就像是一座浮动的行宫。为建造这架凤辇，几乎穷尽了平壤城所有的财力，它的每一小片装饰，都价值连城。但所有人的目光，都聚集在卷起的帘帷之中。

凤辇的最前头，帘帷高卷，公主凝妆端坐。

从没有人见到公主如此美丽过。在他们的记忆里，也从没有任何人曾如此美丽过。当凤辇缓缓走过街道时，两边云集的民众竟忘了欢呼，仿佛呆住了一般，看着公主的容颜，缓缓自他们面前飘过。

那面容上却有凄伤，深深印在他们心底，将最后一缕欢乐滞住。

他们似乎有了一丝不祥的预感，有些不知所措。

公主微笑，脸上有旁人永远无法模仿的雍容，向四周的人挥手致意。

所有人都呆呆望着她，望着他们从来不曾见过的美丽、高贵、荣华，望着她缓缓出城，注定不会回来。

凤辇行了七八里，才缓缓停在杨逸之的驻地前。

杨逸之率领着飞虎军，面色苍白地看着公主。从这惊人的美丽中，他感受到了濒死的寂静。

公主身旁，是人数不多却甲胄鲜明的亲卫军，而后是朝鲜部分随行官员，再之后，是甲胄森然的卓王孙。他率领的，是八万明朝士兵。

甲光向日金鳞开，大军集结成整齐的方阵，缓慢前行。

这或许会是朝鲜战争的最后一役。

慌乱的号角声响起，驻扎在平壤城外的倭兵也被惊动，不由得布成了整齐的阵形，提防明军偷袭。十万倭兵，全紧紧握着手里的火枪，警惕地打量着明军。

那一刻，三军列开恢宏战阵，在这方小小平原上，鼎足而立。

三方军队，十八万大军，齐齐注视着这架华美庄严的凤辇。

炫目的阳光中，公主盈盈一笑。

她突然策马，速度加快了一点。

第三十六章

# 帝子魂归南浦云

公主率领亲卫军，抢先一步来到安倍晴明面前。此刻她与卓王孙已拉开相当一段距离。

安倍晴明皱起眉头。他不知道，公主这样做的目的是什么。明知自己是绝顶高手，可顷刻取她性命，她为何要主动脱离卓王孙的庇护？难道她是想送死吗？

公主神色自若地挥了挥手。

侍立在凤辇周围的亲卫军们伸手，十二幅红色帘帷飘落，阳光照进凤辇。众人才发现，公主身后横放着一个巨大的箱子，足有一人多长，上面盖着厚厚的帷幕，看不清是什么。

安倍晴明的目光变得有些凝重。他早听说过，公主深受皇上宠爱，又有国师撑腰，经常能征调到一些稀奇古怪的武器。东海之战，倭寇们正是忽略了这一点，才会败得那么彻底。

他轻轻向后挥了挥羽扇，示意全军戒备。

公主却傲然一笑，站了起来，谨严行礼："关白大人。"

安倍晴明没有动，只微微颌首："殿下。"

"大人可知我是谁？"

安倍晴明看着她，眉目微展，淡淡的笑容后藏着一丝狐疑。

她是谁？多么荒唐的问题。难道这个女人已被卓王孙逼疯了吗？还是说，她另有企图？

他却不动声色，淡淡答道："殿下乃大明公主，亦是明军主帅卓王孙之发妻。"

公主缓缓点了点头："我因何在此？"

这个问题更加莫名其妙，羽扇后，安倍晴明不禁笑了起来："想必是奉了驸马之命，前来征讨我军。"

他止住笑，一挥羽扇，指向远处黑压压的军阵："平壤城内军队倾巢而出，想必公主已有了决一死战的觉悟。"

公主看着他："关白大人，你错了。"

安倍晴明："哦？"

她转身，目光扫过平壤城，扫过十万大军，扫过正在陆续跟来的朝鲜臣子。

她站在众人的目光中，一字字道："我来这里，是要这所有人为我做个见证，见证我在此与所爱的人，共赴黄泉！”

她此话一出，所有人都是一怔。

安倍晴明似乎嗅到，这件事已有一丝有趣的变化。他挑起细长眉目，似笑非笑道:“哦?可我记得殿下已嫁为人妇，所爱的人应该只有驸马一人才对。”

公主冷笑，突然将柜子上的帷幕拉开。

众人又是一惊。

这是一个紫檀柜子，从柜身上嵌着的玳瑁及鸾凤雕刻来看，这个柜子应该是公主的用具，应当放在闺房之中，盛放霓裳华服才对。而此刻，三军阵前，她带这样一个重逾千斤的柜子来此，又是什么意思?

众人疑惑的目光中，卓王孙的脸色一点点下沉，他已隐约意识到自己犯了一个错误。

临行前，他允许她带上贴身部队、华服盛装、车驾战马，以及她想要的一切。当她打马先行时，他也没有阻止。

这是他的宽容，是他作为王者，对一个心若死灰的女子最后的宽容。

他并没有想过检查凤辇中藏着什么，也不屑去想。

如今，他和她的距离足有百丈。而哪怕绝顶高手，也无法将内力施加于十丈之外的地方。

他青色的衣袖在风中飘起又落下，似乎在犹豫，要以怎样的方式瞬间让这个柜子化为灰烬。

却已来不及。

公主已将柜门掀开，一具灰白的尸体滚落出来。

众人齐声惊呼。

尸体仿佛被抽干了每一滴血，只剩下一张苍白的皮，散乱的长发下，双目深深凹陷，已干涸的眸子里，却还定格着永不瞑目的怨恨，双手僵在胸前，保持着拼命挖掘的姿态，指尖的指甲完全剥落，伤口却没有一丝血迹，只凝着枯萎的黑痂。

这简直不像一个人，而是一具被法术封印于古墓中的僵尸，因得不到鲜血，在棺木中挣扎了数百年，才痛苦地死去。

在场都是身经百战的士兵，看惯了鲜血残肢，见到如此诡异的尸体时，仍禁不住倒抽一口冷气。

公主却跪了下来，轻轻将尸体抱起，脸上是无限的怜爱，仿佛她怀抱的不是一具狰狞的尸体，而是价值连城的珍宝。

她让他的头枕在自己腿上，替他拂去脸上的乱发，让那张狰狞的脸暴露在阳光下:“这，就是要和我同生共死的人。”

众人面面相觑，完全不知道她要说什么。

突然，人群中一个人哭了起来：“是储君，是我们的储君啊！”他身旁的人先是一怔，接着似乎看清了什么，跟着怆然跪地，大声痛哭起来。凄怆哭声迅速蔓延，朝鲜大臣们一个个跪了下来，在战阵前伏地哀哭。

此刻，此生未了蛊的力量早已完全消散，那尸体恢复了一张年轻的面容。

临海君，十九岁的王储，亦是整个朝鲜的未来，如今，已化为一具灰白的尸骸。

公主抬头望着卓王孙，无所畏惧："我虽然嫁给了他，但我的心早已给了另一个人。"

她低下头，爱怜地看着怀中的尸体："我本以为，自己的余生都会在囚笼里度过，却不料遇到了他。于是，我便将他藏在新房中，日夜与其私会。他对我很好，无论我说什么，他都不会反对，无论我做什么，他都不会生气。我们在新房里，千般恩爱，耳鬓厮磨。"

卓王孙的脸色沉到极点，三军阵前，晨风猎猎吹拂，似乎有无尽阴云在他身后飞驰、汇聚，万里晴空也不禁为之一暗。

而另一个被触动的人，是杨逸之。当他看到尸体上那一袭白衣时，就明白了一切，那正是三连城上，他穿着的那身白衣。

他知道，她口中的"另一个人"，不是临海君，而是自己。

临海君只是个无辜的傀儡，代替了他成为公主的情人，又代替了他，承受了卓王孙的盛怒。

自从桃花林中与自己相遇，她便已误尽此生。

东海边、幽冥岛上，她也曾带着红衣大炮、圣旨虎符，助他攻城拔寨，破敌制胜。

但此刻，他竟不知能为这个可怜的女子做点什么。

众目睽睽之下，公主轻轻叹息了一声："不幸的是，我们的事被这个人发现了。之后……"

她不再说下去，投向卓王孙的目光有了几分怨恨。

朝鲜大臣们突然明白了什么。不用想他们都知道，一定是公主与临海君有了私情，背着卓王孙在房中私会，被卓王孙撞破后，卓王孙便痛下杀手。

众人的表情不禁有些复杂。虽然卓王孙的愤怒情有可原。新婚之妻在婚房中豢养情人，对于任何男子都是奇耻大辱。但通奸罪不至死，临海君怎么也是一国王子，卓王孙即便要处置他，至少也应该让朝鲜君臣们知道。

更何况，临海君死状之惨，令人发指。或许，只有炼狱中的魔鬼才知道，他在死前遭受了怎样的酷刑。

大臣们望着卓王孙，目光中有深深的怨恨，只是敢怒不敢言。他们恨这个不可一世的青衣男子，哪怕他天下无敌，哪怕他能帮他们击退倭军，赢得这场战争，他们也会对其恨之入骨。

因他已摧毁了这个国家的未来。

卓王孙缓缓策马，向公主走来，每逼近一步，都仿佛山岳移动，刺骨的杀气逼迫而来。

公主却笑了，抬起头，骄傲地迎着他的目光："卓先生、阁主、驸马……我知道你随时可以杀我，但你有勇气听我说完最后一番话吗？”

卓王孙没有回答，依旧向她走去。四野寂静，只余下马蹄践踏着大地的声音，没有快一步，也没有慢一步。

公主注视着他，双手却轻轻抚摸着临海君的额头，柔声轻语：“你知道吗？就在刚才，我还觉得自己很可怜。

“我自命天潢贵胄、金枝玉叶，却被父皇、群臣、国家蒙骗，作为交换和平的棋子，两度送往蛮荒之国，两度和亲，又两度逃婚，连史书中那些卑贱的宫女都不如。

“我自幼生长在深宫，却向往着书中的江湖传奇，希望有朝一日，在桃花树下邂逅我心爱的少年。当我有一天真正遇到他时，却只因一念之差，被另一个女子取代了所有。

“我心爱的人并不爱我。他曾亲口对我说，遇到我是命运安排的一场错。他说如果命运再来一次，依旧不会对我有半分爱意。

“两度逃婚后，我第三次穿起凤冠霞帔，嫁给了我在世间最恨的人——也就是你。被你囚禁、羞辱、践踏。而我爱的那个人，不顾我的苦苦哀求，毅然离我而去。于是我只有制造出一个拙劣的傀儡，演出他和另一个女人的戏码，想象着那是自己，自欺欺人，低贱彻骨。

“我即将葬身此地，埋骨他乡，所有的人提起我，都不齿于说我的名字，只会说，那个荒淫无耻的女人，玷污了皇室声望。我死后，我的国家、我的父皇、我的人民都将以我为耻，普天之下，没有任何一个人为我感到悲伤。”

轻轻地，她停止了诉说，看着卓王孙和她的距离越来越近。

“但，我不可怜。”

通透的阳光下，她展颜微笑，那一瞬间，她的笑容仿佛有特殊的力量，卓王孙竟禁不住驻马。

两人间的距离，已不到十丈。他可以随时要她生，要她死，又何妨听她说完？

她抱起临海君的尸体，缓缓站了起来。尸体比她高出一个头，虽被她抱着，双足还拖在地上，僵硬的尸身与她纤细的身影相比，是那么沉重。

她却依旧站得笔直。

滚滚战云，十万大军，华服盛装，无不烘托着她的骄傲。这一生中，也许她此刻才像一个真正的公主，高贵雍容，不容谛视。

她静静地直视着他：“可怜的是你。

“我至少还有一具傀儡，可以生死相守。你呢？”

她低下头，抚摸着那张冰凉而狰狞的脸，再也不看他。

极轻的话飘在空中，仿佛一句远古的谶语，预见出无限苍凉的未来：

“就算你赢得这场战争，又能怎样？你必将一无所有。”

她说完这句话，身体突然崩塌。

宽大庄严的礼服中传来一阵嘶嘶轻响，迅速鼓胀了起来，然后，缓缓地消退，一股股液体从衣衫下渗出来，滴在大地上，大地被烧出了一个又一个洞。等这些汁液流尽之后，公主和临海君的身体都消失不见，只剩下几缕干枯的长发。

蚀骨散。

毒药是她早已服下的，只待发作，任何人都来不及解救。

哪怕在十丈之内，哪怕对面的是卓王孙也一样。

这个锦衣玉食、娇纵刁蛮的女子，竟选择这种最狞恶、惨烈的方式，结束自己的生命。

一时间，所有人都被震撼，久久无语。

天色阴沉，一如卓王孙眸中的怒色。

她赢了。

如她所言，她死后，她的国家、她的父皇、她的人民都将以她为耻，普天之下，没有任何人为她感到悲伤。

带着耻辱死去的她，将会永远被逐出皇族，也因此，她将不再具有令天下缟素的资格。他苦心安排的计划，随着她的死崩坏。

为了报复他，她不惜将女人最后的声名毁在众目睽睽下，不惜身败名裂，受千万人唾骂。她用最惨烈的方式，杀死了自己，让他一无所获。

这是她的不屈。

这是她用自己的方式，对抗远比自己强大的魔王。

卓王孙用一根手指抵住额头，眉心传出一缕刺痛，深入骨髓。

他不知道，为什么公主的死，会让他如此痛。

这明明只是个离他很远的人，他根本不在乎她的死活。

或许是因为，她的死提醒了他，凡人对抗神魔的努力，都是一场壮烈的徒劳无功。

公主对抗他有多徒劳，他对抗神王就有多徒劳。

在付出一切之后，他所在意的世界，仍将走向毁灭。而一切死亡、苦难、毁灭，都将由他亲手造成。他将逐渐堕落，成为举世厌弃的魔王。

风声从天空高处传来，仿佛隐约的耳语。

——放弃吧。只有这样，战争才会终结，天下才会和平。而曾见过你的那些人，会在梦境破碎前安宁地死去，不会承受任何痛苦。

这实在是一个诱人的条件。只要他肯屈服。

卓王孙沉默片刻，一字字道：“不，休想。”

那一瞬，他眸子中有黑暗的星辰在闪耀。

那是魔王的颜色。

他缓缓驱马，走到公主身边。她的尸骨已化为血水，烟消云散，但那刻骨的仇恨，仿佛透过那片土地，深深地灼伤着他。他俯下身来，让这仇恨离自己更近、更尖锐。

“你依旧会是大明的公主。百年之后，青史卷册中提到你的死因，仍将是为国捐躯，流芳千秋，没有任何人怀疑，因为……”

他一字一顿道：“因为看到这一幕的人都将不在！”

无尽阴云聚集在天空中，所有人脸上都写满了惊恐。这云太浓、太诡异，竟令正午的天空阴沉得就像是傍晚一样。唯一鲜明的，是卓王孙的笑容。公主銮驾附近，除了倭军外，还有朝鲜臣子，以及随公主前来的少量亲兵。而八万明军，还停留在百丈之外候命；飞虎军也在营中待命。

百丈的距离，足够隔绝所有声音，聚拢的朝鲜臣子，也足够遮挡所有视线。明军与飞虎军并不知晓，阵前到底发生了什么。

杀尽这些知情者，并不难。

卓王孙心中有了决断。

他缓缓回首：“关白大人，做好死的准备了吗？”

安倍晴明吃了一惊。虽然他早就与卓王孙敌对，但卓王孙一直拥兵不动，除了平壤与碧蹄馆之战外，似乎都在避免与倭兵正面冲突，尽量和谈。

为何此时卓王孙却突发此语？

这句冰寒的话却像是一簇火，点燃了吴越王在他心中埋下的种子。

“第三人”吗？

靠“第三人”就能打败伟大的日出之国，而不屑将我们当成对手吗？横扫朝鲜的无敌军队，真被人如此轻视？

安倍晴明脸上不由得露出了冷笑。

“卓先生，你不是一直在扶植‘第三人’吗？怎么，终于肯亲自出手了？是否你终于发现，所谓的‘第三人’是不存在的？”安倍晴明轻摇羽扇，笑对怒气勃发但又冷静的魔王，“只是不知道，你配不配做日出之国的对手？”

卓王孙抬手，一道狂龙般的劲气轰然勃发，向苍天击去。密集阴沉的云气几乎凝压在头顶，跟远处的青山连为一体，沉沉的似是万丈海底。卓王孙这一掌，竟卷起一股庞大的龙卷风，扯着漫天乌云，轰然震发！

平壤城上，发出一阵闷响，是巨大的战车拖曳着地面时发出的沉沉声音。

安倍晴明脸色一变。

明朝攻破平壤城，决战倭军所倚仗的利器，就是红衣大炮。就算倭军攻击力再强悍，面对这些巨大的铁炮，也有无能为力之感。安倍晴明虽然也准备好了三百门巨炮，用作攻城破阵之用，但跟这些大炮比起来，仍不免有小巫见大巫之感。

但他的脸色也不过是一变而已，随即缓缓抬起羽扇。

“土变！”

倭军随着他的号令，阵形一变，分成了一系列整整齐齐的小队，宛如一条条长蛇。突然，所有倭兵从地面上消失。

明朝士兵都大惊失色，定睛看时，那些倭兵却不是真正消失，而是钻入了地下。原来倭兵早就在营帐周围挖好一条条地道，一闻号令，立即钻入。一阵闷响传来，只见无数巨盾从地道中撑起，将倭兵遮得严严实实的，只有无数黑洞洞的火枪露出。

这俨然就是倭兵专门针对明朝大炮研究出的防御之策。红衣大炮虽然凌厉，但毕竟轰炸之力不足，多是靠其铁弹砸落之力伤敌。这些地道挖得极其狭窄，刚一人宽，铁弹落下，有两壁承力，人缩于其中，便不会受伤，何况还有盾牌遮护。而这一点都不影响火枪的发射，可以说是克制火炮最好的办法。

安倍晴明脸上浮现一丝笑容。

绝没有人敢轻视日出之国。他挥动羽扇，准备发出攻击的命令。他要给卓王孙一个深刻的教训，让卓王孙知道，这个国度绝不是他一个人的棋局。关白大人手中也握有将军的棋子！

卓王孙的第二道龙卷风，劈空而上，城头上那些巨大的炮台，轰然激发。

安倍晴明一惊，急忙呼喊道：“土御！”

所有倭兵都握紧了盾牌，全力防守。但那些大炮，全对准了上空，炮弹在乌云中炸出一个个彩球，飘荡在空中，七彩斑斓，煞是好看。铁炮轰隆不断，乌云中的彩球越来越多，几乎将倭兵营帐上空全部挤满。

所有倭兵都有些莫名其妙，仰头从盾牌缝隙里呆呆地看着这些彩球，它们仿佛是寂静的烟花，维持着绽放刹那的辉煌。

倭兵们只略一凝目，就会发觉那些彩球似乎都在诡异地拧动着，彩球仿佛是一个个巨大的气泡，其中囚禁着万千妖魔，它们被隆隆雷声唤醒，正极力挣扎，想要挣脱彩球的束缚。

“二十年前，中原武林与西域魔教间曾有一场大战，最终却止于两位绝代剑客之间的决斗。中原与魔教为这次对决所准备的武器，全未能使用。其中最为凌厉的，称为阿修罗之战炮，传说能在人间开启末日之相。今日，敬请诸位赏鉴。”

他微微欠身，向这场即将开启的死亡盛宴谨然致意。

飘荡在最高处的彩球，猛然炸开。

### 第三十七章

# 六龙衔烛下平芜

一缕浓烟自彩球中喷出，就像是一条艳丽的毒蛇，在空中扭动。它所触到的彩球纷纷爆炸，一条又一条烟之巨蛇自彩球中涌出，彼此在空中追逐、纠结着，合成一张巨大的彩幕，静静地飘浮在空中，一动不动。

所有的人都不知道将要发生什么，于是，都呆呆地仰头望着。

轰隆一声巨响，大雨倾盆而下。

雨滴仿佛雨神巨弓挽起的利箭，射破了彩幕，刹那间将它刺成无数碎片，而每一片都仿佛一条小蛇，迅速钻入雨滴中。那些雨滴仿佛获得了生命，急速降落，水滴被拉坠成一道道七彩绚烂的尖锥。

雨之尖锥轰然击在巨盾、土地上，碎成千万点。每一点都比尘埃还要细碎，在空中、大地、众人眼前颤颤滚动着，几乎连呼吸都能将其吹动。

倭兵忽然发出了一阵惨叫。

凡是被这些七彩雨点溅到的人，都像是被锥子狠狠扎了一样，从骨髓里滋生出剧烈的痛楚。他们忍不住放下盾牌、火枪，用力地捂住了伤口。他们惊骇地发现，沾到雨水之处，竟被烧出一个极深的血洞，血肉淋漓。这景象是如此妖异，他们只能歇斯底里地喊叫着，宣泄内心的恐怖。

但放弃巨盾的后果，就是让他们的身体更多地暴露在雨水中。大雨倾盆而下，无数七彩的雨滴砸在他们身上，雨滴暴溅开来，在空中溶成小蛇，狠狠地扎入了他们体内，越钻越深，每深入一寸，都带来骨肉消融的剧痛，惨叫声顿时响成一片。倭兵们忍不住蹿出了地道，用力地抓扯着自己的血肉，企图将这些蛇从体内剜出来。

暴雨零落，将地面烧灼出一个又一个深坑。倭兵们的身体在雨水中迅速消融，终于承受不住挣扎，哗啦一声瓦解，只剩下一个血淋淋的骨架，向苍天怒啸，随后轰然倒地。

这恐怖的景象迅速摧垮了倭兵的斗志，他们不由自主地躲闪着、拥挤着，拼命地往地道深处钻去。但他们惊恐地发现，他们的双脚再没有任何知觉。雨水已浸没地道底部，形成了一摊摊积水。七彩的烟雾凝结在积水中，一旦踏入，这些彩雾都会化为蛇，急速地钻入其中。倭兵惨叫着，伴随着清脆的骨折声，摔倒在地道里，水中之雾立即分解了他们的肉体。

安倍晴明一惊，竭力鼓起真气，将暴雨推开，但那些雨点落在他的真气上，彩雾立即蔓延，蛇一般盘住他的呼吸。他立即觉得心头一阵刺痛，真气仿佛被这些蛇缠住，不住地消逝。如此诡异的景象他从未遇到过，更不知道怎么去对付。

挡不住，则不必再挡！

安倍晴明的目光已锁住卓王孙。

只要自己杀了他，这毒雾就算再厉害，又能怎样？

一道激越的啸声响起，安倍晴明飞身纵起，倭兵们也纷纷从地道中爬出，尖厉的呼号声响彻大地，组成一道滚滚洪流，向卓王孙冲了过来！

卓王孙看了安倍晴明一眼。

一股冰寒的杀意，以不可测的速度，直贯而来，一瞬间，安倍晴明如入寒冰地狱，他的脑海中只有一个字：死！

恐怖是如此真实，他忍不住一声清啸，身子倏然拔起！

卓王孙的目光随之而上，安倍晴明浑身一凛，顿时汗如雨下！

他一旦拔起，就与部下们脱离了联系，千军万马中，他便是孤独的一人！

他急忙展开双袖，怒啸："乱战·樱吹雪！"

暴雨般的剑光自他宽大的袖子中喷出，无差别地斩向四面八方，凄艳的剑影像无数落樱，急速旋转。

他必须跟他的部将们合为一体，方能抵御卓王孙的击杀。

他对这一招极有信心，这一招曾让他在黑夜中连杀三十六位刺客。就算卓王孙天下无敌，这一招至少保得了自己全身而退。

樱花乱舞，他心头忽然想起京极殿①那清绝的靥。

他的动作微微一滞。

天地万物都寂静下来，他惊骇地发现，世间唯一动着的，就是卓王孙的目光。而他像是被巨龙盯住的猎物，一动不能动，眼睁睁地看着巨龙一步一步踏近，将一切障碍踏碎。

千军万马，竟都不能保护他分毫！

安倍晴明猝然睁大眼眸，死亡瞬间将他笼罩，吞没。

悠远之处，卓王孙移开目光。

安倍晴明猛然惊醒。

---

① 平秀吉宠姬，名京极龙子，日出之国著名的美人。

暴雨激天，千军万马仍然在勉力冲锋，而他，盘天飞舞，樱吹雪仍将他全身护住，双足已踏到了实处。

他彻头彻尾地安全了，为什么他却感到他已经死了一次呢？

那感觉是如此真实，安倍晴明望向卓王孙的目光有一些茫然。

是幻象吗？

还是，卓王孙只以目光，就能令自己感受到死亡的真实？

卓王孙身形肃然，淡淡如风之影、云之意，立在十丈之外。

安倍晴明眸中的神色渐渐变得尖锐，他猝然握手，那把羽扇化为尘芥，他一字字道：“式神·地鬼涌杀！”

他的手从宽大的袖子里伸出，猛然击在地上。他的袍子之下的大地倏然一阵波动，一个个土包诡异地从地面上鼓起，倏然冲刺几十丈，向卓王孙冲去！

仿佛地狱的恶鬼受到了召唤，从奈落之深渊中钻出，要噬尽所有血肉！

卓王孙身子冲天而起，手抬处，一股龙卷风轰然勃发，将空中的乌云搅碎，交杂着嘶哑的狂吼声，向安倍晴明猛压了下来。

安倍晴明大惊，按在地上的双手猛然朝天抬起：“式神·鬼经天！”

那些在地底涌动的土包，猛然炸开，却是几十只漆黑的蜘蛛，每只都有西瓜大小，狰狞丑恶，背上却有着艳丽的花纹，组合成一张人面的样子。

安倍晴明手扬处，鬼蜘蛛吐出乌丝，缠向卓王孙斩落的龙卷风。

能迅速蚀化人体的彩雾，竟似对这些鬼蜘蛛不起作用。它们的身子仿佛钢铁铸就的，竟全部硬生生地嵌进了龙卷风中，一阵刺耳蚀骨的爆裂声传来，巨大的龙卷风竟被这些鬼蜘蛛撕裂。

安倍晴明细长的眉目展开，重新聚起一丝笑意，笑容却在一瞬间戛然凝结！

几十道龙卷风自四面八方疯狂涌至。安倍晴明只觉全身瞬间失去重量，化为一片败叶、一页枯纸、一枚蝉蜕，被狂风生生卷起。他甚至来不及惊呼，已被龙卷风撕成了碎片！

他最后的意识，是无尽之惊骇！

“关白大人！关白大人！”

不知是谁不住地在他耳边呼喊着，安倍晴明感到困惑——既然他已经死去了，为什么还能听到声音呢？

死去了吗？

暴雨击打在他身上，带来撕心裂肺的痛楚，却让他猛然醒悟：

这一次，亦是幻觉，他没有死！

鬼蜘蛛因为失去了他的控制，在地上凌乱地爬着，茫然不知所措。他身上沾满了彩雾之毒，却没有死去。

他失魂落魄地抬头。十丈之外，卓王孙的身影肃然而立，背负阴郁苍天，宛如魔神。

血色布散在他周身，如业火，如红莲。

那一刻，安倍晴明终于明白，什么叫炼狱！

他的斗志完全被瓦解，他只想逃走，再也不敢在这个人面前站立一分一秒。

“关白大人。”

卓王孙语气淡然，却仿佛锁链，锁住安倍晴明所有的行动。他惊骇地发现，自己不能言，不能动，只能静静地听着卓王孙说下去，仿佛垂死者在聆听死神的判决。

“你若能化身千亿，我便杀你千亿次！”

苍龙横飞，天舞彩练。

安倍晴明长长出了口气。最后的这一刻来临时，他并没有感到太多痛苦，而只是迟来的解脱。

因为漫长的凌迟终于终结。

他垂下头，微微一笑。

身上没有任何伤痕，但他知道，他的生命在渐渐消失，消失于一瞬间，却又长得像是一生一世。

一瞬间，他身上洁白的衣衫如春雪向火，消融为万千蝶蜕，在风雨中飞散而去，不留一点痕迹。

十万倭兵，化成满地血骨，随着安倍晴明一起被这妖异而诡秘的阿修罗之炮瓦解。

全军覆没。

旌旗之后，城墙之上，一切观战之人脸上都显出了惊恐之色。混浊的泥浆混合着艳丽的雨水，冲刷着白骨、鲜血、腐肉。这一幕，实在太过惨烈，有些人忍不住呕吐了起来。

这，才是华音阁真正的力量吗？当这股力量施加在自己身上时，自己该如何抵挡？

每一双望向卓王孙的眼睛，都充满了畏惧与震惊。这个男子深藏的力量之大，远远超出了他们的想象。想到他们曾想过反抗他，他们心底油然而生一股凉意。

大雨并没有停，暴烈地冲刷着大地，血污、骨骸迅速被洗净，流入了地道中。当倭兵挖掘这些地道的时候，可曾想过这会是他们的葬身之处？

十万精兵，将再也不能嗅到故国的樱花，品尝到家乡的清酒，永远埋葬在了这里。

轰轰轰——几声闷响在空中炸开。

彩球再度出现，浮沉在乌云中，阴沉而凄艳。

所有的人脸上都露出了困惑之色。

倭兵已经全被灭了，为什么还要再启动阿修罗之炮呢？

彩烟迅速盘旋成一条硕大的巨蛇，振尾怒啸着，散入漫天雨幕。

銮驾附近的公主亲兵、朝鲜臣子们突然发出一阵惨叫声。

这些雨，竟然落向他们！

风，猎猎狂舞，吹动着天上的乌云与彩蛇。彩雾合成的雨点已不受控制，在云天尽头凄厉地扭动着，毒雨无差别地落下。

惨叫声响成一片。

这场雨，是末世之雨。

但没有人明白，卓王孙为什么要攻击他们。

为什么？

杨逸之察觉事情有异，冲出飞虎军营寨，赶到了卓王孙面前。他勒马，惊骇地望着卓王孙，为所有人问出了这句话：“为什么？”

卓王孙：“只有杀光所有见过这一幕的人，才能够恢复公主的清誉。从此之后，她仍是大明公主，为此战的胜利慷慨捐躯，足以配得上天下缟素。

“你应该高兴才是，我不再执着于‘第三人’，亲手灭了日出之国十万军队和平秀吉的一位影武者，倭军实力已遭重创。我终于跟日出之国开战了，朝鲜将更早得到拯救，你不该高兴吗？”

杨逸之看着他脸上的平静，那平静中蕴含着多少残忍？

杨逸之一字字道：“你知道你现在在做什么吗？你在屠杀无辜者！其中不仅有朝鲜使臣，还有公主亲兵、大明的子民！”

卓王孙淡淡道：“君让臣死，臣不得不死。他们的性命，若能换来公主的清誉，也算死得其所。何况还会换来这场战争的胜利，换得天下太平。”

他展颜微笑：“何其伟大，足以彪炳史册，连我亦为之深深感动。”

话音一转，他指向地面上公主与临海君的残骸：“你知道她为什么要死吗？”

杨逸之不能答。

“真正让她心如死灰的人，不是皇帝，不是我，是你。

“是你拒绝了她，将她最后的一丝希望残忍绞杀！

“是你杀了她！所谓仁慈的、温和的君子。”

他冷冷地看着杨逸之。杨逸之竟不能反驳！

这个白衣男子能拯救苍生，却独独不能拯救情缘，不能拯救每一个自己爱的、爱自己的女子。这是否亦是命运的诅咒？

卓王孙轻轻抬手，指向天地之间。

“她又如何会这样耻辱地死去，身背万世骂名？是因为我吗？不，是这些人。”

他的手，划过所有正在惊恐着、躲避着、逃亡着的人。他们或衣冠锦绣，或甲胄鲜明。

“鄙夷她的，轻贱她的，传播着她的流言的，写着所谓的青史的，是这些人，而不是我。他们是真正杀死她的凶手！

“你若对她有丝毫怜悯，就该助我将他们全部杀死才是。”

杨逸之遍体冰冷。他望着卓王孙，想到了形容商纣王的一句话：巧言足以拒谏。他不能反驳卓王孙的任何一句话，但天下再没有任何话语，能比刚才他所闻更加残忍。

暗黑的星光，在卓王孙的眸子中旋转，杨逸之静静地看着，看着他变得陌生而遥远。

他能感受到卓王孙心底深处的痛楚，但他不知道这痛楚由何而来，用何方法才能抚平。

是这场战争吗？

是战争的血与火，释放了他心底深处潜藏的魔王？让他视生命如草芥，肆意屠杀，毁灭一切？

但杨逸之能感受到，那旋转的星辰，不是卓王孙的魔威，而是他的痛。

是什么样的痛，能让他化身魔王？

杨逸之摇了摇头。他无法想象，这个世上还有什么能胁迫卓王孙。他执掌天下最强的权柄、无敌的武功，予取予求，从心所欲，旌麾所指，天下无不束手。

但杨逸之能感受到，有一种强到无法抗衡的力量，正在夺走卓王孙的一切，伤害着他，毁灭着他，逼迫他屈服。

或许，以杀止杀，只是他迫不得已的选择？

在这股力量的逼迫下，他选择以破坏与杀戮，避免造成更大的毁灭？

杨逸之想不出来，有什么力量，会强大到这个地步，但他宁愿相信它存在，只因他心底深处，仍把卓王孙当成朋友。

尽管他们兵戎相向，在战场上杀得两败俱伤。

尽管当卓王孙兵锋所指，他要挡在卓王孙的铁甲前，但当他感受到卓王孙的痛苦时，他霍然发现，他会放下一切，做卓王孙的朋友。

杨逸之缩回手，指间的光芒消失。

“你曾经问过，我们还是不是朋友。

“如果我们还是，我谨以朋友之身份，请求你放弃屠杀，立即下令！”

卓王孙凝视着他，嘴角浮起一丝讥嘲的笑容：“朋友？”

他一字一顿道："你配吗？"

杨逸之一惊，猝然抬头。卓王孙的双瞳中的星辰旋转成怒涛，仿佛大海尽头的深渊。那亦是岁月的渊薮，曾有彻骨之痛在此深埋，深到连自己都难以触摸。

那是流花寺中的夜，亦是三连城前的夜。看着红莲花开，月光清冷，他却露湿青衣。更是他数度撄怒，于战场上、于情缘间。

在这个杀人的战场上，他所有深埋心底的痛全部爆发。

深埋，不等于遗忘，是用心将刺盖起来，盖得越严，刺得越深。

杨逸之呼吸一窒。

自己配做卓王孙的朋友吗？他曾经无数次扪心自问。

不配。

因为他们心底都深钤了一抹水红。纵然岁月摧残，却无法抹去，一碰就会心痛。

杨逸之望着卓王孙，渐渐地，卓王孙的眸子深处有一团光芒在黑暗中炸开。

那是焚尽天下的怒火。

卓王孙手抬处，龙卷风再起："想做我的朋友？那么，跪下。"

他的脸色阴沉到极致。这本是他从不愿意说出的话，但如今，他只想尽情羞辱这个白衣男子，让其清楚地认识到，他没资格跟自己争任何东西，他不配。

杨逸之的身体渐渐僵硬，无法再退让。

地狱的烈焰在他面前燃烧，魔王徐步而来，踏着焚灭一切的劫灰。

他该早点明白的。

几年前，当他方踏入这片江湖时，就注定了他跟卓王孙之间，只有一人能存活。

正道盟主，华音阁主，几年之后仍然如此。

注定的，就不能改变。

"杨逸之，敬请一战！"

令箭冲天而起，一千五百名飞虎军齐齐发出一声嘶吼，他们早就被怒火烧灼！他们早就想牺牲掉生命，只为与这位暴君一战！

一线白衣统领着金戈铁马，宛如利箭，直刺向前。

大战，自此开始。

飞虎军高绝的战力在这一场冲锋中发挥得淋漓尽致，因为每个人都知道，若不能在下一枚阿修罗炮发射前攻到平壤城下，脱离炮弹射程，他们将如倭兵一样全军覆灭。

然而，在战场与城墙之间，站着魔王。

这些武林高手没有畏惧，像一道闪电，冲到卓王孙面前！从踏出第一步开始，他们就做好了必死的准备。

卓王孙却没做任何事，没有阻挡，没有迎战。他只是淡淡站在那里，看着钢铁的洪流滚滚越过自己，攻向平壤城头。

平壤城头一片血红，由华音阁弟子组成的朱雀军正严阵以待，等着他们。

这是一场注定的战争，正与邪，正道群豪与华音阁之间，一场不可避免的宿命之战，最终竟在这个古老的国度中爆发。

双方猝一接触，就激发出凌厉的鲜血。

什么阵形，什么战术，都不再有意义。

每个人眼睛里都布满了血丝，身上都是鲜血。他们竭尽全力，只为先于对方一步，将刀刺入彼此的身体。

这一战，他们期盼了太长时间，已耗尽所有耐心，只有焚尽最后一滴热血，才能畅快。

阿修罗炮没有再响起，只有剑光。

刀剑挥动，在天空中拉开一道道密集的光练，十里大地，仿佛有万点流星乱落，最终被成片光幕笼罩。

血战惨烈而短促。仅仅一个时辰，仅余的一千五百名飞虎军，全部倒在了暴雨泥泞的血泊中。他们来到这个饱受摧残的国度，怀着拯救与正义的梦想，希望能用热血换得和平。但他们的生命，耗费在与华音阁弟子的厮杀上。他们的梦想，永远破裂，碎成一片又一片污浊的血沫。

他们的死，亦换来无数对手的鲜血。

他们再也不能回到那熟悉的江湖，打马仗剑，醉酒狂歌。

他们永远被埋葬在了这里。

卓王孙踏着满地尸体，走向杨逸之时，杨逸之几乎连手中的剑都握不住。长剑刺在地上，支撑着杨逸之的身体。

他的白衣，已完全染血，他的目光痛苦而彷徨。

飞虎军之所以跟随着他，是因为相信他能够带领他们走向光明，他却辜负了他们，令他们全军覆灭，万劫不复。

这些武林群豪，虽粗鲁，但直爽；虽恪守着陈腐的规矩，但正气凛然。他们只不过是青史永远不会写到的山野村夫，却有着一腔热血，一身武艺，一场锄强扶弱、行侠仗义的梦想。他们不管杨逸之遭受多少责骂，始终跟随着他。

杨逸之跪下来，跪在了满地血泊中。

他辜负了他们。唯有他的死，能为他们招魂。

这一刻，卓王孙来到杨逸之面前，青色的影子宛如一双巨大的羽翼，覆盖在他身上。

杨逸之抬起头，看着卓王孙走向他，似极了江湖传言中的魔王。

曾经，他那么羡慕卓王孙，羡慕对方的傲岸、不羁、平静如海、沉雄如山、宽广如苍天、深邃如浩宇，羡慕对方有自己坚定的人生，不受任何人的阻挠走下去。

世间都传言卓王孙是魔王，只有他不相信，一次次为其争辩，一次次和卓王孙携手而战。

直到现在，他才知道，错了。

卓王孙就是个魔王，区别只是，他是否表现出魔王的本相而已。

当他在烟岚深处，等一朵花开时；当他举杯对月，与自己许下三月之期时，他是如此丰神出尘，宛如神仙。但这一切，并不代表他不是魔王，而只是暂时将魔性隐藏于心底而已。

或许，那个御宿山上的神仙、这个修罗场上的魔王，都是卓王孙，只是世人不应将他放于战场上。在御宿山上，他是神仙；在修罗场中，他就是魔王。

错了。

这场战争，从开始就错了……

这场战争，真正的敌人也许不是日出之国，不是平秀吉，而是卓王孙——这个注定要毁灭一切，将万物众生焚灭成灰的男子。

自己手中之剑，本应对着的，就是这个人。

为了天下苍生，自己必须打败他，再没有迟疑，只有一战。

卓王孙俯视着杨逸之。在满地尸体中，杨逸之是最后一抹月光。只要他一伸手，就可以将这抹月光碾灭。

遍地的尸体，不足以让这片天地成为修罗场，但他眼中的星光，可以。

这暗黑的星辰，是魔王的意志。

魔所在的地方，才是修罗场。

卓王孙已决心成魔。

永乐公主死的一瞬间，他曾有过最后一次动摇。

他看到了与自己一样的不屈，跟他一样的抗争。而他在碾杀这不屈与抗争——做着自己最痛恨的事情。

既然无论如何都要毁灭，他何不放下抵抗，坦然接受命运赐予的王座？一场战争，再一场战争，直到所有他曾亲近、庇护的人都站到他的对立面，直至世界毁灭，直至只有他一个人站在永恒的废墟上，也要不屈的信念，真的有意义吗？

那一刻，他想到了放弃，放弃所有的尊严与坚持，放弃曾经拥有的一切，任他们被神王抹杀成灰。

但这动摇只持续了一瞬，他的心便再度坚定，比以前还要坚定。

不，如果非要成魔，他才能对抗命运，才能忤逆神的意志，才能让自己守护的一切不被抹杀。

那，就，成，魔。

杨逸之死死盯着卓王孙。

自己曾经说过的话，仿佛还回响在耳畔："因为我相信他。"

是的，他曾相信，虽然有宿命阻隔、情缘纠缠，他们仍是唯一的知己，遥遥慰藉着彼此处于高处寂寞的灵魂。所以他隐忍，退让，试图去理解卓王孙，帮助对方完成伟大的蓝图。

然而在此刻，他最终看清了这蓝图到底是什么。

——卓王孙想要的，不过是个白骨支天的世界。

这个世界中，没有别人，只有他自己。

一位孤独的魔王，不需要臣民、随从、敌人，甚至朋友，只要满地尸体。

杨逸之紧紧握着手中的剑，一字一顿道：

"卓！王！孙！"

杨逸之漆黑的瞳孔是陌生的。卓王孙从未想到，他会在杨逸之身上看到这样的目光。

那不再是嵩山之巅，与他击掌为诺时的自信，也不是御宿山上，与他相约饮酒的温文，更不是绝域雪顶，与他执剑对决时的沉静。

杨逸之若是月光，此时已遭阴影遮盖，因愤怒而有了残缺。

他与杨逸之之间，一切成空，只余下刺骨的敌意。

"还记得吗？我曾说过，我们会一起饮酒的。"

但再也不能。

再也不能了！

卓王孙心中却没有怅然，他只是想笑。暗黑的杀意席卷整个战场。

隆隆的战鼓、风雷般的炮声、悲壮的战号、骨肉撕裂的碎响、嘶哑的惨叫，在这一刻都静止下来，世界宛如被笼罩在一层透明的尘埃中，惝恍迷离。

尸骸遍地，白骨支天。

战车的碎片、城墙的残垣、败草、朽木、秽土、碎石在战火下熊熊燃烧。

平壤城前的平原上十里赤地，倭军与飞虎军已全军覆灭。平壤城头一片斑驳，华音阁弟子们的鲜血亦染红了城墙。

这一刻，卓王孙仿佛能看到所有人仇恨的目光。

倭国人恨他。他开启炼狱的力量，顷刻之间令十万人命化为劫灰。

朝鲜人恨他。哪怕他带领他们取得胜利，保住国家，他们毕生都无法忘记临海君那张狰狞的脸。

武林人士恨他。他们怀着一腔热血，千里迢迢来到这个国度，却因他埋骨他乡，死不瞑目。

华音阁的弟子呢？他们是否也恨他？恨他将他们拖入这场战争，恨他将华音阁千年基业恣意败坏？

四周寂寞，唯有公主临死前的话响彻他耳边，一如命运苍老的吟哦：

“就算你赢得这场战争，你还有什么？你必将一无所有。”

终于，他站在了所有人的对立面。

他孤身拄剑，成为所有人的敌人。

他其实早就预料到了这一天，只是没想到这一天来得如此快，如此惨烈。

风月之剑，在杨逸之手中迸射着前所未有的气势。

但卓王孙心中有着无限的自信，决心成魔后，他的力量仿佛在急速增长，他有一千种方法，可以击败杨逸之。

曾经，这个白衣男子是他纠缠一生的对手，而今却不再匹敌。

他想出手洞穿杨逸之的身体，让其跪在自己面前，看自己屠尽修罗场中的生灵，但他突然想到，他有个更轻易的打败对方的办法。

卓王孙淡淡说了一句话：“你知道吗？杨大人……已经死了。”

杨逸之前进的身体猛然僵住，奔涌到极点的风月剑气失去控制，钻入了心房，狂猛地轰炸起来。他喷出一口鲜血，颓然跪倒在地上。

他再也没有一丝力气，令自己站起。

黑暗与血腥宛如毒蛇，拖着他向深渊中疾速滑落。深渊的尽头，有一位白发苍苍的老人在凝望着他，默默无语。

地狱的烈火吞噬着老人，那是他所犯下的所有罪孽——叛国、忤逆。每一项罪名都是凌迟，鞭剐着老人的灵魂。而他，只能眼睁睁地看着，不能拯救。

他再做什么，再坚持什么，又有什么意义？

杨逸之凄厉地呼喊：“父亲……大人！”

于时，平壤城之战终结。

## 第三十八章
# 江山萧瑟隐悲笳

天守阁中。

淡淡的纱垂下，就像是秋雾，笼在仲夏的炎热中，带来一丝清凉。

茶水已凉透。

赤眉火瞳的男子已枯坐了整整一个时辰，却没有品一口茶，往日飞扬跋扈的王者之姿，此刻也已黯淡。

相思静静地看着他，有种奇怪的感觉，今天的平秀吉，与往时不一样。

他更像是一个人，而不是神魔。

她没有说什么，此时此刻的宁静是那么难得。这场战争，已绞碎了她所有的一切。离那场婚典已过去那么久，她一想起来，心依旧痛得快要碎掉。

“这场战争……”

平秀吉忽然开口，打破了天守阁上的宁静，也让相思吃了一惊。她看着平秀吉，这位霸者的脸上，竟流露出颓唐的气息。

“这场战争，已给不了我想要的了啊。”

他缓缓端起了茶碗。茶碗冰冷，就像是已经熄灭的炭火。

“我派遣十万大军，围守在平壤城外，今日的一战中，已全军覆没。”

相思浑身一震。她虽不关心军事，这些时日平秀吉与她讲解战况，她也大致知晓，围困平壤这十万精兵实在是倭军在朝鲜的主力。如今全军覆没，倭军可以说已遭重创，到了崩溃的边缘。

难道，战争就要结束了吗？

不知为什么，她心里没有喜悦，只有深深的迷茫。

平秀吉却没有像平常那样，敏锐地注意到她的异样神色，只因同样的迷茫也出现在他眼中：“李舜臣已取得了第十场胜利，朝鲜义军已全被他统于麾下，其兵力已超过日出之国了。我们将会迎来第十一场、第十二场败仗。

“‘第三人’，才是这场战争的主角，才是我日出之国关白大人的对手啊！

“为什么长久以来，卓王孙一直主张议和而不是出战？因为他从未将我当成对手。平壤攻防、碧蹄馆之战，不过是他为了给孱弱的‘第三人’时间，令其能成长起来。他直到昨天，都没有真正和我交手。而唯一一次交手，结果就是我全盘惨败。

“我，威震天下的丰臣秀吉，竟然连让他认真一战的资格都没有！

“可笑吗？”

平秀吉狂笑起来，赤眉火瞳中的傲然之气，都在这一笑中迸发，整座天守阁仿佛都承受不了他的傲气。

但这笑声又是多么落寞、凄伤，那是一位王者看到自己的王座被别人视为敝屣时的屈辱，

却又无可奈何。

“李舜臣已从海上出发，攻击日出之国到汉城的补给线。他用新式的龟船、火炮纵横海上，打得我们的补给舰无还手之力。我派去保护补给线的军队，也已败亡……

“一旦没有补给，我仅余的数万军队，都将被困朝鲜。那是我们的末日！

“看来，卓王孙的安排不错，我的对手的确是李舜臣，而不是他！”

他凝视着相思。

相思水红色的衣衫就像是一抹光，烛光。夜色中，这抹光是那么温暖，不会像茶水一样，转瞬就冰冷。

他忽然有种错觉，这抹光就是自己的归宿。

他笑了笑，坐直了身体：“你一定觉得很奇怪，我为什么能化身千亿。”

相思一怔，不明白他为什么忽然转换了话题。不过这个话题显然是她想知道的。只有窥破了鬼藏忍术的秘密，她才杀得了平秀吉。这场凄惨的战争，才能够彻底终结。

“曾经沧海难为水，除却巫山不是云。无论谁读到这首悼亡诗，都会觉得诗人是个情圣，纵然妻子已经死去，仍无比怀念，为她不顾世间种种诱惑。而事实是，诗人在妻子死后经常‘取次花丛’。我少年时曾极为困惑，为何一个薄情之人，却能让别人认为他是极为深情之人呢？”

他顿了顿，凝视着相思，似乎在等她回答。

相思茫然地摇了摇头。这首诗她很早就读过了，也曾为诗人所流露出的真挚感情而流过泪。她从未想过诗人会是个薄情之人，也没想过平秀吉所说的这个问题。

平秀吉道：“语言。语言本身是没有感情的，只不过长久以来被用来表达感情，渐渐地，所有的人都以为语言中藏着感情。于是，不管诗人是深情还是薄情，只要他掌握了语言的技巧，懂得怎么表达‘深情’，就可以让人认为是深情之人。”

表达深情，与深情是有区别的。相思点了点头，若有所悟。

平秀吉淡淡一笑。

“相思姑娘，你能否回答我一个问题？你为什么认为我是平秀吉？”

他眉峰闪动，迸发出一丝傲气。

这个问题并不难答：“因为你有种别人很难模仿的气势，我……我也说不来那是什么，但，但只有王者才会有的吧！”

平秀吉再度笑了笑：“这，就是鬼藏忍术的秘密。”

相思呆了呆，没有明白他说的是什么意思。

平秀吉也知道她并不明白，继续解释道：“如果我所拥有的气势，独一无二，只属于我，那么当你看到另一个人有这种气势时，你会不会就认为，那个人是我呢？”

相思似乎听懂了，点了点头。这句话并不深奥。这不就是鬼藏忍术的化身千亿吗？

“如果我再宣称，这个人就是我，而他也宣称，他就是我，你是不是就会更加确信这一点呢？”

相思又点了点头。

平秀吉：“但这个人很可能不是我，只不过恰好他身上也有这种气势而已。”

相思吃了一惊。平秀吉的眸子中露出一丝狡黠的笑意。

她霍然明白了。

安倍晴明、秋山流云、风间御、赤眉之人、海上少年，这些人，的确都不是平秀吉，他们是平秀吉的影武者。他们跟平秀吉唯一相同的是，身上也能流露出这种气势。这是让别人认为他们是平秀吉之化身的根本原因。

但这股气势并不是随便谁都能有的，只有极特定的人，通过特定的训练，才能够显现出来。是以平秀吉穷一生之力，才拥有了五名影武者。

平秀吉并没有变成任何人，只不过是在恰当的时候，让影武者出现，表露出这种气势而已。

那是他的标志，他的灵魂。

关于平秀吉的传说实在太多，因此，当他宣称自己修成了鬼藏忍术，化身千亿，也没有人觉得奇怪。在这个古老的国度里，有太多神奇的传说。平秀吉身为关白，有什么奇异之处，也并不奇怪，因此成就了化身千亿，不败不灭的忍者最高境界。只有最聪明的人，才能窥知这种境界，并将之运用到忍术中去。

多高明的易容术都有破绽，多相似的影武者都有不相似之处。但只有这种忍术，几乎没有破绽。因为他们本就是不同的人，他们只不过有相同的灵魂。

睥睨天下的气势，就是他们的灵魂。

当平秀吉宣称，他的灵魂可以寄居在这五具肉体中时，谁又会不相信？

相思缓缓抬头，望着平秀吉，心中充满了崇敬。

“大人，我为您重沏一壶新茶。”

她用流云般的袖子，拂过茶台，开始点茶，动作轻柔、古雅。她所点的茶，天下无双，只是她的衣袖似乎累赘了一点。

她终于知道了鬼藏忍术的秘密。

平秀吉并没有骗她，这的确是鬼藏的秘密。这世界上神神鬼鬼的传说太多，但真正的鬼神，从没人见到过。如果一件事太过神异，那么就一定有一个独特的原因，只不过大多数人不知道而已。

鬼藏的秘密，就是气势与伪装气势的区别，正如深情与表达深情。

相思心口有莫名的怅惘，几乎托不住茶碗。她不由得停了下来，蹙住眉头。

这一杯茶，真的能终结战争吗？他发现后，会怎样对待自己，会杀死自己吗？若她成功了，终结这场战争后，她又该去哪里？

相思紧紧咬住嘴唇，缓缓收拾着茶具，终于，将一碗热茶端到了平秀吉面前。

平秀吉的神色变得落寞。

他缓缓拿起了那杯茶。

“我曾经问过自己，这场战争是对还是错？

“不战，则日本乱；战，则朝鲜、大明乱。究竟如何取舍？我虽有天下莫敌之气，却也没有答案——相思姑娘，你觉得呢？”

相思无言，似是有些不敢抬头看平秀吉，只是轻轻摇了摇头。

平秀吉凝视着茶碗，笑了笑，笑容中有无尽的惆怅。

“现在，我却有了答案。或许我的责任，就在于终结这种两难的处境。我争雄天下的气势，使战国统一。因此，日出之国拥有了自己所不能容纳的强绝力量，必须向外扩张才能释放。最后，这股力量成了灾祸，带来无尽的战争与杀戮。或许，我的天命就是封印这股力量，所以，我要将它们带来朝鲜，亲手折断。

“然后，我就可以歇息了。”

他缓缓端起了茶碗：“新的时代，就要靠家康来开启了。他也等了太久。”

他将茶一饮而尽。

相思脸上显出复杂的神色来，她似乎想阻止他，但平秀吉的动作太快，她还未做出决定之前，茶已经被喝干了。

平秀吉放下茶盏，发出一声赞叹。

“好茶。可惜，以后我不能再饮到了。

“因为，相思姑娘，你要回平壤去。这里即将成为战场，我无法再留你了。”

相思的心震了震。

她的使命终于完成了，她看出了谁才是真正的平秀吉。

只有真正的王者，才会因王者之间的共鸣而感伤、落寞，那不是假装王者之人能理解的。高手的寂寞，只有站在最高处的人才能理解。

正如对阵卓王孙的人虽多，但只有真正的高手，才能理解卓王孙究竟有多么无法匹敌，其余的人，不过是假装理解而已。

赤眉火瞳之人的感伤，是真正王者的感伤，这一点，相思并不会看错。

但她总有种感觉，平秀吉是故意让自己看出来的。

这杯毒茶，也是他故意喝下去的。

他为什么这样做？真的是为了封印那股可怕的力量，开启一个新的时代吗？

相思不能理解。

她只知道，她的使命已经结束了，她该回到那座城市。

那座有两个人对峙的城市。

灵堂摆设在平壤城外，牡丹峰顶。

白幡飘飘，这座临时架设的灵堂并不大，但几乎平壤城中的每个人都陆陆续续走来，拜祭杨继盛的英灵。他们的悲怆是真实的，他们跪拜的时候，似乎面对的是自己的灵位。

平壤之战虽然结束，明、朝联军大获全胜，围攻平壤的倭军全军覆灭，实力遭受重创。没有人怀疑，倭兵撤退的时刻指日可待，他们却快乐不起来。

阿修罗之炮轰起的七彩之雾，像是梦魇般盘旋在他们心中，压得他们几乎喘不过气来。他们毫不怀疑，这些大炮终有一日会轰在他们头上。

他们怀着朝不保夕的悲怆，来到杨继盛的灵前，跪拜，吊唁，同时吊唁着自己风雨飘摇的命运。

齐云塔，平壤城中最接近天穹的地方。

卓王孙凭栏独立，眺望着远天。

江上月轮中，破坏神王的影像隐约浮现，亦幻亦真。

卓王孙：“战争结束了，你该信守诺言，从这个世界离开，重觅轮回。”

破坏神王：“战争的确结束了——然而，你赢了吗？”

卓王孙不屑于回答。

他当然赢了，十万倭兵全军覆没，明军主力未损，这是一场完胜。

就连那看似不可能实现的愿望，也已实现。

四海之内，皆是皓白。

大明、朝鲜、蒙古为公主殉国缟素。

日出之国，则为关白平秀吉服丧。

虽然过程有些波折，但结果依旧一样。天下缟素——如果这都不算胜利，什么才算？

破坏神缓缓摇头：“可你连这座城中之人，都未能完全征服。人心之中蕴藏着仇恨的种子，随时会将你的胜果摧毁。”

卓王孙沉吟了片刻。有他未能征服之人吗？上至朝鲜君王，下至普通军士，都奉他若神，唯他马首是瞻。但他没有争论，这只会陷入无休止的口舌之争，不会有结果。

除非，有一个足够公正的裁断者。

卓王孙沉吟片刻道：“有一个人，足以评判此事。”

破坏神明白他说的是谁，在江风中发出一声轻笑。

“他的确有这样的资格。然而，你唯一未征服的人，就是他。夺爱之痛、折剑之辱，他又怎会裁定你的胜利？”

卓王孙的语气中，有不容置疑的信心：“不，他会。”

说完这句话，他转身向牡丹峰走去。

破坏神王的影像目送他离去，缓缓消失。

杨逸之一身白衣，不再是皎洁的月光，而是世间最为凄楚的颜色。他跪在灵前，无论是谁来到他身边，他都没有任何反应。他的心，已完全空了，不因外界的一切挂怀。

杀死老父的，正是他自己。

如果他不坚持对抗卓王孙，如果他能够为自己的国家多考虑一下，而不是为了自己，为自己的心，他的父亲便不会死去。

他本带着荣誉而来，亦会肩负着荣誉而回，这本是他父亲期望的，但而今一切都被逆转。他与国家的敌人站在一起，对抗着自己的统帅，连父亲大人的劝谏，都不能令他回头。

万恶不赦，逆子。

父亲大人，究竟我要如何做，才能够让您原谅我呢？

杨逸之痛苦地垂下头，不能自已。

同时，对公主的歉疚也让他深深自责。他看着她死在他面前，竟然毫无作为。她惨烈的死状，几乎成为他的梦魇。

因为他知道，卓王孙说得不错，正是他的话杀死了公主，杀死了她的心。

他是个不祥之人，会带给爱他以及他爱的人灾厄。

最该死的，应该是他才对。

从黎明到黄昏，从光明到黑暗，他跪在灵前，一动不动。

直至所有的人都离去，只有默默飘扬的白幡和点点烛光陪伴着他。

一个淡淡的声音响起。

“杨老先生若是见到这场战争就此终结，想必也会觉得欣慰。”

杨逸之的身体猛然一僵，那是卓王孙的声音。

卓王孙青衣落落，站在灵堂的门口，望着杨逸之跪坐的背影。他缓缓走进了灵堂，在杨继盛的灵牌前躬身参拜。

而后，他缓缓起身，看着杨逸之。

“欣慰于这场前所未有的胜利，不是吗？”

杨逸之没有回答，身子却在颤抖。

在他眼中，这个男子已沉沦成魔，无可挽回。

时间一分一秒流逝，杨逸之仍一言不发。

卓王孙没有催促，耐心等待他的回答。

突然，杨逸之抬起头，用平静而突兀的语气问：“你快乐吗？”

卓王孙怔了怔：“你说什么？”

杨逸之漆黑的瞳仁就像一面镜子，照出了卓王孙深深的错愕。

“我问，如今，天下无敌，你，快乐吗？”

卓王孙眼前蓦然闪过战场上的那抹夕阳。那时他站在满地尸体之中，众神敬畏，群邪避让，他仿佛处在天下最高处，却只感受到无尽荒凉。

他快乐吗？

朝鲜战争沿着他划出的轨迹进展，伏尸百万、血流成河。他无坚不克，无求不得，就连眼前这个白衣男子，也曾在他面前痛苦挣扎、无可奈何。更何况，他以凡人之体，赢得了这场人神之战。他的命运，仍由自己掌握。

然而，他快乐吗？

卓王孙竟不能答！

“她快乐吗？”杨逸之冷冷地问出了第二个问题。

卓王孙又是一怔。

这个“她”字，两人都明白，指代的是谁。

为什么突然提到这个女子？她与天下有什么关系，与这场战争有什么关系？

卓王孙惊讶地注视着杨逸之，忽然，从杨逸之的双眸中感受到了痛苦。那一刻，他恍然明白，在这个白衣男子心中，这抹水红就是天下。

而这抹水红，也是卓王孙王者冠冕上最高华的装饰。

塞外、苗疆、雪山、绝域，她都经历过，并无损伤。他如太阳照临，她是他的一段影子。

他给她天下最周全的庇护，却从未想过，她是否快乐；从未想过，她的心情若何。

安倍晴明在花海之中对他说的话，再一次掠过他的脑海："许多人心中都有一件不能舍弃的东西，不知道卓先生有没有？如果有，那，是否便是这朵莲花？"

那时，万千花朵中他选择了莲花。是否，他真的认为心中不能舍弃的，不是优昙，不是鸢尾，甚至不是海棠，而是她？

虽然她经常偷偷离开他，虽然他对她的离去从不过问，虽然，他极少对她温柔辞色。

但他为她走马塞外，正面直撼俺答汗的十万精兵；他亦曾为她攻破乐胜伦宫，傲然拉开神魔留在世间的弓箭；三连城头，他的心亦曾为她彷徨，为她迟疑，为她感受到破碎的痛。

那时，他甚至怀疑自己会释放所有力量，令这个世界毁灭。

思绪仿佛打翻了的茶，泛起前所未有的凌乱、苦涩。

卓王孙冷冷哼了一声，制止自己再想下去。

她快不快乐，别人不配来问！

尤其是杨逸之。

你，有什么资格来问这句话？

"我，快乐吗？"杨逸之的话语里，有让人刺痛的伤感。

这个男子，本白衣磊落，而今枯坐在灵堂前，心寂如死。他快乐吗？

卓王孙知道，杨逸之想要的是什么。

他尽力想守住每个生命，却在这场战争中，令万千生灵涂炭。

他想为父亲尽一点孝道，却在这场战争中，气得父亲呕血而死。

他希望让那一抹水红自由绽放，却在这场战争中，看到了她最心碎的眼泪。

这一切，全因为他。

因为他这个王者要用十万人命为这场人神之战陪葬；因他要在这个战场上让杨逸之惨败，一无所有；因他其实在意着那抹水红，不允许任何人触摸！

杨逸之，这个白衣磊落的男子，快乐吗？

他们本是朋友，江湖之上，他们并肩而立，一时瑜亮。如果自己是灿烂的太阳，杨逸之则是浩瀚的明月。他们如日月双悬，共同照亮这个混浊的尘世。

而今，自己拥有天下；而杨逸之，一无所有。

他，又怎会快乐！

你快乐吗？

她快乐吗？

我快乐吗？

卓王孙竟一句都不能答！

杨逸之将目光投向远方。

“荒城之中，我爱上她时，并不知道她是谁。但那一刻，我相信，我找到了一生要守护的人。”

那一刻，他倚坐在城墙下，看着阳光将她照得透亮。她身穿黄金战甲，抱起因瘟疫而垂死的孩子，莲花般的额头贴上那满是黑斑的脸，静静流泪。那一刻，他下定决心，无论她想要什么，他必将全力为她成就。

那是一生的承诺。

“对于我而言，她不仅仅是深爱的女子，而且是我信仰的一部分。在她身上，我看到了自己没有的光芒，看到了自己被江湖磨圆后的棱角。她的善良是那么简单，直接，不计较成败，不衡量轻重，不顾一切地拯救弱小，而从不去考虑自己是否强大。

“曾几何时，我也如她一般单纯、冲动、热血，却渐渐在江湖风雨里变得冷漠。我拥有了越来越多的力量，却发现，再无法那样简单地去守护一次。

“我没想过拥有她，只想让她借助我的力量，成就愿望，不管这愿望是什么。让她的善意能永远存在，让她的心灵能永远单纯，就算我身陷地狱，也在所不惜。

“现在想起来，在地心之城中，却是我最快乐的一段时光。”

他低下眼眸，陷入了回忆中。那段时间，他身中忘情蛇毒，恶魔每天都在折磨着他的肉体与灵魂。他成为傀儡，承受着常人难以想象的痛苦，却认为那是最快乐的。

因为，那时他与她初遇。

那时，他还不知道，在遇到自己之前她心中已有了别人。直到三连城上，晨风吹散了所有记忆。

“三连城破，我的快乐也终结了……因为，我知道了她的身份，而你，是我的朋友。我不能再有半点非分之想。

“她就在我身边，却不知道我是如此深爱着她。我亦必须紧守诺言，不再提起，不越雷池一步。我甘愿忍受这样的痛苦，只因我不想背叛你，只因我心底深处仍当你为朋友。”

他缓缓抬起头：“但，我们是吗？”

卓王孙冷冷看着他，并不回答。

“无所谓了……”杨逸之低头苦笑，脸上是解脱后的轻松。这个困扰他多年的答案，已成为过往，不再重要。

不知为何，卓王孙的心仿佛被无形的手轻轻一握，隐隐作痛。

杨逸之遽然抬头，冷冷凝视着他："只是现在，我不想再这样下去了！"

这个清明如月的男子，再一次显现出他决绝的一面。那是他怒闯连营的血性。他一字一顿，像是吐出血，剖出自己的心。

"因为，你已不配拥有她！"

卓王孙的目光随之尖锐起来。他感受到自己胸中的怒气也在郁积，亟待爆发："荒谬！你有什么资格评判我？"

杨逸之静静地看着他的怒气："是的，你天下无敌，予取予夺。但你或许还不知道，在另一个以爱为名的战场上，你早已一败涂地。"

他笑了笑，笑容中有一点揶揄："你知道吗？你比我还要可悲。

"小鸾在你身边的时候，你只当她是一具精致的瓷偶，小心收藏，却从不去想她真的要些什么。等她死后，你荒唐地送给她天下缟素的葬礼。但你早就明白，即便十万人殉葬，也换不回她的一颦一笑。

"秋璇在你身边的时候，你自以为是，不肯低头，一次次刺伤她的骄傲。当她选择独居幽冥岛后，你却挥军海上，送给她万株海棠。但出发前你就明白，即便你把整个天下装在舰船上，也换不回她见你一面。"

"够了！"卓王孙怒然打断他。

杨逸之全然不顾他的怒意："在手中时并不珍惜，失去后才送去价值连城的礼物，有用吗？"

"闭嘴！"卓王孙已怒不可遏。

杨逸之却只是冷冷看着他："那么，有朝一日，当相思也离开你的时候，你又准备送她什么？"

一字字，仿佛荒寺的钟声，寂静地敲打着夜色，带来贯穿灵魂的回响：

"你又能做什么？

"你还剩下什么？

"你和我一样，一无所有。"

卓王孙暴怒："闭嘴！闭嘴！"他猛然抬手，剑气横亘在两人中间，将地面划出了一道深深的裂隙。

杨逸之却只看着他暴怒，不动，不言，不躲闪，不阻止。

白幡、祭幛被撕扯为万千碎片，在两人间飘落，仿佛落了一场无声的雪。

卓王孙深吸一口气，冷静下来，再度将手伸到杨逸之面前，一字字道：

"我只问你最后一次，愿不愿意就此臣服，和我一起分享胜利？"

他的语气高高在上，他仍掌握着一切，随意便可获得想知道的答案，这一问只不过是他的一场恩赐。

杨逸之怆然一笑："好。我可以答应你，但我有一个条件。"

卓王孙挑起眉峰，冷冷等他说下去。

"我要她。"

卓王孙一字字道："你要她？"

杨逸之看着远方："如今，你众叛亲离，想要找到一个人来与你分享胜利，只好用她来换。很公平，不是吗？"

卓王孙冷冷盯着他，脸色阴沉得可怕。

杨逸之淡然说下去："不肯吗？既然芸芸众生，都是你的棋子，一切恩怨纠缠，无非博弈中的交换，你又犹豫什么呢？除非你承认，你在意她，离不开她！"

锵——狭窄的灵堂里，一声龙吟奏响，青光竟不受控制，在他身前三尺之处郁怒地冲击着。

杨逸之的话刺入他心底最深处，带来难以忍耐的刺痛。他禁不住想到了吴越王和公主临死前的话。

你将众叛亲离，一无所有。

是吗？

他以舍身为魔的决心，赢得了胜利，让朝鲜、大明、日出之国都有了喘息之机。那些见过他的人，也大多保全了性命，暂享和平。他不认为自己是功业无双的救世主，而只是欣慰于自己未屈服于神魔。他来到这座狭窄的灵堂里，找到杨逸之，怀着前所未有的真诚，期待他能与自己分享胜利。

他清楚地记得，当他向杨逸之伸出手的那一刻，心底深处竟有了一丝忐忑。

然而，杨逸之拒绝了他，还胆敢对他说出这样的话。

是他失去得还不够多吗，才有了讽刺自己的资本？是他伤得还不够深吗，竟还有力气在这里指责自己的过错？

卓王孙从上而下，一寸寸打量着这个满身丧服的男子："你，决定了？"

杨逸之看也不看他，漠然点了点头。

卓王孙冰冷一笑："好，我将她给你！"

他目光阴郁，直直盯着杨逸之，一字一顿地将这句话楔入他的灵魂：

"我将她给你，但你记得，你永远无法真正得到她，她亦不会属于你。

"因为，她只属于我！只属于我！"

## 第三十九章

# 旧事已非还入梦

虚生白月宫里没有一缕光芒。

卓王孙在黑夜中久久沉默，却感觉心中有一团火在燃烧。

杨逸之的话烧灼着他，让他无法平静下来。

那个男子想得到她？

没有人能得到她！绝不会有了。

他习惯了她在一次次离去之后，再一次次回来，继续留在华音阁，直到他再次让她心碎。

他习惯于做任何事情的时候都不考虑是否会伤到她，因为她习惯了受伤后离去，也习惯了离去后回来。

他也习惯于相信，她一定会回来，甚至习惯到忘记了为什么她一定会回来。

就像当初在草原、三连城、乐胜伦宫中曾经历的一样，不管她走多远、遇到谁，最终都会留在他身边。

夜色中，一点幽微的星光亮起。

那是窗外的孤星，照在了修复的铜镜之上。

镜中暗光旋转，一点点凸显出破坏神的影像："如我所言，战争还没有终结。"

卓王孙讥诮一笑："那又怎样？你尽可以挑起千百场战争，我都会出手，将之一一平息。"

破坏神叹息："不愧为我在人间的化身，敢以人的力量与意志，对抗神魔。然而，这一切都并不能改变什么，只能让原本瞬间来临的死亡，变成一次次剥夺，一寸寸凌迟。你已失去了琴言，失去了月写意，甚至失去了杨逸之。接下来，你又将失去谁？相思吗？"

这个名字，让卓王孙一震。

然而，他随即恢复了从容："你以为，以她为要挟，就能逼迫我屈服吗？你错了，我最不可能失去的，就是她。无论多少人背叛我，她也绝不会是其中的一个。"

破坏神笑了："原来，你是这样自信，以为无论如何伤害她，都不会失去她吗？就算将她送到杨逸之身边，她也一定会回来？”

卓王孙不答。他根本不屑于回答。

破坏神：“你有没有想过一件事，为什么她从来没有抱怨过？”

蓦然之间，卓王孙变了脸色。

是啊，她从未抱怨。无论什么时候，她都恭谨地叫他先生，不敢有半分僭越。无论遭遇了什么，她总是默默忍受所有的伤害，接受他为她做的一切安排。

究竟是因为她愿意如此，还是，她不得不如此？

他霍然发觉，除了那一次，她在昏迷中的无心对答，其实他们从来没有谈过心。他与她虽近在咫尺，却又仿佛隔着一堵冰冷的墙。

他与她之间，隔着他的威严，她的顺从，从未越界过。

什么样的恋人会像他们这样？无论怎样对她，她始终不曾愤怒、争吵、抗争。

破坏神：“她真的爱你吗？她真的不能离开你吗？”

卓王孙忽然不敢再确定！

“或者仅仅是，她畏惧你，有求于你？”

这句话，仿佛一柄灼热的刀，划开了记忆。曾经的一幕一幕在他面前掠过，草原、三连城、乐胜伦宫、天守阁……每一幕，都化为触及灵魂的创痛。

卓王孙赫然发现，或许一切都是错觉。

或许，她从未爱过他。

破坏神：“你不肯回归，其实是为了她吗？如果连她都背叛了你，你留恋的凡尘，是否还有意义？”

这句话很轻，却有着无法回避的尖锐。

然而，卓王孙只是冷笑。这实是一个不值得回答的问题，如果非要回答，那也只有三个字——不可能。就算全世界都背叛他，相思也不会。

破坏神注视着他，笑容有一些讥嘲：“其实你很清楚，她到底为什么会来到你身边，不是吗？”

卓王孙的脸色陡然一沉：“闭嘴！”

随着他这一斥，铜镜的光华暗了暗，神像缓缓隐没。只剩卓王孙一人，孤独立于大殿上。

他眼中，有黑暗的星光旋转。

不知过了多久，门被轻轻推开。

相思站在门口，犹豫着，不知该不该进来。

她也不知道是否该回到这里。也许，只是个习惯，离开了，就要回来；也许，她只是没有别的去处，只好回到这座伤她伤得如此重的城市，见到这个伤她伤得如此重的人。

也许，心底深处，她还有一丝希冀，希冀那曾经发生的都是幻觉，他可以像以前一样，用淡淡或冷漠的笑容迎接她，就像她从不曾离开。

“先生……”极轻的声音，划破了虚生白月宫里的寂静。

卓王孙看着她，没有回答，心中却感到一丝放松。

她还是回来了，回到他身边。

相思沉默着，不知道该说什么。她很熟悉这寂静，每次她回来的时候，卓王孙都会用这样的寂静迎接她，就像她从不曾离开。这让她感到了些许安宁。

就算他们曾互相伤害，至少，还保留着一丝默契——仅属于他们两人的默契。

“平秀吉已经饮下了我的毒茶，我确定，他是真的平秀吉，因为……”相思想不出该说什么，就絮絮叨叨地说着在天守阁发生的一切。平秀吉如何向她解释鬼藏的秘密，她如何意识到平秀吉的真身所在。她并不认为平秀吉是死在自己手上，真正杀死他的是卓王孙。卓王孙瓦解了他的信念与信心，饮下那杯毒茶，只不过是他主动求死而已。

她小声述说着这一切，卓王孙凝视着她，感觉到刚才的一点欣喜正在被耗尽，胸中的火却越来越烈。

她是真的单纯，还是假装单纯？

难道，她始终生活在九重莲花天上，不曾踏上过人间的污秽吗？她从来没想过，人间有欲望、污秽、欺诈与私心？

还是，她清晰地知道这一切，并利用这一切，达到自己的目的，而且乐在其中？

他眼前出现了几个影子。

白色的恶魔，蜷缩在昏黄的地心之城中，恶毒地打量着这个繁花锦簇的世界。

草原的王者，率领着席卷天下的精兵，随时可以发动一场令天下崩坏的战争。

蓝发的魔王，傲然立于毁灭的神明前，拉开上古魔弓，让整个雪域为之震颤。

他们都有一个共同之处——都曾让这抹水红相伴身边。

卓王孙忍不住想：在相伴之中，究竟发生了什么？

以前，他并不曾这么想过，但镜中神像的低语，让他的心打开了一个缺口。

从此这颗心不再完整。

“以前，每次私自离开，总是添乱……希望这一次能帮上一点忙。”

相思的脸上有着一丝迷茫，她也不知道自己在说什么，但总算是平安回来了。无须他跋涉千里去救她，也不曾因一念之仁而让事情不可收拾。

或许，这一次，她总算为他分了一点忧。

她凌乱的思绪被卓王孙猝然打断："他为什么留你在身边？"

相思僵住了。她没想到卓王孙会这样问她。

自踏足江湖以来，仿佛是命运作弄，她被一个个强者强行留在身边。她从未想过他们为什么这样做，因为，那不是她能够决定的。

平秀吉为什么留我在身边？

相思讷讷道："因为……因为他想看我怎么刺杀他。"

这个回答，连她自己都觉得可笑。这让她很震惊，因为，当初平秀吉这样对她说起时，她一点都不觉得可笑，为什么现在就可笑了呢？

她心中猛然一惊。

卓王孙冷冷注视着她。

这,算是个理由吗？她为什么就这么轻易地任由这样的理由存在？是单纯,还是无知？

"他为什么让你刺杀他？"

相思身子震了震。她突然明白自己为什么发觉这个理由可笑了，因为这件事的确很微妙。平秀吉显然对她有着微妙的感情，才会将她留在身边，任由她寻找着刺杀他的机会。

她恍惚想到了那个少年看着她的眼神，仿佛看着一幅妙绝天下的仕女图。

守卫森严的天守阁，究竟是他的藏身之所，还是藏娇之屋？

她一惊，绝不是这样的！她猝然抬头，想要争辩，却看到了卓王孙的眸子。

那双眸子中，竟满是冰冷的讥嘲。

没有人会这么天真，沉浸在另一个男子的呵护中而无知觉，唯有她。

相思莫名地感到一阵惶恐。

"不！不是这样的！我多年前，曾有恩于他的一个影武，他或许只是想报答我！

"我真的只是想杀掉他，为朝鲜百姓做点什么……"

她为自己辩护着，语无伦次，但连她自己都能感受到，这辩解是多么苍白。

卓王孙看着她，仿佛看到苍白的恶魔、草原的王者、蓝发的魔王、化身千亿的关白在她身后交叠在一起。而她还在他们的围绕中，仓皇地为自己辩解，这一幕是何其荒唐！

这一刻，他想伤害她，伤得她淋漓尽致。

"乐圣伦宫中，帝伽曾将你囚禁，称你为女神转世，要你认同他是湿婆化身。难道仅仅是巧合？”

相思霍然一惊。

帝伽，曾冀她之指引而成神之人。将她藏于神宫中，视她为前世妻子，亦曾为她换上新衣，祭祀天地。有那么几次，他与她的距离那么近，近到她能无比清晰地感触到他的渴望。

她感觉到了一丝震惊。

帝伽对她只有一种欲望：得到她。这是毫不遮掩、赤裸裸的欲望，她想抵赖都绝无可能。她能留在他身边，为的是什么？是否就是这种欲望？

在卓王孙的注视下，她的心竟无尽惶惑起来。

“那么，草原之上呢？俺答汗为你提兵十万，直逼京师，却因你一席话，重返草原。你凭什么能做到？你想过吗？”

那个豪爽的王者，奔袭千里，顷刻瓦解明朝之防线；京师城下，又不顾千万士兵的反对，毅然放弃攻入中原。

那是海一样宽、山一样高的深情，深到足够他放弃。

相思心头猝然一痛。如果说她不明白俺答汗的情谊，那是骗自己。但她与他是清白的，她对他绝没有半分私情，只有相知与感激。

但他为她放弃了天下。

她怎能没有想过？

相思眼中含着泪水。她很想大声对卓王孙说，我和他，不是你想的那样！

她不能容忍别人侮辱他，这位纵横草原的王者从来没有想过占有她，他只想要她幸福，为此，不惜放手。

卓王孙冷冷看着她。

相思要争辩的冲动忽然冷却。事实是怎样并不重要，她终于明白了他在意的、指责的是什么。

他想说的是，她利用这些王者的爱，达到自己的目的，乐在其中，并且装作一无所知。

她怆然后退，眼泪终于落了下来。

“不！我从来没有这样想过！我留下来，只不过是想帮助那些比我更可怜的人……何况，我没有左右他们的力量，他们怎样对我，我能拒绝吗？”

是的，她不能拒绝。但她一次次离开他，一次次走到这些王者身边。她明知道他是能保护她的，只要在他的羽翼下，任何人都不可能伤害她，但她仍然选择了离开。

是她需要不同王者带来的虚荣吗？

卓王孙看向她的目光中充满讥嘲："北京城下退敌十万，乐胜伦宫中令魔王俯首，现在又毒杀了日出之国最有权势的男人，多么了不起的功绩，连我都不得不佩服。"

他笑容一冷："如今，你交换到了想要的一切，回到我身边，是想炫耀这些丰功伟绩，还是想我为你感到高兴？"

"我……我不是……"她的话哽咽在喉中，再也说不下去。

她看着他，怔怔地落下眼泪："你总该知道的！"

是的，他知道的。就算世上所有人都这样认为，他也该明白她的心。

他为什么不相信她？她将所有都交给他了啊。

在她说出恨他之后，又回到他身边，需要多大的勇气？需要放下多少自尊？他为什么从来没想过！

我知道吗？

看着她的眼泪，卓王孙忽然诧异自己竟然这么平静。她在自己面前展开的悲痛，似乎是一出荒诞剧，而他只不过是个看客，并未置身其中。

于是，他有了要加深这悲痛的冲动。

他笑了，缓缓道："那么，流花寺中呢？你解开衣衫，投入杨逸之的怀抱，索求着他的温存，你快乐吗？"

相思震惊地抬头，不明白他在说什么："什……什么流花寺？"

卓王孙轻轻靠上椅背，抱起双臂，讥嘲地打量着她。

她掩饰得真好，竟能在刹那间演出如此逼真的震惊，连他都忍不住赞叹。

"流花寺中，投怀送抱的不是你？是我看错了？"

相思目瞪口呆，她的确曾去过流花寺，但只是给了杨逸之钥匙，并没有任何暧昧的举动。绝没有！

"你一定是看错了！"

卓王孙眼中露出了一丝讥嘲。他笑了笑，轻轻点头："我是看错了。"

看错了你。

这句话像针一样刺进了相思心里，带来窒息般的剧痛。

这到底是怎么回事？她猛然想起在天守阁中，曾经见到过一位相貌几乎如她一样的绿衣女子。

她失声道："你看到的一定是秋山流云！她是平秀吉的影武！一定是平秀吉为了离间我们，派她装扮成我的样子……"

卓王孙微微冷笑，化身千亿真是个好东西，无论什么过错都可以往上推。

“那么，三连城头呢？又是谁变成了你？”

他本来满含嘲讽，但当这句话说出的时候，心头不禁感到一阵刺痛。

终于，他终于不再是个看客了吗？终于进入这场荒诞剧了吗？他看着她茫然而痛苦的脸，心中忽然有一丝凌虐的快意。

伤人的话，同时刺在自己身上，溅起淋漓的血。

很好，这场折磨将持续下去，直到她坦言内心，直到证明一件事：她在世间所爱，只有他，也只能有他。

在此之前，他不介意伤人伤己。

“什么三连城？”相思完全不明白他的话。

忘情之毒依旧盘亘在她体内，将那段记忆封印。她茫然地看着卓王孙，一个字都听不明白。

但她的心剧烈地跳了起来。

她忍不住冲上前来，死死地抓住卓王孙的手，就像是溺水者抓住一根稻草。

“告诉我，三连城上，我到底做了什么？我为什么一点都记不起来！”

是的，她忘记了。

她饮下了忘情蛇毒，将杨逸之永远忘掉了。

忘情之毒，能让人忘掉心中最爱的人。

然而她忘掉的不是自己，而是杨逸之。

被忘掉的人是幸福的，因为不再受记忆的折磨。

不幸福的是没有被忘掉的人，记忆化为阴郁的藤蔓，将他的心攀爬满。

相思心中泛起一阵莫名的惊恐，她似乎知道，他的下一句话将会令整个世界坍塌。她抓住他的手渐渐无力。

她的目光里写满哀求，不知是哀求他说出来，还是不要说出来。

卓王孙的笑容，像是一柄刀，割在她身上，却也割在自己的心头。他久久沉默着，细细体味着那残忍的痛楚，仿佛天地之大，只有这痛苦才是他真实拥有的。

有的，是别人假扮的，有的，是不记得的。

多么绝妙的理由。

很好，很好。

相思跪倒下去，双手撑着地面，不住颤抖。卓王孙伸出一根手指，将她的下颌托了起来。一抹笑容出现在他脸上，无尽温柔，像是不经意间流露出的阳光。

相思心中生出了一丝希冀。他原谅她了吗？

她哀恳地望着他。不要再折磨她了，只要他肯听，她愿意用一切办法证明她的清白。

如果他不相信她，为什么任由她离开？为何不将她囚禁在华音阁这个华丽的牢笼中？

如果他不相信她，当他千里跋涉，从俺答汗的军营里带走她时，为何从未问过这些？当他闯入魔宫，看着帝迦抱着衣衫不整的她走下台阶时，为何没有怀疑过她的清白？

是什么改变了他？变得像个陌生人？

三连城，还是流花寺，还是她进入虚生白月宫前的瞬间？为何她根本不明白发生了什么？

"知道我为什么对小鸾如此好吗？"他凝视着她的眼睛。

她茫然摇头。天下人都不明白这一点，那或许只能归之为命运，或者缘分。

他淡淡笑了笑："因为那是你的约定，我要替你完成。"

相思依旧茫然，随后骤然一惊。她明白他说的是什么了！

那的确是个约定，她答应步剑尘，用自己做交换，换他拯救小鸾的生命[①]。

然而，她不是因为这个才留在卓王孙身边的，更不是因为这个，才付出自己的如花岁月，无悔年华！

她茫然地摇着头，却一个字都说不出来，大滴的泪水从她腮畔无声滑落，打湿了衣襟。

卓王孙轻轻抚摸着她的脸，眼中没有一丝表情。她沾满泪水的脸，苍白、冰凉、颤抖，却又如此美丽，美得让人心痛。

他轻轻道："是不是，这也是你诸多交易中的一场？

"与那些王者一样，我也只不过是你温柔陷阱里的猎物，你倾国魅力的买主，是吗？"

相思惊愕地看着他，不能回答。

他的指越来越沉重，在她脸上留下淡淡的红痕，声音也失去了淡漠，变得咄咄逼人：

"为了得到你想要的，你不惜给了我你的身体、你的爱情、你的灵魂，只不过要换取世上最强大的庇护，换取上弦月主之位，换取小鸾的生存，换取王者之爱，还有锦衣玉食、无尽虚荣，是吗？

"你一次次回到我身边，只不过因为我的利用价值要高于这些人，是吗？

---

① 事详《华音流韶·天剑伦》。相思曾是步剑尘的弟子，多年前，步剑尘曾设计让相思接近卓王孙，以换取卓王孙对小鸾的照料。

"若有一天，我失去天下无敌的力量，你就会头也不回地走开，去寻找新的庇护，是吗？"随着最后一问，他把玩她下颌的手猛地握紧，却在瞬间放开了她。

虚空，在他指间发出空洞的碎响，而几乎同时，紫檀座椅的扶手碎裂在他的另一只手掌心中。

相思惊讶地看着卓王孙，身子慢慢滑落。

她的心也同时在他的掌心里碎裂，不再有感觉了，只是在不停地坠着，坠着，像是没有止境的深渊。

她的眸子倏然变得灰暗。

他，居然这样想。

卓王孙望着相思，眸子中有深深的痛。

他在折磨着她，同时在折磨着自己。那些尖刻而残忍的话，每一字，撞向她，也撞向自己，造成十倍的伤害。

他的面容越平静，伤害就越深。

她的心在自己掌中千疮百孔，自己的心却不知被谁握着，握在何处。

她眼眸中流露出的绝望，让他感到快意，却是遍体鳞伤、痛彻神髓的快意。

他不期望她的辩解，不期望她的证明、她的争辩。他只期望她说一句话。

只有一句话，他就会立即拥她入怀，原谅三连城，原谅流花寺，原谅那些曾经发生的一切。他会给她所有的幸福，无论曾因她而伤得多深。

只要一句话，一句她从来没有说过的话。

或许，只有这样，他才能相信，她留在他身边，只是爱他，而不是敬他，惧他，有求于他。

或许，三连城、流花寺的一幕，改变的不是她，而是他。让他原本坚定如山的心动摇了。他深深怀疑的，其实不是她，而是自己。

于是，他用最残忍的词句，化为无形的鞭子，挥舞在她头顶，却是那么色厉内荏。

色厉内荏到，只有最真切的痛楚，才能让他感到自己存在，才能破除她的矜持，她的尊严，破除他的威严与她的顺从禁锢在他们之间的隔膜。

他看着她，静静地等待着。

等着她向自己发怒，等着她嘶声哭泣，等着她扑到自己怀中，说一句"我爱的只是你，无论你是谁，无论你有什么"。

就此足够。

相思跪倒在地上。绝望像是黑暗，在她身上一点点蔓延。

真的没有了，什么都没有了。她挣扎着抬起头，看着他。再说话的时候，她感觉到自己的声音是那么空洞。

“你，你想让我怎么做？怎么做，才能让你相信我？”

卓王孙眼中的涟漪渐渐平复。

她还不肯低头？是不够绝望吗？那么，就更加绝望一些。

“我要你去找杨逸之。”

相思猛然睁大双眼：“你让我去找他？为什么？”

卓王孙一手支颐，冷冷看着她：“你知道吗，战争已经结束，我即将收获最辉煌的胜利。但若这一切找不到人分享，未免太寂寞。于是我去找他，他却拒绝了我。

“这个自命君子的男人，向我提出了一场交易，他要你，要你的人、你的爱情，去换取他对我的服从！”

相思嘶声打断他：“你撒谎！他怎么会说这样的话！”

卓王孙看着她，眼中最后一缕温度也在冷却。

他在撒谎？

原来，她宁可选择相信那个白衣男子，而不是他。

卓王孙一字字道：“我现在，命令你去完成这场交易。”

他顿了顿，眼中充满了嘲讽：“用你最擅长的方式。”

相思全身一颤，仿佛所有的力气都已失去，她深深跪了下去，心脏似乎都能碰触到冰冷的地面，一句话也说不出来。

卓王孙冷冷微笑：“你会去的，是吗？再一次投入他的怀抱，哭诉我对你的伤害，祈求他的保护。”

说出这句话，卓王孙久久沉默了。

你们之间若真的没有隐情，你就不要答应。只要你投入我的怀抱，我就会立即原谅你。

相思慢慢站了起来：“这是你想要的吗？”

她那一刻，如冰雪一样凄艳，让卓王孙不由自主地想到了灵堂中飘着的白幡。

他骤然一惊，忽然意识到，他绝不能答应。如果他答应了，将会永远失去她。

但他如果收回这句话，就如同收回自己的尊严。

他忽然暴怒了起来。

为什么，你不肯扑入我的怀里，大声说我和那些从你生命中走过的王者绝不相同？说你留在我身边不是为了任何事，只是爱我？

说你忘记杨逸之是一场错，你心底深处只深爱过我？

然而这一切，他都没说。他只是面无表情地说了一句："是的，是我想要的。"

这几个字，仿佛耗尽了他所有的力量。第一次，他感到无比疲倦。

"好，那我去。"相思冷冷地看了他一眼，转身冲出了屋子。

卓王孙望着她的背影，那抹水红倏然就消失在他的视野之外。他想要冲出去阻止她，告诉她这其实不是他的真实想法。

但他一动也没有动。

怕什么？她一定会回来的。

他这样对自己说，就像以前那么多次一样。

"不，她不会回来了。"

一个熟悉的声音响起。

卓王孙侧身，看到铜镜中再度浮现出破坏神的影像。

"她会。"卓王孙重复了这两个字。

他坚信她会回来，就像黎明一定会到来一样，朝阳涂着血会从云层里破出。

破坏神："既然战争的结果难以判断，不如我们再来打个赌吧。如果你赢了，我立即消失，另寻轮回；你若输了，则心甘情愿，做我的化身，回归神界。"

卓王孙没有说话。

破坏神："你犹豫了，因为你并不知道未来会怎样。"

卓王孙没有反驳。就在刚才，他忽然发现，自己的信心都建立在空中楼阁之上。

是啊，杨静、小鸾、秋璇都曾真心爱过他，最后又都决然离开了他。

她们可以走，为什么相思就不可以呢？

破坏神的语气有些讥嘲："想提前知道结果吗？我可以告诉你。"

卓王孙："闭嘴！"

无坚不摧的剑气，从他手中发出，直接将铜镜劈开。

光影破碎，如散花雨。他持剑的手，竟与剑尖一起微微颤抖起来。

第四十章

# 相思千里暮云深

大雨倾盆。

苍天也在为十数万人的阵亡悲痛，放任暴雨雷电在天地间肆意冲突，宣泄着愤怒与悲伤，将大地化为一片汪洋。

平壤城，仿佛汪洋中的一座孤岛。

连天的风雷中，高耸的牡丹峰峰峦也显得那么脆弱。城中的灯火完全暗淡，化为一座死城，唯有峰顶的灵堂上还闪耀着隐约火光，再大的狂暴风雨也无法浇灭。

灵堂内，烛光摇曳，风雨钻过窗棂的间隙，在室内弥散开淡淡水雾。被斩断的灵幡已重新挂好，剑气造成的沟壑还横亘在地面上，像是一道伤痕。满地纸钱被水汽打湿，贴在青郁的地砖上，留下斑驳而颓败的色泽。

杨逸之依旧跪在灵柩前，一动不动。

这已是第三天，他跪在冰冷的地上，没有喝过一滴水，也没有一刻合过眼。烛光照出他憔悴的面容，他的目光有些恍惚，仿佛在想很多事，又仿佛什么也没有想。

夜风吹过灵幡，门突然开了。

杨逸之霍然抬头，就看到了相思。

她静静地站在门口，身上尽是雨水的痕迹。但透过摇曳的烛光，他依然可以看出，她穿着那身绣满莲花的水红色嫁衣。

杨逸之微微苦笑。他又梦到她了吗？

他又有哪一日不梦到？

只是，最近的梦境中，她并不快乐，总是穿着这身水红的嫁衣，透过漫天喜幛看着自己，无声垂泪。

每一次，他都心如刀割，却无可奈何。

但今天，她与以往梦境中的不一样。她满身雨水，倚在门口，静静地看着他，鬓边散发濡湿，紧紧贴在苍白的双颊上，嘴角却含着一丝笑意。

那笑容不再如莲花般温婉，而是带着一丝冷漠，一丝妩媚。

这实在不像她，但的确又是她，是梦境中的相思。

他依旧没有动。他知道，每当他想站起身，走向她的时候，美梦就会醒来。

这世界已风雨飘摇，这场梦，就是其中唯余的一点温暖，若可以，他宁愿永生这样默默凝视着她的笑颜，沉醉不醒。

梦并没有惊醒，恍惚中，相思轻轻走到了他面前。

她躬下身，轻轻解开领口的丝带。

被雨水浸湿的嫁衣滑落在地上，仿佛脱下了一身沉重的蝶蜕。

烛光照亮了她如玉的肌肤，反射出温暖的光芒，却让他的双眼都感到刺痛。

即便是梦境，这样的梦也来得太荒唐。若在往日，他一定会挣扎着强迫自己醒来。但这一刻，他心力交瘁，已失去了挣扎的力气。

窗外风雷隐动，堂上灵幡纸钱，这个世界是那么荒凉，仿佛已沉陷到了地狱尽头。而她，是冰冷中唯一的温暖，是地狱深处，他唯一能仰望的光芒。

如果他错过，那么就将沦入永远的黑暗中去。

杨逸之终究没有动。一直以来，为了谦谦君子之风，为了朋友之谊，为了父亲的谆谆教诲，他都在克制自己的情感。多少年来，他担负起所有的道德，漠视着自己的欲望，躲避着她的温暖，每一天都在挣扎，直到筋疲力尽。而如今，当那些风度、友谊、道德都失去了的时候，他已两手空空，又何不在梦境中放纵一瞬？

衣衫一件件落下，仿佛红莲凋残的花瓣。她站在遍地水红中，似满塘枯荷中最后那枝孤独的残莲。

烛光之下，她已不着寸缕。

她和他，只隔着一个拥抱的距离。恍惚之中，他甚至能感到她身上传来的暖香。

难道这并不是一场梦？杨逸之有些惊觉，犹豫着是否要起身，相思却在他面前跪下，轻轻抱住了他，冰冷的脸颊触到了他的胸膛。

“你一直都想要的，拿走吧……让我再也不欠你，也再不欠任何人。”

风雷声掩住了她的话，他没有完整地听清她的意思。

但他很想告诉她，不是这样的，这绝不是他一直想要的。从初见那一刻起，他就视她为天女，从来没有想过要得到她、亵渎她，只是想守护她的灵魂。

但他说不出口。

因为他惊骇地发现，当她投身入怀，柔软的肌肤沾上自己的胸膛时，原来他心底深处也有欲望在沸腾。

和别的人没有什么两样，想拥抱她、占有她的欲望。

这欲望如此强烈，让他几乎无法呼吸。

杨逸之痛苦地握紧双拳，闭上了眼睛。他有一种奇怪的感觉，怀中这个女子或许并不是相思，而只是魔王派来诱惑修行者的魔女。只待夜色褪尽，曙光照入窗棂，她就会消失无踪。

但为什么，她偏偏要在这一刻出现？如果不是在此时此地，他会满心自信去拒绝一切诱惑。但如今，他的心神已在崩溃边缘，他又怎能承受这最后一丝温柔？

杨逸之睁开眼，却更加困惑了。

梦境并没有破碎，而怀中的她，也并不是传说中的魔女。他清楚地知道，这一颦一笑、一举一动，都来自温婉如莲的相思，独一无二的相思，让他魂牵梦萦的相思。

为什么会这样？

他竟有些惶惑，呆呆地凝望着她，不知如何是好。

那一刻，他是那么脆弱，只要轻轻一碰，就会失去最后的理智。

天地摇落，他战栗着抱紧她，跪在隐隐雷鸣中，等待一个指引。

相思看着他眼底的惶惑，心中亦有淡淡的悲凉。

眼前这个男子或许是无辜的，但他动情了，那就要承受他应得的惩罚。何况，连她最爱的男子，都视她为蛊惑人心的祸水、出卖爱情的妖女，她又何必再顾及别人的感受？

她始终无法理解，也无法原谅卓王孙对她的指责。

流花寺中、三连城上，她曾解开衣衫，投入这个白衣男子的怀抱吗？

她没有。

如果他可以让她发誓，她宁可用毕生幸福、永世轮回来盟誓。

她绝没有。

但他不相信她的誓言，不相信她的坚贞，不相信她的一切。在他心中，她竟是一个为了利益可以出卖灵魂的女人。她消弭了蒙古大军南征之祸，解开了乐胜伦宫的禁锢，刺杀了日出之国的关白……这些都只是她出卖自己换来的胜利。就连她留在他身边，数年来无怨无悔地生死追随，也只不过是一场交易。

她用爱情，交换来王者的庇护、上弦月主之位、富贵荣华。

在他心中，自己就是这么卑贱吗？

她嘴角挑起自嘲的苦笑。

那好，如你所愿。

她将他抱得更紧，紧到无法呼吸，身体都禁不住战栗起来。

而今，她终于如他指责的那样，敞开衣衫，投入那个人的怀抱。

她很想知道，如果卓王孙看到这一刻，会是什么样的表情。

她要让他后悔终生。

烛光摇曳，照得满堂灵幡都染上了鲜红的颜色，仿佛张开了悲凉的喜幛。

她静静地躺在那袭水红的嫁衣上，就像躺在一池莲花中，盘起的长发解散，在地上铺散开一片墨云。

雨夜的风从裂隙中吹了进来，在她洁白如玉的胸前惊起一点点寒栗。

他亲吻着她，她的发、她的唇、她的耳畔、她的脖颈、她的指尖……他的动作从迷惘、生涩、爱怜，到渐渐沉沦。

只是，他通透的眸子中始终写满了悲伤。

她的身体轻轻颤抖着，一种难以言说的悲怆浸透了全身。

这悲怆却是因为——她心中并没有太多抗拒，却禁不住有一些茫然。

难道她不是只属于他吗？难道她不是应该拒绝任何男子的碰触吗？难道她不是应该感到被凌辱的痛苦，至少也该麻木地面对这一切吗？

她却没有。当他吻上自己双唇的那一刻，她的身体仿佛不是敞开在陌生人面前那样尴尬、恐惧、痛苦，而只是面对一场失落的记忆，那么熟悉，她却又无法记起。就像是午夜吹过窗棂的风，带着淡淡的温暖，淡淡的凉意。

仿佛他并没有掠夺什么，这一切都是他应得的回报。

这是为什么？

难道真的如卓王孙所说，自己在内心深处，就是一个水性杨花的女子吗？

她心中有些惊愕，垂下目光审视着自己的身体，以及正忘情拥吻她的那个男子。

摇曳的烛光下，那个男子的眸子是如此悲伤。即便情欲也不能扭曲他的容颜，他依旧如此空灵、洁净，仿佛在月光下哭泣的天使。

他亲吻她、拥抱她，是欲望，却也不仅仅是欲望。他就仿佛无心坠落在红尘中的天使，孤独而彷徨，沉沦在这场黑暗的风雨中，只为了寻找一点温暖的慰藉。

而卓王孙呢？

他只会暴虐恣意地侵占她，绝不会试图用自己的体温去温暖她僵硬的身体。

他总是如此蛮横，予取予夺，不由分说。无论她在病中，无论她是否累了，无论她是否愿意，甚至……无论他是否刚刚从海棠花树下回来，衣衫上还带着迷离而馥郁的酒香。

她已给了他一个女人能给予男人的一切——爱、顺从、忍让、包容、坚贞、忠诚。

他却说，她背叛了他。

他用那些身不由己的往事，给她编织不堪入耳的罪名，甚至用流花寺、三连城这些莫须有的幻象，来诋毁她的人格、她的尊严、她的爱。

多么可笑。

既然如此，那么她为什么不狠狠地报复他一次？让他幻想出的梦魇成真一次？把自己交给眼前这个男子，彻彻底底地背叛他一次？

她的嘲笑最终转变为一声沉沉的叹息。

大红色的烛光在那一刻旋转颠倒。

风暴卷起大团的雨水，狠狠鞭打着大地。平壤城不过是汪洋中即将沉没的船只，牡丹峰则是沉船上突兀挺立的桅杆。

桅杆上仅有的一点孤灯，在风雨中摇摇欲坠。

闪电照亮了灵堂，照出两人紧紧相拥、生死纠缠的影子，却仿佛不是在情欲中沉沦的男女，而只是两只孤灯上相拥哭泣的飞蛾。

最后那一刻来临的时候，星陨月坠，他将头埋入她铺散在地的长发里，似乎只是在轻轻自语："还记得吗，我曾经是那么、那么爱你。"

她的心却突然一震。

寂静的虚空中，传来封印破碎的声音。

诸行无常，有起则有灭。

忘情之毒竟然在这样奇妙的机缘下，失去了效力。

她记起了一切。

她记起了森严军营中，他七进七出，白衣尽染血色，夺得那枚带血的雕翎，换取她的平安。

她记起了地心之城里，他穿戴着梵天的辉煌甲胄，伸出沾血的手，温柔地抚上她的发，给她一生祝福。

她记起了膉蛇巨柱上，她的笑容满是悲怆，轻轻吻上他的双唇，说一声，对不起，我不能爱你。

她记起了等候与被等候的无尽年华。

她记起了错过与被错过的万种因缘。

她的心在抽搐。

原来，她欠杨逸之的是那么多。

原来，卓王孙指责的一切都是真的，她真的曾经背叛过他。

在忘情之毒的控制下，她忘记了最感念的人。这个人是杨逸之，而不是卓王孙。这个错误，是她对卓王孙不可挽回的伤。之后的岁月中，他对她的冷漠、无情都是事出有因，而她无心中与杨逸之的任何一点点交集，都是在提醒他的伤痛。

回想起来，茫茫沧海、丛林魔域、雪域神峰、幽冥孤岛……她曾多少次有意无意地离开他，寻求那袭白衣的庇护？她又曾多少次挡在那袭白衣面前，忤逆他的威严？

她已数不清了。每一次，都是一道伤痕，由她亲手划下，越来越深，直到不可挽回，直到磨碎了爱情，耗尽了信任，埋葬了海誓山盟。

是她的错。是她亲手在他心中种下了黑暗的种子，开出黑暗的花，又在无意中将它浇灌壮大。如今春华秋实，终于轮到她自食其果。

原来，她承受的一切，不过罪有应得。

泪水终于滑落，仿佛一直在支撑她的东西，在这一瞬间崩塌了。

爱已化为灰烬，她唯一剩下的，便是恨，是报复，是让他痛悔的执念。但如今，她又有什么资格去恨他，有什么资格去报复他？

她躺在凌乱的嫁衣里，湿气仿佛一株冰冷的藤蔓，钻透青石地板，向她攀爬而来，紧贴肌肤，渗入骨髓。

摇曳的烛光暗淡下去，雨夜的闪电残忍地撕破了虚假的红光，令四周恢复成一片苍白。灵幡、祭幛、纸钱……她就仿佛躺在一座荒废的古墓中，已死去千年。

虚无宛如夜色一般涌了过来，将她深深埋葬。

曙光划破夜色时，这场风雨也接近尾声。

烛火烧到了尽头，只留下袅袅的青烟。晨风扬起纸灰，撒得满堂都是。在微暗的曙色下，四周的一切都是那么灰败、残破、丑陋。

相思依旧一动不动。

直到杨逸之轻轻将她扶起，她依旧没有知觉。

她的心已经死去了，这个世界上的一切，都与她毫无关系。

杨逸之静静地看着她，久久沉默。

她身边堆着绣满莲花的嫁衣，已被浸透。千挑万选、千针万线绣出的莲花被雨水沾染，斑驳零落，在底色上染成一片颓败，让人不忍卒睹，恰似她眼中一切成空的荒凉。

杨逸之轻轻叹息，将自己的外衣解下，披在她身上，一点点扣紧。

如果这一切是一场错，那么他宁愿承担所有的罪责；为抹去她眼中的伤痛，他宁可付出灵魂为代价。

突然，他拉起她的手，跪在他父亲的灵柩前。

他抬头，一字字昭告天地，昭告亡灵，也昭告之后的无尽岁月。

“杨逸之，愿娶相思为妻。生生世世，永不分离。”

这句话，他曾想过千万次，如今终于说了出来。而后，他感到前所未有的轻松。那些盘亘在他心头的抑郁、痛苦、失落、迷惘都暂被封存，只余下一片空净。

那朵水红色的新莲，第一次离他如此之近。

他的掌心传来她指尖的微凉。原来，他寻找了那么久的救赎，就在这里。

明亮的晨光照耀着灵堂，万籁寂静，他在等着她回答。

这一刻，他的心宁静而虔诚，只等她轻轻点头，或淡淡微笑，或一个默许的眼神。

从此之后，她便是他一个人的。他将擎她在手，看她盛开。他可以为她退隐山林，不问世事；他会一心一意对她，绝不让她生活在别的女子的阴影下；他接受她的一切，不会去在乎她之前爱过谁，曾被谁留在身边。

他只会好好守护着她，不再让她流泪。

相思的眸子里依旧一片空洞，她却将手轻轻抽了回去。

杨逸之的心在下沉。她为什么会拒绝他？

难道她主动来到他身边，投入他的怀抱，为的却是一场拒绝？

然而，他并没有时间去想清楚这一切，灵堂的大门已被轰然推开。

卓王孙静静地站在门外。晨风吹起他青色的衣袂，山中风露都因他的到来惶然退避，只要稍微慢上一点，便会在他周身三丈内碎为尘埃。

杨逸之不假思索，将相思拉到身后，一点点站起身。

这一刻，相思依旧漠然望着前方，仿佛卓王孙的到来，也没有将她惊醒。她长发披散，身上还披着杨逸之的白衣，凌乱的衣衫下，隐约露出赤裸的肌肤。

卓王孙却没有看两人一眼，径直走到杨继盛灵前，缓缓点了三炷香，然后躬身三拜。

香火幽暗，映出牌位上的一点幽红。

杨公继盛大人之灵。

这几个字，不禁让杨逸之心中一恸。

这时，卓王孙转过身，一字字道：“出你的剑。”

杨逸之缓缓道：“跟我出去，别在我父亲灵前。”

卓王孙冷笑：“你似乎现在才想起来，这是你父亲的灵柩！”

杨逸之喝断他："出去！"

卓王孙没有回答，只是猝然抬手，一道青光如长虹贯日，从他袖底逸出，狂龙般扫向杨逸之。青光过处，天地崩塌，砖墙、地板，灵幡、祭幛皆化为碎屑，被青光约束成一道乱舞的龙卷风，从他身前，向狭窄的灵堂寸寸推进！

杨逸之抬起手，正要抵挡，却发现那道青光已到了眼前，他来不及多想，本能地用身体挡在灵柩前。

砰然一声闷响，他整个身子飞了起来，重重地摔在灵柩上。厚厚的檀木棺椁竟被砸开一道巨大的裂隙，碎屑纷飞！

卓王孙一震——这一剑竟仿佛击在一个完全不会武功的人身上！

他与杨逸之交手多次，深知这一招虽然强大，但并不致命。杨逸之若施展风月剑气，完全可以挡住。这样他便可以出第二剑、第三剑，直至置杨逸之于死地。然而，出乎他意料的是，这一招竟击在了实处。

卓王孙不禁皱眉。如杨逸之这样的绝顶高手，就算来不及还击，风月之力也会自动护体，让他不至于重伤。但刚才，他的防御明明已找到了最恰当的时机，他的手也放到了最恰当的位置，风月光华竟没有半点凝聚。

若不是他收束得快，刚才那一招足以让杨逸之粉身碎骨。

这究竟是怎么回事？

卓王孙逆鳞之怒也不由得暂息，他错愕地看向杨逸之。

杨逸之艰难地撑起身子，静静注视着自己的掌心，眼中的惊骇慢慢平复。一瞬间，他明白了一切，却并不感到悲伤，只是解脱。

杨逸之缓缓将身上的木块挪开，低头咳出一口鲜血，平静地道："梵天宝卷的秘密，在于修行之时，必须纯净无瑕，并将全部身心献给梵天，从始至终，断绝欲念。一旦违犯，这种力量便会失去。"

他微微苦笑，抬头看着卓王孙，目光中没有一丝波澜："如今，我已失去了这种力量。我不再是武林盟主，也无力做你的对手了……"

卓王孙看着杨逸之，满心怒气无法宣泄。这番话，无疑坐实了昨夜发生的一切，也击碎了卓王孙心中仅存的一丝侥幸。

他多么希望，眼前这个白衣男子还能和从前一样，凝聚漫天风月和他一战，一次次失败，也要一次次挺剑而起，倔强而执着地站在他面前。他来这里之前，已想过千万种打败杨逸之的方法。他要堂堂正正地打败杨逸之，让其败得彻底，败得一无所有。

却不是现在这样的局面！

他看着杨逸之，握剑的手竟有了一丝颤抖。

如今，当这个白衣男子，他生命中唯有的对手，失去一切力量，成为一个不会武功的普通人，身负重伤，他要拿对方怎么办？还能施展出天下无敌的剑法，恣意洞穿对方的骄傲吗？还能一次次击溃对方的反击，折磨其灵魂吗？

这一刻，卓王孙竟有些茫然。

杨逸之淡淡道："从今而后，你天下无敌，无攻不克，无求不得。芸芸众生，再没有人可以做你的对手。恭喜你达成夙愿，从此独享天下。"

他说的是事实，卓王孙心中却没有一丝喜悦。杨逸之平静的话语，仿佛在他面前展开了一幅悲凉的图卷——他即将征服的，并不是勋业版图上无限广大的帝国，而只是一片没有尽头的荒原。

从此之后，他没有朋友，没有所爱，连唯一的对手，也不复存在了吗？

如此，他绝不舍弃的尘世，还剩下了什么？

他与命运的无终之战，还有什么价值？

杨逸之回头看了看相思，轻轻道："你已赢得了一切，就请放我们走吧。"

卓王孙静静地看着他，看着他身上的白衣从熟悉变得陌生。他说这句话的时候，没有仇恨，没有怨怒，没有嘲讽，平静而诚恳。

仿佛一个没有力量的普通人，在乞求陌生而强大的魔王。

卓王孙猛然一惊。

这一切都让他感到陌生。世界竟然以一种奇特的方式，失去了控制，仿佛沦入了一个陌生的空间。他必须将一切拖回熟悉的轨道，才能重新掌握这一切。

"走？"他凝视着杨逸之，冷冷一笑，"真是妄想。"

他的目光锋利如刀，寸寸剜割在杨逸之脸上："我只在奇怪一件事。你为什么还不求我？求我让你死得快一点？"

这种威胁的话，他以前从未说过，此刻不知为何说了出来，却感到一阵莫名的空虚。

杨逸之低头一笑，挣扎着从血泊中爬起，平静地直起了身子。

卓王孙看着他，突然明白他要做什么，心中竟然有了一丝惶恐。

他不能看杨逸之跪下！

这一跪，他是放下了一切，却并不卑微，他的心坦荡如镜，却照出自己一无所有的悲凉。

这一跪，将切断他们之间所有的联系。

从此后，自己不再是杨逸之的朋友，也不再是他的对手。他只是一个一无所有的普通人，和强大的魔王隔着天地之殊，轮回之远。

这一跪，即将让自己留在这孤独的天地间，坚守着一个与他毫无关系的世界。

“住手！住手！”卓王孙愤怒地抬手，剑光道道斩落，在杨逸之身边的地上留下道道焦痕，甚至连他的衣角都化作了蝶蜕。

但杨逸之并没有停下，向他跪地行礼，淡淡道：“我求你。若今日不死，我将带着她远走天涯海角，终生不再出现在你面前。只要你肯放我们走。”

他抬起头，静静地看着卓王孙。

“放肆！”

一声锵然龙吟，剑光已横亘在杨逸之颈侧。卓王孙的目光再度变得强大，无懈可击。短暂游离后，整个世界重新回到他掌中。

他傲然抬头，一字字道：“我会杀了你。不因为昨夜发生的一切，而是因为刚才的你竟然让我感到了恐惧。”

卓王孙审视着杨逸之，仿佛要将他看透。

当这个男子还拥有天下唯一能匹敌他的力量时，他没有恐惧过；当这个男子统领千军万马，对抗自己时，他没有恐惧过。但就在刚才，他竟然有了一种莫名的恐惧，仿佛一旦任他们离开，自己的坚持就会毫无意义，自己坚不可摧的帝国，就会土崩瓦解！

眼前这两个人，到底为什么拥有这样的力量？

想不通，他就不必去想。

没有答案，他就在鲜血里品尝出结果。

没有什么天涯海角，这里，就是他们的终点。

他将用自己的剑，亲手终结这一切。

一声细细的龙吟响起，剑光如毒蛇般缠绕而上，封锁住杨逸之的全身穴道，随即化为连天怒吼，冲天而起！

剑光却突然凝滞。

相思突然闯进了剑光核心，静静地挡在杨逸之身前。

她抬头看着卓王孙，轻声道：“放他走吧，你想杀的人，是我。”

卓王孙盯着她的眼睛，缓缓将长剑抵上她的胸口：“退下！”

她摇了摇头。

卓王孙气结。她鬓发凌乱，只披着杨逸之的白衣，颈侧还残留着淡淡的吻痕，还有什么脸面挡在他面前？仗着自己不敢真的杀死她吗？

“退下！”两个字宛如雷霆，震得整个灵堂都在瑟瑟颤抖。

她依旧摇头。

卓王孙手腕一沉，长剑划破衣衫，刺入了半寸有余，溅出一串嫣红的血珠。

他凝剑不动，一字字道："最后一次——"他的声音陡然一提，"退下！"

相思看着他，展颜微笑，晶莹的泪水沾湿了眉睫。

龙吟再起，剑锋如闪电般向她的心脏推进，就在刺入她的心口的瞬间，却戛然而止。

鲜血飞溅中，几乎是本能，卓王孙内力一错，长剑被拦腰震断。

剑尖处一寸已刺入她的身体，却不再推进。半截断剑在她胸前震颤着，照亮了她哀伤的笑容。

仿佛多年前，秋江那一回眸。这一刻，现实中的她和回忆中的她终于完全重叠，握着莲花站在秋水深处。一道不知从何处而来的光影，照在她的脸上。

这道光芒曾让他回忆多年，通透而迷离，仿佛来自另一个时空，照亮了她的笑，也照亮了茫茫尘世。

却原来，是波光，也是剑光。

原来，这一切，在初见的那一刻，就已写入了宿命。

卓王孙怆然放手，断剑带着剑柄坠落在地上，发出空洞的回响。

撕心裂肺的痛楚袭来，他有一种奇怪的错觉，这一剑似乎是刺入了自己的胸膛。

"滚！"他猛地低头，嘶声痛吼出这个字。

他本还想说，滚去你们的天涯海角，永远不要回来，否则我将杀死你们千万次……但刻骨的剧痛，已将这一切绞杀在喉头，让他甚至无法呼吸。

这一瞬间，他感到有一丝恍惚，这是在对决任何绝顶高手时都没有过的恍惚。

突然间，他心底有了不祥的预感。

他猝然低头，相思的笑颜静静绽放，突然伸出双臂，猛地抱紧了他。

剑的断口触到他的胸膛，刺破青衫，带来一丝刺痛，也让他清醒。他猛然反应过来，控制住自动护体的真气，却已晚了。

春水剑气在那一刹那腾身而起，在她和他之间形成一道坚硬的墙。

随着她的拥抱，那半截断剑被深深推入了她的胸口。

卓王孙猝然抱起她，封住她伤口处所有的穴道，但鲜血已无法止住，她的生命在急速消退。

他将内力灌输入她的体内，动作却凌乱而徒劳。那能让天地震撼的力量，此刻却无法收束，从他指间流散的微尘，哪怕一粒都不行。

他猛然间想起了杨逸之的话。

"当有一天，相思也离开你的时候，你又能送她什么？你还有什么？"

原来，此刻他也不过和一个普通人一样，无能为力，一无所有。

他真的要失去她了吗？她永远不会再回来了吗？她不会在某个夜晚，怯生生地出现在他面前，叫一声“先生”了吗？

卓王孙心中有一丝恍惚。这一切来得太快，他完全无法接受，只能一动不动地抱着她。

不知过了多久，也许是一瞬，也许是一万年，他感到一点微凉拂过他的脸。

这点微凉的温柔，仿佛是一道光，将他从炼狱中拉了出来。

他不由得一震，低头看时，眼前却是相思苍白的笑颜，她战栗着伸手，轻轻碰触上他的额头。

卓王孙低下头，却不料，血红的泪水无声地坠落下来，一滴滴破碎在她脸上。

相思却笑了。

她的笑容终于解脱了痛苦，变得纯净、通透，仿佛回到了初见时的豆蔻年华。

那一年，她十六岁，在水边捧起一朵新莲。

她苍白的手指一寸寸抚过他的脸，留下一道道红痕：“我一定是在做梦……”

她笑了：“可是，梦中的你并不像他，他从不会为任何人落泪……”

卓王孙一言不发，只将她抱得更紧。

她看着他，眼神有点迷离，柔声道：“喂，能不能答应我一件事？”

第一次，她没有称他为先生，只是一声轻轻呼唤，却是那么自然，仿佛已在心底唤过千万次。

卓王孙怆然点头。此时此刻，天上地下，他还有什么不能答应她？

哪怕她让他放走杨逸之，哪怕她让自己陪她去死，他都会毫不犹豫地答应。

她吃力地仰望着他，静静微笑，眸子中有九十九分柔情，和一分怨恨。但那一分怨恨也如童年遗失的糖果，生涩到头，也还是甜蜜。

“若真的有来生……别在夕阳里对我笑，别对我细声说话，别送我水红色的莲花，别把我留在身边，别陪我去集市，别为我做镜台，当我有危险的时候，也别跨过千山万水去救我……”

她的指尖在他脸上颤抖，她似乎想将他的温度永远留在记忆里，是细心叮嘱，也是甜蜜的埋怨：“总之，这一世的好，一丝一毫都不能有了！”

这一世，他对她好吗？卓王孙的心一阵刺痛。

他为她做的这一切，原本算不得什么，她却一直放在心底，在生命的最后一刻，仍是念念难忘。

但这一切，就算对她好吗？

他心如刀绞，她却依旧笑着：“一定记得，要讨厌我，欺负我，作弄我，骗我，伤我的心……”

她微微喘息着，眸子中的笑意更加灿烂，眼泪早在不知不觉中滑落：“总之，来生别让我再爱上你了，好吗？”

卓王孙茫然不知所措。这算什么要求？

但他不得不点头。是的，这一生，他伤她如此之重，又有什么资格去期待来生？若没有遇到他，她会更幸福吗？她会在那一池秋水中，永远绽放吗？

他已不忍去想。

相思看着他，苍白而甜美的笑容里，泛起淡淡的悲伤。是的，命中注定，她会爱上这个青衣男子。

若有来生，他必须做到这一切，她才可能不爱他。

可能吗？

不可能吗？

缘已尽，情犹在。此生未了，以待来生。

她的笑容定格在琉璃般的晨光中，手轻轻滑落下来。

晨光暗淡下去，残破的灵堂中一片荒芜。

卓王孙一动不动，紧紧抱着她，看着房屋的罅隙中透入的道道日光。光影在他们身上无声转移，从清晨，到正午，到黄昏。

这一日，仿佛过去了一生的时间。

直到暮色再度笼罩大地，四周依旧是一片寂静。草木鸟兽，仿佛已死去，连山间的风声，似乎都已凝结。

卓王孙低下头，轻声道：“我带你回家。”他将她横抱起来，向牡丹峰下走去。

他走的时候，没有回头看任何东西，甚至，没有去解开杨逸之身上的禁制。

在咫尺之外，杨逸之眼睁睁地看着这一切，却不能言、不能动，只能在冰冷的角落里看着他们。

看他们紧紧相拥，看他们执手凝噎。

看他们阴阳永隔，看他们相约来生。

两个人的身影近在咫尺，亦远在天涯。两个人的创痛都亲身体会，却又不属于他。他仿佛只是个外人，只能默默凝望别人的生死纠葛，别人的离合悲欢。

大概还有一整天的时间，他才能恢复行动，才能结束这漫长的凌迟。

但之后呢？只会是更漫长的凌迟。

她放手而去，却留给他和卓王孙慢慢承受一切。

卓王孙抱着相思，向山下走去。

不世的功业、三军将帅都被他抛在身后，如弃敝屣。

他径直向南面走去，不回头，不停留，不眠不休。

如果有任何东西敢挡在他面前，无论是一个人，还是一座房屋，还是一块顽石，他都会一抬手，使其化为尘芥。

而他的旅程是那么遥远，远在千里万里外的中原——华音阁。

只有那里，才可以被她称为家。

整整七日，她躺在他怀中，一动不动。

他也没有一刻放手。

或许是有了神明的庇护，她的身体没有一丝变化，脸上还带着淡淡的红晕，仿佛只是小睡过去，随时会醒来。

而从朝鲜到中原，在他脚下铺开一条惨烈的血路，笔直向南。

他抱着她，攀过崇山，涉过江河，穿过闹市，踏过荒原，一切挡在他面前的事物，都已化为灰土。

他不再有怜悯，不再有理智，宛如神魔。

人们惊讶过、恐惧过、劝说过、反抗过，甚至数度集结人马，设下埋伏，试图阻止他。但无论是机关陷阱，还是火枪大炮；无论是武林高手，还是千军万马，最后的结果都只是一样。

死去的人越来越多，鲜血染红了他的青衣，他却依旧南行。

人们只能惶然逃避，因为他们终于明白，这个一路南行的青衣男子，已不再是一个人，而是痛失挚爱的魔王。

再多的鲜血，也无法熄灭他心中的伤痛。

哪怕用整个天下去陪葬。

整整七日。

杨逸之没有离开过牡丹峰。

他重新装殓父亲的遗骸，钉好破裂的棺木，扶起打翻的灵牌，跪守在灵前。第二日破晓时分，他将父亲埋葬。那时，失去一切力量的他，要掘出一座得体的坟墓，都是那么艰难。

整整七日，他才安葬完老父，下了牡丹峰。

他衣衫破败，全身沾满了泥泞，几乎看不出本来的颜色。那个清明如月、飘逸若仙的男子，似乎也被他亲手埋葬掉了，剩下的只是一具麻木、污秽、破败的躯壳。

他茫然行走在闹市上，茫然看着平壤城变得欢天喜地。

这时，日朝战争已结束，和平条约已签订，倭军正缓慢地撤出朝鲜。

幸存的朝鲜官员们忙着迎接和平，在李舜臣的拥立下，宣祖已回到平壤。一纸王令，这些官员不仅官复原职，还连升三级。他们都成了忠贞为国的英雄，于是有了鄙视杨逸之的资格——这个男人，重色轻友，竟在父亲亡灵前做出这样亵渎的事。

这场香艳的丑闻越传越广，他的名字渐渐成了伪君子的代名词。妇女们见着他纷纷躲开，用力唾在地上；市井流氓们来到他面前，喷着酒气，添油加醋地描述着那夜发生过什么；就连路边的顽童看见他，都会向他扔石头。

他只是匆匆走过。

余下的华音阁弟子们，正在韩青主的带领下，将残余的物资装入箱子，准备运回中原。每个人心中都充满悲伤，他们甚至不知道回到中原后，华音阁还在不在。即便在，也不再会是以前那个九龙争聚、人物鼎盛的武林圣地。那个不祥的预言或许真的应验了，他们的阁主，将带领华音阁走向鼎盛，同时也走向灭亡。

当他们看到杨逸之的时候，恨不得将他千刀万剐。

如果不是这个人，相思便不会死，阁主也不会抛下一切，独自回到中原。

他们没有像其他人一样冲上来厮打杨逸之，凌辱他。

或者，只是因为他失去了武功，他们还存着一点江湖道义，不想落井下石。又或者，他们更宁愿看他现在的样子——遍体污秽。一无所有。

## 尾声

一月后。

烟雨凄迷，秋色深重。

华音阁故地。

杨逸之踏上满地落叶，青石板上传来潮湿的轻响，这响声是那么熟悉，提醒他又回到了这里。

上一次他来到这里，是很久以前了吧。

他的笑容有一丝苦涩。不必问人，他也知道，在哪里可以找到卓王孙，还有她。

这一月里，他经历了人间炼狱，那袭洁净的白衣下，还掩藏着刻骨的伤痕。但当他走在这场迷离而熟悉的烟雨中时，过去的一切记忆，无论是痛苦、彷徨，还是眷恋、欢喜，都暗淡了色泽，不再真切。

一切只是一场梦。

透过湖面的烟雾，杨逸之静静地看着卓王孙。

他依旧抱着相思，坐在湖畔。

她的身体仍然没有改变过，就和初睡去时一模一样。

杨逸之看着他们。看他们近在咫尺，看他们无语厮守，看他们阴阳永隔，却不再妒忌，不再怅惘，不再有心碎的疼痛。

“放手吧。”他的声音穿过迷茫的晨霭，在清寒的水汽中振响。

“走开。”卓王孙没有回头。

杨逸之叹了口气：“那一日，你抱着她走后，我知道自己已一无所有，伤痕与屈辱是我唯一的赎罪。为此，我故意穿过闹市，承受所有人的唾弃、咒骂、厮打。

“这世间我已再无所求，只求一死。

“那时我才知道，在这个世界上，求生不易，求死却也一样艰难。

“我本可以自行了断，但我知道，那些罪孽已刻入轮回，只有承受尽应得的惩罚，上天才会放我离开。

“直到有一天傍晚，一群伤兵围住了我，用刀剑发泄着失去亲人的仇恨，直到我的血即将流尽。但我并不觉得痛苦，只是感慨，上天对我何等仁慈，让这解脱来得这么早。”

“我本以为，这就是结局了。在垂死的瞬间，生命中经历的一切事、一切人从我眼前流星般陨落，我仿佛看到了……”

他沉吟良久，似乎不知如何描述，终于轻轻说出两个字：“因果。

“我倒在血泊中，非梦非醒，非生非死，整夜徘徊在生与死的边际，一遍遍承受着轮回般的剧痛，直到黎明。

“我发现自己还在这个世间，突然顿悟了所有。

“然后，到这里来找你。”

杨逸之顿了顿。他很希望能将悟到的一切解释给卓王孙听，将卓王孙从这无尽的炼狱里拉出来，重见光明。

他不能舍下卓王孙，就像很多次卓王孙对自己伸出手一样。

他清楚地记得，那时他心中充满迷茫，而卓王孙已洞悉一切。但卓王孙绝少解释，只会向他伸出手，说一句：没有你我的地方，就不是天下。

今天，一切都反过来了。

也恰好在这一刻，杨逸之才明白，原来要解释一件事是这么难，哪怕是面对一生挚友，哪怕是面对这个世界上唯一理解他的人。

杨逸之沉吟良久，千言万语，最后亦只能凝结成三个字，三个他刚才已说过的字：“放手吧。”

卓王孙没有看他一眼，语气也没有丝毫改变：“走开。”

杨逸之深深叹息。

现在的卓王孙，让他想到了一个传说。

毁灭之神湿婆痛失挚爱后，曾抱着妻子的尸体，踏着灭世之舞，在天界狂舞了七日，又在人间流放了七年，却始终不曾放手。

他的伤痛让诸神惊惧，却也无可奈何。

直到创世之神梵天亲自出手，用无尽法力将他妻子的尸体化为碎片，陨落在人间每一个角落。

如今，他又该做什么呢?

“你曾说过，天下无敌，是你守护她的方法。”

杨逸之看着卓王孙，目光一点点变冷：“但如今，你已没有资格守护她。”

他一抬手，光芒冲天而起，照亮了烟雨。

那并不是风月剑气。因这道光芒已不需要凭借风，凭借月，凭借世间的一切，它就孕育在宇宙万物中，也蛰伏在他体内，创生万物，不破不灭。

卓王孙和平常一样，春水剑气带起龙卷风，挡在身前。但这一次，青光还未凝结，竟已完全迸散，第一次，无坚不摧的剑气被打破！

鲜血凌乱，染红了漫天青色流尘。

这一招，竟让卓王孙被逼退了七丈。

他满面浴血，剧烈地咳嗽，几乎无法呼吸。

这一剑，超越了过去的一切，只有勘透红尘、顿悟因果的人，才能舞出如此至善至美的剑意。

卓王孙没有惊讶，没有赞叹，仿佛早已预料到这一刻的到来，又或者，是已经不在乎它的到来。

他无视胸口极深的剑痕，回头看向自己刚才所在的地方。

湖光依旧，相思的身体却已经消失了，地上只剩下一朵水红色的莲花。

杨逸之等待着，等待着卓王孙的怒气喷薄而出，将周围的一切化为灰烬，但卓王孙没有动。

面对生命中第一场败绩，他没有感到屈辱、愤怒，只是沉静。

这沉静，却让杨逸之已静如止水的心一阵抽搐。

他紧紧皱着眉头，一字字道："放手！"

卓王孙依旧不动，只是等待着，等待着自己能凝聚起足够的力量，从血泊中起身，而后上前拾起那朵莲花，轻轻拭去上面的泥尘，放在怀中，就和抱着她的时候一样。

卓王孙面对湖坐下，漫天残荷中，他的背影显得那么寂寞。

"你走吧。"

他的声音中，没有愤怒，没有狂态，没有魔性，而是一片清明。

杨逸之霍然明白，那朵水红之莲的离去，的确改变了太多东西。因她的死，堕入炼狱，但又因她的死，看到了大光明。

只因为，他终于放下一切。

唯君已放下，得见大光明。

这就是传说的尽头。

他大彻大悟，掌握了最强的力量，打败了无所不能的魔王。

于是，他可以离开了。

但卓王孙呢?

他选择了不放下，留在这座深山里，留在这池莲花前，不需要佛之顿悟，不需要神之光明，不需要琉璃世界，不需要极乐净土。

因她来过他的生命，他就不会放手。他和她有过的记忆就是他的永恒。

此生已了，静待来生。

杨逸之看着卓王孙，渐渐地，心中有了一丝释然。他虽已顿悟，但茫茫尘世间，唯余下一件事，让他无法释怀。

于今终于也有了答案。

原来，卓王孙的灵魂并不需要他来拯救。

他相信，在那一刻，卓王孙也已顿悟。

只不过，他们悟到的是不同的世界。

如此，便好。

杨逸之点了点头："保重。"

他转身，白衣在风中扬起，渐渐远去。

卓王孙没有动，寂静地坐着。

时间对他而言，仿佛已经停止。

一道光照亮了迷离的烟雨。

雨幕仿佛是巨大的镜子，悬立于湖上。

破坏神的影像于镜中浮现。

他凝望着卓王孙，叹息一声。

破坏神："我败了。我令整个世界与你作战，却仍没有令你降服。

"你证明了，凡人可以拒绝神的安排，骄傲地立于神的对面，坚守自己。

"你不仅仅是一个化身，还有着不输于神格的人格。请收下我对你的敬意。"

巨镜中，破坏神对着卓王孙躬身。

那是万千亿恒河沙数无量世界从未有过的事情，神，对着人行礼致敬。

卓王孙抬起头来，望着神像，望着这片巨镜后面的浩繁星空，缓慢地站了起来。

赢了吗？他怆然一笑。

突然，他缓缓跪地。

破坏神震惊。这个无论受到什么样的打击，始终对抗神格、永不屈服的人，此刻竟跪了下来，跪在他面前。

"我愿意回归神王之位。我愿意让我存在过的痕迹全都消除，我愿意我所做过的事、经历过的人生，都是一场幻梦——只求你用你的神王之力，让她醒来。"

破坏神面露震惊之色。

骄傲、尊严，曾经他死也要守护的东西，于今却被放下。

卓王孙的声音平静而虔诚：“我敬奉自己，成为您的化身。”

曾经整个世界都不能撄怒的骄傲，曾经青天只能做他的影子的尊严，于今全部被放下，献祭于神前。

渐渐地，破坏神露出欢喜之相，向卓王孙伸出手。

突然，一声雷鸣，云雾之镜轰然破裂，飞落片片花雨。

冰冷的雨，倏然灌了进来，仿佛破裂的，不是铜镜，而是卓王孙所在的世界。

卓王孙抬手，挡住扑面而来的雨，突然，一切都静止了下来。

他眼前出现了虚生白月宫苍苍的楼宇，出现了相思带泪的脸。

“好，那我去。”

相思一字字说完，转身向宫外的风雨投去。

冰冷的雨，似乎穿透宫宇的遮蔽，打在卓王孙的脸上。

猝然间，卓王孙清醒过来。

时空不知发生了什么样奇异的改变，他竟然回到了相思离开虚生白月宫的那一刻。

这一次，他没有犹豫，追出去一把抓住了她的衣袖。

“不，不要走。”

他不管她的抵挡，不管这个世界，用力将她揽入了怀中。

相思睁大双眸，剧烈的转变，让她适应不过来。但她感受到卓王孙的力，深深将头埋进他的怀里，肆意地哭了起来。

卓王孙轻轻抚摸着她的发。

他决心，再不放她离开，再不让她哭泣。

九层天外。

破坏神满是惊讶：“明明是我赢了，为何幻境会破碎？”

头戴花冠的创世神出现，静静地看着他。

“不，是你输了。你利用卓王孙与生俱来的黑暗面——骄傲、暴虐、独断，引导他一步步遵照你的安排，将与他有牵连的人送入死地。月写意、琴言都因他而死。如果他再坚持下去，为了对抗你，终究会亲手杀死所有人。”

破坏神点了点头：“我了解他，因为他就是我。”

创世神：“正因为了解，所以你也知道，摧垮他的意志需要多么漫长的时光。为了早日收获胜利，你利用他心神最脆弱时，开启了一个幻境，让可怕的结局在其中提前上演。

他目送相思离去，看到她与杨逸之缠绵，而后死在自己剑下。这就是你要他明白的事：他所在意的人，都离他而去。他的世界，终将化为荒芜。而后他或许会自戕，或许会心如死灰，封印自己的意识。这样你就能取走他的身体。但你没有想到，这个天下最骄傲的男子，居然会跪拜在神明面前，只为了挽回恋人的生命。”

“的确没想到，但那又怎样？他已同意了回归，成为我的化身。”

创世神摇头：“不，他最终屈服，不是为了成神，而是为了挽回所爱。从这一刻起，你种在他身上的毁灭之源，已被他亲手斩断，从此不再被杀戮、暴虐的本性所困，不再挣扎于黑暗与孤独。他终于完全归属于自己——他自由了。”

破坏神显出盛怒之容：“这是背叛，是亵渎。我绝不允许这样的事发生！”

创世神笑了：“不，这是堕神。割裂了心底的黑暗面，他也就失去了成为破坏神的资格，只能滞留人间。这样想，你是否会坦然一点？”

破坏神冷笑：“你又有什么好高兴的？幻境中，你的化身未守住情戒，同样已失去了成为梵天的资格。在他们的世界，不会再有创生与破坏，不再会有湿婆与梵天。只能走向毁灭。”

创世神沉默了，眼中流露出深深的哀悯。

他创造过无数个时空，每一场梦境，都会凝结为一枚琉璃球，装着一整个独立的世界①。

眼前这一个，是他最珍惜的杰作，人神共存，波澜壮阔。

就这样毁去吗？

沉吟良久，创世神突然展颜一笑。

“或许，有另一种办法。”

天地宇宙，似乎都在不为人知的时刻颤抖了一下，而后回到那个风雨之夜。

灵堂内，杨逸之独自守灵。这一夜，什么都没有发生。

七日后，他埋葬了父亲，下了牡丹峰。

然后，他接到了一封喜帖，喜帖上写着两个鲜红的名字：卓王孙、相思。

喜帖下还有一封信，打开后露出娟秀的字迹，一看就出自她亲笔。

一共只有两个字：谢谢。

这就是她想对他说的。千言万语，汇成这两个字。

杨逸之甚至能想象到，她对着阳光，一笔笔写这封信时，脸上的笑容。

他庆幸，感慨，或许还有一丝怅惘，但都掩不住心愿成真的喜悦。

---

① 印度神话中，世界为梵天的梦境所化。

看着这封信，杨逸之久久沉默。最终，他脸上露出了一丝笑容。

虽然他不知道那一夜卓、相之间发生了什么，但他相信，卓王孙已收起了魔王的本性，准备给予这个水红色的女子一生庇护。而她，苦苦坚守的爱，终于结出最甜美的果实，从此不必颠沛流离、茫然无助。那个天下无敌的男子，将陪伴她、庇护她，直到生命末尾。

很好。

如此，他也不必再执着。

刚入平壤城，杨逸之就受到了军民热情的迎接。卓、相不告而别后，他们便把杨逸之奉为赢得战争的第一功臣，要他留下来主持大局。但杨逸之拒绝了，快马加鞭回到中原。

他要尽快重建武林。

这一战，天下各派元气大伤，但只要他在，终有重建的一天。

他没有参加那场盛大的婚礼，只是送去了梵天之瞳作为礼物。

他再次回到华音阁，是三年以后的事了。

那时，他已经能以朋友的姿态面对卓王孙，也面对她，同他们一起弈棋饮酒、赏花对月。

幽冥岛以东十里，一座无名的小岛，夭红的花树盛放。

秋璇倚靠在最美的花树下，眺望远方。

夕阳如血，染红了她手中的云英杯盏。

海天阔处，云山彼岸，十里海棠。

九层天界。

创世神与毁灭神并肩而立，他们面前，悬浮着一个巨大的琉璃球。

山川、河流、城市、道路……芸芸众生，须弥芥子，都被容纳于球中。

创世神轻轻挥手，琉璃球仿佛气泡一样，向上升去。

穹顶上，悬浮着无数个这样的琉璃球，每一个，都是一个世界。

“神王缺位的世界，原本只能走向毁灭。但还有一个办法，用无上神力，将这个世界封存，同时，重造一个新的世界。”

创世神轻轻伸手，无数光晕在掌心凝结，最终生成另一个琉璃球，与之前那个一模一样。

创世神的手指在琉璃球上一点，使它缓缓旋转起来。日月开始变化，河流开始奔流，生命开始律动。

而之前的世界，则被永远封锁于时空的轮回中。依照当下的秩序、规则，在一段时间里不断循环。

季节变迁，日升月落，那个时空中的人不会感到任何异常，只是每过一段时间，就在不知不觉中重来一次。

没有灾异战乱，也没有生老病死，这里的一切，比任何时空都更加平安祥和。

循环的起点，是一个叫作吉娜的女孩，在山中看到了神魔。

循环的终点，是多年后的一个宁静子夜，在度过漫长的一生后，相思握住卓王孙的手，微笑着闭上双眼。在他的庇护下，她这一生平安顺遂，无求不得。最后一刻，她见到并蒂之莲，永远开放。

而后一切又回到起点。

就这样永无尽头、永久封存。

与此同时，全新的世界被开启。

它完全模仿之前的琉璃球而造，有一模一样的山川、一模一样的河流，有雪山，有草原，有山谷，有相同的国家、相同的民族，甚至有几乎相同的历史轨迹。庚戌之变、蒙古兵临城下、壬辰倭乱、平秀吉入侵朝鲜。

一切如旧，只是一切超越自然的力量都被抹去，文明鼎盛的时代，不再有卓王孙、杨逸之、相思、小鸾、秋璇存在过的影子。

那个亦幻亦真、人神共存的世界，从此成为传说。

只余下一线羁绊——直插云天、沟通两界的岗仁波齐峰。

山似圣剑，湖如新月，簇拥着乐胜伦宫。

巨大的穹顶已在数年前的一战中破碎，只有描绘着诸天星辰的巨柱仍傲然向天，仿佛在上古天战中死去的巨兽，犹自向天怒吼着，要用这狰狞的骸骨，一根根插破天幕。

清晨的阳光从穹顶的空洞中投下，荒凉的神宫再度变得圣洁。

金色的迦陵频伽鸟，空寂的宫殿里，唱着来自另一个世界的故事。

哀感顽艳，云谲波诡。

不知多少年后，一位背着行囊的旅人，偶然爬上了这座神山，听到了这首歌谣。她听得如痴如醉，于是花了整整八年的时间，将一切牢记心中，然后离开。

边陲小镇。

天色刚亮，集市还没有开始。偌大的广场上，没有顾客，只有早起备货的商贩。

还有一位背着行囊的女子。

她跪在圆圈核心，手中握着彩色的流沙，一动不动地注视着地面，目光是那么专注。微尘般的沙粒透过她的指间，无声流泻在大地上。

她身下，展开一张巨大的沙之彩图。

这是坛城沙画，亦名粉彩之曼荼罗。繁华世界不过一掬细沙。绘制坛城，是印度与藏传佛教重要的法事，往往要上百人，呕心沥血，历时数月，才能缔造出一座沙之世界。

然而，她手下的这幅沙之世界，仿佛一夜之间，出现在集市上。

图卷恢宏壮丽，金碧辉煌，铺满了整座广场。所用彩沙如恒河之沙，不可以万亿计。若不是亲眼看见，绝难想象那些微小得几乎看不见的流沙，竟能如此生动地描绘出世间的宇宙万物，芸芸众生。

一花一世界，一叶一菩提。

要耗尽万千岁月，才能画出大与小、盛与衰、生与灭、芥子与须弥。

坛城一共分为三层。

外围是诸天星辰，日升月恒。

中间是人间万象。沙粒缓缓流泻，千丝万缕，在她手下绣出城镇道路、亭台楼阁，依稀可以分辨出青苍草原、五色花海、皑皑雪山、浩瀚沧海、莽莽丛林、昏黄废城、荒凉古墓，还有三连城、幽冥岛、曼荼罗阵……

还有，烟雨凄迷、雕梁画栋的武林传说——华音阁。

坛城核心处，则是最为辉煌的天上境界，描绘出一场盛大的诸神之宴。

地涌金莲，天雨香花，霞光万道，玉马金堂。诸天神佛显大欢喜，极乐世界放大光明，正是琉璃世界，清净无尘。

迦陵频迦鸟儿在枝头展开了柔软的金色羽翼，快乐而清脆地吟唱。

阿修罗族的王子身着盛大冕服，斜倚在洁白的石座上，英俊的面容上透出阳光般的温暖。

佛陀站在花海中，慈悲微笑，掌心中轻轻托起一只受伤的紫蝶，看着它徐徐展翼。

黑裳如云的女神放下了宝剑法器，现温柔之相，在白玉花栏前照料着诸多花之精灵。

鸢尾与金盏，优昙与雪莲盛放。

稍远处，飞仙往来，璎珞垂地，大地开满鲜花。铸造女神面容专注，在火光中锻造出精美的酒器；乐之女神抱着琴，为前来赴宴的异国帝王弹奏出悠扬的琴音。

大厅中间的两张王座，属于创世与破坏两位神王。

日与月，生与灭，流沙之画栩栩如生，仿佛透过画面，还能听到那诸天梵唱，身染馥郁檀香，感到那诸神回归的大欣喜、大敬畏、大庄严。

女子小心翼翼地将最后一粒流沙放在画面中心。这个灿烂的世界完成了最后一笔，顿时有了生命。数以亿计的流沙在阳光下熠熠生辉，似乎也在呼吸、流动，衷心赞叹着这人世间的奇迹。

巨大的彩色图卷在她身下延伸开去，仿佛要覆盖天地尽头。神佛、菩萨、金刚、魔鬼、人畜，都各居其位，七彩陆离，那么华美、那么庄严，却将她衬托得无限渺小，仿佛只是十里锦绣上的一只蝼蚁。

集市上的人多了起来，他们惊骇地望着这幅巨大的坛城沙画，瞠目结舌。虽然他们就在乐胜伦宫中，日夜与它相处，对画中一花一草、一砖一石都了然于心，但当它真正完成的这一刻，仍不禁为它的美轮美奂深深震撼，连梵唱都忘却了。

女子轻轻起身。

这不是一幅画，而是一座永恒的城池，一个完整的世界。

她指间有残留的细沙无声坠落，就仿佛在作画时，那些不知不觉流逝的韶光。

令人无限留恋。

只是，再美的乐曲，也会奏到终章；再美的韶华，也会镌刻成记忆。

她展颜微笑，向着鼎盛阳光，缓缓张开衣袖，也扬起一缕清风。

这风本来是那么细，仿佛连一粒尘埃都吹不动。

然而，渐渐地，万亿彩沙中有了一粒沙子轻轻战栗，动摇，挣扎，终于脱出了图案的掌控，向天空飞去。而后，越来越多的沙粒追逐它，腾空而起，最后终于化为一场龙卷风，卷过整个乐胜伦宫。

那片琉璃世界从头到尾，一寸寸被风吹散。

仿佛，从来不曾存在过。

全系列终